SCOTCH AND SODA

EMILY KEY

Copyright © 2019 Emily Key

Covergestaltung: Art for your book

Satz & Layout: Julia Dahl / Modern Fairy Tale Design

Skoutz 4 Success UG
C/O Emily Key
Bozzarisstraße 33
81545 München, Deutschland

ISBN-13: 9781703734638
Independently published

Alle Rechte, einschließlich das, des vollständigen oder auszugsweisen Nachdrucks in jeglicher Form, sind vorbehalten. Dies ist eine fiktive Geschichte, Ähnlichkeiten mit lebenden, oder verstorbenen Personen sind rein zufällig und nicht beabsichtigt. Alle Markennamen, Firmen sowie Warenzeichen gehören den jeweiligen Copyrightinhabern.

DIESES BUCH

Fügung?
Schicksalhafte Begegnungen?
Die einzig wahre Liebe?
Gibt es nicht! Nicht in der Welt der vernünftigen, zugeknöpften Wirtschaftsprüferin Susan Montgomery.
Bis sie zufällig Steve Lightman trifft.
Hotelmagnat.
Wahnsinnig gut aussehend.
Unfassbar charmant.
Und sexy wie ein Gott.
Kein Wunder, dass die Grenzen zwischen den beiden immer mehr verwischen, als Steve ihre Hilfe braucht. Es beginnt ein leidenschaftliches Spiel aus Verlangen, Temperament, Liebe und Eifersucht.
Kannst du dir selbst treu bleiben, wenn du zwischen Lügen und Intrigen feststeckst? Wenn dich die Spirale, getrieben von Betrug und Schwindel, immer weiter nach unten zieht? Wenn du immer mehr an dir und deinen Grundsätzen zweifelst?
Vielleicht ist alles, was dir dann noch hilft ... ein Scotch.
Pur.
Mit Soda.

Die Lightman Brüder haben eine besondere Verbindung. Sie gehen miteinander um, wie es Geschwister tun sollten.
Sie lieben sich bedingungslos, auch wenn einer mal über die Stränge schlägt.
Sie halten zusammen, wenn es nötig ist. Und sie rücken sich den Kopf zurecht, wenn es einer braucht.
*Darum ist dieses Buch für **meinen** Bruder.*
Denn auch wenn wir ab und an (eigentlich recht oft!) nicht einer Meinung sind, oder wenn wir diskutieren, uns gegenseitig verarschen und aufziehen, wenn wir mal wochenlang nichts voneinander hören und uns dann wieder jeden Tag sehen, auch wenn wir die schlimmste aller Zeiten, die Kinder miteinander durchmachen können, erleben mussten, auch wenn wir manchmal in der Dunkelheit liegen und uns fragen »Warum wir?«, gibt es darauf nur eine Antwort:
Weil wir stark sind.
Als einzelne Menschen.
Als Geschwister.
Als Familie.
Und das jeden verdammten Tag.
Danke, dass ich immer auf dich zählen kann.
Danke, dass du mein Bruder bist.
Und danke, dass wir uns haben.

VORWORT

Ich denke, heutzutage die große Liebe zu finden, ist schon einmal nicht leicht … Ich denke aber auch, die eigentliche Hürde liegt darin, sie zu halten. Jedes Leben, jeder Tag, jede Stunde ist so schnell, so wandelbar, wie es nur dann geschieht, wenn wir in etwas gefangen sind. Jeden Tag gehen wir zur Arbeit, verbringen mit den Menschen dort mehr Zeit als mit unserer Familie. Wir hetzen nach Hause, essen etwas, bringen die Kinder ins Bett oder erledigen noch ein wenig Haushalt. Wir sind so damit beschäftigt, alles perfekt und der Gesellschaft entsprechend zu ordnen, dass wir vielleicht manchmal einfach vergessen, wie tief man sich in der Liebe fallen lassen kann.

Es ist ein Geschenk zu wissen, dass es Menschen um einen herum gibt, die einen zu schätzen wissen, die dich fragen, wie es dir geht, weil sie es wissen wollen. Die sich um dich kümmern und um die du dich kümmerst.

Ich denke, es ist ein Geschenk, wenn dein Gegenstück dich so sein lässt, wie du wirklich bist. Dass du dich entfalten kannst, Freiheiten hast, obwohl du vielleicht in einer engen Beziehung lebst.

Es ist unfassbar großartig und vor allem selten, dass es Menschen um einen herum gibt, die man voll und ganz lieben kann, wie sie sind. Die man nicht verbiegen will, mit Nichtachtung straft, nur weil sie etwas tun, das man vielleicht selbst nicht gutheißt.

Man sagt, der Weg ist wichtiger als das Ankommen. Man sagt, der alleinige Versuch ist wichtiger als das Ergebnis.

Aber ich sage euch … bevor ihr etwas wegschmeißt, versucht, es zu reparieren, denn es gibt einen Grund, warum es schon so lange besteht.

PROLOG
SUSAN

> »Ein weises Mädchen küsst, aber liebt nicht, hört zu, aber glaubt nicht und verlässt, bevor sie verlassen wird.«
> – Marilyn Monroe –

*J*ch kam. Ich sah. Ich siegte.
    Nicht.
Genauer gesagt, wieder nicht.

Da ich aus der Stadt kam, besaß ich kein Auto und war daher im Zug zweiter Klasse von Philadelphia nach New York unterwegs.

Um mich herum, und dieser Waggon war wirklich vollgestopft, befanden sich Familien, deren Kinder den Mittelgang als Autobahn für ihre Rennwagen nutzten. Es waren Geschäftsmänner, die wie wild in ihr Handy brüllten oder ihren Laptop malträtierten. Es waren Omis, die in einem Taschenbuch lasen und Studenten, die mit der lauten Musik aus ihren Ohrstöpseln uns alle beschallten.

Und da war der schöne Mann mir gegenüber.

Er war wirklich ansehnlich, hatte trainierte Arme, über denen sein dünner Pullover fest gespannt war. Er trug ein Basecap, das mich nicht abschreckte, sondern in mir irgendwie das Verlangen weckte, zu erfahren, wie er die Haare trug. Sein Kopf war gegen die Scheibe gelehnt, und ich saß ihm schräg gegenüber. Wir hatten einen Vierertisch. Zu zweit. Immer wieder sahen seine haselnussbraunen Augen in meine Richtung, und seine Mundwinkel umspielte ein Lächeln. Die muskulösen Arme hatte er vor der Brust verschränkt. Ein ehrliches Grinsen mit zwei Reihen schneeweißer ebenmäßiger Zähne wurde entblößt, nachdem er es registriert hatte.

»Hi«, sagte er schließlich. »Ich bin professioneller Ringer.«

Wie ein Schwachmat nickte ich. »Okay ... das ist nett, dass Sie mir das erzählen, aber ...« Offen ließ ich den Satz in der Luft hängen. Meine Wangen waren sicherlich schon richtig rot, ebenso wie meine Ohren. Fuck! Ich musste dringend mal lernen, beim Flirten etwas selbstbewusster zu sein, entweder weniger zu starren oder dann nicht sofort rot anzulaufen. Ich konnte ja nicht dauerbetrunken sein, damit es mir leichter fiel, jemanden anzugraben.

»Meine Arme«, erklärter er. »Anscheinend finden Sie sie toll.«

Wow! Das war direkt. »Da müssen Sie sich irren«, erklärte ich nach einem Räuspern freundlich. Meine Hände mit den manikürten Nägeln umgriffen meine Ledertasche etwas fester.

»Wie auch immer«, sagte er, während der Zug in die Central Station einfuhr. »Hier ist meine Nummer.« Er lächelte mir wieder strahlend zu, und ich nickte.

»Danke«, brachte ich gerade noch anständigerweise heraus.

»Melden Sie sich, Philadelphia-Girl.« Er griff nach seinem Rucksack, der neben ihm stand, grinste mich noch einmal an, sodass es mir direkt in den Magen fuhr, und stieg aus. Ich sah ihm hinterher, bis er durch die Tür sowie aus dem Waggon verschwunden war, und konnte ihn erst wieder sehen, als er auf dem Bahnsteig stand. Er sah sich nach links und rechts um; ich hypnotisierte ihn fast in meinen Gedanken, damit er sich noch einmal umdrehte, wollte dieses Lächeln, diese Augen einfach noch einmal sehen.

Aber er tat es nicht.

Stattdessen hob er die Blondine hoch, welche sich schwungvoll in seine Arme geworfen hatte, und wirbelte sie einmal durch die Luft.

Anschließend küsste er sie.

1
SUSAN

 »Mir fehlt das Brautgen. Die sollten meine Chromosomen untersuchen.«
— Carrie Bradshaw —

*D*ie Büchse der Pandora war geöffnet.
Genau in dem Moment, als ich auf »Registrieren« klickte.

Warum machte ich das? Warum wollte ich mich dieser Welt voller Hyänen, Löwen und Trampeltieren aussetzen? Ich musste wirklich übergeschnappt sein, aber ich hatte die Schnauze einfach voll. Ich meinte, der Typ im Zug hatte mir seine Nummer gegeben. S-e-i-n-e N-u-m-m-e-r und anschließend küsste er diese Blonde? Seine offensichtliche Freundin? Hallo? Ich war vielleicht aus einer Stadt, die kleiner war als New York, und möglicherweise war ich wirklich ein Trottel, was das Flirt-Einmaleins anging … aber hallo? Egal, wie naiv ich in diesem Punkt sein mochte, ich wusste, dass man so etwas normalerweise nicht tat. Durch meinen Job bedingt, war ich eigentlich eine recht nüchterne Frau. Durchdacht … aber dennoch lebte ich den Traum der großen Liebe. Ich arbeitete viel. Eigentlich viel zu viel. Und Urlaub oder Freizeit gab es für mich nicht … Dennoch hatte ich einen Plan in meinem Kopf, der besagte, dass selbst Susan Montgomery irgendwann Teil einer Familie wäre.

Deshalb die Dating-APP.

Vielleicht solle ich meinen Aufenthalt in New York, während dem ich nur diesen einen Klienten haben würde, wirklich auch als Zeit für mich betrachten. Ich hatte sie bitter nötig.

Vielleicht sollte ich Spaß haben und mich langsam, aber sicher an echte Dates heranwagen oder zumindest üben, wie man beim Flirten selbstsicherer wurde.

Es war doch so, wenn ich morgen auf Lightman treffen würde, dann müsste ich mich irgendwie gegen seinen Charme, seinen Witz und vor allem gegen seinen Sex-Appeal wappnen. Er würde mich umhauen. Das hatte er auch schon getan, als ich ihn das erste Mal in dieser Bar gesehen hatte. Nur dass ich in diesem Augenblick bereits einige jener Drinks intus gehabt hatte, die so schön pink mit Glitzer waren.

»Sei mutig!«, flüsterte ich in mein leeres Hotelzimmer und starrte auf den Krimi, der im TV lief.

Während ich bemerkte, wie sich das Gedankenrad zu drehen begann, welches analysieren wollte, ob das alles wirklich eine gute Idee war … klickte ich den »Registrier Dich jetzt«-Button, gab den Verifizierungscode der E-Mail ein, welcher mir vor einer halben Stunde zugestellt worden war, und presste den »Lege jetzt los«-Knopf.

Dann würden wir mal schauen, was die Datingwelt zu bieten hatte.

»Guten Tag. Ich habe einen Termin bei Mr. Lightman«, erklärte ich und räusperte mich. Die Dame hinter der Rezeption hob eine Braue. Wenig professionell, aber es stand mir nicht zu – es stand mir *noch* nicht zu – die Auswahl seiner Angestellten fraglich zu finden. Die Blondine wandte sich von mir ab, und ich konnte ihre Kehrseite bewundern. Verdammt, wäre ich ein Mann gewesen, vielleicht hätte ich sie doch eingestellt. Immerhin war sie kurvig, dennoch schlank und hatte diese feinen, langen Haare in große Wellen gelegt. Ihre Kleidung war Business und absolut perfekt. Sie war eine schöne Frau. Ich blickte mich in der Eingangshalle um und sah hier und dort eine seiner Angestellten arbeiten. Es waren allesamt schöne, attraktive und gepflegte Frauen. Sie waren alle blond. Ich biss mir auf die Lippe, wartete, dass die Empfangsdame mir sagte, wo ich hingehen sollte.

»Nun«, begann sie schließlich. »Miss Montgomery, richtig?« Knapp nickte ich. »Seine Assistentin wird Sie hier abholen. Bitte nehmen Sie dort Platz.« Sie deutete auf eine der zahlreichen modernen Sitzgruppen hinter mir; ich drehte mich wortlos um und ließ mich in das weiche Leder sinken.

Jetzt fand ich endlich die Zeit, mich in seinem Hotel umzusehen. Die Eingangshalle war, wie auch schon im Hotel seines Bruders, großzügig gehalten. Aber während das *Lightmans Retro* bunt durcheinander gewürfelt war, wirkte die hiesige Einrichtung elegant. Klassisch. Sie verströmte Luxus an allen Ecken und Enden. Die Sitzgruppe, in welcher ich saß, war mit schwarzen Ledercouchen ausgestattet, und überall stand ein öffentlich zugänglicher riesiger Applerechner. Zahlreiche Flachbildschirme hingen verteilt an den wenigen Wänden, welche nicht verglast waren. Als ich den Kopf senkte, spiegelte sich mein Bild in dem auf Hochglanz polierten Marmor. Überall standen Beistelltische mit verschiedenen Accessoires, wie Vasen, Blumenarrangements und I-Pads. Ich hob eine Braue. Der Name des Hotels war anscheinend Programm. Das *Lightmans Futur*.

»Miss Montgomery?«, fragte es neben mir, und ich hob den Kopf, um in die blauesten Augen zu blicken, die ich je bei einem Menschen gesehen hatte, egal ob Frau oder Mann.

»Ja«, erwiderte ich, während ich innerlich die Augen darüber verdrehte, wie oberflächlich der Mann anscheinend bei der Wahl seiner Angestellten war. Solange man gut aussah, durfte man hier wohl arbeiten. Lasst uns beten, dass diese Dame wirklich auch etwas – irgendetwas – konnte.

Wolltest du nicht aufhören, in Schubladen zu denken, Montgomery?

Korrektur: Solange man gut aussah, schlank war und lange blonde Haare hatte.

»Mr. Lightman erwartet Sie nun.«

Wollte ich ihm auch geraten haben. Eine Stunde meiner Zeit kostete ihn nämlich fünfhundert Dollar. Zuzüglich Steuer. Schließlich saß ich nur in dieser Stadt fest, weil er mich beinahe angefleht hatte, ihm zu helfen.

Ich folgte der Dame durch die Lobby, während wir zu einem Aufzug schritten, der komplett aus Glas bestand und uns anscheinend in seine Büroetage bringen würde.

Schweigend lauschten wir der Fahrstuhlmusik, und ich bemerkte erst, als wir oben angekommen waren, dass ich den Atem angehalten hatte. Ich würde gleich eine meiner obersten Regeln brechen, nämlich mit jemandem zusammenarbeiten, mit dem ich im Bett gewesen war.

Als er seinen Bruder Jason vor einigen Monaten in Philadelphia besucht hatte, waren wir in der Kiste gelandet. Zugegeben, es war keine Kiste, sondern der Beistelltisch in meinem Flur, danach die Dusche in meinem Bad und anschließend noch einmal der Waschtisch in selbigem gewesen. Wie auch immer, wir hatten Sex gehabt. Wahnsinnig tollen, befriedigenden Sex. Mir war von Anfang an klar gewesen, dass der Sex mit ihm gut werden würde. Dieser Mann wusste nämlich, was er tat. Das zeigte mir alles an ihm. Seine Körpersprache, seine Hände, der Blick aus seinen Augen, jedes der Worte, das seinen Mund verließ ... Das alles zielte darauf ab, jemanden abzuschleppen. Er schien eine Art König des Flirtens zu sein, wusste genau, wie er sich wann bewegen musste, damit Frau beinahe zu sabbern begann. Dabei lief er nicht nur auf einen zu, oh nein. Er fesselte dich erst mit seinem glühenden Blick, ehe er langsam, anmutig wie ein Gott auf dich zukam. Die Jeans tief auf den Hüften, die Beine lang und schlank. An jenem Abend hatte er abgewetzte Adidas Sneaker und ein ganz normales schwarzes Shirt ohne Aufdruck getragen. Als er sich einmal nach vorn gebeugt hatte, und der Stoff an seiner Taille ein klein wenig nach oben geschoben worden war, hatte ich den Ansatz eines Tattoos erkannt, das ich in dieser Nacht noch mit den Fingern und meiner Zunge nachgefahren war. Ich hatte ihn nicht nach der Geschichte dahinter befragt, auch wenn ich davon überzeugt war, dass ein Tattoo immer eine Geschichte hatte und nicht einfach nur aus einer Laune oder dem simplen »Es war einfach schön« gestochen wurde. Ich hätte ihn ja jetzt fragen können, was es damit auf sich hatte, zügelte meine Gedanken aber sofort, als mir klar wurde, dass ich verdammt noch mal zum Arbeiten hier war. Und das mit meinem Kopf und meinen Fähigkeiten, anstatt mit meinem Körper und vor allem meiner Muschi oder meinem Mund.

Umso erstaunter war ich über die Erkenntnis, dass dieses Balzverhalten scheinbar normal war. Als sich die Türen des Aufzuges öffneten, stand er in einem perfekt sitzenden Dreiteiler vor uns, die Hände in den Hosentaschen vergraben, ein schiefes Lächeln auf dem Gesicht. Seine Assistentin, Gott allein wusste, ob sie wirklich nur das war, wirkte leicht nervös.

»Danke Mandy«, sagte er und zwinkerte ihr zu. »Ab hier übernehme ich.«

Sie legte den Kopf schief und nickte so sanft, dass ihr hoher blonder Pferdeschwanz über ihre Schultern streichelte. Dann wandte sie sich ab, ging zurück in den Fahrstuhl und fuhr wieder nach unten.

Nachdem sie aus unserem Blickfeld verschwunden war, denn

auch hier bestand der Fahrstuhl aus Glas, kam er lächelnd auf mich zu. »Susan!«, sagte er, beugte sich nach vorn und wollte mir wohl einen Kuss auf die Wange geben. Stocksteif umklammerte ich meine Aktentasche und räusperte mich mit zusammengepressten Lippen. Er erkannte die Veränderung in meiner Körperhaltung und wich zurück. Fragend hob er eine Braue. Offensichtlich wurde er nicht oft mit Reserviertheit konfrontiert.

»Alles okay?«

»Ja«, erwiderte ich und hielt ihm meine Hand entgegen. »Ich finde, wir sollten das professionell halten und einfach vergessen, was damals betrunken passiert ist.« Diesen Satz hatte ich mir zurechtgelegt, seit ich mein Hotel verlassen hatte. Ja, ich wohnte hier in einem Hotel. Eigentlich doof, wo ich doch mit einem Hotelmanager zusammenarbeite, aber ich hatte ein Problem damit, Geld für unnötige Dinge hinauszuwerfen. Und eine Nacht in seinem Laden kostete mehr, als eine Woche in der Pension, in welcher ich abgestiegen war.

Nun gut, dies war New York, hier war selbst ein Schuhkartonzimmer oder gar ein Einzimmer-Apartment zu teuer, um es sich überhaupt anzusehen.

Kurz starrte er mir in die Augen, ehe sein Mundwinkel zuckte.

»Ich verstehe.« Nun grinste er wirklich und schüttelte dabei den Kopf. »Wenn du es so halten willst.«

»Ich finde, das sollten wir! Betrunkener Fehler!«, stellte ich noch einmal energisch klar, und er drehte sich achselzuckend um.

»Okay.« Mit starken, gleichmäßigen Schritten ging er den Gang entlang. Ich musste immer zwei machen, da meine Beine trotz Stilettos nicht so lang waren, wie seine. »Aber nur fürs Protokoll, ich war nicht betrunken.« Er legte seine große, gebräunte Hand um den Türknauf. »Ich wusste genau, was ich tat«, sagte er mit diesem Hauch von Sex in der Stimme.

Kommentarlos betrat ich nach ihm den Raum … der offensichtlich nicht sein Büro war. »Du willst mir also sagen, dass du hier arbeitest?« Ich stand in einem Zimmer, so gemütlich und gegensätzlich zu der Empfangshalle dieses Hotels, dass ich nur die Augen aufreißen konnte. »Das sieht nicht aus wie ein Büro.« Ich fuchtelte mit meiner Hand auf und ab.

»Liegt daran«, erklärte er und warf sein Jackett über einen großen, mit grünem Stoff bezogenen Ohrensessel, »dass es nicht mein Büro ist.«

Ich hob eine Braue und beobachtete, wie er sich in aller Ruhe die weißen Hemdärmel bis über die Ellbogen aufrollte. Anschließend trat er an einen kleinen Beistelltisch und goss sich etwas aus der Karaffe mit der braunen Flüssigkeit in ein Glas. Er gab einen Schuss Wasser hinzu und warf drei Eiswürfel hinein. »Scotch?«, fragte er mich, und ich schüttelte den Kopf. Ich trank nicht bei der Arbeit. Nie! Ganz sicher würde ich jetzt nicht damit beginnen, nur weil mich alle paar Minuten, seit ich in New York angekommen war, etwas anderes aus der Bahn warf.

»Du verwässerst dein Getränk?«, fragte ich, verschränkte die Arme und beobachtete ihn, wie er mit halb gesenkten Lidern einen Schluck nahm. Dieser Mann war Sex pur. Heiß. Lecker. Und meine Vagina erinnerte sich gerade daran, wieso ich es an jenem Abend mit ihm getrieben hatte.

»Ich verwässere meinen Scotch nicht. Ich bin doch kein Anfänger … ich füge dem hochprozentigen Cask Strength Scotch ein paar Tropfen schottisches Hochlandwasser hinzu, weil sich dann sein Geschmack verstärkt. Er wird rauchiger, dunkler, fast ein wenig moosig.« Er hob mir sein Glas entgegen, und ich lehnte kopfschüttelnd ab. »Du hast ja keine Ahnung, was dir entgeht.«

»Es wundert mich, dass dich deine Brüder damit nicht verarschen. Soweit ich weiß, trinkt Jason doch nur ›on Ice‹«, erklärte ich und wanderte durch den Raum, um die fantastische Aussicht zu genießen. Jetzt wurde mir klar, dass das »R« im Fahrstuhl für »Roof« stand. Wir waren hier wirklich über den Dächern New Yorks.

»Ach, meine Brüder trinken auf Eis. Nur dass ich keine normalen Eiswürfel dafür nehme, sondern eben das schottische Hochlandwasser.«

»Du erstaunst mich.«

»Ich bin ein tiefgründiger Mann, Susan!«, flüsterte er heiser. Mittlerweile stand er hinter mir und blickte über meine Schulter ebenso auf seine Stadt. »Wunderschön, oder?«, fragte er, und eine Gänsehaut zog sich über meine Arme.

»Ja«, stimmte ich zu und hielt bewusst meine verträumte romantische Ader aus meiner Stimme heraus. »New York ist wunderschön.«

»Ich meine nicht die Stadt!«, erklärte er. Mühsam schluckte ich. Offensichtlich musste ich die Grenze zwischen uns deutlicher ziehen.

»Steve«, begann ich erneut, trat zur Seite und sah ihm fest in die Augen. »Was du hier versuchst, das läuft nicht, okay?«, erklärte ich nochmals. Er sah mir wieder in die Augen und hob eine Braue, schien mich, ohne große Worte, zu verspotten. Und verspottet zu werden, konnte ich nicht ausstehen. »Ich meine es ernst, Steve. Du hast mich angebettelt …«

»Hab ich nicht!«, rief er dazwischen, und ich hob lediglich die Hand, um ihn zum Schweigen zu bringen.

»Du hast mich angebettelt, hierherzukommen und dir zu helfen. Zusätzlich hat mich Louisa überredet. Also«, ich drehte mich einmal im Kreis und breitete die Arme aus, »ich bin hier, lass uns anfangen, mein Hotel ist nicht gerade billig, mein Stundenlohn gehört nicht in die Wallmart-Abteilung, und ich denke, dass es relevant ist, deinen Laden zahlenmäßig auf Vordermann zu bringen. Für alles andere hast du ja Blondie. Und Blondie … und ich schätze Blondie.«

Leise lachte er.

»Also können wir jetzt anfangen? Ich wäre Weihnachten gern wieder zu Hause.«

Er setzte sich und überschlug die Beine, indem er seinen Knöchel auf dem Knie des anderen Beines ablegte.

»Außerdem«, ergänzte ich, »das nächste Treffen sollte in deinem Büro stattfinden. Anstatt in …« Ich sah mich noch einmal um. »Wo sind wir hier eigentlich?«

»In meinem Wohnzimmer.« Seine Stimme klang ruhig. Gleichmäßig. Sogar ein wenig schwerfällig. Als wäre er gerade gekommen. Lange. Intensiv.

»Was genau mache ich in deinem Wohnzimmer?«

»Aktuell?« Er lachte wieder. »Meckern!«

Ich verengte meine Augenbrauen und legte somit die Stirn in Falten.

»Weißt du was?«, sagte ich, plötzlich wütend. »Du nimmst das hier nicht ernst! Such dir jemand anderen, der hinter dir aufräumt.« Ich griff nach meinen Unterlagen und ging auf die Tür zu. »Kein Wunder, dass es läuft, wie es läuft, wenn man so einen Manager hat.« Der Satz war gemein, okay, das gab ich zu. Aber ich konnte es nicht ausstehen, wenn ich nicht ernst genommen wurde. Gerade dann nicht, wenn es um meinen Job ging. Ich arbeitete in einer Männerdomäne, musste mich täglich aufs Neue beweisen, und ich würde mir nicht das Gefühl von ihm einpflanzen lassen, das ich eben gut aussah und das wars. Denn genau das vermittelte er mir, auch wenn er es nicht mit Worten ausdrückte. Meine Absätze klickten über den Steinboden und ich drückte den Knopf, der den Fahrstuhl rief.

»Susan!« Steve kam mir nach. »Susan warte!«

»Was?«

»Ich … Es tut mir leid. Bitte. Ich brauche deine Hilfe.«

Ich trat von einem Fuß auf den anderen, legte den Kopf in den Nacken und drehte mich schließlich um.

»Wirst du dann ernst rangehen?«

»Ja!«

»Ich habe keinen Bock, mich verarschen zu lassen. Du hast bereits …« Ich warf einen Blick auf meine Armbanduhr von Cartier. »… tausendvierhundert Dollar verloren. Plus mein Hotelzimmer. Plus Spesen.«

Er verdrehte die Augen, stellte seinen Scotch auf dem Beistelltisch im Flur ab, kam näher und lehnte sich mit der Schulter an das Glas. Er sah so locker und sexy aus, dass ich mich schon wieder fragte, was ich hier eigentlich tat. Waren seine Zahlen nicht vollkommen egal? War es nicht einfach wursch, was aus dem Hotel wurde? Ein Mann, der so aussah, würde sowieso alles auf der Welt bekommen.

»Bitte Susan. Ich brauche dich.«

»Ich brauche dich, das sind bedeutende Worte!«, erwiderte ich und merkte, dass diesmal meine Mundwinkel zuckten.

»Hilfst du mir?«

»Du stehst wohl auf das Unterwürfige, oder?« War ich jetzt diejenige, die flirtete?

»Vielleicht?«

»Hör endlich auf zu flirten.«

»Du hast angefangen.«

»Du nervst mich!« Was zur Hölle war mit mir los?

»Tu ich nicht!«

»Ich komme morgen um acht Uhr. Und dieses Mal werde ich in deinem Büro kommen.«

»Mir ist eigentlich egal, *wo* du kommst …«

Ich unterbrach ihn. »Niemand wird kommen!«

»Okay!« Abwehrend hob er die Hände. »Okay … okay … okay.« Er biss sich auf seine volle Unterlippe, verschränkte die muskulösen Arme vor der durchtrainierten Brust und trieb mir allein durch diese Körperhaltung die Röte ins Gesicht. Die Wölbung seines Bizepses erinnerte mich daran, wie er mich auf den Waschtisch gehoben hatte, um mich zu nehmen. Heftig zu nehmen. Ich kniff die Augen zusammen, um das Bild in meinem Kopf zu vertreiben. Keine Ablenkungen mehr!

Nachdem er tief Luft geholt hatte, bestätigte er: »Morgen, acht Uhr, in meinem Büro.«

Die Türen des Fahrstuhls glitten auseinander und ich trat hinein. Steve lehnte unverändert in dieser heißen Pose an der Seite und grinste mich an. Als hätte er keine Sorgen. Als hätte er nichts anderes als gute Laune. Als hätte er nicht das Problem, unbedingt seine Zahlen auf die Reihe bringen zu müssen.

»Sei pünktlich.«

»Oh, wenn jemand kommt, bin ich nie unpünktlich.« Die Doppeldeutigkeit seiner Worte wurde mir erst bewusst, als der New Yorker Verkehrslärm auf mich einströmte. Ich wurde von einem Strom aus Businessmenschen verschluckt und ärgerte mich innerlich, dass ich nicht noch einen Spruch draufgesetzt hatte.

Verdammter Steve Lightman!

Er hatte es schon damals in Philadelphia geschafft.

Und würde ich mich nicht zusammenreißen, professionell bleiben und mich nicht von ihm einwickeln lassen, läge ich schneller wieder in seinem Bett und unter ihm, als mir lieb sein konnte.

2

STEVE

 »*Der beste Weg, das Herz gebrochen zu bekommen, ist, so zu tun, als hätte man keins.*«
— Charlie Sheen —

Sie war immer noch so hübsch, wie ich es im Gedächtnis hatte.

Das war normalerweise etwas, das sehr schnell verblasste. Meine Brüder würden sagen, dass ich einfach zu viele Frauen kommen und vor allem *gehen* gesehen hatte. Außerdem war sie immer noch so schlagfertig, wie ich sie in Erinnerung hatte. Zusätzlich war mir so, als wäre sie angepisst. Warum auch immer. Ich hatte nichts getan. Oder vielleicht war sie gerade deshalb angenervt gewesen. Es war doch so, dass sie auf das Geschäftliche pochte. Okay, ich ja auch, und ich war wirklich dankbar, dass sie in New York war, um mir zu helfen, auch wenn möglicherweise ein anderer Eindruck entstand. Aber ich hatte eben gedacht, dass mein Wohnzimmer womöglich ein entspannterer Ort für das Erstgespräch wäre. Sie sah es anders.

Genau deshalb würden wir uns morgen früh um acht Uhr – dass sie Pünktlichkeit liebte, hatte sie nicht unerwähnt gelassen – in meinem Büro sehen. Was sollte es? Ich konnte das mit ihr professionell durchziehen, auch wenn ich natürlich auf einen gemeinsamen Stich hoffte. Wenn sie doch sowieso schon mal in der Stadt war.

New York war riesig, anonym und fabelhaft, aber manchmal hatte ich eben keine Lust, auszugehen und mir eine Frau zu suchen, die ich mit in mein Bett nehmen konnte. Manchmal wollte ich einfach auf Altbewährtes zurückgreifen. So wie Jessy.

Jessy und ich trafen uns jeden Mittwoch um elf Uhr abends und schliefen miteinander. Okay, dass wir miteinander schliefen, war die Untertreibung des Jahrhunderts. Wir fickten. Ohne Gefühle. Na ja, ich hatte keine – absolut keine – Gefühle für sie, außer Sympathie. Da war nichts, das tiefer ging. Auch wenn wir uns seit fast einem Jahr regelmäßig trafen. Jessy war die Chefredakteurin bei einem Magazin für Frauen. Weder sie noch ich wollten etwas Offizielles.

Wir trafen uns auch nie zum Abendessen oder Filmgucken. Nein, es war wirklich ein reines Sexgeschäft. Sie fragte mich nicht, wie mein Tag war, ich fragte sie nicht, wie ihrer war, oder was sie am Wochenende machte oder mit wem, und sie mich ebenso wenig. Das genoss ich. Wir waren nicht exklusiv – ihre Regel, nicht meine – und so wusste ich, auch wenn ich mal an einem freien Abend mit einer anderen ausging, würde ich dennoch mittwochs zum Zuge kommen, denn dann war Jessyzeit. Sie war hübsch, intelligent, anmutig und im Bett eine mir ebenbürtige Partnerin, aber sie war nicht Susan.

Jessy und ich hatten in den letzten Monaten sehr viel ausprobiert, und doch war alles, seit ich in Philly Susan gevögelt hatte, nicht mehr zu hundert Prozent befriedigend. Ja, ich kam. Ja, sie kam. Mehrmals sogar, und manchmal trieben wir es die ganze Nacht, wenn unsere Tage besonders scheiße gewesen waren, aber es blieb nie jemand über Nacht, kuschelte oder etwas in eine ähnliche Richtung. Wir rauchten mal eine zusammen, tranken einen Scotch, sie hatte allerdings nur diesen Billigkram, der weder mit Soda noch mit Eis so richtig gut schmeckte, und wir eröffneten die zweite Runde. Aber all das ... all das, was mir in den letzten Monaten ein Lächeln ins Gesicht und einen Ständer in die Hose gezaubert hatte ... war irgendwie mickrig, seit Susan und ich dieses Erlebnis zusammen gehabt hatten.

Denn fuck, ich hatte sie nicht nur bis zur totalen Verausgabung gebumst, nein, ich hatte die Nacht bei ihr verbracht, sie hatte mir am nächsten Morgen frisch gepressten O-Saft und French Toast gemacht, ehe ich gegangen war. Susan war anders. Nicht nur von ihrer Art her, denn sie war eine zeitweise arrogante Prinzessin, abgefuckte Zicke und Besserwisserin vor dem Herrn, sie war ... wie eine Pornokönigin, die ziemlich sexy war, wenn sie über Zahlen sprach, und die mir verdammtes Frühstück machte, wenn ich einen Kater hatte.

Susan war besonders.

Und genau deshalb wollte ich sie für mein Hotel. Dass ich sie brauchte, um meine Zahlen auf die Reihe zu kriegen, damit hatte ich nicht gescherzt. Das war die bittere Wahrheit, denn anscheinend schrieben wir Verluste, obwohl die Ausgaben im Rahmen und die Einnahmen überragend waren. Es war seltsam, und ich kam einfach nicht dahinter, was genau falsch lief. Die Abteilung der Buchhaltung und Controller war bereits damit beauftragt, sämtliche Akten der letzten Jahre durchzugehen, auf der Suche nach dem berühmten Haken. Aber die Ergebnisse schienen eher überschaubar. Nachdem ich wegen dieser ganzen Scheiße und zugegeben mit der Angst der Blamage vor meinen Eltern oder meinen Brüdern und der Möglichkeit, versagt zu haben, konfrontiert worden war, hatte ich die Notbremse gezogen und sie engagiert. Womit ich meine oberste Regel gebrochen und mir jemanden ins Hotel geholt hatte – in mein Geschäft, in alles, was zählte –, mit dem ich auch im Bett gewesen war.

Fairnesshalber musste man sagen, dass die Zimmermädchen, die ich gebumst hatte, alle bereits mit ihren Kündigungen auf mich zugekommen waren. Nun, ich war ein Arschloch. Das hatte ich doch bereits erwähnt, oder? Frauen waren für mich ein Zeitvertreib, ein netter Schmuck an meinem Arm, und dennoch behandelte ich sie mit Respekt, sobald sie sich mit mir einließen. Ich spielte immer mit offenen Karten, versprach nichts, was ich nicht halten konnte oder gar wollte, und war mir dennoch sicher – denn diese Erfahrung hatte ich schon das eine oder andere Mal machen müssen – dass sie sich trotzdem mehr erhofften. Ich würde nie eine Frau beschimpfen (es sei denn, sie wollte es im Bett als Dirty Talk), sie schlagen oder irgendetwas gegen ihren Willen tun, jede Dame bekam von mir Sex, Orgasmen, vielleicht einmal ein Dinner, wenn ich wirklich an einer interessiert war, die erst auftauen musste.

Aber nicht mehr.

Selbst wenn ich auf Veranstaltungen zugegen war, nutzte ich einen Escortservice, den einer meiner Freunde betrieb. Es war eine saubere Sache, na gut, also, was die Mädchen mit anderen Männern taten, konnte man ja nie zu hundert Prozent wissen, aber die offizielle Vertragsregel war, dass es keinen Sex oder sonstige sexuelle Aktivitäten geben durfte.

Warum ich nicht einfach eine der zahlreichen Damen in meinem Leben bat, mich auf Spendenveranstaltungen, Dinnergesellschaften und sonstige offizielle Termine zu begleiten?

Weil sie dann mehr erwartet hätten. Und Erwartungen, außer die auf multiple Orgasmen, wollte ich nicht erfüllen. Genau deshalb nahm ich lieber eine Stange Geld in die Hand, denn davon hatte ich privat genug, um für einige Stunden die perfekte Frau an meinem Arm halten zu können.

Nur all das, der ganze Lebensstil, das Netzwerk, die festen Ausgehabende, die Treffen mit Jessy ... all das verblasste gegen diesen einen Abend in einer Diskothek, mit der schlechtesten Musik der Welt und dem anschließenden Sexmarathon.

Also wie sollte ich diesen schmalen Grat zwischen abartig dumm und sich zu tief in eine Sache stürzen überstehen? Wie sollte *ich* es meistern, dass ich von ihr nicht zu viel erwartete? Und wie sollte ich es bei dieser Frau schaffen, so sexy, wie ich es noch bei keiner anderen gesehen hatte, nicht wieder schwach zu werden und professionell zu bleiben?

Müde stützte ich den Kopf in meine Hände. Vielleicht war es doch keine gute Idee gewesen, Susan Montgomery in mein Hotel zu holen. Vielleicht hätte ich einfach den jungen Kerl aus der Kanzlei eines Freundes nehmen sollen.

Er hatte zwar Mundgeruch und den Tick, sich ständig mit der Zunge über die Lippe zu fahren, aber da war ich wenigstens sicher, dass ich ihn nicht vögeln wollte.

Noch einmal.

3

SUSAN

> *»Das Leben ist eine Reise. Eine Reise, die man am besten zusammen mit einem Begleiter unternimmt. Natürlich kann dieser Begleiter nahezu jeder sein. Trotz bester Absichten werden manche von uns ihren Begleiter unterwegs verlieren und dann wird die Reise unerträglich. Denn die Menschen sind zwar für vieles geschaffen, aber nicht für die Einsamkeit.«*
> – Mary Alice Young –

Habt ihr schon einmal versucht hinter vorgehaltener Hand, irgendwie versteckt zu gähnen? Na ja, ich versuchte es, seit ich heute Morgen das Hotel verlassen hatte. Unterdrücken ließ es sich nicht, mit geschlossenem Mund und dafür aufgeblähten Nasenflügeln wollte ich irgendwie auch nicht herumrennen. Eigentlich war es mir danach, so richtig herzhaft zu gähnen, meine liebste Jogginghose aus dunkelblauem Nickistoff anzuziehen und mich in meinem Hotelbett zu verkriechen. Ich wollte einen alten Schwarz-Weiß-Film im Fernseher laufen lassen, und wie ein Magnet an meinem Handy hängen.

Warum?

Ich hatte gestern Abend endlich diese Online-Dating-Plattform getestet. Der Plan war gewesen, dort meinen Frust über Männer abzulassen. Ja, das war unfair, denn ich war ja auf Lightman wütend und nicht auf die gesamte Bevölkerung, die einen Schwanz hatte, aber mir bot sich keine ausreichende Gelegenheit, die Wut abzubauen.

Darum war ich online, surfte durch die Profile und war einerseits schockiert, was ich dort alles fand, und andererseits vollkommen erheitert, denn es gab einige wirklich außergewöhnliche Interessen. Es war wie eine sofort süchtigmachende Droge. Meine Augen waren schon klein und kurz vor dem Zufallen, mein Akku bei einem Prozent, als ich es endlich schaffte, das verdammte Telefon zur Seite zu packen, um zu schlafen. Dieses Hin-und-her-Wischen machte süchtig. Man klickte sich durch die Bilder, die Auswahl an Männern war beinahe grenzenlos, in verschiedenen Altersklassen, Aussehen ... das Spektrum an Hobbys oder irren Fantasien war unerschöpflich. Ich wusste nicht, ob es an New York lag, dass es hier einfach noch mehr single (manchmal auch nicht single) Männer gab, die auf der Suche nach einem Abenteuer waren. Ich stellte fest, dass auch der Kreis dessen, was gesucht wurde, vollkommen unterschiedlich war.

Der eine Kerl, auf den Bildern sah er wie ein zerstreuter Künstler aus, suchte jemanden, der ihn in Sience-fiction-Abenteuer-Filme begleitete. Der andere suchte eine Frau für »zwanglose Nacktheit« und wieder ein Dritter wollte jemanden kennenlernen und war nur an festen Beziehungen interessiert. Den Mut, einen Mann anzuschreiben, hatte ich in der letzten Nacht nicht aufgebracht, auch wenn man bei meinem Charakter und meinem Selbstbewusstsein eigentlich davon ausgehen konnte, dass ich sehr wohl die Eier hatte, auf einen Mann zuzugehen. Aber ich verbrachte fast zehn Stunden in meinem Zimmer, trank die Minibar leer, aß mein Sandwich, das ich mir aus dem Laden um die Ecke mitgenommen hatte, und scrollte mich durch die Profile. Und das waren nur die Männer, die in einem zehn Kilometerumkreis registriert waren. Kein Wunder, dass die wahre Liebe langsam ausstarb, dass Romantik, reale Kennenlerndates und das »um jemanden Werben« nicht mehr von Interesse waren, wenn es doch so leicht wirkte, mit nur einem Klick einen neuen Vorschlag für einen potenziellen Partner zu bekommen.

Wonach genau ich auf der Suche war, wusste ich nicht, aber ich war viel zu sehr von dieser schnelllebigen, leichten Stalkerwelt beeindruckt, als dass ich sie schon wieder verlassen konnte.

Das Handy vor mir auf dem Tisch vibrierte und ich warf einen Blick drauf.

Sunnyboy78 hat dir eine Nachricht geschrieben.

Oh! Daran hatte ich gar nicht gedacht. Jetzt, wo ich dort ein Profil hatte, um mich umzusehen, konnten mich natürlich andere Menschen auch finden. Und sehen. Zwar hatte ich kein Foto hinterlegt, denn das war keine Pflicht, aber dennoch hatte ich sämtliche Profildaten, die angefordert wurden, eingetragen. Dass mich tatsächlich bei der Vielfalt der Frauen mit Foto jemand anschrieb, damit hatte ich nicht gerechnet.

Vor Erstaunen griff ich nach meinem Telefon und las die wenigen Zeilen der Nachricht von Sunnyboy78.

Hallo Unbekannte. Ich finde dein Profil sehr interessant. Wie wäre es mit einem Treffen, Miss New York?

Na ja … vielleicht hatte ich die eine oder andere Unwahrheit angegeben. Wie zum Beispiel, dass ich aus New York war. Das war nämlich nicht so. Wobei … aktuell war ich ja aus New York!

»Susan?«, fragte mich Steve und brachte mich somit zurück in den Konferenzraum, in welchem wir saßen. »Hörst du mir zu?«

»Natürlich!«, erwiderte ich und setzte mich aufrecht hin. »Ich bin ganz Ohr.«

Skeptisch hob er eine Braue. »Dann willst du meine Frage nicht beantworten, weil …?«

Mist! Ich hatte kein Wort von dem mitbekommen, was er die letzten paar Minuten gesagt hatte. Okay, Montgomery. Konzentration. Konzentration. Was hattet ihr zuletzt besprochen? Es ging um die Änderungen, die er im Hotel vorgenommen hatte. Unter anderem dem Wellnessbereich, der voller Hightech war.

»Na ja«, begann ich und stand auf, um nach vorn zu dem Whiteboard zu gehen. »Ich finde, du hättest hier und hier«, ich deutete auf die zwei größten Summen, »Abstriche machen müssen. Sicher war es sinnloser Schnickschnack.«

Steve setzte sich auf einen Stuhl am vorderen Ende des Raumes und legte ein Bein auf dem anderen ab. Er trug wieder einen Anzug, der so perfekt zu seinem Körper passte, wie man es ansonsten nur bei irgendwelchen Promis sah. Das hellblaue Hemd, das sich an seinen Körper wie gegossen schmiegte, war an den Ärmeln bis über die Ellbogen aufgerollt. Wir saßen seit vier Stunden in diesem – durchaus schönen – Konferenzraum fest, und so, wie ich in der Zeit meinen Blazer abgelegt hatte, hatte er sein Jackett über einen der zwölf Stühle gehängt. Gerade goss er sich etwas aus den Orangensaftflaschen nach, welche hier herumstanden, und nickte nachdenklich. Er schien immer noch über meine Ausführungen zu grübeln. Nachdem er – in aller Ruhe – einen Schluck aus seinem Glas genommen hatte, ergriff er schließlich das Wort.

»Du denkst also, dass bei der Planung bereits etwas schief lief?«

»Richtig«, erwiderte ich hastig, froh darüber, dass er mir endlich ein Bröckchen hinwarf. »Bereits dort hätte man die Bremse ziehen müssen.«

»Du bist also der Meinung«, bohrte er weiter, stand auf und schritt langsam durch den Raum, bis er schließlich vor der Fensterfront stand und sich mit dem Rücken dagegen lehnte. Die muskulösen Arme locker vor der Brust verschränkt, die Beine an den Knöcheln übereinander gekreuzt, »Wir hätten den Pool in unserem Wellnessbereich weglassen müssen?«

»Genau! Das hätte Kosten gespart.« Puh, gerade noch mal retten können. Nicht dass er dachte, ich wäre eine Idiotin.

»Ich bin ja nur ein Mann«, begann er schließlich salopp und wedelte mit der Hand hin und her. Ein Grinsen zupfte an seinem Mundwinkel, »aber definiert sich ein Wellnessbereich nicht vorrangig durch einen Pool und diese Dinge?«

Der Moment, in dem der Groschen fiel, war auf meinem Gesicht deutlich auszumachen. Von genervter Miene wandelte es sich plötzlich zu aufgerissenen Augen und einem Mund, der stumm auf und zu ging. FUCK! Fuck. Fuck. Fuck! Anscheinend war ich *wirklich* unkonzentriert und von dieser ganzen Online-Dating-Scheiße abgelenkt gewesen, sodass ich den Krümel, den er mir hingeworfen hatte, in mich hineingestopft hatte wie einen ganzen Laib Brot. Verdammter Mist!

»Ich ...«, begann ich schließlich und suchte – irgendwo in mir – mein Selbstbewusstsein und jene Stimme, die der überzeugten Susan gehörte. »Entschuldige mich kurz.« Hastig lief ich auf die Glastür zu und stürzte fast aus dem Raum in Richtung Damentoilette, um mich kurz zu sammeln.

Verdammter Mist!

Wieso brachte dieser Kerl nur genau das in mir zum Vorschein, was ich am wenigsten bei Menschen leiden konnte? Wenn sie unkonzentriert waren. Nicht professionell. Ich gab immer verdammte hundertundein Prozent. Und ... Mist.

Ich stützte meine Hände auf dem schwarzen Marmorwaschtisch ab. Die Musik, welche eigentlich beruhigend wirken sollte, ließ mich momentan hochgradig aggressiv werden. Mein Kopf hing zwischen meinen Schultern. Ich würde diese Nummer nun wie eine echte Frau tragen. Ich würde zu ihm gehen, ihm sagen, dass ich abgelenkt gewesen war und es nicht mehr vorkäme. Ich brauchte nicht so rumtun, nur weil ich einmal mit ihm geschlafen hatte. Das war ja wohl ein Witz!

Nachdem ich mir die Hände gewaschen und meine Haarsträhnen, welche sich im Laufe des Vormittags aus meinem Chignon gelöst hatten, zurückgesteckt hatte, war ich bereit.

Zumindest redete ich mir das ein.

4
STEVE

> »*Im Leben geht es nur um wenige Momente. Dies ist einer davon.*«
> – Charlie Sheen –

Wenn ich etwas nicht leiden konnte, dann war es Unehrlichkeit.

Hätte mir Susan, nachdem sie von wo auch immer sie hin geflüchtet war, gesagt, »Hey, ich war abgelenkt von Sunnyboy78, der mich ficken will«, dann wäre ich nicht so angepisst, wie ich es war. Woher ich das wusste? Nachdem sie abgerauscht war, hatte ihr Handy weiterhin auf dem Tisch gelegen. Ich hatte es nicht angefasst, nur darauf geschielt, als es immer wieder aufleuchtete und Sunnyboy78-Wichser ihr eindeutige Angebote zusendete. Verdammter Hurensohn! Sie war arbeiten. Ablenkung hatte da keinen Platz. Wusste das ihr Lover etwa nicht? Na ja, vermutlich war er noch gar nicht ihr Lover, sondern versuchte, einen Stich bei ihr hinzukriegen. Im Grunde war es mir auch egal. Okay …

Hätte es sein sollen.

Frustriert fuhr ich durch mein Haar, umklammerte das Glas, gefüllt mit Scotch und Soda, so fest, dass meine Fingerknöchel weiß hervortraten. Und warum war sie bei dieser Dating APP angemeldet? Das Logo war mir sofort vertraut gewesen. Ich kannte diese Scheiße, hatte noch ein Profil von vor einigen Jahren, als ich gemeint hatte, dass man dort gut Frauen für eine Nacht finden konnte. Was sich aber als reine Freakshow rausgestellt hatte. Außerdem war mein Dating-Frauen-Verschleiß noch höher geworden, da es leicht war, jemand abzulehnen, wenn er nicht vor einem stand. Es war so, ja, ich war kein unbeschriebenes Blatt.

Ja, ich hatte schon einige Damen auf fiese Art und Weise abserviert, aber ich tat es immer persönlich. Kein E-Mail. Kein Handy. Kein Telefon. Ich nahm mir immer die Zeit, hatte immer den Arsch in der Hose, dort aufzukreuzen und mich ihnen eben zu stellen. Das Gute an der APP war, dass sie oben links auf dem Display anzeigte, mit welchem Namen man aktiv war. Warum ich ihn mir merkte, lag ja wohl vollkommen klar auf der Hand.

Ich wollte nicht, dass Susan sich durch eine verdammte Dating-Seite ablenken ließ. Susan war nicht in New York, um herumzuvögeln, sondern um für mich zu arbeiten. Also, warum machte sie hier einen auf Sexbombe? Mit einem Mal war ich wieder sauer. Ja, ich hatte ein explosives Temperament, das sich kaum zügeln ließ, aber eigentlich ging es mich doch einen Scheißdreck an, was sie in ihrer Freizeit trieb. War man einmal ehrlich. Es verhielt sich zwischen uns ja nicht so, als hätte ich irgendeinen Anspruch auf sie, oder dass es mir zustand, mich aufzuregen. Oder mich zu beschweren.

Treiben war wohl das richtige Wort.

Da ich es nicht mochte, wenn jemand bei der Arbeit keine hundert Prozent gab, noch dazu, wenn man so müde und fertig im Büro aufkreuzte wie sie heute, war ich echt angepisst. Irgendwie musste ich ihr begreiflich machen, dass es so, wie sie sich heute verhalten hatte, nicht laufen würde. Nicht in Zukunft.

Ich drehte mich auf meinem bequemen Ledersessel und begutachtete die Stadt, welche unter mir lag. Es war ein schöner, sonniger Tag in New York, und ich konnte förmlich bis in den vierzigsten Stock hinauf fühlen, wie die Stadt pulsierte. Tag und Nacht war sie erfüllt von Leben, Hitze und Sexyness. Derjenige, der sich auf die dreckigen Straßen, die stickige Luft, den rauschenden Verkehr und die Tatsache, dass man für einen Hotdog dreizehn Dollar zahlte, einlassen konnte, wurde hier belohnt.

Mit grenzenloser Liebe.

Ja, es war kitschig, aber ich war mir sicher, dass jeder Mensch nur eine große Liebe haben konnte. Meine war New York.

Ich brauchte nicht lange, um mich zu entscheiden, die APP nochmals zu installieren, um mir ihr Profil anzusehen. Nicht umsonst hatte ich mir ihr Pseudonym gemerkt. Wenn ich ehrlich war, konnte ich ja sowieso an nichts anderes mehr denken, seit sie das Hotel verlassen hatte. Klar, ich war einige E-Mails durchgegangen, die am Vormittag eingetroffen waren, ich war in der Hotelküche und hatte mich mit dem Sous-Chef bezüglich des Galamenüs am Wochenende unterhalten, und ich war mit meiner Sekretärin den Terminkalender für morgen durchgegangen. Wir machten das jeden Tag, weil ich mir nicht alles merken konnte. Mrs. Brown war die einzige für mich tätige Dame, die schon weit über fünfzig war. Ohne sie wäre ich verloren gewesen.

Jetzt saß ich hier, hielt den scheiß Scotch mit meiner Hand umklammert und beobachtete auf dem Display, wie die beschissene APP, die ich vor Jahren deinstalliert hatte, wieder auf mein Handy kam.

Die Zugangsdaten waren kein Problem, denn dummerweise konnte ich mir zwar keinen der Frauennamen und Gesichter merken, die durch meine Betten hüpften, was es echt schwer machte, mit einer nicht zwei Mal zu schlafen, aber Passwörter und E-Mail-Adressen waren in mein Gehirn wie eingebrannt.

Das Telefon auf meinem Schreibtisch klingelte, aber ich ignorierte es. Das tat ich normalerweise nicht, doch es fühlte sich ein wenig so an, als würde ich keinen klaren Gedanken mehr fassen können, solange ich nicht ihr Profil angesehen hatte.

Es dauerte ein paar Sekunden, bis ich mich in der Neuaufteilung der Datingapp zurechtfand, schließlich hatte auch sie einige Updates hinter sich, bis ich die Suchleiste öffnete und ihr Pseudonym eingab.

Classof80ties.

Fast hätte ich mich an meinem Scotch verschluckt, als mir kein Profilbild angezeigt wurde. Damals, als ich diese APP genutzt hatte, hätte ich niemals eine Frau angeschrieben, die kein Foto von sich zeigte. Entweder war sie dann nämlich nicht vorzeigbar oder zu unsicher. Beide Varianten kamen für mich nicht infrage. Ich wollte eine selbstbewusste, hübsche Frau in meinem Bett. Niemanden, der einen auf Mauerblümchen oder Ähnliches machte. Wie auch immer. Ich klickte auf »Profil anzeigen« und las mir durch, was sie dort eingegeben hatte. Schlagworte wie »Spontan«, »Lebenslustig« »NewYork verliebt« nun … so weit ich wusste, war sie das erste Mal in dieser Stadt, deshalb fand ich es ein klein wenig fraglich, dass sie angegeben hatte, in New York verliebt zu sein … Aber, mal ganz ehrlich, wer blieb denn schon bei der Wahrheit? Niemand. Absolut niemand.

Ich saugte den Rest ihres Profils in mich auf und klickte anschließend auf mein Pseudonym. Er hieß »Threeofthree«. Natürlich hatte ich ein Foto eingestellt, das ich jetzt löschte. Ich klickte schneller, als mir darüber im Klaren zu sein, warum ich es tat. Ich wollte Susan anschreiben. Selbstverständlich aus rein beruflichen Gründen, denn ich wollte testen, ob sie sich ablenken ließ. Lächelnd nahm ich alle Details, die auch nur im Entferntesten auf mich als Steve Lightman schließen lassen würden, heraus und aktualisierte hier und dort noch eine Sportart oder ein Lieblingsgericht. Zum Schluss öffnete ich mein Postfach, um die ungelesenen Nachrichten spaßeshalber durchzuscrollen. Es waren neunhundertzweiundfünfzig Stück. Einige hatten schon gar kein Profilbild mehr, denn viele waren inaktiv oder hatten sich bereits gelöscht. Ich gab einen Scheißdreck darauf.

Wieder ging ich auf ihren Namen und auf »Message senden«.

Normalerweise war es kein Problem, Frauen mit einem Spruch aus der Reserve zu locken … aber heute wollte mir irgendwie nichts einfallen. Genau deshalb schrieb ich nur ein simples »Hallo«. Mir war nicht klar, ob überhaupt etwas zurückkommen würde, denn es war ehrlich unfassbar, dass sie sich auf so einer Plattform herumtrieb. Was sollte das denn? Das hatte sie doch wirklich nicht nötig.

Obwohl mir natürlich klar war, dass das nichts damit zu tun hatte, sondern es sich einfach nur um den leichten Weg handelte. Niemand wusste das besser als ich. Susan war online, das zeigte mir der grüne Punkt bei ihrem Aktiv-Button, und sie hatte meine Nachricht bereits gelesen. Auch das konnte ich sehen. Aber sie verließ den Chat sofort wieder, schien mir nicht antworten zu wollen.

Natürlich nicht, du Idiot. Was soll sie denn auf Hallo auch großartig antworten?

Ich biss mir auf die Unterlippe, drehte mich in meinem Stuhl und warf das Handy auf meinen großen Schreibtisch aus schwarzem Holz. Unzufrieden glitt mein Blick zwischen dem Telefon und meinem Terminkalender hin und her. Vielleicht sollte ich doch noch eine andere Möglichkeit finden, ihr zu schreiben. Oder zumindest andere Worte wählen. Vielleicht würde sie dies zum Antworten verleiten.

Ehrlich gesagt war ich irgendwie noch angepisster, dass sie diesem Schwanzlutscher Sunnyboy antwortete und mir nicht. Auch wenn meine Nachricht gerade einmal zwei Minuten alt war.

»Mr. Lightman?«, fragte es von meiner Bürotür her. Offenbar war ich so in Gedanken gewesen, dass ich gar nicht gehört hatte, wie Mrs. Brown mein Büro betrat. »Ich mach dann Schluss für heute. Bitte vergessen Sie nicht, dass Sie morgen früh ein Frühstücksmeeting mit Helena Fox haben. Die Dame von Fox24. Dem Fernsehsender.« Das hätte sie nicht hinzufügen müssen, aber sie tat es und das war gut so, denn – ganz ernsthaft –, ich hatte es vollkommen vergessen. Mit den Gedanken ständig bei Susan zu sein, lenkte mich offenbar zu sehr ab. Ich wusste, dass der Termin anstand, denn sie wollten unser Hotel in seinem neu aufbereiteten Zustand groß vorstellen. Fox24 war ein lokaler Sender, der eine modernere Version von »Good Morning New York« ausstrahlte.

»Danke, Mrs. Brown.« Ich holte tief Luft. »Ihnen einen schönen Abend.«

»Ihnen auch, Sir. Machen Sie nicht mehr zu lange.« Meine Sekretärin war immer fürsorglich und darum bemüht, sicherzustellen, dass ich nicht ewig Überstunden machte. Sie war eben Gold wert.

Nachdem sie mein Büro verlassen hatte, überlegte ich, was ich schreiben konnte, um Susan zu einer Antwort zu animieren.

Als mir etwas einfiel, tippte ich genau einen Satz:

»Morgen, acht Uhr, Starbucks an der Wall Street.«

5

SUSAN

> »*Du kannst zu einem Mann sagen:* ›*Ich hasse dich*‹, *und du bekommst den besten Sex deines Lebens. Aber sagst du zu ihm* ›*Ich liebe dich*‹, *siehst du ihn niemals wieder!*«
> – Samantha Jones –

*W*ie dreist manche Menschen sind, dachte ich für mich, als ich mich in der Badewanne meines Hotelzimmers aalte. Ich war bereits schrumpelig, aber das war mir egal, denn nachdem ich mir zwei riesige Stücke Pizza von einem Stand an der Ecke und eine Flasche Rotwein aus dem Shop daneben gekauft hatte, hatte ich beschlossen, es mir heute gut gehen zu lassen. Genau deshalb lag ich schon fast seit zwei Stunden hier drin. Ließ immer wieder kaltes Wasser ab und heißes nach. Sogar den Badeschaum, den ich immer in einem kleinen Fläschchen von Zuhause mitbrachte, füllte ich großzügig nach. Ich brauchte das heute einfach. Ich war vollkommen erledigt von der Nacht zuvor, und der Tag heute war nicht besser gewesen.

Das lag nicht nur daran, dass ich müde war, sondern auch, dass ich mich vollkommen vor Lightman blamiert hatte. Ich war dafür bekannt, Ziele ins Auge zu fassen, zu fokussieren und nicht eher zu ruhen, bis ich sie erreicht hatte. Nun … heute schien ich diese Regel außer Kraft gesetzt zu haben, als ich vor Lightman stand, vollkommen neben mir. Nicht nur durch seinen wahnsinnigen Sex-Appeal abgelenkt, oh nein … ich war auch von diesem Sunnyboy-Typ, der mir immer noch ständig schrieb, abgelenkt. Es war irgendwie Balsam für meine Seele, dass mir – obwohl ich kein Foto hochgeladen hatte – jemand schrieb, der mich anscheinend interessant fand. Mit einem Grinsen und geschlossenen Augen kuschelte ich mich noch mehr in das warme Badeschaumwasser. Meine Finger umschlossen ruhig das Glas aus der Minibar, welches ich vorher mit Rotwein gefüllt hatte, und der Stress fiel von mir ab.

Na und? Hatte ich es eben einmal versaut, jedem stand das zu. Lightman war ja am Vortag auch nicht sonderlich professionell gewesen, von daher glich sich das aus. Zumindest redete ich mir das ein.

Mein Handy kündete mit dem entsprechenden Laut den Eingang einer neuen Nachricht an; ich öffnete eines meiner Augen und schielte darauf.

Oh, schon wieder diese Dating APP. Es begann mir Spaß zu machen, damit zu surfen. Und wider aller Erkenntnisse meiner Freundinnen und mir musste ich sagen, dass man sehr wohl, ohne eine visuelle Vorstellung davon, wie jemand aussah, einen Partner kennenlernen konnte. Zum jetzigen Zeitpunkt war wohl das Wort *Partner* etwas hochgegriffen, aber zumindest konnte man jemanden kennenlernen, den ersten Kontakt schaffen und dann doch mit dem Charakter überzeugen. So lautete mein Plan.

Na ja, eigentlich hatte ich gar keinen Plan, außer, dass ich mich vollkommen auf Lightmans Hotel zusammen mit seinen Zahlen konzentrieren sollte.

Umso erstaunter war ich über die dreiste Nachricht, die gerade vor mir aufblinkte.

»Morgen. Acht Uhr. Der Starbucks an der Wall Street.«

Ich wusste von meinen früheren New York Besuchen, dass es an der Wall Street, die ja fast so viel Wahrzeichen war wie die Freiheitsstatue, nur einen dieser Läden gab. Ich klickte auf den Namen des Chatpartners. THREEOFTHREE. Was das wohl bedeutete? Irgendwie erinnerte es mich ans Golfen, auch wenn darüber in seinem Profil nichts angegeben war.

Anscheinend vernebelte das heiße Wasser meine Gehirnzellen, denn anders als bei Sunnyboy entschied ich mich, hier zu antworten. Jemand, der so in die Vollen ging, hatte es verdient, dass ich ihm zurückschrieb.

Warum sollte ich das tun?, fragte ich THREEOFTHREE

Seine Antwort kam postwendend. Als hätte er darauf gewartet. Dass es ein männlicher User war, konnte ich an seinem Profil erkennen,

Weil du neugierig bist.

Ich bemerkte, wie sich ein Grinsen auf mein Gesicht schlich.

Da ist aber jemand sehr von sich überzeugt.
Er schickte mir einen Lach-Smiley und irgendwie fand ich das doof, denn dann gab es keinen Grund mehr zum antworten.
Gerade als ich mein Telefon wieder auf dem Toilettendeckel neben mir ablegen wollte, schoss mir doch etwas in den Kopf, was ich schreiben konnte.
Wie soll ich dich denn erkennen, wenn ich kein Foto von dir sehe?
Wie war das gerade noch, mit dem »Oh, es ist ja so schön, dass man nicht immer aufs Äußere abzielt!«? Ich war nicht besser als alle anderen Menschen, die es auf der Welt gab. Nun gut, nicht alle waren so, aber mit Sicherheit neunzig Prozent der Bevölkerung. Es hatte etwas mit Anziehung zu tun. Und mit Sexysein. All solche Dinge eben.
Die Antwort kam erst spät in der Nacht, als ich bereits in meinem großen Hotelbett lag und eine Talkshow im Fernsehen ansah. Er schrieb nicht viel, aber seine Worte weckten die Neugierde noch etwas mehr, als es sowieso schon der Fall gewesen war.
Du wirst es wissen, wenn du da bist.

Am nächsten Morgen schien mein Kopf wieder klar zu sein. Weder von Kohlehydraten der Pizza, zu viel Alkohol des Weines noch von dem heißen Badewasser benebelt, beschloss ich, nicht zu dem Treffen zu fahren. Ich war viel zu unflexibel und viel zu konservativ, als mich auf ein Blind Date mit einem Mann aus dem Internet einzulassen.

Er konnte alles sein. Ein Serienmörder. Ein Pornostar. Ein Obdachloser. Ein Wall Street-Magnat, aber ich hielt mein Bedürfnis, mehr über diesen dreisten User herauszufinden, aktuell gut in Schach. Das lag vermutlich auch daran, dass ich im privaten Bereich eigentlich ein vorsichtiger, sicherheitsliebender Mensch war. Ich brauchte Beständigkeit. Keine wilden Abenteuer, die im Bett enden würden. Natürlich hatte ich Sex. Selbstverständlich. Ich war eine gesunde Frau, die gerade dreißig Jahre alt geworden war. Meine Libido war voll intakt und ich war definitiv nicht frigide. Ich liebte das männliche Geschlecht, wenn ein Mann groß, muskulös, zum Anlehnen geschaffen und durch und durch ein Alphatier war. Ja, ich wollte meinen eigenen Kopf haben, ich wollte Entscheidungen treffen, ich wollte gehört und ernstgenommen werden, aber genauso sehr wollte ich ganz Frau sein. Mich von einem Mann führen lassen, mich fallen lassen und meine Weiblichkeit genießen. Es war irgendwie seltsam, früher war mir nie in den Sinn gekommen, dass ich selbstständig sein wollte, denn schließlich lebten es mir meine Mom und mein Dad vollkommen anders vor. Aber seit ich mein Studium beendet und in der Geschäftswelt Fuß gefasst hatte, war dieses Bedürfnis vorhanden. Und um ganz ehrlich zu sein, war es, seit ich Lightman begegnet und mit diesem durch und durch männlichen Mistkerl im Bett gelandet war, noch intensiver geworden. Er ließ mich vollkommen Frau sein, war von mir angeturnt und beeindruckt … aber, ich wollte nicht nur, dass er verrückt nach meinem Körper war. Nein, ich wollte, dass ihn mein Verstand und meine Vita genauso sehr beeindruckten, wie meine Vagina.

Genau das war der Grund, warum ich heute zweihundert Prozent gab. Wir ackerten die Pläne des Wellnessbereiches noch einmal durch, bevor wir zu den Restaurantsanierungen weitergingen. Steve erklärte mir, dass er technisch und mit Trenderscheinungen immer vorn mit dabei sein musste, um dem Namen und dem Hintergrund des Hotels gerecht zu werden. Ich verstand sein Anliegen irgendwie, den Gedanken dahinter, im Grunde hatte er schon recht, dass er nichts dafür konnte, wenn sich die Technik so atemraubend schnell weiterentwickelte. Momentan war es noch nicht so weit, dass wir über Schritte nachdachten, wie wir Kosten sparen konnten, wir waren immer noch in der Analyse-Phase. Ich hatte das Gefühl, den ganzen Tag über zu meinem alten Ich gefunden zu haben. Das warme Gefühl, wieder zu wissen, was ich tat, wer ich war, machte sich in mir breit und ich beschloss, noch kurz zu Steve nach oben in sein Penthouse zu fahren, um ihn in der Vermutung zu bestärken, dass wir auf dem richtigen Weg waren. Er war vor ein paar Stunden zwar gefasst, aber irgendwie frustriert gewesen, und mein Tag war super gelaufen …

Man bin ich nett, dachte ich, als ich auf R für »Roof« klickte und eine imaginäre Staubfluse von meinem Etuikleid zupfte. Es war in tiefem Rot gehalten, fast ging es ins Bordeaux. Ein schwarzer Ledergürtel betonte meine schmale Taille. Der Stoff schmiegte sich an meine Kurven, und ich hielt meinen Blazer weiterhin über dem Unterarm. Mir war warm, die Ärmel des Kleides, welche knapp über meinen Ellbogen endeten, reichten völlig aus. Ich betrat nach dem leisen Pling des Fahrstuhls den langen, hell erleuchteten Flur und stand alsbald vor der einzigen mir bekannten Tür, die in seine Wohnung führte. Selbstverständlich klopfte ich an und wartete höflichkeitshalber darauf, dass er mich hereinbat. Er war wohl der einzige Mensch auf der Welt, der keine Türklingel besaß. Na ja ... noch nicht einmal eine richtige Wohnung.

Nachdem ich zwei Mal geklopft hatte, sich aber niemand meldete, öffnete ich langsam die Tür und spähte hinein. Ganz offensichtlich war er zu Hause, denn als ich geradeaus blickte, sah ich, dass er sich in der Fensterfront spiegelte. Er schien entspannt – allein auf dem Sofa sitzend und in den Fernseher schauend, sah wohl irgendein Interview, denn nervöses Mädchengekicher und eine tiefe männliche Stimme waren aus den Lautsprechern zu hören.

Gerade als ich ihn von der Seite und seinen Fernseher sehen konnte, blieb ich ohne ein verdammtes Wort, wie angewurzelt stehen.

Steve Lightman sah nicht einfach nur fern.

Vielleicht ein Interview.

Nein.

Er guckte einen Porno.

Und befriedigte sich dabei selbst.

6
STEVE

> »Man, wie schaffst du es, dass sich so was wunderbares, wie betrunkener Sex plötzlich schmutzig anhört?«
> – Charlie Sheen –

Oh Mann, war die Frau der Hammer!
Meine Hand umschloss meinen steifen Schwanz fester, als ich an ihm auf und ab fuhr. Es fühlte sich so gut an. Nicht wie eine warme, feuchte Pussy, auch nicht wie ein Mund, der mich massierte, aber es war nicht übel.
Und wer war schuld daran, dass ich mir jetzt einen runterholte?
Susan Montgomery.
Sie war in unserer heutigen Besprechung so dermaßen heiß gewesen, dass ich fast ausgerastet wäre. Den ganzen Tag über, seit ich um neun Uhr im Hotel angekommen war, eigentlich ziemlich sauer, weil sie mein »Online Date« nicht angenommen hatte, hatte sie mich in den scheiß Wahnsinn getrieben. Aber nicht in den, in welchem man das Gefühl hatte, man würde gleich durchdrehen. Nein. Sie schaffte es, mich mit ihrem Lächeln, dem koketten Knoten, zu dem sie ihre Haare tief im Nacken geschlungen hielt, und diesem roten Kleid, das sich wie eine scheiß zweite Haut perfekt an ihren Körper schmiegte, verrückt zu machen. Beinahe mit dem ersten Schritt in den Konferenzraum, in welchem wir die Unterlagen durchgingen, war mein Schwanz steif gewesen, und hatte sich einfach nicht beruhigen lassen. Mit Mühe und Not hatte ich unterdrücken können, wie ein Teenie auf die Toilette zu laufen und mir einen runterzuholen. Gegen acht Uhr abends hatte ich es einfach nicht mehr ausgehalten.

Ich hatte mich von ihr verabschiedet, schwer davon beeindruckt, dass sie immer noch die Konzentration hatte, Unterlagen durchzusehen, und war nach oben gegangen.

Mein erster Weg hatte mich in mein riesiges Wohnzimmer geführt, in welchem nur eine Stehlampe den Raum erhellte, dort hatte ich auf Play gedrückt. Von gestern Abend war noch einer meiner Lieblingspornos im Speicher und diesen hatte ich vor, jetzt weiterzugucken. Genau das, und weil ihr verdammter Mund, zusammen mit dem Gefühl, wie ihre enge Muschi mich umschloss, nicht mehr aus meinem Kopf verschwinden wollten, fuhr meine Hand nun an meinem Ständer auf und ab.

Die dunkelhaarige Schönheit auf dem Bildschirm – zugegeben sie sah Susan verdammt ähnlich, zumindest von hinten – wurde gerade interviewt und musste es sich dabei selbst besorgen.

Ich stellte mir vor, dass es Susan war, die tief ihre Finger in sich versenkte. Die die Lider geschlossen hielt und mit der anderen Hand ihre Titte drückte, bis sie aufstöhnte. Das Bild vor mir verschwamm und ich sah nur noch die Wirtschaftsprüferin, wie sie ihren Hintern erhoben hatte, damit ich noch tiefer in sie eindringen konnte. Wie sie meinen Namen tief und rau gestöhnt hatte und mich in die Schulter biss. Meine Hand verlangsamte ihre Aktivitäten und ich griff fester zu. Genau das hätte ich jetzt nämlich gemacht, hätte ich sie gerade gefickt. Ich hätte mit ihr gespielt. Mein Tempo gesteigert, verlangsamt und heftig in sie gestoßen. Ich lehnte meinen Kopf an dem dunklen Stoff des Sofas und sah aus dem Augenwinkel etwas Rotes. Etwas kurviges Rotes. Meine Hand stoppte nicht ihre Bewegung, als ich den Kopf drehte und die Frau sah, die ich sehen wollte. Die, die gerade noch in meiner Fantasie gewesen war.

»Was tust du?«, flüsterte sie schwerfällig und spreizte ihre freie Hand auf Höhe ihres Bauches.

Sie rannte nicht davon, das wertete ich als gutes Zeichen. Ich war schon immer ein Mann gewesen, der mit seiner Sexualität offen umging, der sich nicht schämte, dass er Orgasmen, Frauen und alles, was dazugehörte, liebte. Es war natürlich, und ich wollte – würde ich denn jemals eine feste Freundin haben – eine Partnerin, die das ebenso sah. Monogam natürlich. Warum mir dieser Gedanke genau jetzt kam, als Susan vor mir stand, die Lippen einen Spalt geöffnet, die Wangen von einer zarten Röte überzogen und ihre Hand mit dem einzelnen goldenen Ring an ihren schmalen Fingern auf ihrem Bauch gespreizt, als würde sie die Wärme in sich fühlen wollen, wusste ich nicht.

Aber er war da.

»Wonach sieht es aus?«, fragte ich träge und wünschte mich sogleich innerlich zum Teufel. Ich hätte sie mehr anmachen müssen, wenn ich sie nochmals ficken wollte. Ich hätte mehr in die Offensive gehen müssen.

»Nun«, jetzt war ihre Stimme wieder fest und sie räusperte sich, »Pornos gucken und dir einen runterholen?«

»Ich bewundere dich schon die ganze Zeit für deinen Scharfsinn.«

Susan kam einen Schritt auf mich zu, ließ ihre Tasche von ihrer Schulter zu Boden gleiten und ihren Blazer, den sie über dem Unterarm getragen hatte, fallen.

»Ich habe dich nicht für den Typ Mann gehalten, der Pornos guckt«, erwiderte sie, heftete ihren Blick aber auf meinen Harten, den ich immer noch mit meiner Hand bearbeitete.

»So?«, fragte ich und hob eine Braue. Ein Lusttropfen trat aus meiner Spitze aus und ich verrieb ihn. Ich wünschte, es wäre ihre Hand oder ihr Mund gewesen, der ihn auffing. Mein Verlangen nach dieser Frau war seit unserer gemeinsamen Nacht unersättlich. Sie war einfach besonders. Anders. Besser. Ich wollte sie nochmals haben. Das wurde mir jetzt deutlich klar. »Was für ein Typ bin ich denn?« Irgendwie war es strange, dieses Gespräch zu führen, während ich keine Hosen trug, meinen Schwanz massierte und sie mit diesem verdammten Kleid in diesen schwindelerregend hohen schwarzen Schuhen vor mir stand.

»Ich dachte, du würdest das Live-Gefühl einer Vagina um deinen Schwanz bevorzugen.«

»Tu ich.« Gott war es heiß, wenn sie von Muschis und Schwänzen sprach.

»Wieso holst du dir dann einen runter?«, fragte sie und kam noch einen Schritt näher.

Ich konnte sie riechen. Ihr Parfum, welches sie heute Morgen aufgetragen hatte. Weich und frisch. Vielleicht mit etwas Zitrone. Zusammen mit ihrem Shampoo und ihrem Weichspüler. Ich konnte sehen, dass die Situation sie erregte, auch wenn es scheinbar gegen ihren Willen geschah ... Ich konnte sehen, wie sie versuchte, in dem sowieso schon engen Bleistiftkleid ihre Oberschenkel ein klein wenig zusammen zu drücken, um sich Erleichterung zu verschaffen.

»Weil ich an nichts anderes denken kann ...«, gab ich offen zu, biss mir auf die Lippe und krallte meine freie Hand in den Stoff neben mir, damit ich mich davon abhielt, zu ihr zu gehen und mich ihr aufzuzwingen. »An nichts anderes als an dich in diesem Kleid, diesen Schuhen und wie ich in deine Pussy stoße.«

Mühsam schluckte sie, wandte den Blick aber nicht ab. Der Porno geriet in den Hintergrund, ich hörte ihn kaum noch. Alle meine Sinne waren auf sie gepolt. Ich versuchte, sie mit puren Gedanken in meine Richtung zu bewegen. Ich wollte sie küssen, anfassen, vor allem aber wollte ich sie ficken und auf ihr kommen. Meine Hand wurde schneller, und ich wusste, dass ich fast so weit war. Bei dem Film hätte ich länger durchgehalten, aber dass ich jetzt sah, wie sie vor mir stand, Faszination in ihrem leicht glasigen Blick, ihre Brust, die sich schwer hob und senkte, ihre Schluckbewegungen, als müsste sie sich mühsam davon abhalten, mich zu verschlingen … ihre Finger, die sich durch den roten Stoff fest in die Haut ihres Bauches pressten, sodass, obwohl sie gar kein Gramm Fett an ihm hatte, ihr Körper durch ihre gespreizte Hand drückte.

Es war sowieso schon egal. Tabus schien es bei Susan und mir keine zu geben, oder wir hatten sie einfach alle gebrochen. Ja, wir befanden uns in einer Geschäftsbeziehung und hatten beschlossen, professionell zu sein, aber hey, ich gab mir Mühe. Immerhin war sie in meinen vier Wänden zu Besuch. Es war ja nicht so, als hätte ich mir vor ihren Augen die Hosen runtergezogen und es mir selbst gemacht. Nein, sie war in meine Privatsphäre eingedrungen, auch wenn sie sagte, dass sie nur auf professioneller Ebene mit mir zusammenarbeiten wollte.

»Ich kann an nichts anderes denken, als an deine Lippen, die mich in den Mund nehmen.« Schwer atmete ich, sie ebenso. Auch wenn sie sich nicht berührte. Dabei hätte ich mir gewünscht, sie hätte das Kleid über ihre weiblichen Hüften gezogen und wäre mit ihrer Hand in ihrem Höschen verschwunden. Ich wollte sehen, wie nass sie glänzte, wie feucht sie für mich war. »Oder daran, wie eng du warst, als ich dich in Philadelphia gefickt habe.«

»Du meinst wohl«, sagte sie schließlich mit heiserer Stimme, »Als *wir* es getrieben haben. Ich war auch beteiligt.« Leise lachte ich schwer atmend. Oh ja, sie war definitiv beteiligt gewesen. Sie hatte mich geritten, als hinge ihr verdammtes Leben davon ab. Susans Wände hatten mich so stark massiert, dass ich fast ohnmächtig geworden war. Und FUCK! Ich hatte es geliebt.

»Ich will wieder in dir kommen, Susan«, gab ich ehrlich zu. »In dir. Auf dir.« Ich fühlte, wie meine Eier sich nah an meinen Körper zogen. Meine Beinmuskeln verkrampften sich. »Mit dir.« Gerade, als ich die letzten Worte ausgesprochen hatte, spritze ich ab. Auf mein

Hemd, das ich nur nachlässig nach oben geschoben hatte. Auf meinen Bauch, von dem ich mir wünschte, es wäre ihrer.

Susan legte den Kopf leicht schief, fast sah es so aus, als hätte sie noch nie einen Mann gesehen, der sich selbst befriedigte. Ich war mir ziemlich sicher, dass das nicht der Fall war. Die heiße Brünette war eine Frau, die in allen Lebenslagen sicher und gebildet war. Sie nahm sich, was sie wollte. Mit Sicherheit nicht wie ich, indem sie über Leichen ging, aber sie kam ans Ziel. Dessen war ich mir sicher. Und da sie ausstrahlte, dass sie mit ihrer Sexualität im Einklang war, wäre es wirklich verwunderlich gewesen, wenn sie noch nie jemanden gesehen hätte, der es sich besorgte.

Meine Hand, die sich neben mir verkrampft hatte, legte ich nun über meine Stirn, ich schloss die Augen und holte tief Luft. Heilige Scheiße. Dieser Orgasmus traf mich aus dem Innersten. Mit Wucht.

Ich atmete noch schwer, verfluchte mich, weil ich keine Taschentücher bereitgelegt hatte, als ich plötzlich ihren warmen Finger auf dem Streifen nackter Haut auf Lendenhöhe fühlte. Sie fuhr damit ganz zart durch ein wenig Sperma. Ihr Oberschenkel an meinen gedrückt. Mein Schwanz war wieder halbsteif.

»Ich habe noch nie Sperma probiert«, erwiderte sie schließlich mit leiser Stimme. Fasziniert betrachtete sie ihre kaum benetzte Fingerkuppe.

Meine halb gesenkten Lider, der Arm über meiner Stirn … verhinderte nicht, dass ich jede Gestik, jede Regung genau mitbekam. Ich ließ mir meine Überraschung nicht anmerken. Irgendetwas sagte mir, dass es jetzt kein kluger Schachzug gewesen wäre, sie in Verlegenheit zu bringen. Nachdem sie in dem schwachen Licht die glänzende Flüssigkeit scheinbar genug inspiziert hatte, hob sie den Blick und sah mir direkt in die Augen.

»Darf ich?«, fragte sie und führte den Finger an ihre Lippen. Heilige Maria Mutter Gottes. Diese Frau war das Heißeste, was ich jemals gesehen hatte. Unschuldige Heilige. Und wie ich wusste, konnte sie sich im Bett verhalten wie eine erfahrene Hure. Eine explosive Mischung für einen Mann wie mich.

»Nur zu«, erwiderte ich mit tiefer Stimme und beobachtete genau, wie sie sich ihren Zeigefinger mit den roten, fein manikürten Fingernägeln zwischen die Lippen schob und daran zu saugen begann. Als sie nach wenigen Sekunden mein Sperma von ihrer Kuppe abgeleckt hatte, wirbelte sie noch einmal mit ihrer kleinen rosa Zunge darum.

»Es schmeckt salzig«, erklärte sie. »Und irgendwie … süßlich.«

Ich zwang mich, sie nicht anzufassen. Wenn die Frau, die die Regel »professionell« aufgestellte hatte, noch mal mit mir im Bett landen wollte, dann musste das von ihr ausgehen. Ich war kein Wichser.

Nicht bei ihr.

Zumindest versuchte ich, keiner zu sein.

Meine Lider hielt ich zugepresst, um meine Beherrschung über diesen erotischen Akt, den sie hier gerade aufgeführt hatte, zurückzuerlangen. *Nicht bewegen, Lightman. Nicht bewegen.* Sonst wäre ich auf der Stelle noch mal gekommen. Ohne dass ich in irgendeiner Hand, in einem Mund oder ihrer Muschi gewesen wäre.

Genau aus diesem Grund, bemerkte ich nicht, dass sie sich mir genähert hatte. Susan Montgomery wusste anscheinend, ob bewusst oder als reiner Glückstreffer, wie sie mich umbringen konnte.

Indem sie ihre Lippen auf meine legte und mit ihrer Zunge, auf der ich mich schmecken konnte, in meinen Mund eindrang.

Verdammte Scheiße.

Ich war am Arsch.

7
STEVE

> *»Ich habe keine Dinnerpartys – ich esse mein Abendessen im Bett.«*
> – Hugh Hefner –

*W*as zur Hölle war das?

Ich donnerte das Glas mit Scotch auf meinen Wohnzimmertisch und nahm meine vorherige Haltung wieder ein. Sie kam in meine Wohnung, begaffte mich beim Wichsen, lutschte sich mein Sperma von ihrem sexy Finger und küsste mich anschließend, als gäbe es keinen verdammten Morgen.

Hatte ich was verpasst? Wüteten dort draußen Aliens? War Krieg in New York ausgebrochen? War es unser letzter Tag auf Erden? Wieso hatte sie das getan? Ich meine, heilige Scheiße, das stand nicht in meinem Handbuch für kleine Frauenhelden. Es war eine Aktion und Reaktion von ihr, die so untypisch war, dass ich, kaum daran gedacht, wieder einen Ständer bekam.

Hätte ich sie beim Masturbieren erwischt, fuck, das wäre ähnlich verlaufen, na gut, mit mehr Körpereinsatz und weniger Worten meinerseits, aber es passte eher ins Bild, als das, was sie getan hatte. Sie hatte dagestanden, mit ihren Kurven, in diesem verfluchten Kleid, das ich ihr schon den ganzen Tag hatte vom Körper schälen wollen, und beobachtete, wie ich mir einen runtergeholt hatte. Zu einem Porno.

Sollten Frauen nicht eigentlich das Weite suchen, wenn irgendwo ein Porno lief? Sie war ganz anders. Wie gefesselt hatte sie mir zugeschaut, mich analysiert und war eindeutig fasziniert gewesen. Vielleicht hatte sie noch nie einen Mann gesehen, der es sich besorgte. Oder … da war noch mehr gewesen.

Hunger.

Hunger auf mich und meinen Schwanz.

Gott stehe mir bei, ich würde ihr den Magen sofort füllen, wenn sie mich ließe. Scheiß auf Regeln. Auf Anstand. Auf Moral. Darauf, dass man das eigentlich nicht tat. Ihre warmen, weichen Lippen auf mir zu spüren, hatte mich zurück zu unserer gemeinsamen Nacht katapultiert. Wenn ich bis dahin gedacht hatte, ich könnte sie nicht vergessen, dann war es wohl Zeit zu sagen: Ziel erreicht, jetzt würde sie nie wieder aus meinem beschissenen, sex- und frauenbesessenen Kopf abhauen können. Sie war irgendwie wie verdammtes Kryptonit, und das gefiel mir ganz und gar nicht.

Was war das überhaupt, das sie danach wortlos – beschissen nochmal WORTLOS – aufgestanden und gegangen war? Ohne irgendwas? Sie hatte mich hier zurückgelassen, hatte mich sitzend mit meiner offenen Hose, meinem Schwanz, der durch den Kuss wieder steif geworden war, zurückgelassen und sich verpisst. Das war doch eigentlich immer mein Part gewesen! Ich sollte das machen. Mich so verhalten und sie sitzen lassen. Aber nein, Missis war mir zuvorgekommen.

Ich goss mir von dem Scotch nach, nahm einen großen Schluck und griff nach meinem Handy. Der Bildschirm war schwarz und tot. Das pisste mich gleich noch mehr an. Warum, konnte ich nicht genau sagen, denn eigentlich hätte ich doch froh sein sollen, dass ich mein Ziel erreicht hatte. Ich war gekommen und die Frau war verschwunden. So sollte es laufen, wie ich meinen Brüdern immer rauf und runter gebetet hatte. Und nun war ich angepisst, weil es *wirklich* einmal so war? Weil eine Frau sich nicht stundenlang in meinem Beisein nackt aalen wollte, um eine zweite Runde abzugreifen? Darüber regte ich mich jetzt ernsthaft auf?

Heilige Scheiße!

Ich klickte ein paar Mal auf meinem Handy, bis die Skypeverbindung stand, und wartete darauf, dass einer meiner rosaroten verliebten super Brüder abnahm. Dumme Wichser!

Sicher wurden sie gerade beim abendlichen Familiendinner von ihren Frauen belagert. Heilige Scheiße, das wollte ich doch auch nicht. Genau deshalb fragte ich mich, wieso sich das Gefühl nicht einstellte, froh zu sein, dass sie gegangen war. Direkt *danach* wohlgemerkt.

Ehe ich meine Hosen angehabt hatte.

»Steve, du kleiner Sack, was gibts?« Ich sagte doch, Abendessen. »Eva ist mit dabei. Wir essen gerade.« Ich sah meinen Bruder von unten, wie er fröhlich in die Kamera grinste und sich eine Gabel mit … irgendwas in den Mund stopfte. Gleich darauf sah ich den halben Kopf meiner Schwägerin in spe auf meinem Handy.

»Hallo Steve.«

»Hi«, erwiderte ich, und das Knacken in der Leitung zeigte an, dass Jason nun auch da war.

»Hey Jungs, was gibts?«

»Keine Ahnung«, erwiderte Eric mit vollem Mund. »Der Kleine hat angerufen.«

»Als Sternekoch solltest du eigentlich mit der Knigge vertraut sein, dass man nicht mit vollem Mund spricht.«

»Leck mich«, erwiderte er wieder und stopfte sich demonstrativ eine übervolle Gabel in den Mund. »Das schmeckt Hammer.«

»Was gibt es denn?«

»Fertiglasagne«, stöhnte Eva laut und deutlich. Eigentlich mochte ich es nicht, wenn die Partnerinnen meiner Brüder bei unseren Gesprächen zuhörten. Nicht, dass mich das gehemmt hätte. »Der kleine Idiot hier ist ernsthaft zu faul, uns etwas zu kochen.« Oh, sie bezeichnete meinen ältesten Bruder als Idiot, vielleicht mochte ich sie doch dabeihaben.

»Ich mach das den ganzen Tag.«

»Du liebst, was du tust.«

»Ich liebe …«

Entschlossen grätschte ich dazwischen. »Leute? Echt jetzt? Ich kotz gleich.«

Jason war wie immer relativ ruhig, schenkte sich seinen Bourbon mit Eis ein und lächelte. »Was liegt an, Steve?«

»Wieso muss etwas anliegen?«, fragte ich, griff nach meinem Scotch und den Kippen, um auf meine Dachterrasse zu gehen. Das war der einzige Makel an der Wohnung. Mein Wohnzimmer, die offene Küche und der Essbereich hatten Fensterfronten, die Dachterrasse war nur über mein Schlafzimmer erreichbar. War praktisch, wenn man unterm Sternenhimmel vögeln wollte, war unpraktisch, wenn man einfach nur mal eine Kippe inhalieren wollte.

»Weil du kleiner Scheißer nie anrufst. Das geht immer von uns aus.« Eric nahm einen Schluck aus seinem Weinglas. Jason hob die Braue.

»Wein, Eric? Ernsthaft?«

»Ja Bro«, erwiderte er. »Das ist es, was eine Verlobung aus dir macht. Wein statt Whiskey und Fertiglasagne statt Hummer.«

»Lasst euch keinen Scheiß erzählen!«, rief Eva aus dem Hintergrund. »Ich gehe jetzt zum Pilates. Baby, wenn ich nachher wieder hier bin …«

Jason unterbrach sie. »Lass es, Eva, bitte. Du bist unsere Schwägerin.« Kichernd kam Eva noch einmal nah an die Kamera und legte die Stirn in Falten.

»Jason Lightman, du bringst aber Luisa schon mit zur Hochzeit?«

»Ich weiß nicht, wie dick sie bis dahin sein wird.«

»Heilige Scheiße«, flüsterte mein Bruder Eric. Ich weitete meine Augen und schüttelte den Kopf.

»Das war dann K. o. in der ersten Runde. Adios Sex. Adios Essen. Adios Leben.«

»Was?«

»Na, das weiß sogar *ich*, dass du es dir jetzt mit Luisa erst mal ordentlich versaut hast, nach dem Kommentar.« Meine Stimme klang großkotzig.

»Sie hört mich doch nicht mal.«

»Na«, erwiderte Eva in einer Tonlage, die ganz klar zeigte, dass sie sauer war. Vermutlich so ein Frauen-Solidaritätsding. »Da wir eine online Pilatesstunde zusammen haben, werde ich ihr das wohl jetzt erzählen müssen.« Sie tat eine abwehrende Handbewegung. »So unter Schwägerinnen.«

Eric grinste von einem Ohr zum anderen, gab seiner Verlobten einen Kuss, der definitiv *nicht* jugendfrei war – obwohl meine Schmerzgrenze diesbezüglich hoch lag –, und sie ging.

»Ich bin am Arsch, oder?«, fragte Jason und trank sein Glas in einem Zug aus, während ich langsam an meiner Kippe zog und nickte.

»Oh ja, ich bin jetzt nicht so der Experte für Beziehungen, aber ich glaube, ja … du bist am Arsch.«

»Ach«, sagte Eric lachend. »Das wird schon. Sag doch einfach: ›Ja, ich bringe sie mit zur Hochzeit.‹ Das war es nämlich, was Eva hören wollte.«

»Heilige Scheiße«, erwiderte ich. »Können wir jetzt zu meinem Problem kommen?«

»Ich dachte, du rufst nur einfach so mal an?«

»Fick dich«, erwiderte ich, setzte mich auf den Boden, zog die Beine an und sah in mein Handy. »Susan war heute Abend hier.«

»Ich hab dir doch gesagt, verflucht noch mal, dass du sie nicht ficken sollst.« Jason wurde laut.

»Ich habe sie nicht gefickt«, erwiderte ich. »Sie hat mich gefickt.«

»Ist das nicht egal, wenn dein Schwanz in ihr war?«, fragte Eric und stellte sich ebenso auf die Terrasse, um eine Zigarette zu rauchen. Unsere Mutter hatte uns eben zu anständigen jungen Männern erzogen.

»Das ist es ja, *er* war nicht in ihr.«

»Danke Gott. Luisa hätte mir den Arsch aufgerissen«, erwiderte Jason und atmete hörbar auf. Er stand nun ebenfalls an der frischen Luft und qualmte.

»Also rufst du an, weil du ungefickt bist?«, fragte Eric und lachte. »Du musst noch so viel lernen, Steven Lennox Ragnar Nicolas Lightman.«

»Alter, du klingst wie Mom«, rief ich und kippte meinen Scotch. »Ich bin nicht ungefickt.«

»Entscheidest du dich mal? Ich will zu Luisa und das wiedergutmachen. Sie ist nicht dick.«

»Du stehst unterm Pantoffel«, ergänzte Eric.

»Das sagt ja der Richtige«, fügte ich leise an.

»Du bist ungefickt. Ich nicht. Ich habe jeden Tag mindestens …«

Jäh unterbrach Jason ihn. »Erspar es uns, Bruder. Bitte.«

»Könnt ihr zwei Arschgeigen jetzt mal zuhören?«, fragte ich erneut. Als ich ihre volle Aufmerksamkeit besaß, sprach ich weiter. »Sie hat mich den ganzen Tag angeheizt. In diesem scheißengen Arschwackel-Kleid, und dann bin ich hoch und hab Pornos geguckt.«

»Geguckt, oder dir einen runtergeholt?«, fragte Eric und ich zündete mir nochmals eine Zigarette an.

»Selbstverständlich habe ich gewichst, Bruder.« In meiner Stimme klang Stolz mit. »Ich bin doch kein Mann, der ein gutes Buffet verweigert.«

»Ich auch nicht«, rief er und zog die Brauen zusammen.

»Du isst Fertiglasagne, also halt die Klappe und lass den Kleinen reden.«

»Auf jeden Fall … sie stand dann einfach in meinem Wohnzimmer.«

»Als du die Hosen gerade runtergelassen hattest?«

»So ungefähr.«

»Was?«, fragte Eric.

»Ich war gerade voll dabei, als sie reingekommen ist.«

»Und sie ist wieder abgedampft?«, fragte Jason, die Stirn in Falten gelegt.

»Eben nicht! Sie hat ... ich glaube, sie war fasziniert.«

»Von dem Porno?«

»Von meinem Schwanz, du Idiot!«

»Ja, Regenwürmer sind ja Tiere, die man immer seltener sieht. Gerade in einer Großstadt wie New York.«

Lächelnd prostete ich ihm zu. »Nur kein Neid, Bruder, nur kein Neid.« Auf seine Spitze würd ich nicht einsteigen. Ich liebte meine Brüder, auf einen echten »Schwanzvergleich« würde ich mich nicht einlassen. Nicht mit den Jungs, für die ich mein Leben geben würde, wenn ich es müsste. »Auf jeden Fall, sie hat da einfach gestanden, hat mit mir gesprochen, und der Porno war vergessen und ich hab nur noch sie angestarrt. Wie sie da stand ... so ... sie war so heiß. Ich schwöre es euch, dieses Kleid bringt mich um. Und ihre Kurven und ... FUCK!«, rief ich, und Eric grinste. »Und dann hab ich mir einen runtergeholt und sie kam anschließend zu mir und ...« Mühsam schluckte ich. Es war so intim. So viel mehr als einfach nur vögeln. Es war, und das wurde mir in diesem Moment bewusst, besonders gewesen.

Das, was wir geteilt hatten.

»Und?«, fragte Jason in leicht gelangweiltem Ton.

»Und sie hat das Sperma abgeleckt und mich anschließend geküsst.«

Ich hielt den Atem an. Absolut bewusst sogar. Ich hielt die Luft in meinen Lungen, weil ich wissen wollte, wie sie darauf reagierten. Ich wollte das unter keinen Umständen verpassen.

»Okay«, erwiderte Eric. »Und?«

»Wie und?«, stammelte ich.

»Also Eva leckt ständig irgendwo mein Sperma ab, wenn es für sie an einer erreichbaren Stelle ist.« Er zwinkerte uns lachend zu. »Und küssen tut sie mich auch, also?«

»Was?«, fragte ich, die Stimme voller Unverständnis, »Und dann ist sie gegangen.«

»Sie ist danach gegangen?«, fragte Jason und kam nahe an seine Handykamera heran. »Jetzt ist es interessant. Das mit dem Sperma ... du hast ja keine Ahnung, was Luisa alles mit ihrer Zunge erwischt.«

»Ihr könnt mich mal.«

»Nun sag schon«, warf Eric wieder ungeduldig ein. »Sie hat das Sperma abgeleckt, dich geküsst und ist dann gegangen?« Ich nickte in die Kamera und fuhr mir mit der freien Hand – meine Kippe hatte ich eben ausgemacht – über mein Gesicht. »Was hast du denn gesagt?«, fragte er und meine Augen weiteten sich. Wieso gingen immer alle direkt davon aus, *ich* hätte etwas gesagt?

»Nichts.«

»Und sie?«, fragte Jason und trank einen Schluck Bourbon.

»Nichts.«

»Wie nichts?«, fragte Eric erneut.

»Sie hat einfach nichts gesagt. Außer ›Darf ich dein Sperma ablecken?‹ Ich hab Ja gesagt und dann die Augen geschlossen, weil ich das verdammt noch mal genießen wollte. Danach hat sie mich geküsst, ohne ein weiteres verficktes Wort aus ihrem Mund, und anschließend ist sie aufgestanden und gegangen, ohne sich zu verabschieden, oder … na ja eben irgendwas.«

Meine beiden Brüder blieben still. Starrten in die Kamera, ehe sie in Gelächter ausbrachen.

»Sie hat dich sitzen lassen?«, fragte Jason und lachte schallend. Grimmig zog ich die Augenbrauen zusammen.

»Der kleine Weiberheld wurde abserviert«, Eric prostete mir zu. »Das ist ein neuer Feiertag für mich.«

»Wie scheiße seid ihr eigentlich?«, fragte ich ziemlich sauer. »Ich finde das nicht witzig. Ich meine, was soll denn das? Sie kann sich doch nicht einfach verpissen und das Weite suchen? Hallo?«, fragte ich rhetorisch und zündete mir die dritte Zigarette in den letzten dreißig Minuten an. »Ich bin derjenige, der geht. Ich. Nicht sie. Und morgen müssen wir wieder zusammen arbeiten, das kann doch nicht … ich meine … Was zur beschissenen Hölle sollte das?«

»Frag sie doch!«, warf Jason gut gelaunt ein.

»Sicher nicht.«

»Also Moment«, Eric räusperte sich. »Sie hat quasi genau das getan, wozu du jedem Mann mit Schwanz rätst, ist nach dem Orgasmus abgehauen …«

Ich unterbrach ihn. »Sie hatte ja nicht mal einen.«

»Wie auch immer. Sie ist nach deinem Orgasmus, der Leckerei und Küsserei einfach abgedampft, ohne ein Wort zu sagen.«

»Richtig.«

»Und das nervt dich jetzt?«, vergewisserten sich meine Brüder synchron.

»Aber wie«, erklärte ich. »Es pisst mich richtiggehend an.«

»Tja, kleiner Bruder«, begann Jason und sogar mich blendeten jetzt seine strahlend weißen Zähne, die man bei diesem breiten Grinsen nicht übersehen konnte.

»... Willkommen im Club der verliebten Männer.« Eric vollendete den Satz mit einem Zuprosten seines Whiskeys.

»Alter. Niemand spricht von Liebe oder verliebt sein oder überhaupt von Gefühlen, ihr Idioten.«

»Klar«, murmelte mein großer Bruder. »Noch nicht.«

»Was?« Ich schüttelte den Kopf. »Sie nervt mich einfach wahnsinnig. Sie will alles professionell halten und den ganzen Scheiß.«

»Oh, wie Eva.«

»Und wie Luisa.«

»Ihr beide seid echt Arschlöcher.«

»Charmant.« Jason lachte wieder laut. Mein Bruder war glücklich mit seiner Luisa, das sah man ihm an. Lange Zeit hatte er nicht mehr so viel gelacht wie bei unseren letzten Gesprächen.

»Ihr solltet mir helfen.«

»Was? Dir beizubringen, deinen Schwanz in der Hose zu behalten?«

»Ich muss sie loswerden!«, rief ich. »Ich muss sie irgendwie loswerden.«

»Du brauchst sie«, erklärte Eric sachlich, »Ich dachte, sie sieht deine Zahlen durch.«

»Ja, macht sie auch ... aber.«

»Dann behalte den Schwanz in der Hose, reiß dich zusammen, wenn du ja sowieso ...« Weshalb setzte Jason, der Pisser, das Wort »sowieso« in imaginäre Anführungszeichen? »... nicht in sie verliebt bist.«

»Bin ich nicht.«

»Also dann geh hinaus in die Welt oder ruf eine der Damen aus deinem Telefonbuch an und fick sie dir aus dem Kopf.«

Ich überlegte kurz. Eigentlich hatte ich gedacht, meine Brüder hätten etwas im Hirn, aber sie verstanden nicht das Ausmaß, das Problem der ganzen Angelegenheit. Sie dachten, das wäre so eine Situation, die man leicht vergaß. Mit der man nicht ständig in Gedanken spielen müsste. Sie waren einfach ... absolute Idioten. Sie hatten anscheinend noch weniger Ahnung von Frauen, als ich gedacht hatte.

»Wisst ihr was, ihr habt recht, das werde ich machen!«, stimmte ich schließlich zu. Es war leichter, einfach nachzugeben, als ihnen wieder und wieder zu erklären, wie ernst die Sache war. Also nicht die meiner angeblichen Verliebtheit, denn das war ja nun wirklich nicht der Fall, nein, ich meinte die Sache, dass eine Frau mich nicht so zu behandeln hatte. Diese ganze Sperma-Porno-Kuss-Geschichte.

Vermutlich wurden sie beide so von ihren Damen an der kurzen Leine gehalten, dass es gar nicht anders ging, als alles auf Gefühle zu schieben.

Die beiden waren verloren.

Aber ich würde ihnen nicht helfen.

Sie hatten sich ihr Grab geschaufelt. Also sollten sie es sich jetzt dort auch gemütlich machen.

8

SUSAN

»Wir alle machen Momente der Verzweiflung durch. Aber wenn wir ihnen ins Auge sehen, finden wir heraus, wie stark wir in Wirklichkeit sind.«
— Mary Alice —

Okay, ich hatte zwei Probleme, die ich beide zur gleichen Zeit bekämpfen wollte. Das Dumme war nur, ich war für beide Angelegenheiten selbst verantwortlich. Einmal gab es da diesen Typen, der mich spontan am Starbucks treffen wollte. Ungeplant lag mir nicht so, und doch wollte ich es eigentlich ausprobieren. In der Stadt, die niemals schläft.

In der Stadt der Singles.

In der Stadt, in der mich niemand kannte.

Aber ich tat es nicht. Weil meine verdammte Vernunft, die mich laut meiner besten Freundin Luisa um sämtliche Wow-Erlebnisse bringen würde, zurückhielt.

Das war einfach nur bescheuert gewesen. Ich hatte dem Kerl schon vor einer Stunde eine Nachricht geschickt, die aber bisweilen unbeantwortet geblieben war. Denn dass ich dieses Date verpasst hatte, brachte mich zu meinem zweiten Problem.

Hätte ich den Unbekannten getroffen, dann wäre er sicher so ein wundervoller, großartiger, sexy Kerl gewesen, der es definitiv zu verhindern gewusst hätte, dass ich heute Abend diese Büchse der Pandora öffnete.

Seit ich Steves Schwanz von Nahem noch einmal gesehen hatte, konnte ich nämlich an nichts anderes denken, als dass ich ihn in mir spüren wollte.

Wieder einmal suchte mich die Erinnerung heim, wie er mich in jener Nacht behandelt hatte. Wie eine verdammte Königin, irgendwie selbstlos, ob genau aus diesem Antrieb oder weil er nicht wollte, dass ich über ihn und seine Künste im Bett schlecht sprach, das wusste ich nicht. In diesen Stunden, gemeinsam mit ihm zwischen den Laken war mir klar geworden, dass mein Anspruch an Männer, was das Körperliche anging, für immer explodiert war. Und ich wusste auch, dass es für mich nicht so leicht umzusetzen wäre, wieder *so* jemanden zu finden. Man mochte es nicht glauben, ich war eigentlich extrem schüchtern, wenn es ans Eingemachte ging. Große Klappe, selbstbewusstes Auftreten, das alles war kein Problem für mich.

Solange es ums Flirten ging. Ums Kennenlernen. Ums Daten.

Eben alles, was nichts mit Sex oder sexuellen Aktivitäten zu tun hatte.

Sex hatte ich – und ja, irgendwie war es fast ein wenig peinlich, das zuzugeben – bis jetzt mit zwei Männern gehabt.

Mit meinem langjährigen Freund Jackson Miller, der Mann, von dem ich gedacht hatte, dass er mich heiraten würde. Nun, das hatte ich so lange, bis ich bemerkte, dass er sich zu dem gerahmten Foto seiner Mutter die Palme wedelte. Danach war die Beziehung, die zehn Jahre angedauert hatte, beendet gewesen. Unwiderruflich. Ich war noch in derselben Nacht aus dem gemeinsamen Apartment ausgezogen und bei Luisa untergekommen. Um diesen Schock zu verdauen, denn in meinen Augen war es absolut nicht normal … seine Mutter so zu verehren und zu lieben, hatte ich fast zwei Jahre gebraucht.

Zwei Jahre, in welchen ich mich voll und ganz auf meine Karriere konzentriert hatte. In der ich Fortbildungen wahrnahm, weit mehr als fünfzig Stunden die Woche arbeitete, so lange, bis ich Partner bei *Whits, Whites & Montgomery* wurde. Der Tag, an welchem mein Nachname mit auf dem Firmenschild stand, war wohl einer der schönsten in meinem Leben gewesen. Ich hatte das Ziel erreicht, auf das ich mich konzentriert hatte. Mit Anstrengung, Kraft, und vor allem hatte ich meine Wut und die negative Energie, die Jackson Miller in mir zurückgelassen hatte, in etwas Positives gewandelt. Darauf war ich stolz. Deshalb nahm ich mir vor, mich nun, wo ich beruflich etabliert und wieder in eine eigene Wohnung in Philadelphia gezogen war, um einen Mann zu kümmern.

Nur leider hatte sich der Datingmarkt seit meiner letzten Analyse, die ja bereits mehr als zwölf Jahre zurücklag, extrem verändert. In Zeiten von Online-Dating, in Zeiten, wo es leichter war, jemanden »wegzuwischen«, als ihm eine Chance zu geben, schien es schwer zu sein, den Einen unter Milliarden Menschen zu finden.

Nun, ich gab nicht auf, beschloss jedoch erst einmal, mich langsam wieder ans Flirten heranzuwagen. Dass der nächste Mann, der mir über den Weg lief, gleich Steve Lightman war, der wusste, wie man einen Schwanz in einen Zauberstab verwandelte, das war so nicht geplant.

Ich war unerfahren. Jackson und ich hatten zwar miteinander geschlafen, aber der minimale, kleine Einblick, den Steve mir in die Welt der Sexualität gewährt hatte, schien wie die vollkommene Fülle. Ein Spektrum, von dessen Existenz ich nichts gewusst hatte. Klar hatte ich schon Pornos gesehen, aber die wurden doch immer so abgetan á la: »Das ist ja eh nur Fake«. Dass ich mich an jenem Abend, in meinem persönlichen Streifen befand, darauf war ich nicht gefasst gewesen.

Dem Alkohol und der Tatsache, dass ich zu viel davon hatte, war es geschuldet gewesen, dass ich mich wirklich gehen lassen konnte. Nun, diesem und dem Gedanken, ihn ja sowieso niemals wiederzusehen.

Bis er mich anrief.

Ich wusste in dem Moment, als ich abnahm und sein Name in mein Gedächtnis sickerte, dass es ein gottverdammter Fehler war, den Auftrag anzunehmen. Aber es würde sich einfach so beschissen perfekt in meiner Mappe machen.

Ich, eine Frau, hatte dem Lightman Hotelmogul wieder auf die richtige Bahn der Zahlen geholfen. Das war einfach eine Hausnummer. Das war wie eine Eintrittskarte ins Paradies der männlichen Unternehmer.

Das wollte ich nicht verpassen.

Dass ich natürlich bereits an meinem zweiten Abend seinen verdammten Zauberstab wieder zu Gesicht bekommen und endlich eine meiner geheimen Fantasien wahr werden würde, damit hatte ich nicht gerechnet.

Selbstverständlich hatte ich mich all die Jahre gewundert, dass Jackson sich von mir keinen blasen lassen wollte, aber da meine Freundinnen bis vor Kurzem auch nicht so davon geschwärmt hatten (Luisa steckte nun alle damit an, wie wunderschön – ich meine, echt jetzt? – das war), hatte ich nicht allzu viel Wert darauf gelegt, mit

Tränen in den Augen, geöffnetem Mund, an einem Stück Mensch zu ersticken. Aber Gott stehe mir bei … das, was Steve da heute Abend gemacht hatte, so sinnlich, sexy und blickfangend, das ließ sich nicht anders beschreiben, als damit, dass es mich einfach nur angemacht hatte. Ja, es war ein Porno gelaufen, aber das war okay für mich, irgendwie war es besser, als wenn ich mir vorstellte, dass er eine andere Frau in seinem Zimmer gehabt hätte. Nur … nachdem er bemerkt hatte, dass ich bei ihm war, den Raum betreten hatte, hatte sich sein Blick auf mich geheftet.

Und zwar nur auf mich. Er sah nichts drum herum, seine Augen wurden eine Nuance dunkler, sein Blick verklärter. Sein Penis wurde noch steifer. Das hatte ich sogar von meinem Platz neben dem Sofa aus erkennen können.

Warum ich nicht davon gelaufen war, geschrien oder irgendwas gemacht hatte? Das war leicht zu erklären. Hätte ich mich auch nur einen Millimeter bewegt, wären meine Hände zu meiner Muschi gewandert und ich hätte mich ebenso gestreichelt. Jeden Anstand hinter mir lassend. Hätte ich den Mumm gehabt, meinen Mund zu öffnen, um etwas zu sagen, hätte ich ihn angefleht, mich zu ficken. Nochmals. Weil ich es nicht vergessen konnte.

Weshalb ich mich nicht einfach umgedreht und ihn in dieser intimen Situation allein gelassen hatte? Weil ich *ihn* wieder wollte. Ich gab es nicht gern zu, aber das war es, was er in mir auslöste. Das Verlangen, ihn wieder zu spüren.

Da er diesen intimen Akt vor mir vollzogen hatte, ohne die geringste Peinlichkeit im Ausdruck – ich war eben logisch veranlagt – und die Luft vor Sex geflirrt hatte, war ich zu der Erkenntnis gekommen, dass sich mir hier gerade die Gelegenheit bot, von einem sauberen, gepflegten Mann (ihr habt ja keine Ahnung, wie hart die Datingwelt über dreißig ist) Sperma zu kosten.

Nicht gleich so viel, dass mir schlecht werden würde, denn ich wusste ja gar nicht, ob ich den Geschmack mochte, aber dennoch ausreichend, um eine Ahnung davon zu bekommen, weshalb Luisa keine Probleme mehr damit hatte, zu schlucken. Ihr wisst doch, Freundinnen vertrauen sich alles an, oder?

Und dann? Dann war ich verloren gewesen. In dem Moment, als diese milchige, cremige Flüssigkeit meine Zunge benetzte, ich ihn schmecken konnte, war ich verloren. Ich fiel. Und fiel. Und fiel. Und wartete auf den Aufprall der Bitterkeit. Dass er mich auf meinen Platz verwies, dass er mir sagte, ich solle gehen. Dass er mich abwertend ansah, so wie Jackson es immer getan hatte, wenn ich einmal

Sex im Bad oder auf dem Küchentisch hatte haben wollen. Aber es kam nicht. Es passierte einfach nichts.

Genau deshalb tat ich das einzig Logische.

Nun, das für mich und vermutlich alle anderen Frauen auf der Welt Logische.

Ich küsste ihn.

… und dann? Dann flüchtete ich.

Zusammenfassend konnte man also sagen, dass ich heute, hätte ich meinen Tag einfach schon anders begonnen, gar nicht in die Situation gekommen wäre, ihm morgen mit roten, brennenden Wangen wieder ins Gesicht sehen zu müssen. Andererseits hätte ich dann auch auf diese sinnliche Erfahrung verzichten müssen. Ich kaute auf meinem Nagel herum und trank von meinem Glas Rotwein. Es war mir peinlich. Ja, das war es. Aber ich würde mir vor einem Mann, der sich seiner so sicher war wie Steve Lightman, garantiert nicht anmerken lassen, dass ich nicht genau wusste, was ich tat. Oder unsicher war. Es war für ihn nicht weiter wichtig, dass sich eine Frau ohne jede tiefere Erfahrung in puncto Sex, gerade sein Sperma von ihrem Finger geleckt hatte, als wäre sie ein verdammter Pornostar. Ich würde es irgendwann dem Richtigen erzählen. Und er würde mich auf den Kopf küssen und mir dankbar sein, dass ich mir gewisse Erfahrungen, Einzelheiten, Erlebnisse und Gefühle für ihn aufgehoben hatte. Er würde dankbar sein, für unsere ›ersten Male‹. Zumindest malte es sich mein kleines romantisches Herz, das im vollkommenen Gegensatz zu Susan Montgomery, der harten Wirtschaftsprüferin und Partnerin bei *Whits, Whites & Montgomery*, stand, so aus. Heilige Scheiße, ich drehte in diesem Zimmer hier durch.

Ich musste raus!

In eine Bar.

Ich musste spüren, dass man mir nicht ansah, was ich heute Abend getan hatte.

9
STEVE

»*Du brauchst niemanden, der dir sagt, wer oder was du bist. Du bist, was du bist!*«
— John Lennon —

»Ich krieg noch eines, Luke!«, rief ich über die Musik hinweg und leerte das Glas vor mir in einem Zug. »Ich werde noch einige brauchen, um das heute zu vergessen.«

Ich saß in der Bar um die Ecke vom Hotel, da mich meine Wände zu Hause erdrückt hatten. Es war fast Mitternacht, aber die matte Müdigkeit wollte sich einfach nicht einstellen. Meine beiden Brüder – diese verliebten Pisser – waren auch keine großartige Hilfe gewesen.

Luke stellte ein Bier vor mir ab, ich setzte es sofort an, trank es halb leer und sah mich wieder in der Bar um. War es ein Witz von ihr gewesen, als sie meinte, sie hatte noch nie Sperma gekostet? Hatte sie mich in die Irre führen wollen? Mich verarschen? War sie am Ende so eine perfekte »Hure«, dass sie wusste, wie man mit der Sinnlichkeit von Männern spielte? War sie wirklich Heilige und Hure in einem? Dieser Vergleich schien mir sehr passend, obwohl ich in diesem Zusammenhang das Wort »Hure« in keiner Form abstoßend fand. Wollte nicht jeder Mann, der sich auf eine Frau einließ, eine haben, die, sobald die Sonne unterging, von der Leidenschaft und Sinnlichkeit regiert wurde? Tagsüber anständig und professionell und abends eine Wildkatze? Nun, vielleicht eine Löwin, die einen nicht wortlos stehen ließ. Ich hatte daran zu knabbern. Und wie. Weil sie – kaum zur Löwin geworden –, wieder die heilige, sittsame Susan

Montgomery rausgekehrt hatte. Heilige und Hure. Ich hatte das nie ernst genommen, aber es war so absolut perfekt, um sie zu beschreiben. Es war perfekt für mich. Ich wollte so jemanden, und nun hatte ich anscheinend eine Frau kennengelernt, die so war. Dumm nur, dass ich keine Chancen bei ihr hatte. Da sie ohne ein Wort meine Wohnung verlassen hatte, ohne dass ich die Möglichkeit bekommen hatte, sie zu berühren, wusste ich, sie war von ihrem Punkt, alles zwischen uns rein professionell zu halten, nicht abgerückt.

Die Nacht mit ihr war der Hammer gewesen, und heute Abend, als wir praktisch dieses erotische Abenteuer miteinander geteilt hatten, war mir bewusst geworden, dass ich sie noch dringender wollte, als mir sowieso schon klar gewesen war. Susan Montgomery war eine Frau der Geheimnisse, dessen war ich mir sicher. Nur warum sie geblieben war, warum sie mich – sichtlich angeturnt – dabei beobachtet hatte, wie ich kam, das war mir nicht klar. Es wäre mir lieber gewesen, sie wäre weggelaufen. Frustriert nahm ich noch einen Schluck. Wäre sie abgehauen, hätte sie das, was sie ständig sagte, verdeutlicht. Nämlich, dass das alles hier in New York, zwischen uns rein geschäftlich war. Aber durch den Kuss, durch ihre sexy Frage, ob sie mein Sperma und somit *mich* probieren dürfte, waren die Grenzen verschwommen. Zumindest vor meinem geistigen Auge.

Mein Handy vor mir leuchtete auf.
Ich habe es heute nicht geschafft. Mein Tag war die Hölle.
Ihr Tag war die Hölle? Sollte das ein Witz sein? Meiner war die absolute Qual gewesen. Es kam mir verlockend vor, mir einen Nagel durchs Ohr treiben zu lassen und mich damit an einen Baumpfahl zu ketten. Und der Abend … heilige Scheiße. Der Abend war der zweitbeste meines Lebens gewesen.

Zusammen mit einer Frau. Mit ein und derselben Frau.

Irgendwie machte sie mich wütend. Ihre Signale waren so widersprüchlich, gerade diese Aktion, dass sie einfach abgehauen war. Okay, ich war ein Arschloch, aber ich würde sie dennoch niemals zu etwas zwingen, das sie nicht hundertprozentig wollte. Und … diese Regel, die hatte ich noch nie gebrochen und würde ich auch nie. Mein selbst auferlegtes Zölibat, mit niemandem aus dem Hotel zu schlafen, hatte ich ja schon mehrmals … vernachlässigt. Aber die Regel, dass ich keine Frau gegen ihren Willen anrührte, die war in Stein gemeißelt. Also, warum machte es mir dieses Miststück so beschissen schwer? Immer wieder las ich ihre Textzeilen, und der Mann, der flirten wollte, erkannte, dass das ihre Version von In-ein-

Gespräch-Einsteigen war, aber ich wollte jetzt gerade nicht ihr Onlinedating-Partner sein. Ich wollte gerade Steve sein, der Susan fickte. Ich leerte mein Bier, wedelte mit dem Glas herum, und Luke nickte.

Na gut, ich wollte sie nicht nur vögeln, ich wollte sie anschreien, beschimpfen. Küssen. Von mir wegschicken. Um ihre Voodoo-Pussy betteln. Und vor allem wollte ich mich wieder wie ich selbst fühlen. Nicht wie diese verweichlichte Version, die ernsthaft seine Brüder anrief, um zu besprechen, weshalb eine Frau aus seiner Wohnung verschwunden war.

Immer hatte ich gedacht, dass eine Frau einfach sexy sein musste. Ein heißer Körper auf zwei Beinen. Aber Susan war so viel mehr als das, und es fühlte sich an, als würde ich es nicht auf die Reihe kriegen, wieder zurück zu meiner alten Form zu finden. Wieder zurück zu dem Vor-sechs-Wochen-Ich.

Da war ich das erste Mal mit ihr im Bett gewesen.

Okay, natürlich hatte ich auch danach Sex gehabt, ich war ein Mann. Ein Mann, der Frauen liebte, aber der Sex war anders als zuvor. Es war so ... als wäre das mit Susan »BÄM. BOOM. WOW« gewesen und alle anderen Frauen waren so ... »OKAY. NICHT ÜBEL. PRIMA« Aber man wollte es trotzdem haben. Wie, wenn man wo eingeladen war und dort gab es nur Lightbier. Ja, man trank es, aber richtig, richtig gut, schmeckte nur das Vollgehalt-Bier.

»Luke?«, rief ich, und einer meiner Kumpels, mit dem ich öfter um die Häuser zog, stellte im selben Moment das Bier vor mir ab.

»Hattest wohl 'n Scheißtag, was?«, fragte er und drehte sich bereits wieder ab, da eine Frau, die den ganzen Abend schon zu mir rüber sah, seine Aufmerksamkeit verlangte.

»In der Tat, Bruder. In der Tat«, murmelte ich vor mich hin und schielte auf mein Handy. Eine neue Nachricht von ihr. Hatte sie denn nicht die Dating-Regeln verinnerlicht? Man schrieb nicht zweimal. Einmal. Bis eine Antwort kam. Außer, man war gut befreundet. Aber wir »kannten« uns ja erst knappe vierundzwanzig Stunden.

Was hast du denn den ganzen Tag so gemacht?

Wieso konnte sie hier so nett sein? So freundlich? So ... normal? So wie damals, als ich sie in Philadelphia in dem Club mit ihrer Freundin gesehen hatte. Damals. Bevor ... mein Verräterkumpel zwischen meinen Beinen regte sich wieder. Arschgesicht! Ihr Online-Button leuchtete und sie sah natürlich, dass ich ihre Nachricht erhalten und auch gelesen hatte.

Ich hatte einen neuen Fall. Und ... der, mit dem ich da zusammenarbeiten

muss, ist einfach ein Arsch, schrieb sie in fröhlichem Plauderton.
Meine Augen weiteten sich. Jetzt antwortete ich sofort.
Ein Arsch, also?
Ich hätte ihr einfach sagen sollen, dass ich verflucht nochmal wusste, wer sie war und ihr gleich zeigen würde, was für ein Arsch ich wirklich sein konnte.
Ich bin Wirtschaftsprüferin. Aber auch wenn ich Kellnerin wäre, der Kerl ist einfach ein Idiot.
Mein Puls beschleunigte sich.
Was hat er denn gemacht, dass er ein Idiot ist?
Egal, schrieb sie sofort. Ich will das einfach nur vergessen. Du scheinst nett zu sein. Bist du gebürtig aus New York?
Nein, aber ich liebe und kenne die Stadt wie meine Westentasche. Du?
Nein. Ich bin hier nur zu Gast.
Aha. Und dann bist du auf der Suche?
Diese Frage blieb unbeantwortet. Ich konnte sehen, dass sie meine letzte Nachricht noch gelesen hatte, aber sie schrieb nicht mehr zurück. War ich zu weit gegangen? Ich steckte das Handy zurück in meine Tasche. Was brachte mir das alles? Über diese Dating-APP ein normales Gespräch mit ihr zu führen und im realen Leben nicht über sie herzufallen? Anscheinend war ich verdammt. Oder irgendjemand hatte Spaß daran, mich fühlen zu lassen, was ich alles nicht haben konnte. Seltsam an Susan war, dass ich sie nicht einschätzen konnte. Weil sie immer anders reagierte, als ich vermutete. So auch jetzt. Es war nicht wie in einem Scheißfilm, dass ich tief in mir drin spürte, in meinem Herzen, wie sie die Bar betrat. Nein, in dem Leben von Steve Lightman war es so, dass sein Schwanz spürte, wenn eine schöne Frau die Bar betrat. Nur dass es die Prinzessin war, die mich heute Abend schon sitzen gelassen hatte, davon war ich nicht ausgegangen. Sie war bildhübsch. Nicht so aufgedonnert wie andere Frauen hier, aber dennoch schön. Das und alles, was uns miteinander verband, ließ mich sie anstarren. Mit zusammengekniffenen Augen, der Zug um den Mund hart. Ich bemerkte, wie mein Körper sich ihr entgegen lehnte. Obwohl ich es nicht geplant hatte. Susan blieb stehen, sah sich um und entdeckte mich. Ihre blauen, großen Augen sahen in meine und sie hielt meinen Blick fest. Anders, als es jede andere Frau bis dahin geschafft hatte. Sie kam auf mich zu, ich sah, dass sie ein ganz normales Shirt zu einer hautengen, verdammt tief auf den Hüften sitzenden Jeans und hohe Schuhe trug. Ihr langes braunes Haar war zu einem Zopf nach oben gebunden und fiel ihr dann offen über die Schultern bis auf den

Rücken. Sofort erschien eine Fantasie vor meinem inneren Auge, in der ich eine Hand dieser braunen Fülle griff, um ihr den Kopf zurückbiegen zu können.

Um sie zu küssen.

»Steve Lightman«, sagte sie schließlich und deutete mit ihrem Zeigefinger auf den leeren Barhocker neben mir. Mit genau dem Finger, mit dem sie zuvor mein Sperma gekostet hatte.

»Susan Montgomery«, erwiderte ich und nickte.

»Luke Spline«, erklärte mein Kumpel gut gelaunt. »Nachdem wir uns jetzt alle vorgestellt haben« er warf sich das Geschirrtuch über die Schulter. Susan lachte laut, und ich verdrehte die Augen, weil er diesen ... ersten Wiedersehensmoment irgendwie zerstört hatte. Groll auf ihn wuchs in meinem Bauch. Groll, der absolut keinen Sinn ergab. »Was darf ich dir bringen?«, flirtete er sie an. Er grinste, Susan lächelte ebenso. Nur ich nicht. Mich durchfuhr ein lächerlicher Stich der Eifersucht, weil sie *mich* so ansehen sollte.

Mich.

Nicht ihn.

»Ich bekomme einen trockenen Rotwein, bitte!«, sagte sie an ihn gewandt, und Luke verzog sich wieder. Natürlich erst nach einem intensiven Blick. Arschloch!

»Was machst du hier?«, fragte ich sie. Forsch. Na ja, eigentlich hatte ich sie nicht so ruppig fragen wollen, aber Herrgott, es machte mich wütend, dass sie hier war ... und flirtete.

Susan hob, ganz die selbstbewusste Frau, wie ich sie kannte, die Augenbraue. »Also, ich sitze in einer Bar ... ich hab mir eben ein Glas Wein bestellt, welches ich gleich leeren werde, und ich unterhalte mich.« Nachdenklich legte sie den Kopf schief. Das dunkle Braun ihrer Haarspitzen streichelte dabei ihren Nacken. So, wie es meine Fingerspitzen auch wollten. »Ich bin mir nicht ganz sicher, wonach es aussieht, Lightman. Aber ich glaube ... ich glaube, ich prüfe gerade keine Unterlagen« Ihre Stimme wechselte in den »kleines unschuldiges Mädchen«-Modus. Eigentlich etwas, das ich ziemlich sexy fand.

Wenn es in meinem Schlafzimmer passierte. Und die Frau dabei nackt war.

Luke stellte das Glas vor Susan ab, und sie grinste mich an. »Warte!«, rief sie und hob einen Zeigefinger. »Ich mache Sightseeing.«

Mühsam beherrschte ich mich, diese ironische Art nicht persönlich zu nehmen. Dass sie so gut gelaunt sein würde, so spritzig und witzig, davon war ich nicht ausgegangen.

»Und was genau guckst du gerade an?«, fragte ich. Vielleicht war manchmal die lockere Art doch die bessere? Ich wusste es nicht. Aber wenn sie beschloss, das Thema Sperma gut sein zu lassen, dann würde ich sie auch nicht drängen. Zumindest nicht heute. Nun, zumindest nicht jetzt gerade.

Es war doch erstaunlich, wie meine Laune vom absoluten Tiefpunkt, von der untersten Treppenstufe, wieder auf ein normales Maß gehen konnte, sodass ich sie sogar anlächelte.

»Die Freiheitsstatue«, beantwortete sie meine Frage und prostete mir zu. »Ist doch offensichtlich.«

Die Ränder unserer Gläser stießen aneinander. Während ich von meinem Bier trank, ließ ich sie nicht aus den Augen.

»Und wie findest du die Freiheitsstatue so?«, fragte ich und genoss ihr Lächeln. Was zur Hölle war denn hier los? Sollte sie nicht, so wie ich auch kurz zuvor, eher nachdenklich sein? Fand sie etwa so eine Aktion, wie heute Abend, war normal? Was war nur mit dieser Wirtschaftsprüferin los? Vielleicht war sie auf Drogen? Vielleicht nahm sie irgendwelche komischen Dinger, bei denen sich sofort gute Laune und eine verdrehte Wahrnehmung einstellten?

»Na ja«, sagte sie und setzte sich aufrecht hin. »Sie ist nicht übel. Vielleicht ein bisschen alt. Aber …« Sie schenkte mir ihr Julia Roberts-tausend-Watt-Lächeln. »Nicht übel.«

»Du willst mir also sagen, dass du, obwohl du zwei Stunden entfernt wohnst, noch nie bei der Freiheitsstatue warst?« Ich schüttelte leicht den Kopf. »Auch nicht als Kind? Mit der Schule, oder so? Das ist doch das Ausflugsziel Nummer eins.«

»Nein, war ich nicht.« Sie zuckte mit den schmalen Schultern. »Hat sich nie ergeben.«

»Aber du hast das Empire State Building gesehen?«

»Nope.«

»Die Grand-Central-Station?«

»Mh … ich hab dort mit dem Zug mal gehalten, ehe es weiter ging, zählt das?« Sie legte ihren schmalen Zeigefinger an die vollen Lippen. Mühsam verdrängte ich, was sie früher am Abend mit diesem Finger und Mund getan hatte.

»Nein«, erklärte ich. »Das zählt nicht. Aber du warst schon mal im Central Park.«

Sie nickte nun. »Ja, dort hab ich mir mal einen Hot Dog geholt.« Sie winkte ab. »Ist schon Jahre her. Das war damals, als ich ein Bewerbungsgespräch bei einer riesen Kanzlei in der Gegend hatte.«

»Da konntest du was essen? Du warst nicht nervös?«

»Doch, war ich, aber wenn ich nervös bin, bin ich hungrig.«
»Warst du schon mal im Rockefeller Center?«
»Himmel!«, lachte sie. »Auf keinen Fall. Viel zu hoch.«
»Du hast Höhenangst?«
»Natürlich.«

Skeptisch hob ich eine Braue. »Aber du warst schon mal auf der Brooklyn Bridge?«

»Nein. Was will ich denn in Brooklyn?«
»Staten Island Ferry?«
»Auf keinen Fall.«

»Aber, du warst schon mal am World Trade Center. Oder das, was davon übrig ist.«

»Ja«, lenkte sie schließlich ein. »Das kenn ich.«

»Danke Gott!« Ich gab mir keine Mühe, mein Erstaunen zu verbergen.

»Am Times Square war ich auch schon.«

»Es wird ja immer besser!« Ich prostete ihr zu. »Da hast du ja alle bedeutenden Einrichtungen gesehen, die New York zu bieten hatte.

»Und bei der Wall Street war ich auch schon mal.« Jetzt lachte sie laut und schüttelte den Kopf. Anscheinend über sich selbst. »Aber nur, weil ich mich mit der U-Bahn verfahren hatte.«

»Meinst du das ernst?«
»Glaube mir, ich gebe Fehler nicht gern zu.«
»Du bist sehr ehrgeizig, was?«

»Ist Ehrgeiz etwas Falsches? Du bist das doch auch, oder etwa nicht? Dir ist doch auch wichtig, was aus dir und deinem Hotel wird.«

Autsch! Das war der wunde Punkt. Natürlich war mir wichtig, was aus mir und dem Hotel wurde. Es war mein verdammtes Leben. Ich wollte nicht mehr Poker spielen und mein Vermögen, welches ich mir damals in Vegas selbst aufgebaut hatte, verlieren. Im Gegenteil, ich wollte es als Altersvorsorge weiterhin in trockenen Tüchern wissen. Es mochte ja sein, dass ich für Glücksspiel ein Händchen hatte, aber ich fand, irgendwie war es an der Zeit zu beweisen, dass ich auch etwas Richtiges konnte.

Glück im Spiel.

Pech in der Liebe.

Mal gucken, was das Leben für ein Blatt für mich bereithielt.

10

SUSAN

>»Wir Menschen sind für fast alles erschaffen worden … nur nicht für die Einsamkeit«
> – Mary Alice –

Er war so normal.
Eigentlich hatte ich damit gerechnet, dass es steif und ätzend werden würde, wenn ich mich zu ihm setzte. Aber es konnte ja niemand ahnen, dass es so … entspannt war.
So simpel.
Als würde man sich mit einem Freund treffen.
Auf einen Drink.
Nicht mit dem Mann, dessen Sperma man kurz zuvor abgeleckt hatte und dessen Anwesenheit einem schon das Höschen durchweichte.
Es war ruhig, friedlich.
So, wie die gespenstische Ruhe vor einem Sturm.
Die Sache war nur, ich hätte mich ja eigentlich schämen sollen, um vor mir zu rechtfertigen, was ich da getan hatte. Nur, das konnte ich nicht. Mit Steve war das alles so leicht und unkompliziert. Na ja … sofern es mit einem Mann eben unkompliziert sein konnte, aber er war so anders. Er brachte mich dazu, Dinge zu wollen, die dunkel und düster waren. Die anders als aller Sex, den ich jemals gehabt hatte, waren … und doch, auch wenn ich wusste, dass diese Dinge mein Untergang sein würden, war das Verlangen da.
Natürlich war es das, denn Steve war nicht nur ein attraktiver Mann, sondern auch einer, bei dem es mit Sicherheit nicht lächerlich

sein würde, wenn er einem befahl, das Sperma von seinem Schwanz zu lecken.

Ich schlug mir die Hand vor den Mund. Wegen meiner Gedanken.

»Alles okay?«, fragte er sofort.

»Ja.« Ich räusperte mich. »Alles gut.«

»Ist dir schlecht, weil du bemerkt hast, dass es eigentlich gar nicht geht, wenn man noch nie bei den großen Wahrzeichen von New York aufgeschlagen ist?«

Puh! Ablenken. Ich sollte mich beruhigen, denn es war ja nicht so, als würde man mir *ansehen*, wenn ich an Sex dachte. Klar, die leichte Röte, die sich über meine Wangen zog, fühlte ich sofort … aber, ob man sie wirklich *sah*? Das wusste ich nicht. Vielleicht hätte ich doch noch mal den Schminkkoffer aufmachen sollen und mich richtig zuspachteln. Ausgehtauglich. So, wie die meisten Mädels in dieser Bar aussahen. Anscheinend war das Usus in New York. Okay, in Philly auch, aber da gab ich nichts drauf.

»Also«, sagte ich lachend und versuchte von mir abzuschütteln, dass ich in diesem heißen sexy Kerl neben mir ein Sexsymbol sah, »ich glaube, ich werde dann wohl morgen nicht zur Arbeit kommen und stattdessen Sightseeing machen.«

Kurz verdunkelte sich sein Blick, ehe die Leichtigkeit in seinen Augen zurück war.

»Trink aus!«, sagte er. Seine Stimme war tief und kroch wie ein düsteres Brummen durch mich hindurch. Eine Gänsehaut schlich sich über meine Arme und die feinen Härchen in meinem Nacken stellten sich auf.

»Warum?«, fragte ich, nahm aber dennoch mein Weinglas in die Hand und kippte dessen Inhalt hinunter. »Was machen wir?« Seltsamerweise war ich nicht von der üblichen Panik erfasst, dass er irgendetwas mit mir vorhatte, was ich nicht wollte. Ganz im Gegenteil. Glücksgefühle strömten durch meinen Körper und setzten sich in mir fest.

»Ich zeige dir New York.«

»Jetzt?«, fragte ich erstaunt und stand dennoch von meinem Barhocker auf.

»Natürlich. Das kann ich wirklich nicht länger verantworten, dass du nur zwei Stunden entfernt wohnst und eigentlich … nichts hier kennst.« Er breitete die Arme aus.

»Eineinhalb Stunden«, korrigierte ich ihn.

Steve verdrehte die Augen. »Das macht es nicht besser, Susan«, knurrte er, warf hundert Dollar auf den Tresen, rief Luke einen Abschiedsgruß zu und zog mich an der Hand aus der Bar.

Als wir davor standen, erlebte ich dieses New York-Gefühl, das immer in *Sex and the City* und diversen anderen Serien, die in dieser Stadt spielten, beschrieben wurde.

Es war unter der Woche.
Es war schon fast Mitternacht.
Und die Straßen waren voller Menschen.
Lachenden.
Glücklichen.
Zufriedenen.

Grüppchen, die zusammen ausgingen. Menschen, die gerade erst das Restaurant nebenan betraten, um zu essen. Es waren Männergruppen unterwegs, die ganz offensichtlich einen Junggesellenabschied feierten. Frauen, die gehetzt an uns vorbei liefen, immer noch – offensichtlich – die Kleidung aus dem Büro trugen. Es waren Mütter, die hektisch den Kinderwagen durch die Menschenmassen lenkten, um nach Hause zu kommen. Es waren Kollegen, die gerade darüber diskutierten, ob eine Abmahnung gerechtfertigt war. In meine Nase kroch der Geruch nach Hot Dogs, und ich wusste, die Straße runter – da hatte ich mich nämlich auch einmal verlaufen – war einer dieser Stände, bei denen man einen To go bekam. Es roch nach Kaffeebohnen, aus dem Starbucks zu unserer Linken, und es roch nach den China-Nudeln, die ein junger Kerl lässig an eine Hausmauer gelehnt aß, als wäre es das Normalste auf der Welt, Mitternachtsnudeln zu essen. Es war … es *war* einfach.

New York strömte auf mich ein. Es ergriff von mir Besitz, und ich kam aus dem Staunen nicht mehr heraus, als ich in Steves Gesicht neben mir sah. Er fühlte dasselbe.

»Es ist unglaublich, oder?«, fragte er leise, und ich verstand ihn dennoch. Trotz der Gespräche um uns herum. Trotz des Verkehrslärms. Trotz der lauten Musik, die die Straße herunter schallte. Es klackerten Absätze auf dem Boden, verschiedene Stimmen um uns herum sprachen in ihr Handy, und doch … hatte ich mich noch nie so zu Hause gefühlt, wie in diesem Moment. New York gab einem das Gefühl, dass man nicht allein war. Dass man ein Teil der Gemeinschaft war. New York war offen für alle Kulturen, für jeden Kleidungsstil, für alle Nationalitäten und Eigenheiten. New York war die Stadt der Singles.

Ich war hier genau richtig.

»Es ist Wahnsinn. Ich meine, es ist Mitternacht.« Ohne einen

Gedanken daran verschwendet zu haben, griff ich nach Steves Handgelenk und warf einen Blick auf seine Uhr. »Ganz anders als in Philadelphia. Da ist zwar um die Uhrzeit auch noch was los … aber nicht so. Das ist echt irre.«

Nun lachte er auf. Sein Blick war fast zärtlich. Doch ehe ich mich fragen konnte, was das nun wieder sollte, war der Ausdruck verschwunden. »Wenn du das jetzt schon sagst, dann warte mal ab, was ich dir zeigen will.«

Ich hob eine Braue und sah ihm hinterher, wie er losging. Ein paar Schritte weiter, drehte er sich noch mal zu mir um. »Komm, Philadelphia!«, rief er, »du wirst es nicht bereuen.«

Nachdem wir durch einige bedeutend ruhigere Straßen gelaufen waren, sah er sich schließlich nach links und rechts um, griff nach meiner Hand, und ich genoss das warme Kribbeln, das mich dabei durchfuhr. Unsere Finger verschränkten sich und seine Wärme übertrug sich auf mich.

»Was ist das hier?«, flüsterte ich, als wir durch einen Notausgang ein Treppenhaus betraten. »Ist es nicht eigentlich verboten, den Notausgang zu benutzen?«

»Na ja«, räumte er ein, während er durch eine weitere Tür ging und wir in einer Tiefgarage standen. »Eigentlich schon.«

»Ich bin sicher, dass es auch als Eingang verboten ist!«, setzte ich ihm augenzwinkernd entgegen.

»Dann sind wir heute ja mal richtige Rebellen, was?« Er stieg auf meinen Flirt ein. Das tat mir gut. »Ich widersetze mich gern den Regeln, Susan.« Steve klang dunkel und rau. Und auch wenn wir aufpassen mussten, dass wir nicht erwischt wurden, nahm er sich ein paar wenige Sekunden und sah mich mit einem glühenden Blick an.

»Das glaube ich sofort.«

»Manchmal muss man eben etwas tun, was niemand von einem erwartet, finde ich. Auch wenn es das Gesetz bricht.«

»Das klingt nach einem aber?«

»Aber das Risiko, erwischt zu werden ist doch ein netter Zeitvertreib.« Seine Tonlage erinnerte mich eher daran, wie er mit mir beim Sex gesprochen hatte. Zeitvertreib. Risiko. Spielte er auf Sex in der Öffentlichkeit an? Das konnte nicht sein. Das würde er nicht tun. Hoffte ich zumindest. Ich war nicht rasiert. Und nicht frisch geduscht. Ich war nicht …

»Hör auf zu denken, Susan. Genieße es einfach.« Wir fuhren mit dem Fahrstuhl nach oben, und als wir ausstiegen, war nichts um uns herum, außer vollgekritzelte Betonwände. Es gab eine einzelne Tür, durch die wir hindurchgingen ... Und was ich dann sah, was ich dann erleben durfte, raubte mir den Atem.

»Wow«, war alles, was ich herausbrachte. »Einfach nur wow.« Ich folgte ihm zur Brüstung des Hochhauses und sah mit Respekt hinunter. »Heilige Scheiße ist das hoch!«

»Das ist es«, gab er zu, setzte sich aber dennoch darauf und ließ die Beine in die freie Luft baumeln. »Das sind siebenundzwanzig Stockwerke. Das höchste Gebäude für zwei Blocks in jede Richtung. Das heißt ...«, erklärte er, klopfte neben sich und ich setzte mich. Sobald mein Hintern auf dem kühlen Beton war, griff er mit seinem Zeigefinger unter mein Kinn und bog sanft meinen Kopf nach hinten, sodass ich nach oben sehen musste. »... das heißt, das hier ist einer der wenigen Plätze in New York, von dem aus du Sterne sehen kannst.« Er sprach leise und ruhig, als hätten wir alle Zeit der Welt. Durch seine Worte und die Milliarden von kleinen leuchtenden Punkten über mir, kroch ein Gefühl der Zuneigung durch mich hindurch. Steve Lightman war anscheinend nicht nur der Womanizer, für den ihn alle hielten und zu dem ihn die Presse degradierte. Nein, Steve war auch irgendwie mit dem *Herzen* in New York. Das, oder er wusste einfach, wie man Frauen beeindrucken kann.

»Du machst das öfter, oder?«, fragte ich, um die romantische, fast sinnliche Atmosphäre ein bisschen abzukühlen.

Er sah mir in die Augen, schien kurz zu überlegen, und als er zu einer Entscheidung kam, welche auch immer es war, zuckte er mit den Schultern. »Eigentlich ... habe ich das noch nie jemanden gezeigt« Seine Stimme klang ehrlich. Sprachlos sah ich ihn an. Wow, das war neu!

»Soll ich dir nun auch was erzählen oder zeigen, was ich noch nie jemanden gesagt hatte?«, fragte ich. Mehr zum Scherz als im Ernst. Steve nickte, lehnte sich zurück und sah in den Himmel.

»Mach mal. Das könnte lustig werden.«

Ich ließ mich ebenso zurücksinken und haderte kurz mit mir, welches Geheimnis ich ihm offenbaren sollte, das ich eigentlich für mich behalten wollte. Es sollte schon etwas mit Gewicht sein, aber nicht so, dass es zu intim wurde.

»Ich versuche online zu daten«, platzte es aus mir heraus. Wow! Wo kam das her? Denn *das* hatte ich eigentlich nicht preisgeben wollen.

Er drehte den Kopf, und ich spürte seinen Blick auf mir. »Ernsthaft?« Amüsement klang in seiner Stimme mit.

»Ja«, sagte ich, setzte mich aufrecht hin und sah ihn an. »Was ist daran so schlimm?«

»Na ja.« Er spiegelte meine Körperhaltung. »Ich hätte nicht gedacht, dass jemand wie du das nötig hat.«

»Ich arbeite eben viel, und will auf Dates nicht verzichten.« Oh mein Gott! *Wo ist das Loch im Boden, das sich auftut und in dem ich versinken kann?* »DU hast das sicher nicht nötig!« Ja, Montgomery. Achte nur nicht darauf, was du hier von dir gibst. Hau einfach raus, was dir einfällt.

»Also«, begann er, und ich stoppte ihn mit einer Handbewegung.

»Lass … gut sein!« Wieso noch mal hatten wir keinen Alkohol dabei?

»Nein, nein, also ich finde, wir sollten das weiter besprechen.«

»Und ich finde, wir brauchen dafür Alkohol!« Ich lachte, denn ich wusste, dass wir keinen dabei hatten. Aber irgendwie musste ich mich ja aus der Affäre ziehen.

»Alkohol?«, rückversicherte er sich und schenkte mir ein Grinsen, für das ich sofort meine Hose aus und die Beine weit gespreizt angezogen hätte.

»Ja, ich kann das doch nur erzählen, wenn wir locker sind.« Freundschaftlich stieß ich ihn mit der Schulter an.

»Das trifft sich gut«, sagte er, griff in die Innentasche seines Jacketts und zog einen Flachmann heraus. Mit dem Ding in der Hand wedelte er einmal hin und her. Es klang nach Flüssigkeit, die von links nach rechts schwappte.

»Ein Flachmann?« Nun war es an mir, die Augenbrauen zu heben. »Ehrlich jetzt? Du hast einen Flachmann dabei?«

»Ich bin eben gern vorbereitet.« Seine tiefe Stimme ließ die wenigen Geräusche, die hier oben ankamen, gänzlich in den Hintergrund treten. Sie verschwammen einfach, und ich war mir sicher, dass er nicht den Alkohol meinte, mit seinem Kommentar, dass er gern vorbereitet war. Ich war mir sicher, dass er auf etwas ganz anderes anspielte. Auf etwas Sexuelles. Und wieso schaffte es dieser Mann, mich mit nur wenigen Worten so weit zu bringen, dass er alles von mir hätte haben können? Alles! Auch wenn das hier die Öffentlichkeit gewesen wäre.

Er hob mir das Teil entgegen und ich griff danach. »Ach komm schon, Lightman!«, sagte ich lachend, als ich seine Initialen entdeckte. »Mit Initialen? Du bist so klischeebehaftet!«

»Aber müsste ich dann nicht online daten?«, bohrte er nach und kam zu unserem eigentlichen Thema zurück.

»Autsch!«

»Erzähl mir davon, Philadelphia.«

Nachdenklich legte ich den Kopf schief. Jeder Mensch brauchte Freunde, oder zumindest jemandem, dem er vertrauen konnte. Auch ich. Und da meine beste Freundin gerade nicht greifbar war ... nun ... Wieso nicht in der Stadt der unbegrenzten Möglichkeiten ein wenig improvisieren?

»Aber du wirst nicht lachen!«, sagte ich, setzte mich im Schneidersitz vor ihn und öffnete den Flachmann. »Was ist da drin?«, fragte ich ihn.

»Na was wohl?«

»Scotch?« Er nickte. »Stimmt, das hast du damals erzählt, als du meintest, deine Brüder hätten keinen Geschmack.«

»Haben sie ja auch nicht ... Aber du darfst trotzdem einen Schluck trinken. Wenn du den Scotch dann ausgiebig und ausreichend würdigst. Lobst. Du musst ihn quasi in einem bestimmten Ritual preisen. Anders geht es nicht. Ansonsten ist dir der Gott des Scotchs nicht würdig, und dann hat leider unsere Freundschaft keinen Sinn.« Er schenkte mir ein schelmisches Grinsen.

Ich nahm einen Schluck, versuchte zu verdrängen, dass es irgendwie bitter schmeckte und in meinem Hals brannte und beschloss, dass ich mich heute doch auf unser fröhliches, munteres Geplänkel einlassen konnte.

»Wir sind Freunde?«

»Na ja, was sind wir sonst, wenn du mir gleich von deinen Dates erzählst?«

»Stimmt.« Ich reichte ihm den Flachmann und er trank ebenso. »Also, ich bin da bei dieser Plattform.«

»Okay.«

»Und da kannst du dir Männer aussuchen, sie anschreiben und dich dann mit denen treffen.«

»Okay.«

»Und morgen hab ich mein erstes Date.«

»Was?«, fragte er überrascht. »Also, ich meine, das geht schnell.«

»Ja, ziemlich cool, oder?«

»Ja ... also ... durchaus.« Steve räusperte sich.

»Freust du dich jetzt mal für mich?«, fragte ich ihn fröhlich. Ich war vielleicht ein bisschen angetrunken, aber er konnte sich doch nicht einfach *nicht* freuen?

»Tu ich doch«, brummte er und nahm einen großen Schluck. Er zog außerdem seine Marlboro aus der Jacke. »Auch eine?«

»Nein danke«, sagte ich und schüttelte den Kopf.

»Wir gehen essen«, fuhr ich mit unserem ursprünglichen Thema fort.

»Aha.«

»Ja, in *Keens Steakhouse* in der Nähe von …«

»Marcys«, unterbrach er mich und schluckte hörbar. »In der Nähe von Marcys.«

»Du kennst es?« Ich freute mich auf das Date mit *Mississipi78*. Und anscheinend hatte er Geschmack, wenn auch der große Steve Lightman, dessen Bruder Sternekoch war, das Restaurant kannte, dann konnte es ja gar nicht so schlecht sein.

»Natürlich. Jeder kennt es.«

»Ist es gut?«

»Ja, ist es!« Seine Laune schien abzunehmen. Die Leichtigkeit war dahin. »Und?«, fragte er schließlich, als er schweigend seine Zigarette aufgeraucht und das Mahlen seiner Kiefer beendet hatte. »Freust du dich?«

»Ja, ich hatte schon ewig kein Date mehr.«

»Wow. Das tat weh.«

»Ich meine ein Date, bei dem man sich kennenlernt und nicht einfach nur Sex hat.«

»Du sagst also, dass wir damals ›einfach nur Sex hatten?‹«

»Na was war es denn sonst?«, entgegnete ich und zuckte mit den Schultern.

»Okay. Es war einfach nur Sex.« Seine Stimme klang freudlos, fast ein wenig bitter.

Mir tat es leid. Ich meine, nein, für mich war es nicht einfach nur Sex gewesen. Ganz im Gegenteil. Er hatte mich berührt. Er hatte mich durch seine Art, den Sex-Appeal und diese Natürlichkeit irgendwie eingewickelt. Das Gespräch mit ihm war vom ersten Moment an vollkommen anders gewesen, als alle, die ich bis dato geführt hatte. Jeder Flirt, jeder Blick aus den Augen gegenüber, war anders. Wenn Steve mich ansah, und ja, er war definitiv ein kleiner Aufreißer und sich seines guten Aussehens bewusst, dann sah er mich. Nicht irgendeine andere Frau.

Aber all diese Gedanken, die er damals in mir ausgelöst hatte, konnte ich nicht preisgeben. Denn er schien nicht annähernd solche Erinnerungen damit zu verbinden. Klar, er flirtete mich noch an, aber das lag einfach an seiner genetischen Veranlagung.

»Na gut«, sagte ich schließlich, als ich das Gefühl hatte, wir schwiegen uns schon zu lange an, »das hier ist also dein Happy Place?«

Er nickte langsam und legte seinen Arm auf dem Knie ab. »Hier komme ich her, wenn die Stadt mir zu hektisch wird.« Er schenkte der Ferne ein mildes Lächeln. »Passiert nicht oft, aber manchmal muss ich eben einfach allein sein. Bloß nicht zu sehr. Die Stadt muss um mich rum bleiben ... verstehst du? Ist 'ne schwierige Sache.«

»Ahhh, ich verstehe, glaub ich«, räumte ich ein. »Ich schalte manchmal den Fernseher an, auch wenn ich gar keine Zeit habe zu gucken ... einfach nur, damit ich irgendwas im Hintergrund habe. Ich brauche das.« Ich zuckte mit den Schultern. »Ist meine Verbindung zur Außenwelt!«

Steve nickte. »Ergibt irgendwie Sinn.«

»Natürlich ergibt es Sinn, ich meine hallo? Ich bin Wirtschaftsprüferin. Wenn ich nicht logisch denken kann, wer denn dann?« Mein Versuch, witzig zu sein, tat er wieder mit einem schmalen Lächeln ab. Anscheinend hatte ich ihn mit etwas, das ich gesagt hatte, verstimmt. Zumindest vermittelte er mir den Eindruck. Warum auch immer. Normalerweise hätte ich einfach nachgefragt, aber diesmal ... diesmal wollte ich nicht. Ich denke, ich fragte nicht, weil ich Angst vor der Antwort hatte.

Vor der Ehrlichkeit.

Oder dass er Dinge sagte, die ich nicht hören wollte.

Zum ersten Mal seit Tagen war es zwischen uns entspannt. Gut, wir waren angetrunken, aber das machte nichts. Der Verkehr rauschte unter uns hinweg, die Sterne waren unser Dach ... und auch wenn wir nah beieinandersaßen, wenn es auch einer der wenigen, fast freundschaftlichen Momente zwischen uns war, dann wurde ich dennoch das Gefühl nicht los, dass etwas in unsere Mitte gerückt war.

Etwas, das dort nicht sein sollte.

11

STEVE

> *»Die Wahrheit ist wie die Sonne, du kannst sie für eine Weile verbergen, aber sie wird nicht verschwinden.*
> – Elvis Presley –

Es war vier Uhr dreißig und ich war seit einer Stunde im Büro. Ich war hier, weil ich verdammt noch mal nicht schlafen konnte.

Es gab nur zwei Dinge, die mich wirklich, wirklich, wirklich anpissten: Das war erstens, wenn sich eine Frau mehr erhoffte, obwohl ich ihr klipp und klar gesagt hatte, dass es mich nur nächteweise gab, und zweitens, wenn ich nicht schlafen konnte. Ich liebte mein Bett. Und nein, ich liebte es nicht, weil ich dort alle möglichen Dinge mit Frauen anstellen konnte. Nein, mein Bett war mein Rückzugsort. Schon immer gewesen. Man mochte ja nicht glauben, dass ein Frauenheld, wie ich es offensichtlich laut dem People Magazine war – okay, sie hatten ja recht, ich gab es zu – eben auch Bücher las. Und wenn ich mich in einem dieser Thriller verlor, dann wollte ich dabei im Bett liegen. Ich war nicht der Typ Mann, der auf dem Sofa oder in einem bestimmten Stuhl lesen wollte. Nein. Ich brauchte mein Bett. Und ich brauchte mein Schlafzimmer. Das war für mich der liebste Raum in meiner Wohnung.

Und wenn ich also nicht schlafen konnte, obwohl ich nichts anderes wollte, als meinen verdammten Frieden in meinem Bett zu finden, pisste mich das an. Dann pisste mich das dermaßen an, dass ich wirklich aggressiv wurde. Genau das äußerte sich auch heute in meinem Verhalten. Ja, es war noch mitten in der Nacht, aber der

Nachtdienst war anwesend und bekam meine Laune ab. Es war kacke, okay, aber es war nicht meine Schuld, wenn der Aschenbecher vor dem Hoteleingang mit Zigaretten überquoll. Und es war auch nicht mein Problem, wenn hinter der Rezeption, an welcher absolutes Getränkeverbot herrschte, zwei Tassen mit undefinierbarem Inhalt standen. Oh nein, das war wirklich nicht mein Problem.

Da es noch mitten in der Nacht war, beschloss ich, dass es okay sein musste, wenn ich in meinem Büro den Scotch auspackte und mir einen Schluck genehmigte. Geschlafen hatte ich sowieso noch nicht, deshalb war es mir auch egal, wenn ich heute wie ein Stück scheiße aussah.

Ich hatte nicht schlafen können, nicht einmal fünf Minuten, weil mir klar war, dass Susan heute ihr verdammtes Date hatte. Und das implizierte ja, dass sie nicht nur mit mir am Online-Daten war, sondern dass sie sich scheinbar völlig verausgabte mit diesem Mist. Ich wollte nicht, dass sie mit anderen Männern bei dieser scheiß APP schrieb. Ich wollte eigentlich überhaupt nicht, dass sie sich dort herumtrieb, wenn ich ehrlich war.

Ich nahm einen tiefen Schluck Scotch. Pur war er auch nicht schlecht. Auch wenn ich ihn normalerweise mit Sodawasser bevorzugte. Egal, Hauptsache es betäubte meine Gedanken ein bisschen.

Irgendwie war es echt witzig, der Chef zu sein. Schließlich hatte ich heute meine Mitarbeiter schon angemacht, weil Getränke dort standen, wo sie nicht stehen sollten. Müde fuhr ich mir mit der flachen Hand über das Gesicht. Ich verstand überhaupt nicht, was mit mir los war. Im Grunde war das nämlich absolut gar nicht ich. Steve Lightman ärgerte sich nicht, dass eine Frau neben ihm noch andere Dates hatte. Abgesehen davon, dass Susan und ich ja gar nicht dateten. Steve Lightman konnte immer schlafen. Und wenn er einmal nicht schlafen konnte, dann, weil er gerade eine Frau befriedigte. Steve Lightman behandelte niemanden ungerecht. Und schon gar nicht seine Mitarbeiter, denn er wusste, was gutes Personal bedeutete. Nämlich, dass der Laden lief und er gutes Geld verdiente.

Und heute? Mitten in der Nacht? Noch ehe die Sonne aufging?

... hatte ich mit meinen eigenen Prinzipien allesamt gebrochen.

Ich lehnte mich zurück, nippte an meinem Scotch und bestätigte mich selbst, dass genau das der Grund war, warum ich mich niemals auf eine Frau fest einlassen würde, als die Tür zu meinem Büro aufgerissen wurde.

Überrascht sah ich mich um und hob die Braue, als ich Lucy

hereinkommen sah. Gerade wollte ich die Frau zur Schnecke machen, da begann sie zu sprechen.

»Ich dachte mir, dass du schon hier bist.«

Fragend hob ich eine Braue, und sie plauschte einfach weiter. Richtig, das war es, was mich immer so an ihr genervt hatte. »Normalerweise ist nämlich kein Licht an!«, erklärte sie weiter und kam auf mich zu. Lucy war der Inbegriff dessen, was Männer mit Schönheit assoziierten. Sie deckte … schätzungsweise neunundneunzig Prozent der männlichen Fantasien ab.

Der eine mochte langes, blondes Haar: Hatte sie.

Der andere mochte einen süßen kleinen straffen Busen: Hatte sie.

Der Nächste stand auf endlos lange, schlanke Beine: Hatte sie.

Wieder andere liebten volle, sinnliche Lippen: Hatte sie.

Lucy war mit Attributen ausgestattet, davon träumten andere Frauen. Ob an ihr wirklich alles echt war oder nicht, behielt ich lieber für mich. Es war mir egal. Lucy war immer ein netter Zeitvertreib gewesen.

»Du siehst einsam aus.« Hatte ich nicht meinen Brüdern vor Kurzem gesagt, dass ich damit aufhören würde, meine Angestellten zu bumsen? Nun … das mit Lucy lief schon so lange, dass ich vielleicht …

»Findest du?«, fragte ich dunkel und bemerkte, wie mein Schwanz sich aufrichtete. In ihrer engen Hose und dem lockeren Pullover, der eine ihrer Schultern frei ließ, kam sie zu mir herüber.

Wenn man es genau nahm, war Lucy gar nicht meine Angestellte. Sie war die Angestellte der Pinstrike Company, die uns mit Alkoholika versorgte. Im Grunde war mein Vertragspartner also Mr. Pinstrike. »Du weißt auch, dass dein Job eigentlich darin besteht, zu vermerken, was wir an Alkohol brauchen, anstatt in mein Büro zu kommen?« Der Form halber wollte ich sie darauf hinweisen.

»Ich dachte mir …«, begann sie erneut, setzte sich mit einer geschmeidigen Bewegung auf meinen Schreibtisch und lächelte mich an. »Wir könnten noch mal kurz über die alten Zeiten sprechen.«

»Kurz? Sprechen?«, wiederholte ich und öffnete mit einer Hand meinen Ledergürtel. Wenn Lucy schon aus offensichtlichen Gründen hier war, wollte ich sie sicherlich nicht enttäuschen. »Es wird weder kurz werden noch wirst du sprechen können.« Lucy grinste mich unter ihren halb gesenkten, perfekt geschminkten Wimpern an und nickte, während sie vom Tisch hopste.

»Ich hatte gehofft, du sagst das!« Sie platzierte sich zwischen meinen Schenkeln, zog mir die Hose über meinen leicht angehobenen Hintern und leckte sich die Lippen. Diese blonde schöne Frau war genau das, was ich jetzt brauchte: Ablenkung.

Susan interessierte sich nicht für mich. Ich hatte ihretwegen nicht schlafen können. Wegen ihr und diesem verdammten Gedanken, dass sie ein Date hatte. Und ich hatte einen wirklich harten Tag gehabt. Ich schätzte also, es war okay, wenn ich mich ein klein wenig ablenkte. Und vergnügte.

Sobald Lucy mich in den Mund nahm und mit einer Hingabe an meinem Schwanz saugte, als wäre das der Grund, weshalb sie atmete, schaltete ich mein Gehirn aus. Ich wollte einfach genießen, wie sie mit ihrer Zunge um meine Spitze wirbelte, wie sie mit ihren Zähnen diese kleinen Bisse an meiner weichen Haut vollführte. Aber das Tollste, wirklich mit Abstand das Beste an ihr war, dass sie mich komplett in den Mund nehmen konnte. Versteht mich nicht falsch, das war nicht das Ausschlusskriterium, aber es war doch schön und entspannend, wenn eine Frau das konnte. Sprich, wenn sie ihre Reflexe im Hals so weit unter Kontrolle hatte, dass ich ganz die Wärme genießen konnte. Lucy war dessen fähig. Also sollte mal einer behaupten, die Frau hätte keine Macht. Vielleicht rettete sie mir gerade sogar meinen Tag, der ja mehr als nur beschissen begonnen hatte. Vielleicht sollten ihr alle meine Mitarbeiter dankbar sein, weil ich heute niemanden abmahnen oder entlassen würde, nur weil ich wirklich schlechte Laune hatte.

»Fester, Baby«, wisperte ich und drückte meine Hüften ein bisschen weiter nach vorn, um ganz in ihren Rachen zu gelangen. »So ist es gut ...« Lucy hielt die Lider offen und sah mir direkt ins Gesicht. Stolz glitzerte in ihren Augen. Ich hielt ihren Blick fest, denn es war so verdammt heiß, wie ihr Mund von mir gefüllt war und sie mich ansah, als wäre ich der einzige Mensch auf der Welt, den sie wollte.

Dumm war es nur dann, wenn es wirklich so war. Aber daran wollte ich keinen Gedanken verschwenden. Sie beschleunigte ihre Zungenschläge. Intensivierte ihr Saugen, und als ich kam, in ihrem Mund, weil ich wusste, sie liebte es, mein Sperma zu schlucken, fühlte ich mich gleich viel besser.

Ich lehnte mich zurück, half ihr auf, und sie setzte sich wieder auf meinen Schreibtisch.

»Wow ...«, sagte ich, verstaute meinen besten Kumpel in meiner Shorts und schloss die Hose. Es war ein Express-Blow Job gewesen, aber das machte nichts. Zeit war sowieso rar. »Das hab ich gebraucht.«

»Na siehst du, war also gar nicht schlecht, dass ich in deinem Büro vorbei gesehen habe, oder?«

»Nein«, räumte ich ein. »Das war nicht übel.«

Es klopfte an meiner Tür, und nach einem schnellen Blick auf die Uhr stellte ich fest, dass es bereits nach fünf war. Dummerweise wurde meine Tür geöffnet, ehe ich etwas sagen konnte, wurde mit Schwung aufgestoßen, und eine gut gelaunte Susan kam herein.

Sie trug einen schwarzen Bleistiftrock, auf dem weiße, irre Linien gedruckt waren. Zusammen mit einer pinken Seidenbluse, die hochgeschlossen und dadurch supersexy war.

»Ich … also …«, begann sie stammelnd, sah von einer fröhlich grinsenden Lucy zu mir und wieder zurück. Schließlich räusperte sie sich. »Guten Morgen«, kam es schließlich von ihr etwas steif. »Ich habe Licht gesehen.« Vage deutete sie hinter sich in den Flur. »Da dachte ich, dass ich eventuell …« Sie ließ den Satz offen in der Luft hängen.

Susan stand in der Tür, mit dieser beschissenen pinken Seidenbluse, dem engen Rock, den pinken hohen Schuhen, die sie definitiv im Bett bei mir anlassen musste – würden wir denn miteinander schlafen – und war sichtlich überrumpelt. Der Duft nach ihrem schweren, verruchten Parfum lag in der Luft, sobald sie mein Büro betreten hatte, und ihre Ohrstecker reflektierten das Licht. Ihre Haare hatte sie in große Wellen gelegt, sodass sie ihr über den Rücken und den vollen, appetitlichen Busen fielen. Mein Schwanz regte sich wieder, obwohl er doch gerade eben einen Orgasmus geschenkt bekommen hatte.

»Guten Morgen«, antwortete ich. Lucy sah vom einen zum anderen, wollte aber offensichtlich nicht den Arsch von meinem Schreibtisch heben. »Ich bin heute früher gekommen, ja.«

»Das sehe ich«, erwiderte Susan und streckte anschließend sofort die Hand in einer abwinkenden Geste aus. »Also, ja, ich meine, also … ich sehe, dass du schon so früh hier bist.«

Amüsiert hob ich eine Braue und legte die Fingerspitzen aneinander. Irgendwie war es spaßig zu sehen, wie sie das Offensichtliche kombinierte und gar nicht wusste, ob sie nach links und rechts schauen sollte. Sie wand sich wie ein Aal. Und ich war so ein Arschloch, dass ich es genoss.

»Also«, begann sie wieder, holte tief Luft und stoppte ihr nervöses Hin-und-her-Gefuchtel mit ihren Händen. »Ich geh dann mal. Ich muss …« Wieder grinste ich sie an. Das war einfach zu witzig.

»Arbeiten?«, half ihr Lucy auf die Sprünge. Ich kannte Lucy, sie meinte es tatsächlich nur nett. Lucy wusste, dass das zwischen uns nur Spaß war. Natürlich war es unübersehbar, dass Susan geschockt reagierte, weil ich eine Frau bei mir im Büro hatte. Wenngleich wir beide angezogen waren und uns gar nicht berührten. Aber sie kannte mich vermutlich auch schon ein wenig. Oder die Geschichten über mich. Wie auch immer.

Lucy sprang vom Schreibtisch. »Meld dich doch einfach mal wieder, Steve.« Sie zwinkerte mir zu, schlüpfte an Susan vorbei und machte sich auf den Weg aus meinem Büro. Die Tür schloss sie nicht hinter sich.

Nach wenigen Sekunden, die sich wie Minuten zogen, räusperte sich Susan. Anscheinend war sie aus ihrem Schock erwacht.

»Ich … ich geh dann mal in den Konferenzraum und mach weiter.« Sie stammelte leise, als würde sie sich wünschen, ich könnte sie nicht verstehen. Aber ich verstand jedes verdammte Wort, und es fühlte sich so an, als würde sie mich anschreien. Sie wusste genau, was wir hier getan hatten, ich sah es in ihren Augen. Sie wusste nur nicht, wie sie mit der Situation umgehen sollte. Und ich bemerkte, dass es Ablehnung in ihrer Haltung gab.

Susan war zu meiner Tür raus, ehe ich auch nur noch einen Ton von mir geben konnte. Es war schlichtweg interessant zu sehen, wie sehr es sie aufwühlte, was hier vor nicht einmal fünf Minuten geschehen war.

Nur fragte ich mich dann, weshalb sie heute Abend ein Date mit einem anderen Mann hatte, wenn ich ihr nicht egal zu sein schien.

Das musste ich herausfinden.

12

STEVE

> *»Das Leben ist zu kurz, um den Traum von jemand anderem zu leben.«*
> – Hugh Hefner –

Irgendwie war es witzig.

Ganz ehrlich, es unterhielt mich an diesem dunklen, düsteren Tag, an dem ich wirklich fertig war.

Susan war sauer.

Worüber? Himmel, ich war zwar ein Kerl, aber bescheuert war ich nicht. Ich wusste einfach, dass sie sauer war, weil ich heute Morgen nicht allein in meinem Büro gewesen war. Sie sagte nichts darüber, sie deutete nicht mal etwas in dieser Richtung an, aber ich hatte genug Frauen erlebt, als dass mir das Offensichtliche hätte entgehen können.

»Du stehst scheiße da!«, sagte sie gerade und schmiss ihren Kugelschreiber neben ihre Unterlagen. »Keine Ahnung, wie ich dir helfen soll, und was du mir verheimlichst, aber …« Sie ließ sich in ihren Stuhl fallen. »Du stehst scheiße da.«

»Ich verheimliche dir nichts«, erwiderte ich ruhig.

Sie mahlte die Kiefer aufeinander, nahm einen Schluck von ihrem Kaffee und stieß einen verächtlichen Laut aus.

»Na ja, bei aller Liebe, Lightman« Oh, jetzt wurde wieder mein Nachname benutzt. Klasse. Ihre Laune war wohl wirklich im Keller. »Du verstehst sicher, dass ich dir nicht glauben kann.« Susan nahm einige Papiere hoch, als würden diese Dokumente alles erklären, und schmiss sie zurück auf den Stapel. »Es fehlen fast 270.000 Dollar. Das ist eine verdammte Hausnummer, Steve!«

»Aber meine Einnahmen sagen etwas anderes, richtig?«, überlegte ich.

»Ja, nur anscheinend hast du Ausgaben«, sie stieß ein verächtliches Lachen aus, »die du mir nicht erklären willst.«

»Ich habe keine Ausgaben, die ich nicht erklären will oder kann. Ich habe keine beschissene Ahnung, was hier vor sich geht.«

»Nun, dann solltest du schnell in dich gehen, denn ich weiß es auch nicht.«

»Hab ich dich nicht genau dafür aber engagiert?«, fragte ich und hob eine Braue. »Damit du rausfindest, was hier vor sich geht?«

»Steve!«, erklärte sie und beugte sich vertrauensvoll über den Tisch. »Du hast hier 270.000 Dollar, die fehlen. Die einfach weg sind. Die nicht auf deinem Konto, nicht bei der Regierung und nicht in dein Hotel geflossen sind. Also sag mir, wo ist die Kohle? Es sind keine Einnahmen auf deinem Konto gebucht, aber die Belegungspläne sagen etwas anderes. Ebenso, was die Rechnungen aus dem Restaurant angeht. Wobei … wenn wir schon beim Thema sind. Ein Steak bei dir kostet einundvierzig Dollar?« Sie sah mir fest in die Augen. »Ist das dein Scheißernst?«

»Wir kaufen spezielles Fleisch. Und ich habe einen Sternekoch. Und es ist das *Lightman's Future*. Ich habe fünf Sterne, also ja …«, sagte ich und wurde auch langsam sauer. »Ein beschissenes Coberindersteak kostet einundvierzig Dollar.«

»Pff«, stieß Susan aus und seufzte tief. »Dann frage ich mich noch viel mehr, wo die ganze Kohle ist.«

»Ich weiß es nicht.« Meine Tonlage wurde schärfer. »Aber genau dafür hab ich dich geholt.«

»Ach so!«, stieß sie verächtlich hervor. »Natürlich. Dafür.«

Meine Augen verengten sich zu Schlitzen. Langsam machte sie mich wirklich sauer. Ganz im Ernst. Sie war angepisst, okay, das hatte ich verstanden, aber dann sollte sie einfach die Karten auf den Tisch legen und mir sagen, weshalb. Dann sollte sie nicht hier einen auf Mäuschen machen und den Schwanz einziehen.

»Gibt es ein Problem, Susan?«, fragte ich deshalb direkt. Mein Handy vibrierte auf dem Tisch. Der Name *Yummi KitCat* erschien auf dem Display. Das bedeutete wohl, dass Cat Evans versuchte, mich zu erreichen. Sie war eine Frau, mit der ich mich ab und an traf, wenn sie in der Stadt war.

»»*Yummi KitCat*«, Steve?«, fragte sie empört nach. »Du bist doch vollkommen hirnverbrannt und besessen!«

»Ist es für dich normal, dass du auf das Handy anderer Menschen blickst?«

»Du spinnst doch!«, sagte sie und raffte ihr Zeug zusammen. »Du bist doch vollkommen verrückt!«

»Wieso, Susan?«, fragte ich. Ja, mir war klar, dass ich so noch mehr provozierte, nur wusste ich, dass es hier nicht um irgendwelche Namen in meinem Telefonbuch ging. Oder um das Geld – na gut, das schon auch, aber nicht so krass, wie sie mich hier glauben machen wollte. Ich wusste einfach – und das hatte nichts, absolut nichts mit Arroganz zu tun –, dass es um heute Morgen ging.

»Wie hieß die von heute Morgen noch?«, stieß sie angeekelt hervor. »Lucy?« Sie lachte hämisch. »Hast du sie dann unter *Lucky-Lucy* eingespeichert, oder wie?«

Wow! Das war echt gut. Der hätte von mir sein können. »Gute Idee«, stimmte ich ihr zu, um sie noch mehr zu ärgern. »Danke für den Input.«

»Und was bin ich dann?«, krähte sie weiter. »*SuperSusan*?« Ich verkniff mir ein Lachen. Sie war natürlich in meinem Handy gespeichert. Allerdings unter *SexySusan*. Ich kannte nämlich keine Frau, die so unfassbar sexy war, wie diese Zicke, die gerade vor mir saß.

»Gibt es irgendein Problem?«, wiederholte ich meine Frage. »Du verstehst sicher, dass man den Eindruck gewinnen könnte, so … zickig, wie du gerade eben bist.«

»Ich bin nicht zickig«, donnerte sie umgehend zurück. Wow! Okay, sie war also echt sauer. »Ich hab bloß keine Lust«, nun stand sie auf und nahm ihre Unterlagen zusammen, »mich hier zu kümmern, und dir ist es scheinbar egal. Wenn du nicht mal kurz auf eine Nachricht von *YummieKitCat* verzichten kannst.«

Ich schnaubte. Jetzt reichte es wirklich. »Dir ist aber schon klar, dass sie mir geschrieben hat?«

»Oh, und du findest also, das macht es besser?«, giftete sie weiter. Gerade schlüpfte sie in ihren Blazer. »Ich denke, du kannst dich bei mir melden, wenn du wieder mit der nötigen Ernsthaftigkeit bei der Sache bist.« Sie rauschte durch den Raum wie eine graue Wolke aus Wut und Verderben. »Und jetzt entschuldige mich bitte. Ich habe mein Date im Keens Steakhouse heute Abend. Dort schmeckt es sicherlich ausgezeichnet, und ein Steak kostet keine einundvierzig Dollar.« Nein. Es kostet weitaus mehr.

Ehe ich auch nur einmal mit der Wimper zucken konnte, war sie zur Tür hinaus. Susan Montgomery hatte mir heute eine Seite von sich gezeigt, die ich bis dato nicht gekannt hatte. Ob ich diese mochte, war mir noch nicht so ganz klar, denn erst einmal musste ich ihr Date sabotieren und sie dazu bringen, zuzugeben, wie sehr sie das heute mit Lucy gestört hatte. Ich fand immer, es war in Ordnung, alles zu sagen, solange man ehrlich war. Und Susan, denn so gut kannte ich Frauen, war heute sicher nicht ehrlich gewesen.

Gegen sechs Uhr abends war ich mit meiner Arbeit durch. Kein Wunder, denn ich war ja seit den frühen Morgenstunden hier gewesen und hatte nur am Nachmittag, nach Susans berauschendem Abgang, zwei Stunden ein Nickerchen auf dem Sofa in meinem Büro gemacht. Mein Kopf war viel zu voll, um wirklich abzuschalten. Er war viel zu sehr mit dem Versuch beschäftigt, Susan zu analysieren.

Ja, sie schaffte es immer noch, dass ich wütend und aufgebracht war. Einerseits war ich irgendwie stolz, weil ich es vermochte, diese Gefühle in ihr auszulösen ... Aber auf der anderen Seite war ich einfach nur wütend. Mit welchem Recht nahm sie sich heraus, mich zu verurteilen und zu hinterfragen, wie ich irgendjemanden in meinem Handy speicherte? Sie war doch diejenige, die sich heute mit jemand anderem treffen würde. Zum Essen. Also sollte sie einfach mal den Ball flach halten!

Bitte! Ich stieß einen verächtlichen Laut aus. Jeder Mann wusste, was es hieß, beim ersten Date essen zu gehen. Es hieß, dass man einen wegstecken wollte. Und zwar auf Nummer sicher. Wenn man etwas trinken ging, dann war das zwar günstiger, aber eben die Wahrscheinlichkeit auch geringer, dass man in der Kiste landete. Ich wusste, dass die Preise im Keens ziemlich identisch hoch zu denen im Hotel waren, auch wenn sie nicht die Qualität halten konnten, wie wir sie hatten. Aber ... und das war ja der springende Punkt an dieser Geschichte, kein Mann nahm für ein Abendessen mit einer unbekannten Frau, die er beim Online-Dating kennengelernt hatte, mindestens hundert Dollar in die Hand, um dann unbefriedigt nach Hause zu gehen. Ich wusste, dass dieser Kerl heute einen wegstecken wollte. Und ansonsten war da gar nichts.

»Was geht, du Lusche?«, fragte mich mein Bruder Eric, der als Erster – nach endlosem Klingeln – das Gespräch angenommen hatte.

»Lass mich in Ruhe!«

»Wieso rufst du dann an?« Zu Recht fragte er mich das.

»Hey Jungs, was liegt an?«

»Jason«, sagte ich und atmete hörbar aus. »Eric ist anstrengend.«

»Ohhh«, erwiderte dieser. »Ist da jemand schlecht drauf?« Er wackelte mit den Augenbrauen. »Läuft es nicht so, wie du möchtest?«

»Wie geht es Luisa?«, fragte ich an Jason gewandt. »Macht ihr das Schwangersein zu schaffen?«

»Nein«, brummte dieser. »Eher mir.«

»Wenn es nur halb so schlimm ist, wie eine Hochzeit zu planen, hast du mein vollstes Mitgefühl, Bruder.« Eric und Jason schienen sich einig zu sein.

»Und was ist mit mir?«, fragte ich und nahm einen Schluck Scotch mit Soda.

»Was hat die Prinzessin denn für ein Problem?«, fragte Eric und goss sich ebenfalls seinen Lieblingsdrink ein. Es war Whiskey. Der Spinner!

»Susan ist sauer!«

»Verkack es bloß nicht, Bruder!«, rief Jason dazwischen. »Luisa lässt mich nicht mehr ran, wenn du ihre Freundin verärgerst!«

»Wieso gehst du davon aus, dass es gerechtfertigt ist?«, fragte ich und warf die Hände in die Luft. »Das darf ja wohl echt nicht wahr sein!«

»Sag doch einfach, was passiert ist.«

Okay, also ja, vermutlich war ich wirklich für ihre Wut verantwortlich, aber das würde ich jetzt nicht mehr vor meinen Brüdern zugeben. Ich würde nicht mehr preisgeben, dass sie mich und Lucy gesehen hatte. Wenngleich es auch keine offensichtliche Situation gewesen war. Das nicht. Aber dass Susan sie offensichtlich richtig interpretiert hatte, das erwähnte ich auch mit keinem Wort. Genau darum beschloss ich, direkt auf den zweiten Punkt zu kommen.

»Es fehlen 270.000 Dollar.«

Eric pfiff durch die Zähne, Jason starrte einfach nur in seine Kamera.

»Bist du sicher?«, fragte mein mittlerer Bruder schließlich.

»Susan ist sicher.«

»Wow«, schaltete sich Eric ein. »Das ist krass.«

»Das ist richtig viel Asche, ja.«

»Irgendeine Idee, wo die Kohle sein könnte?«, fragte Eric, und ich schüttelte den Kopf. Ich trank von meinem Scotch, froh, dass wir alle in unserer Familie unterscheiden konnten, ob es fröhliches, munteres Geplänkel oder ob die Sache beschissen ernst war. Meine Brüder zogen es nicht mal in Erwägung, oder rissen einen ihrer miesen dreckigen Witze darüber, dass ich das Geld zur Seite geschafft haben könnte. Oder Ähnliches. Ja, es war mein Hotel, ja ich zog viel

Gewinn daraus, aber ich hätte niemals, wirklich absolut niemals, irgendetwas davon zur Seite geschoben, ohne dies meinen Brüdern oder meinen Eltern mitzuteilen. Ich liebte diesen Laden, ich hatte alles dafür getan, dass er erfolgreich war, und ich war der einzige meiner Brüder, der fünf Sterne besaß. In New York gab es selbstverständlich ein paar Hotels dieser Größenklasse, das Plaza, das Four Seasons, das Empire … aber es gab keines, dessen Technologie, dessen Spa und dessen Service so auf die Zukunft ausgerichtet war wie meines. Und … ja, natürlich hatte ich Starthilfe von meinen Eltern bekommen und den bekannten Namen Lightman … aber das meiste hatte ich aus eigenem Antrieb, aus eigener Leistung und aus eigener Kraft geschafft. Ich würde mir das jetzt nicht kaputtmachen lassen.

»Aber«, Jason, der Rationale unter uns, räusperte sich. »Wenn das Geld da sein müsste, weil es die entsprechenden Belege dafür gibt, dann ist es auch da.«

»Susan sagt, es taucht nicht auf.«

»Es muss«, betonte er wieder und kam nahe an die Kamera. »Es muss da sein.«

»Na ja«, erwiderte ich und fuhr mir durch die Haare. Mir kam ein Gedanke, den ich jetzt noch nicht preisgeben, sondern erst einmal mit Susan teilen wollte. »Wir werden es schon finden.«

»Du siehst das locker.«

Ich lachte leicht und nickte. Im Schauspielern war ich schon immer ein As gewesen. »Hilft ja alles nichts.«

»Wie auch immer«, ergänzte Eric. »Kann ich Eva sagen, du bringst Susan mit zur Hochzeit?«

Mein fast gebrülltes »Nein!« kam gleichzeitig mit Jasons »Ja!«.

»Nein!«, erklärte ich nachdrücklich, »Sicher nicht.«

»Wieso nicht?«, jammerten meine Brüder fast gleichzeitig. »Unsere Frauen wären dann echt zufrieden.«

»Und ich eingeschränkt. Also nein.«

»Du wirst doch wohl mal einen Abend deinen Schwanz in der Hose behalten können, oder?«, fragte mich Eric, und ich lachte laut auf.

»Wie lange darfst du schon nicht ran?«

»Fick dich!«

»Jungs!«, setzte Jason nach. »Ich habe eine schwangere Frau zu Hause … ich beneide euch.«

»Was?«, fragte Eric.

»Willst du dich jetzt beschweren, weil du immer ran musst?«, fragte ich ihn lachend, er lehnte sich zurück und exte seinen Bourbon. Ich tat es ihm mit meinem Scotch gleich.

»Ehrlich. Ich fühle mich ausgebeutet. Ich will einfach nur mal schlafen.«

»Du Idiot!«, sagte ich. »Sei dankbar für die Frau, die Gott dir geschenkt hat.«

»Ich will auch!«, jammerte Eric. »Ich will auch …« Er schraubte sich seinen Drink ebenso hinter.

»Weißt du, wie das ist, wenn du immer können sollst?«

Ich lachte laut auf und schüttelte den Kopf. »Ich verstehe dein Problem, kenne es aber selbst nicht, denn ich kann ja immer.«

»Du bist ein Wichser!«, sagte Eric und jammerte. Ich hätte schwören können, er hatte Tränen in den Augen. »Ich will auch.«

»Was?«, fragte ich und Jason entschuldigte sich kurz, weil er weg musste, da Luisa ihn rief. »Immer können oder immer Sex haben?«

»Immer Sex haben, du Idiot. Pass auf, mit wem du sprichst. Ich bin der Meister.«

»Steven Lennox Ragnar Nicolar Lightman!«, donnerte eine Frauenstimme durch meinen Lautsprecher. »Ich habe dir gesagt, lass deine beschissenen Finger von Susan!« Luisa tauchte vor der Kamera auf und Jason ebenso.

»Sorry!«, rief er und schüttelte den Kopf. »Ich konnte sie nicht abhalten.«

»Woher kennt sie denn alle deinen Namen?«, fragte Eric und lachte.

»Ja, Mann! Woher kennst du die?«, stellte ich die Gegenfrage an Luisa, ohne auf ihren Vorwurf einzugehen.

»Wieso kannst du nicht deinen Schwanz in der Hose behalten und meine Freundin in Ruhe lassen?«, wetterte sie weiter.

»Das wird jetzt interessant«, grinste Eric in die Kamera. »Ich brauch mehr Whiskey.« Auch ich schenkte mir, scheinbar die Ruhe selbst, Scotch und Soda nach. Mein Herz klopfte bis zum Hals. Ich hasste es, mit zickigen Frauen konfrontiert zu werden. Aber noch mehr hasste ich es, wenn es sie einfach nichts anging. Und mein verfluchtes Sexleben ging wirklich niemanden etwas an.

»Antworte mir, du Arsch!«, rief sie aufgebracht und kam nahe an die Kamera heran. Jason schien vollkommen im Hintergrund zu sein. Fairnesshalber musste ich sagen, so wie die Alte momentan drauf war, hätte ich mich ihr auch nicht in den Weg gestellt. Für keinen meiner Brüder.

»Erstens, mein Schwanz geht dich einfach mal gar nichts an, und ich bin sicher, mein Bruder stimmt mit mir überein. Und zweitens, wo auch immer du deine Informationen herbekommst ... ich hab Susan nicht angefasst, seit sie hier ist.«

Luisa verengte die Augen zu Schlitzen. »Laber keinen Scheiß, Lightman!«, rief sie sauer. »Wieso sonst sollte sie mich wütend anrufen, und mir sagen, dass du ein Mistkerl bist, mh? Meine Freundin«, sie biss kurz die Zähne aufeinander, »meine Freundin ist kein emotionales Frauending, die sofort ausrastet, wenn was nicht nach ihrem Kopf geht, okay? Susan ist rational und zielstrebig. Sie ist die erste Frau, die bei *Whits, Whites & Montgomery* irgendwas zu sagen hat. Oh nein, Susan würde niemals, wirklich niemals überreagieren, also musst du kleiner Penner irgendwas gemacht haben.«

»Aha«, erwiderte ich und trank einen Schluck von meinem Scotch. »Nur, weil sie gerade ihre Tage hat oder ungevögelt ist, bin ich schuld? Sehe ich das richtig?«

»Du tickst doch nicht mehr ganz ...«, wetterte Luisa wieder los.

»Luisa!«, grätschte nun Jason mit lauter Stimme dazwischen. »Baby! Es reicht!«

»Er hat ihr wehgetan!«, verteidigte sie sich.

»Das weißt du doch gar nicht, oder? Wenn er sagt, er hat nichts gemacht, dann hat mein Bruder nichts gemacht.« Eric lachte schallend, und ich lehnte mich zurück. Das war wie Kino. Nur ohne Popcorn, dafür mit Scotch und irgendwie besser. Es war wirklich süß, die beiden bei ihrem Streit zu beobachten.

»Susan ist aber nicht ohne Grund so!«, zischte sie und stand auf. Sie drehte sich weg, nur um noch mal nahe an die Kamera zu kommen.

»Ich sag dir was, du kleiner Arsch, wenn du ihr noch mal wehtust, warum auch immer, dann ...«

»Luisa!«, donnerte Jason wieder los. »Raus hier!« Sie motzte im Hintergrund. »Nimm dein Bad, ich komme gleich zu dir. Und Herrgott noch mal, Weib! Beruhige dich!«

»Aber ...«, begann sie erneut, und da man sie besser verstand, war sie anscheinend in den Raum zurückgekommen.

»Nichts aber. Raus hier und ab in die Wanne!«

»Okay, aber ...«

»Ich bin gleich bei dir!«, sagte er noch. Jetzt gemäßigt, so, wie wir ihn kannten. »Beruhige dich, Baby. Er hat nichts getan.« Man hörte es im Hintergrund schniefen und ein gemurmeltes »Okay!«, ehe er sich mit beiden Händen übers Gesicht fuhr.

»Oh Mann, ey!«

»Das war geil!«, lachte Eric, und ich schüttelte den Kopf.

»Himmel«, merkte ich an. »Ist sie immer so?«

»Ich denke, das sind die Hormone.« Er räusperte sich. »Du hast doch Susan nicht gevögelt?«

»Nope«, sagte ich wahrheitsgetreu.

»Aber …?«, fragte Eric und grinste mich wieder an.

»Mh …« Ich lehnte mich achselzuckend in meinem Stuhl zurück. »Vielleicht hat sie gesehen, wie Lucy …«

»Wer?«, fragte Eric und Jason runzelte die Stirn. »Okay, Mann. Red weiter. Nicht so wichtig.«

»Wie … Lucy in meinem Büro war, und hat ihre eigenen Schlüsse gezogen.«

»Dein Scheißernst?«, fragte Jason und seufzte tief. »Du reitest mich echt in die Scheiße.«

»Ich hab Susan nicht angefasst.«

»Und genau das ist das Problem, Bruder.« Eric und ich lachten.

»Sie hat heute ein Date.«

»Sie hat was?«, fragte Jason, der die Welt nicht mehr zu verstehen schien. »Wieso führt sich dann Luisa so auf?«

»Ich sag doch, dass es ungerechtfertigt ist«, erklärte ich.

»Und was willst du jetzt machen?«, fragte Eric. »Du findest sie doch aber interessant, oder?«

»Fuck ja!«, rief ich vorlaut.

»Also?« Jasons Stimme klang geschäftsmäßig. Als würde er überlegen, welche Servietten er für das Hotel nehmen sollte. »Was willst du tun?«

»Na was wohl? Ich werde dort hingehen und ein Date mit *Yummi-KitCat* haben!«

13

SUSAN

> *»Egal, wer dir das Herz gebrochen hat, und wie lange es dauert,
> bis es heilt, du schaffst es niemals ohne deine Freundinnen.«*
> – Carrie Bradshaw –

*O*kay.
    Es war langweilig.
    Na gut, nicht nur langweilig, sondern es war sogar einschläfernd. Ich schwöre, ich war vor ein paar Minuten sogar in den Sekundenschlaf gefallen.
    Mein Date *Mississippi78* war irgendwie gar nicht mein Fall. Ich hätte nicht einmal behauptet, dass er nicht meine Kragenweite war, denn ansonsten hätte die Dating-APP ja nicht das perfekte Match ausgespuckt … Nein, ich sagte nur, dass er einfach nicht mein Fall war.
    Er meckerte in einer Tour über das Restaurant, obwohl es hier wunderschön war. Das *Keens* war einfach großartig. Man betrat den Raum und fühlte sich sofort wohl. Als Teil des Ganzen. Es war einfach fantastisch. An den Wänden hingen Bilder in antiken Rahmen von großen Dichtern und klassischen Musikkomponenten. Die Wände waren zusätzlich mit dunklem Holz vertäfelt. Die Tische standen eng, aber nicht so, dass man sich eingeengt fühlte. Es war alles so arrangiert, dass es wie eine Wohlfühloase wirkte. Der Service war exzellent, und da ich mittlerweile festgestellt hatte, dass das Restaurant auch einen Michelin Stern hatte, erklärte es auch das zuvorkommende Verhalten. Eher unerklärlich war, warum *Mississippi78* so schlechte Laune hatte.

Immerhin hatte er das Date vorgeschlagen. Und den Laden ausgesucht. Ich nahm gerade einen Schluck von meinem Cabernet Sauvignon, als der Tisch neben uns besetzt wurde. Ein Schauer – einer der guten Art – rieselte über meine Haut und mir stellten sich die Nackenhaare auf. Meine langen Locken lagen in einem Chignon, da ich fand, dass es meinen Hals sehr schön betonte, wenn er frei lag. In meinen Ohren waren Hänger mit blauen Saphiren, die ich von meiner Großmutter zum Abschluss der Universität bekommen hatte. Dazu trug ich einen fließenden Seidenjumpsuit im gleichen Farbton. Er lag oben eng an, legte zu meinem freien Hals auch die Schultern frei und hatte dennoch lange Arme. Bis zur Taille war er schmal geschnitten, und ab dem Hintern ging er in ein weites, fließendes Bein über. Wenn ich lief, sah man nur die Spitze meines High Heels aus schwarzem Wildleder. Bis auf den Ohrschmuck trug ich keinen weiteren, da ich glaubte, alles andere wäre zu viel gewesen.

»Ist dieser Tisch für Sie in Ordnung, Mr. Lightman?«, fragte der Kellner neben mir, und ich spuckte fast den teuren Rotwein zurück ins Glas. Bitte was?

Ich drehte den Kopf und sah in die strahlenden braunen Augen von Steven Lightman. Verdammte Scheiße! War das sein Ernst?

»Dieser Tisch ist perfekt. Vielen Dank, Samuel.« Ahhh, er kannte hier also mal wieder alle. War ja klar gewesen. Auf jedem Tisch stand ein Reserviert-Schildchen, und ich war mir sicher, er hatte den Tisch nicht vorab bestellt gehabt. Oh nein, ich war davon überzeugt, dass er es sich nicht hätte nehmen lassen, mir das vorhin überschwänglich mitzuteilen. Was bedeutete, dass er kurzfristig entschieden haben musste, hier aufzutauchen. *Mississippi78* erzählte gerade davon, dass er Fleisch nicht ausstehen konnte (wieso ging er dann mit mir in ein Steakhouse?), als ich den Blick auf Steves Begleitung fallen ließ.

Er musste jetzt vollkommen übergeschnappt sein. Absolut und vollkommen irre. Niemand, wirklich niemand, den ich kannte, war so dreist und würde sich im selben Restaurant am Tisch neben mir bedienen lassen. Arschloch!

»Hörst du mir zu?«, fragte Mississippi gerade und erlangte somit meine Aufmerksamkeit zurück.

»Susan«, sagte Steve mit Überraschung in der Tonlage. »Wie schön, dich zu treffen!« Er lächelte mir zu, ganz der formvollendete Gentleman, den das People-Magazine immer hervorhob. »Das hier ist Cat.« Er machte eine bedeutungsschwangere Pause. »Cat? Das hier ist Susan. Sie arbeitet für mich.«

»Ich bin Jérôme«, mischte sich nun *Mississippi78* ein. Lightman verengte die Augen, als sich meine Begleitung vorstellte. Ich hob einen Mundwinkel und nickte Cat zu. Selbstverständlich war mir bewusst, dass das *Yummi KitCat* war, die ihn heute in unserer Besprechung angerufen hatte. Dumme Tussi. Ich hasste sie, wenngleich sie wunderschön war. Sie hatte lange rote Haare, die so seidig aussahen, dass sogar ich als Frau durch sie hindurchfahren wollte. Ihre großen blauen Augen waren stark geschminkt, und ihr Kostüm schmiegte sich um ihren Busen wie ein verdammtes Unterhemd. Sie besaß hohe Wangenknochen, einen fein geschnittenen Mund und strahlend weiße Zähne.

Ich hasste sie.

Nach nur einem Blick.

Steve beobachtete mich grinsend, ignorierte *Mississippi78* völlig und griff nach *Yummi KitCats* Hand. »Nimmst du dasselbe wie immer, Darling?«, fragte er sie mit dunkler Stimme. Ich unterdrückte ein angewidertes Seufzen.

Yummi KitCat nickte und strahlte mich wieder an. »Es ist schön, endlich jemanden von Steves Freunden kennenzulernen. Ich glaubte langsam, dieser Mann hätte gar keine Freunde.«

Steve lachte und trank von seinem Bier. KitCat-Schlampe wurde Wein eingegossen. Der Mann, der mir eigentlich gegenübersaß, wenn ich es denn mal schaffte, das Starren von Lightman zu ignorieren, trank Wasser. Steve, der Idiot, hob sein Glas und prostete uns allen zu. Selbstverständlich stiegen wir alle darauf ein, allein schon der Höflichkeit halber.

»Und nur fürs Protokoll«, erwiderte ich mit einiger Zeitverzögerung an KitCat-Schlampe, »ich arbeite nicht für ihn.«

»Doch«, setzte er entgegen, »tust du.«

»Nein!«, antwortete ich energisch. »Sicher nicht.«

»Du sitzt jeden Tag mit mir im Konferenzraum.« Er legte den Kopf nun leicht schief und bedachte mich mit einem milden Blick, »natürlich arbeitest du für mich.«

Augenrollend schnaubte ich, drehte mich wieder meinem eigentlichen Gesprächspartner zu und griff ebenso nach *Mississippi78s* Hand.

»Ich bin schon sehr hungrig«, sagte ich. Das Wort »hungrig« betonte ich zweideutig. Ja, das war billig, aber dennoch wollte ich, dass Steve von seiner eigenen Medizin ein bisschen zu schmecken bekam. Er machte mich sauer. Den ganzen beschissenen Tag schon. Seit ich ihn heute Morgen mit dieser Hure gesehen hatte. Klar, sie waren nicht voll bei der Sache gewesen, aber es war offensichtlich, was kurz zuvor in seinem Büro geschehen war.

Okay, wenn ich die Sache auseinandernahm, war ich selbst schuld. Erstens, dass ich mir Regeln auferlegte und mich beschwerte, wenn sie eingehalten wurden. Und zweitens, dass es mich störte. Er war alt genug, er war Manns genug, und beileibe wurde es ja von allen Ecken und Enden verkündet, dass er ständig wechselnde Begleitungen hatte ... Also wieso, wenn ich doch wirklich nur zum Arbeiten hier war (siehe Regel eins!), störte es mich?

Das war doch bescheuert! Absolut dumm. Nichts anderes. Aber okay.

In der Gegenwart vermied ich sorgsam, in seine Richtung zu sehen. Ich war nämlich davon überzeugt, so wie ich heute Morgen hatte sehen können, dass da etwas Sexuelles abgelaufen war, so konnte er mit Sicherheit auch erkennen, wenn ich eifersüchtig war. Genau das war es nämlich. Ich war sauer, enttäuscht und eifersüchtig gewesen. Aber vor allem wirklich eifersüchtig. Ich wollte diejenige sein, die so locker auf der Ecke seines Schreibtisches saß und mit ihm plauderte. Ich wollte es sein, die so nahe bei ihm war, dass ich ihn riechen konnte. Ich wollte es sein, die seine Hände auf sich spürte. Seine Küsse. Seine Liebkosungen. Entgegen aller Behauptungen, dass er ein wahnsinniger Egoist war, besaß er eine absolut selbstlose Herangehensweise, was Sex betraf. Und das wusste ich, weil wir es schon getan hatten.

»Susan?«, fragte Steve mich mit Amüsement in der Stimme, und ich wurde aus meinen – weniger sittlichen – Gedanken gerissen. »Du scheinst ja gerade ganz weit weg zu sein.«

»Das geht dich gar nichts an, Lightman.« Er machte mich wütend! Sein Verhalten machte mich wütend. Alles an ihm. Weil er mich ständig aus dem Konzept brachte. Weil er in meinem Kopf herumspukte und genau wusste, dass er es tat. Weil er immer präsent war und ich nichts dagegen tun konnte.

»Sie ist heute echt zickig!«, sagte er gerade an *Mississippi78* gewandt. »Wahnsinn, oder?« Er lachte auf, legte den Kopf in den Nacken, und ich bewunderte, entgegen meinem Willen, weil er mich gerade lächerlich machte, die hart geschwungene Linie seines Kiefers. »Sie ist sooo eine Zicke!« Er schüttelte den Kopf. »Ich hätte sie ja nicht freiwillig gedatet«, fügte er jetzt noch hinzu, um den Höhepunkt des Ganzen hinauszuzögern. Lightman zwinkerte und beugte sich auf seinem Stuhl so weit nach links, dass er *Mississippi78* mit der Schulter anstieß.

»Bist du vollkommen übergeschnappt?«, rief ich und sprang auf. »Was hast du für ein Problem, mich so zu demütigen?« Tränen stiegen in meine Augen. »Du bist doch mit *Yummi KitCat* hier. Also lass mich doch einfach in Ruhe!« Ich zischte die Worte, war sauer, wütend und enttäuscht. Ich wollte heulen, war aber gleichzeitig zu gefasst, um es wirklich zu tun. Wie konnte er es wagen, mich so vorzuführen?

»Susan«, begann er und stand ebenfalls auf. »Ich ...«

Ich schüttelte nur den Kopf und griff nach meiner Clutch. »Jérôme?«, sprach ich ihn an, der sich anscheinend nur für sein Handy und die geöffnete Dating APP, in welcher auch wir uns kennengelernt hatten, zu interessieren schien. »Sorry, aber ich muss los.«

Er sah nicht einmal hoch, murmelte nur ein »Kein Thema!« und blickte wieder auf sein Telefon. Frustriert schnaubte ich, drückte mich an den Tischen vorbei und lief hinaus.

Gerade rechtzeitig, als die Tränen zu laufen begannen, hielt ein Taxi neben mir.

Ich riss die Tür auf, wollte sie gerade hinter mir ins Schloss werfen, um irgendwie ins Hotel zu kommen, als Steve neben mir auf den Sitz schlüpfte.

14

STEVE

> *»Mich mit schönen Frauen zu umgeben, hält mich jung.«*
> – Hugh Hefner –

»Raus!«, donnerte sie, und ich sah, wie ihr eine Träne über die Wange lief. »Du gottverdammter Penner! Hau ab!«
»Susan!«, sagte ich. »Bitte. Es tut mir leid.«
»Ja?« Vage nahm ich wahr, dass der Taxifahrer einfach losfuhr. Es begann zu regnen. »Was genau?«, fragte sie mich verächtlich. Sie schrie immer noch. »Dass du heute Morgen diese Tussi in deinem Büro hattest? Und mich damit lächerlich gemacht hast? Oder dass du mir nicht die Wahrheit wegen dem Buchhaltungsscheiß sagst, oder dass du mein Date sabotiert hast? Oder dass du im selben beschissenen Steakhaus aufgetaucht bist?« Der Taxifahrer pfiff anerkennend durch die Zähne. Ich ließ mir nichts anmerken. So ein Wichser war ich auch nicht. »Oder dass du da drin, vor meinem und vor deinem Schlampendate, gerade gesagt hast, dass du niemals freiwillig mit mir ausgehen würdest?«

Der Inder, der den gelben Wagen fuhr, schüttelte den Kopf und sagte nur »Junge, Junge!«

»Ich weiß«, murmelte ich und fuhr an Susan gewandt fort: »Es tut mir leid.«

»Ach ja?«, zischte sie und schoss aus ihren Augen Feuerpfeile auf mich ab. »Den Eindruck, dass dir von all dem Scheiß irgendwas leidtut, habe ich leider nicht gewonnen.«

»Aber«, begann ich wieder, und sie unterbrach mich jäh.

»Du bist einfach ein gottverdammtes Arschloch, Lightman. Und ansonsten gar nichts.«

Woher es kam, wusste ich nicht. Aber es war da. Plötzlich hielt ich ihr Gesicht zwischen meinen Händen und drückte meine Lippen auf ihren Mund. Erst als wir uns berührten, auf diese Art und Weise, wurde mir klar, dass ich mir all die Tage über nichts anderes als das gewünscht hatte. Susan erwiderte den Kuss nicht, sie drückte mich an der Brust mit beiden Händen von sich und ich ließ sie frei. Aufzwingen wollte ich mich ihr nicht. Der Regen prasselte an die Scheibe, als sie die Hand hob und sie mit voller Wucht auf meine Wange knallen ließ.

Im selben Moment, als der brennende Schmerz mich durchzuckte, küsste mich Susan. In dem engen Taxi kletterte sie auf meinen Schoß. Sofort war ich hart.

»Kein Sex in meinem Taxi!«, rief der Fahrer, und wir trennten uns genau für die drei Sekunden, die ich brauchte, um ihm meine Adresse mitzuteilen. Susan küsste mich weiter. Mit einer Intensität, die einen Sturm heraufbeschwören konnte. Als sie ihre Lippen einen Spalt öffnete, nutzte ich den Moment, um mit meiner Zunge in ihren Mund einzudringen. Sofort umschlang sie mich, krallte ihre Hände in die Knopfleiste meines Hemdes und zog sich oder mich – das konnte ich jetzt nicht mehr ausmachen – noch näher an sich.

Wenige Augenblicke später hielt der Fahrer vor meinem Haus. Ich warf einen Fünfzig-Dollar-Schein – ich glaube zumindest, dass es einer war –, den ich aus meiner Gesäßtasche gezogen hatte, auf den Sitz und trat mit Susan auf den Hüften in den strömenden Regen. Sie griff gerade noch nach ihrer Clutch, bevor der Fahrer mit brummendem Motor davon fuhr.

Es schüttete und blitzte und donnerte, und ich war froh, dass ich dem Fahrer den Hintereingang des Hotels genannt hatte. Ich wollte mich jetzt nämlich nicht von Susan trennen. Auf keinen Fall. Umständlich öffneten wir den Lieferanteneingang, ich drückte meinen Zeigefinger auf den Fingerprint neben dem Fahrstuhl und seufzte kaum merklich in unseren Kuss, als sich die Türen sofort öffneten und wir eintreten konnten.

Susan war auf keinen Fall zu schwer für mich, um sie auf meinen Hüften zu tragen, aber es musste ja nicht sein, dass uns irgendjemand von meinen Angestellten sah. Ich drehte uns beide, während Susan ihre Finger in mein Haar krallte, und schob sie an der Wand des Aufzuges nach oben. Mein Schwanz war steif. Meine Hände gierig. Mein Mund unersättlich.

Das erlösende Klingeln, das uns mitteilte, dass wir in meiner Wohnung angekommen waren, trennte uns wenigstens kurz voneinander.

Susan verschränkte ihre Arme hinter meinem Nacken, ließ ihre Tasche achtlos im Wohnzimmer fallen, als wir dabei waren, dieses zu durchqueren, und biss sich auf die von meinen Küssen geschwollene Lippe.

»Bring mich in dein Bett, du Idiot!«, seufzte sie, und dieser kleine, selige, wohlige Laut, fuhr direkt in meine Eier. Das hatte ich nicht oft, dass eine Frau mich durch diese eigentlich eher abtörnenden Worte so sehr anheizte, dass ich ihr einfach nur noch die Klamotten vom Leib reißen wollte.

Nachdem wir in meinem Schlafzimmer angekommen waren, stellte ich sie auf ihre Füße. Sie war klein und das Stoffbein ihrer Hose raffte sich um ihre Knöchel, viel zu lang war es. Anscheinend hatte sie ihre Schuhe auch irgendwo einfach abgestreift. Wir atmeten beide schwer und waren erhitzt. Sie sah sich nicht großartig in meinem Schlafzimmer um, sondern zog den Reißverschluss an der rechten Seite ihres Oberkörpers auf. Langsam schlüpfte sie aus dem Stoff, der ihre Arme bedeckte. Es war vollkommen still, nur mein kräftiger Herzschlag, der in meinen Ohren wummerte, begleitete unsere hektischen Atemzüge. Susans Gesicht. Ihr Dekolleté war von einer sanften Röte überzogen, die ihr bezaubernd stand. Sie senkte den Kopf, wollte mir nicht in die Augen blicken, aber ich tat einen Schritt nach vorn, hob mit meinem Zeigefinger ihr Kinn an und sah fest in ihr wunderschönes Gesicht. »Verbirg niemals etwas vor mir, Susan«, flüsterte ich. Ich hatte nicht geplant, das zu sagen, ich hatte den Gedanken nicht in meinem Kopf gehabt, als ich die Worte aussprach, und doch kamen sie aus meinem Innersten.

»Behandele du mich nie wieder so, wie heute«, setzte sie, mit genauso ruhiger Stimme, entgegen.

Kurz forschte ich in ihren Augen, sah dort aber nichts anderes als Ehrlichkeit und die Bitte, dass ich ihr erfüllte, was sie von mir erbat.

»Es tut mir leid, Susan!«; entschuldigte ich mich noch einmal, denn sie hatte recht. Ich war ein gottverdammter Bastard in diesem Restaurant gewesen. Das hatte sie nicht verdient. Eine Entschuldigung war das Mindeste. Susan ließ den seidigen Stoff ihres Kleidungsstückes los, und es rutschte ihr über den Busen, den Bauch, die weiblichen Hüften und die schlanken Beine. Bis er sich schließlich um ihre Knöchel bauschte.

»Wow«, sagte ich und ging einen Schritt nach hinten, um sie

genauer betrachten zu können. »Sieh dich nur an ... das ist ... wow.« Sie lächelte schüchtern, hob die Arme und zog sich die Haarnadeln aus diesem Knotenteil in ihrem Nacken. »Darf ich?«, fragte ich dazwischen.

Susan hielt in ihrer Bewegung inne, drehte mir den Rücken zu und sah mich über die Schulter an. »Bitte«, wisperte sie mit rauer Stimme. Dieses eine Wort, diese zwei Silben, die ihren Mund verließen, waren so viel mächtiger, sinnlicher, erotischer, als jeder andere Ausdruck, den ich jemals gehört hatte. Nie wieder könnte ich diese höfliche Floskel verwenden, ohne diesen Hintergrund ausblenden zu müssen, dass sie mich »gebeten« hatte. Oh nein, ich war für immer dafür verdorben. Mühsam um Kontrolle bemüht, griff ich in ihren Knoten und zog die einzelnen Haarnadeln heraus. Nachdem alle entfernt waren, mir der Duft nach Kokosnuss von ihrem Shampoo in die Nase strömte, legte ich sie auf die Kommode zu meiner Linken. Susan leckte sich mit der Zunge über die Lippen, als sie sich wieder in meine Richtung drehte. Langsam sank sie in ihrer dunkelblauen Spitzenunterwäsche vor mir auf die Knie. Der weiche hochflorige dunkle Perserteppich stand im Kontrast zu ihrer milchigen Haut. Sie war absolut makellos.

Mit ihren fein manikürten Händen griff sie nach meinem Fuß, tippte auf meinen Knöchel, damit ich mein Bein anhob, und zog mir die Strümpfe aus. Anschließend rückte sie auf ihren Knien ein klein wenig näher, hob die Arme und öffnete meinen Gürtel. Sie sah dabei so konzentriert und aufgeregt aus, das sich ein Lächeln auf meine Lippen schlich.

»Ich will dich schmecken«, flüsterte sie, während sie mir meine komplette Kleidung über die Hüften zog. Geistesabwesend, weil sie ihre manikürten Finger bereits um meinen harten Schwanz geschlossen hatte, streifte ich mein Hemd ab und warf es auf den Boden.

»Oh mein Gott«, stöhnte ich tief, als sie sich nach vorn beugte und mich in den Mund nahm. Sie sog mich langsam, aber mit festem Druck in ihren süßen Mund. Fuck! Sie war scheinbar ein Naturtalent. Wenn sie nämlich noch nie Sperma geschmeckt hatte, dann hatte sie vermutlich auch noch nie jemandem einen geblasen. Ihre kleine, warme, feuchte Zunge wirbelte um meine Spitze. Ihr Kopf ging gleichmäßig vor und zurück. Sie ließ mich so weit in ihren Mund eindringen, bis ich merkte, dass ich an ihrem Rachen anstieß, und entließ mich anschließend wieder in die kühle Luft. Die Finger ihrer einen Hand umgriffen meine Eier und drückten sie leicht.

Wieder stöhnte ich kehlig. Ich stand darauf, wenn eine Frau mich anfasste. Nicht nur so ein bisschen einen auf leidenschaftlich machte … Oh nein, ich wollte, dass sie mich so richtig tief und hart saugte. Ich griff an ihren Hinterkopf und drückte sie mir ein wenig entgegen. Ich konnte einfach nicht anders.

»Hör nicht auf, Baby …«, kam es abgehackt von mir. Susan öffnete die Augen und schenkte mir einen Blick, der mich noch mehr anheizte. »Du bist so verflucht heiß«, seufzte ich und schob meine Hüften vor und zurück. Ich fühlte, dass sich mit ihrer Hilfe mein Orgasmus aufbaute. Dass er langsam durch meine Adern kroch. Erst über die Zehen, dann über die Beine und langsam in meine Hüfte. Susan ließ mich nicht los. Ganz im Gegenteil, sie beschleunigte ihre Zungenbewegungen und hielt mich fest zwischen ihren vollen Lippen. Ihre Hand spielte mit meinem Sack. Sie wusste verflucht gut, was ich wollte und brauchte und vor allem begehrte. Durch die dunkle Spitze ihres BHs sah ich, dass sie steife Nippel hatte.

Und kurz bevor ich meinen Orgasmus nicht länger hätte zurückhalten können, tat sie das, was ich mir schon immer von einer Frau gewünscht hatte, wenn ich neben ihr war.

Sie wanderte mit ihrer freien Hand in ihr Höschen und rieb sich selbst. Für mich war es unfassbar erotisch, dass es sie anmachte, wie sie mir einen blies. Heilige Scheiße, das war absolut fantastisch. Susan ließ die Lider wieder zufallen, biss sanft in meine Eichel und ich kam.

Ich kam in ihrem Mund. Selbst wenn ich egoistischer Bastard sie hätte warnen wollen, wäre es nicht gegangen. Es war wie ein verdammter übermächtiger Drang, in ihrem Mund zu kommen. Fest drückte ich meine Hüften nach vorn, damit sie wirklich jeden Tropfen meines Spermas schluckte.

Schwer atmend entließ ich ihre Haare aus meinem festen Griff. Anstatt, mich aus ihrem Mund zu lassen, nahm sie sich die Zeit, mich noch einmal ordentlich zu schmecken. Mein Schwanz kam gar nicht dazu, wirklich abzuschlaffen. Er war immer noch halb steif.

Schließlich legte ich meine Finger unter ihr Kinn, hob ihren Kopf und bedeutete ihr somit, aufzustehen.

»Du bist unglaublich«, flüsterte ich, beugte mich zu ihr und verschloss ihre Lippen mit einem Kuss. Er war nicht drängend, wie zuvor, oder all zu leidenschaftlich. Nein, er war ruhig und gleichmäßig. Sie strich mit ihrer Zunge über meine, und ich konnte mich in ihrem Mund schmecken. Neben der Tatsache, dass sie sich selbst berührt hatte, als ich in ihrem Mund kam, war das wieder so eine

Sache, die mehr als nur verdammt erotisch war. Sie war einzigartig. Unfassbar!

Ich war schon wieder scharf auf sie. Langsam wanderte ich mit meiner Hand zu ihrem Nacken und drückte sie an mich. Fest. Gezielt. Intensiv küssten wir uns. Ihre vollen warmen Lippen waren auf meinen. Das leise Stöhnen, welches ihr entwich, nahm ich zum Anlass, den Kuss zu unterbrechen, meine Stirn an ihre zu legen und sie somit zu zwingen, mich wieder anzusehen.

Meine Stimme klang selbst in meinen Ohren fremd, als ich ihr sagte: »Zieh dich ganz aus, für mich.« Ohne den Blickkontakt zu unterbrechen, griff sie auf ihren Rücken und öffnete den Stoff des dunklen BHs. Nachdem sie ihre Brüste in die Freiheit entlassen hatte, hakte sie ihre Daumen links und rechts in den Bund ihres Slips und schob diesen nach unten.

In dem Moment, wo sie mit mir wieder auf einer Augenhöhe war, war es um mich geschehen. Vorbei war es mit langsam und gleichmäßig und sinnlich. Oh nein, jetzt wollte ich verdammte scheiße noch mal diesen Körper einfach nur noch genießen.

15

SUSAN

> *»Wir haben keine Affäre, das ist ein Fick-Ding!«*
> – Miranda Hobbes –

In dem Moment, als Steve mit seinen Händen unter meinen Po fuhr und mich hochhob, wusste ich, dass ich ihm seine dummen Worte aus dem Restaurant vergeben hatte.

Ja, er hatte mich gedemütigt. All die Sachen, die er zu meinem Date gesagt hatte, waren fies gewesen. Dazu gedacht, mich zu verletzen. Und im ersten Moment hatte er das geschafft.

Nur … als wir in seinem Schlafzimmer gelandet waren, als ich mich für ihn ausgezogen und ihm seinen Schwanz geblasen hatte … da hatte ich es in seinen Augen gesehen. Er fand mich nicht abstoßend, er fand nicht, dass ich langweilig war, ganz im Gegenteil. Mit meinem ersten Zungenschlag und meiner Hand an seinen Eiern, wusste ich: Dieser Mann war süchtig nach mir.

Woher der Gedanke kam, keine Ahnung, selbst der Versuch, ihn zu erklären, war zum Scheitern verurteilt.

»Du bist so unfassbar schön, Susan …«, wisperte er und blies seinen kühlen Atem über meine erhitzte Haut. Er widmete sich gerade meinen Brüsten. Zupfte mit einer Hand an meinem steifen Nippel, der hart wie ein Diamant war. Seine Zunge fuhr über die Rundung und hinterließ hier und dort Küsse. »Deine Haut ist so weich, dass ich süchtig werden könnte.«

Er legte sich mit mir auf den Hüften auf das große weiche Bett und schwebte über mir. »Dir ist klar, dass ich dich heute ficken werde, oder Susan?« Seine Stimme war rau und dunkel. Seine Augen von einem Schleier der Lust durchzogen. Sein Gesichtsausdruck war fast ein wenig wild und unberechenbar, dennoch machte er mir keine Angst. Seine Fingerspitzen, die über meine Haut fuhren, waren nämlich sanft.

Er küsste sich über meinen Busen, sah mich aus dem tiefen Tal heraus an, und ein Bild blitzte in meinem Kopf auf, wie er sich dazwischenschob und ich die volle Kontrolle über ihn hätte. Aber Steve wanderte weiter … er küsste sich über meine Taille zu meiner Hüfte und langsam den Weg meiner Leiste entlang.

»Ich werde es dir jetzt besorgen, Susan … so heftig, dass du nicht mehr laufen können wirst. Ich werde dich in den Wahnsinn treiben, mit meiner Zunge, meinen Fingern und meinem Schwanz, und du wirst dir wünschen, dass du nicht hier wärst … weil du nicht mehr können wirst, Baby …« Meine Lungen versuchten verzweifelt, irgendwie an Luft zu kommen, da er mit den letzten Worten seinen Mund auf mir hatte. Er begann meinen Kitzler sanft mit seinen Zähnen und seiner Zunge im Wechsel anzustupsen. Es war unfassbar, ich fühlte mich sofort in unsere gemeinsame Nacht vor einiger Zeit zurückversetzt. Damals hatte er mich auch geleckt und das vom Allerfeinsten. Dieser Mann war ein Meister des Leckens.

Er war Mister Muschi. Nein, er war Mister Ich lecke dir die Muschi, bis du bettelst.

»Susan«, drang seine Stimme an mein Ohr. »Ich will, dass du dich auf mich konzentrierst, verstanden?«

»Ich …«, kam es heiser von mir. Steve schob in diesem Moment zwei Finger ruckartig in mich. Er biss sich auf die volle Lippe und beobachtete meine Reaktion genau. Seine Finger drückten noch tiefer in mich. Strichen über die rauen Wände in meinem Inneren, und ich gab einen undefinierbaren Laut von mir, weil er meinen G-Punkt traf. All die Worte, die in meinem Kopf waren, verschwanden in den Hintergrund. Sie waren einfach weggefegt. Er machte diese tolle Sache mit den Händen, gepaart mit seinen Lippen, und ich konnte einfach nicht mehr denken. Ein tiefer kehliger Laut entkam mir, und ich spreizte meine Beine für ihn ein wenig weiter. Ich griff mit einer Hand in sein Haar und presste seinen Mund auf mich. Ich fühlte, wie durch die Bewegung seiner Finger meine Feuchtigkeit noch mehr verteilt wurde. Und es war mir egal, ob ich vielleicht einen Fleck auf seinem Laken hinterließ. Eigentlich hätte es mir peinlich sein müssen oder mich zumindest irgendwie interessieren, aber es war mir verdammt noch mal gleichgültig.

»Hör bloß nicht auf«, keuchte ich und schloss gequält die Augen.

»Ich bin kurz davor ...« Steve verlangsamte seine Bemühungen, mich zum Höhepunkt zu bringen. Er schaffte es, mich direkt über dem Abgrund zu halten. Aber er stieß mich nicht über die Schwelle.

»Bitte«, wimmerte ich und bog meinen Rücken durch, um ihm so meinen Schoß näher zu bringen, »bitte.« Auch wenn es keinen Sinn ergab, was ich in den Raum stöhnte, so war es für mich doch vollkommen logisch.

»Was möchtest du, Susan?«, seufzte er an meinen Schamlippen. Sein kühler Atem traf auf meine erhitzte, feuchte Haut. Es versengte mich fast. Ich war so verdammt kurz davor, zu kommen. Steve setzte sich auf seine Hacken zurück. Sein beachtlicher Schwanz stand bereits wieder von seinem Körper ab. Langsam und genüsslich strich er mit seiner Hand an der seidigen Haut auf und ab. »Du musst mir schon sagen, wenn ich dir irgendwie helfen kann, Baby ...«

Diese Worte ... Man hörte sie so oft, im Normalfall mit Unschuld behaftet. Nur jetzt ... wie er hier vor mir war ... sinnlich. Sexy. Ganz der Mann, wie ich ihn mir optisch vorstellte ... war es um mich geschehen. Blindlings streckte ich meine Arme aus, hangelte nach seinem Körper und zog ihn zu mir herunter. Wenn er wollte, dass ich ihm sagte, was ich brauchte, dann würde ich es tun. »Ich will«, begann ich und beobachtete, wie er sich mit der Zunge über die Lippen leckte, als stünde ihm ein Festmahl bevor. »Ich will, dass du deinen Schwanz in mich schiebst und mich fickst.«

An seinem Mundwinkel zupfte ein Grinsen. Jenes, das er auch in der Bar in Philadelphia zur Schau gestellt hatte. Es war das Lächeln, das mich fast so weit gebracht hätte, mein Kleid hoch-, das Höschen aus- und ihn in mich zu ziehen.

»Das willst du?« Steve war sichtlich um Haltung bemüht. Dunkel und rau floss seine Stimme über mich hinweg. Hüllte mich in diesen Mantel aus Lust und bündelte sich in meinem Unterleib.

»Das will ich.«

Er beugte sich nach vorn, berührte mit seiner feuchten Schwanzspitze meine Klitoris und brachte mich damit zum Stöhnen. Allein diese winzige Berührung ließ Stromstöße durch mich hindurch wandern. So hart und heftig, dass ich wieder vollends entzündet war. Schwer atmend hielt ich mich davon ab, ihm das gottverdammte Kondom aus der Hand zu reißen und es ihm selbst überzuziehen. Mr. Lightman ließ sich nämlich Zeit. Als würden wir nicht beide in wenigen Sekunden explodieren. Mit der Stütze meiner Ellbogen beobachtete ich ihn unter halb gesenkten Wimpern. Sein Schaft pulsierte unter seinen Fingern. Und bei Gott, ich schwöre, dass ich sah, wie er noch dicker wurde.

»Ich persönlich finde«, fing er auf einmal an und ließ sich wirklich alle beschissene Zeit der Welt dabei, den Gummi überzustülpen. Er hob den Blick und sah mir ernst in die Augen. »Wir sollten uns noch einmal überlegen, ob wir das jetzt wirklich machen wollen.«

Nach dieser Aussage formte sich mein Mund zu einem stummen »O« und meine Augenbrauen wanderten in meinen Haaransatz.

»Willst du mich verarschen?« Es verging eine Sekunde. Zwei Sekunden. Drei Sekunden. Irgendwie fühlte es sich an, wie die längste Zeit der Welt, als er schließlich seine Hände an meine Hüften legte, mich nach vorn zog und sich ruckartig in mich zwang. Seine Größe dehnte mich auf köstliche Art und Weise.

»Nur ein kleiner Scherz, Baby« Er seufzte die Worte mehr, als dass er sie sprach. Dann hielt er inne.

Er hielt inne, bewegte sich nicht und bewegte mich nicht. Seine Augen waren geschlossen, der Kopf in den Nacken gelegt und er biss sich auf seine Unterlippe. Der Muskel an seinem Kiefer zuckte. Deutlich konnte ich sein Schlüsselbein unter den gestählten Muskeln seines Oberkörpers ausmachen. Steve hatte nicht nur einen flachen Bauch. Oh nein, er war richtig trainiert. Ich war so in diesem sinnlichen Bild gefangen, dass ich gar nicht merkte, wie ich die Hände nach ihm ausstreckte. Bis gerade eben waren sie noch in die Laken des Bettes gekrallt gewesen … und im nächsten Moment angelten meine Finger nach ihm.

»Ich bin hier, Susan«, wisperte er, verlagerte sein Gewicht und legte sich auf mich. In diesem Moment wusste ich, wir würden erst miteinander schlafen, ehe er es mir auf die harte Tour besorgte. Steve zog sich aus mir zurück und glitt erneut in mich. Er war langsam, bedächtig rieb sich so köstlich an meinen Wänden, dass ich laut seinen Namen stöhnte. Er seufzte ebenso. Dass er mich mit seinem Gewicht in die Matratze drückte, die Hände an meine Wangen legte, und mich küsste, gab mir den Rest. Ich fühlte mich nicht nur von ihm beschützt, sondern auch irgendwie geliebt. Vermutlich verwechselte ich gerade *geschätzt* und *geliebt* miteinander, aber das war mir egal. Seine Zunge in meinem Mund, wie sie rau über die meine streichelte, sein Schwanz in meinem Körper, der immer wieder diesen besonderen Punkt in mir liebkoste … das alles gab mir den Rest. Ich brauchte nicht wie sonst eine Hand, die meinen Kitzler bearbeitete, oder meine Fantasie. Nein … er schaffte es wirklich, mich mit diesen langsamen Stößen in den Abgrund zu stürzen.

Genau in dem Moment, als ich unseren Kuss unterbrach, und kurz bevor meine Lider zufielen, weil alles zu viel war, spürte ich überdeutlich, wie ein zarter Faden, der uns verband, zu einem mächtigen Seil gesponnen wurde.

Steve Lightman, trug mich in den Himmel.

Und ich wollte daraus nie wieder auftauchen.

16

STEVE

> »*Immer die Wahrheit sagen, bringt einem wahrscheinlich nicht viele Freunde, aber dafür die richtigen.*«
> – John Lennon –

Es war das erste Mal, dass ich mit einer Frau, schlief, die ich einfach nur ficken und besitzen wollte. Und das, obwohl mich ihr Blowjob so dermaßen angeheizt hatte, dass ich mich nur mühsam davon abhalten konnte, wie ein Irrer in sie zu stoßen. Doch als sie unter mir lag, ihr Körper für mich weit offen, den Blick wachsam, wusste ich, ich wollte sie erst genießen. Ich wollte erst ihren Körper erkunden, rausfinden, was sie mochte, ehe ich ihr zeigte, wer der Mann war. Susan war so anders, als alle anderen Frauen. Tiefe Leidenschaft floss durch ihre Adern. Heftiges Verlangen breitete sich über ihrem Körper aus ... und doch ließ sie zu, dass das hier ruhig und friedlich ablief.

Zunächst.

Gerade war sie gekommen. Ich hätte ihr Stöhnen nicht hören müssen, hätte ihr nicht so nah sein müssen, um ihren Herzschlag an meiner Brust zu fühlen, und hätte nicht ihr hektisches und dennoch abgehacktes Atmen wahrnehmen müssen, um zu wissen, dass mein Schwanz und ich sie über die Klippe gestoßen hatten.

Ihre Pussy verriet es mir.

Ihre süße, enge Pussy.

Bei Gott, sie presste mich in diesem Orgasmus so eng zusammen, dass ich glaubte, ohnmächtig zu werden.

Hingerissen trug ich sie durch diesen Flug und ganz ehrlich? Ich musste mich wirklich zusammenreißen, um nicht in dieses verdammte Kondom zu spritzen, bevor es überhaupt richtig losging.

Susan schlug die Augen wieder auf. Sie glänzten, genau wie ihre Haut gerötet war und die Lippen von meinen Küssen geschwollen waren.

»Das war …«, begann sie, und ich lachte leise, hielt einen Moment ruhig, weil das »Kommen wie ein verfluchter Teenie« immer noch aktuell war.

»Gut?«, half ich ihr aus, und sie nickte aufgeregt. Es war beruhigend zu wissen, dass diese toughe, eiskalte Wirtschaftsprüferin immer wieder aus der Fassung gebracht werden konnte. Aber mal ehrlich, das konnten sie doch alle, oder? Zumindest war ich mir sicher, dass mein Schwanz und ich es schon das eine oder andere Mal geschafft hatten. »Ich verrate dir was, Montgomery. Ich ficke dich jetzt. Ich ficke dich jetzt so heftig, dass du glauben wirst, ich hasse niemanden mehr, als dich auf dieser scheiß Welt, aber in Wahrheit … in Wahrheit vergöttere ich dich. Und deinen Körper.« Ich zog mich vollständig aus ihr zurück, brachte körperliche Distanz zwischen uns und ließ sie kurz zum Luftholen kommen. Nur wenige Sekunden gab ich ihr, ehe ich sie an den Oberschenkeln packte, ihre Beine nach oben hielt und ruckartig in sie stieß. Diesmal würde es kein sanfter Ritt in den Sonnenuntergang werden. Oh nein, diesmal würde ich sie verschlingen. Mit allem, was ich hatte. »Und«, fuhr ich fort, während ich mich vollständig aus ihr zurückzog, nur, um mich wieder hart in sie zu schieben. »Du. Wirst. Es. Lieben.« Jedes meiner Worte begleitete ich mit gezielten, festen und heftigen Stößen. Susan griff mit ihrer freien Hand an ihre volle Titte, spielte mit dem Nippel, und der Anblick, wie sie fest zukniff, schoss direkt in meine Eier.

»Heilige Scheiße!«, rief sie und hob ihren Oberkörper. »Steve!«

Die Heftigkeit meiner Stöße ließ nicht nach. Ich machte einfach weiter, denn ich wusste, sie würde bald sagen, dass sie es nicht ertragen konnte, dass sie es nicht aushalten konnte … aber es war anders. Sie dachte, sie würde diese Lust nicht ertragen, sie dachte, sie würde vergehen … aber sie würde belohnt werden. Und das war der Schlüssel.

»Das magst du, mh?«, stöhnte ich ebenso. Ich musste mich darauf konzentrieren, sie erst zum Kommen bringen zu wollen, bevor ich mir Erlösung schenkte. »Ich weiß, dass die sanfte Nummer gerade schön war, aber du willst es heftig und dreckig, Baby …«

Susan warf zur Bestätigung den Kopf in den Nacken und verdrehte die Augen. Sie kniff sich selbst so heftig in den stahlharten

Nippel, dass ihre Fingerkuppen weiß anliefen. Unnachgiebig fickte ich sie. Meine Hände umklammerten ihre Hüften, denn sie hatte nun die Beine auf meiner Brust und meinen Schultern abgelegt. Von hier oben hatte ich einen fantastischen Ausblick auf ihre rosige Muschi und ihre gut durchbluteten Titten. Es war wie im Porno, aber ich wusste, dass sich Susan nicht schämte, sondern dass sie es wollte.

»Ich kann«, begann sie wieder abgehackt »Ich kann das nicht ertragen.« Sie stöhnte die Worte laut, und ich war froh, dass sie sich so gehen ließ. Ich mochte es, wenn die Frauen mir alles mitteilten, was sie zu sagen hatten. Zumindest im Bett. Ich wollte sie hören, das bescherte mir Lust. Susan bescherte mir Lust.

»Soll ich aufhören?«, fragte ich provozierend, stoppte mit einem Mal meine Bewegungen und sie wimmerte.

»Bist du bescheuert?«, warf sie mir an den Kopf, als ich leise lachte. »Bitte«, wimmerte sie. »Bitte lass mich kommen!« Ihre Worte waren voller Lust gesprochen. Ihre Haut war rosig und glühte fast. Dennoch sah ich, wie sich eine Gänsehaut ausbreitete. Susan ließ sich gehen. Das liebte ich. Das brachte mir Erfüllung. Ein graues Mäuschen konnte ich nicht gebrauchen.

»Du willst kommen?«, seufzte ich leise und schob mich langsam wieder in sie. »Heftig? Und hart?«

»Oh Gott«, klagte sie. »Fick mich!«

Wieder lachte ich leise und schüttelte dabei meinen Kopf. »Sag bitte.«

»Fick dich!« Ich glitt mit meinem Schwanz so weit aus ihr heraus, dass nur noch meine Spitze sie minimal dehnte. Meinen Finger legte ich auf ihren prall geschwollenen Kitzler und strich zweimal darüber. Susans Beine begannen zu zittern. »Ich …«, jammerte sie. »Bitte … Ich.«

Sie sah mir genau zu dem Zeitpunkt in die Augen, als ich meine Hand von ihr nahm und meinen Finger genüsslich ableckte. Er war vielleicht nicht in ihr gewesen, aber sie war so feucht, dass alles gut verteilt war.

»Sag es!« Selbst in meinen Ohren klang meine Stimme fremd. Und dunkel.

»Ich …« Sie startete einen erneuten Versuch, ließ den Kopf wieder auf mein Laken sinken und ihre Pupillen rollten zurück.

»Sag es!« Meine Stimme war unnachgiebig. Mein Körper auch. Egal, wie sehr mein Schwanz in ihre heiße, feuchte Enge zurückwollte. Mein Kopf war stärker. »Sag es, verdammt noch mal, Susan.« Mühsam kontrolliert schaffte ich es, sie nicht anzubrüllen.

»Ich will.« Sie brach wieder ab.

»Sag es!«

Und schließlich platzte es zu dem Zeitpunkt, in welchem ich mich mit all meiner Muskelkraft in sie schob, aus ihr heraus. »Bitte, fick mich!«

Ich gab ihr nicht einen Stoß weiter Zeit, sich an mich zu gewöhnen, ich gab ihr keine weiteren zehn Sekunden des Leidens. Oh nein, ich stieß sie mit diesem einen Stoß und den Worten, die uns aufgeheizt hatten, über die verdammte Klippe.

Genau in dem Moment, als sie meinen Namen schrie, ihre Wände um mich noch enger wurden, spürte ich, wie ich kam. Schweiß stand auf meiner Stirn, so wie auch ihr Körper davon überzogen war. Unser beider Orgasmus wollte nicht enden. Es fühlte sich so an, als hätte ich jahrelang nicht abgespritzt und nicht erst vor einer Stunde. Es war alles so im Einklang, dass eine Frau jetzt vermutlich gesagt hätte: »Unsere Herzen schlagen im selben Takt.«

Dass dies kein Gedanke war, sondern Susan diese Worte wirklich von sich gegeben hatte, registrierte ich erst, als ich sie hochhob und gemeinsam mit ihr in die große Wanne in meinem Bad stieg.

Denn auch wenn ich ihren Körper jetzt genossen hatte ... ich war noch nicht fertig.

Und letztendlich beschlich mich die leise Frage, ob ich jemals mit ihr fertig sein würde.

17

SUSAN

> *»Mein Leben basiert nicht auf Formeln oder Theorien, sondern auf dem gesunden Menschenverstand.«*
> – Audrey Hepburn –

Ich falle.
Es ist fast so, als würde ich mit einem Fuß ins Leere treten. Und dann falle ich. Der Aufprall lässt auf sich warten, aber er wird kommen.
Kälte.
Schmerz.
Dunkelheit.
Ich war geschockt. Langsam krochen winzige Eiskristalle durch meine Adern, froren mein Blut ein. So gezielt, dass ich kaum mehr Luft bekam.

Bis jetzt hatte ich das nur ein einziges Mal so intensiv erlebt, nur einmal. Und das war etwas, an das ich nicht mehr denken wollte. Ich kannte es, ich war über mich selbst so schockiert, dass nicht einmal mehr ein klarer Gedanke zu fassen möglich war. Innerlich zählte ich bis drei ... sieben Mal und holte tief Luft. Ich musste diese Kette, die sich um mein Inneres legte, die mich vor lauter Schock abschnürte, irgendwie loswerden. Und das funktionierte nur, wenn ich hier verschwand. Vom Ort des Geschehens.

»Was hast du getan?«, flüsterte ich lautlos in die Dunkelheit. Neben mir, dafür musste ich kein Licht haben, um es zu sehen, lag Steve. Er schnarchte leise vor sich hin. Ich konnte das nicht süß finden. Wenn jemand laut atmete oder schnarchte, machte mich das eher aggressiv. Darum fragte ich mich noch mehr, warum? Die ewige, anstrengende Frage nach dem Warum. Plötzlich musste man sich nämlich mit Dingen auseinandersetzen, die lieber tief im Verborgenen geblieben wären. Die so sorgsam verdrängt worden waren, dass sie in völliger Dunkelheit schwebten. Nicht greifbar. Nicht nachvollziehbar. Die Schwärze war manchmal ein willkommener Freund, für einen selbst und sein Wohlbefinden. Nur ... wenn man aufwachte, das Gefühl des Rausches, der Endorphine abflaute, und man die nackte, ungeschminkte Wahrheit sah ... dann donnerte der Vorschlaghammer ungebremst auf einen ein.

Mein Kopf versuchte, logische Gründe zu finden – ich hatte nämlich nicht einfach so einen rationalen Studiengang gewählt –, warum ... warum ich hier in diesem schönen, gemütlichen Bett geendet war. Warum ich jetzt wieder diese eisige Kälte in meinem Körper durchmachen musste.

War ich betrunken gewesen? Negativ.

Konnte ich auf Unzurechnungsfähigkeit plädieren? Wohl auch nicht.

Hatte ich ein kürzlich erfahrenes traumatisches Erlebnis hinter mir, sodass ich mich ablenken musste? Fehlanzeige.

Nein. Dummerweise war ich völlig bei Sinnen gewesen, als er mir ins Taxi gefolgt war, wir zu knutschen begonnen und er in mir geendet hatte. Der Sex mit ihm war, wie damals auch schon, absolut fantastisch gewesen. Er wusste genau, wie, wo und wann er eine Frau anfassen musste. Er war einfach so verdammt erfahren, dass die Wahrscheinlichkeit, mir *keinen* Orgasmus schenken zu können, gegen null ging. Nicht, dass das der ausschlaggebende Punkt gewesen war. Oh nein, es war eher, dass Steve mich so enttäuscht hatte. Ja, selbst in meinen Gedanken ergab das gerade keinen Sinn, aber er war so fies in dem Restaurant zu mir gewesen, da hatte ich eben etwas tun wollen, das ... okay, ich hatte keine Ahnung.

Ich hatte einfach gewusst, dass er mich nicht ablehnen würde. Und ich hatte auch gewusst, zumindest wenn man wieder einmal nach allen Artikeln ging, dass er wählerisch war. Also hatte meine Logik seine Worte zu dem Typen als Lüge entlarvt. Er wollte mich. Das hatte in seinen Augen gestanden. Um ehrlich zu sein, hatte ich es schon gesehen, als wir zusammen im Meetingraum gesessen hatten. Er wollte mich. Meinen Körper. Vielleicht auch ein bisschen von meinem Verstand und meinem Können, aber im Grunde wollte er meinen Körper.

Also hatte ich ihn ihm gegeben. Was hätte ich auch tun sollen? Ich hatte seit Wochen eine Dürreperiode und war einfach sauer. Ein

Ventil zum Dampfablassen quasi. Aber, auch wenn Steve immer gut für eine schöne, ereignisreiche Nacht war, dann konnte ich dennoch nicht vergessen, dass ich ein Danach wollte. Genau darum datete ich ja, genau darum traf ich mich mit den Männern, weil ich nicht nur auf der Suche nach Sex war.

Langsam schlug ich die Decke zurück und schlich mich aus dem Bett.

Wieder fragte ich mich, was ich hier getan hatte?

In der Dunkelheit des Zimmers, und Gott, dieser Mann schlief wirklich in vollkommener Schwärze, nahm ich das erstbeste Kleidungsstück. Es war sein Hemd. Ich zog es an, griff nach dem Gürtel seiner Hose und tappte auf nackten Zehenspitzen aus dem Raum.

Ich musste in mein Hotelzimmer. Ich brauchte Ruhe. Und vor allem musste ich mir darüber im Klaren werden, wie ich die Sache weiterhin handhaben wollte. Immerhin würden wir noch einige Zeit zusammenarbeiten müssen.

Eine Dusche, frisch geföhnte und geglättete Haare später, war das Eis in mir verschwunden. Jedoch nicht der Schock. In mir arbeitete es, weil ich nicht verstand, was dieser Mann anrichtete, damit ich so außer Kontrolle war. Ich kam überhaupt nicht damit klar, dass all mein logisches Denken außer Gefecht gesetzt worden war. Ich wollte doch mehr. Ich wollte doch viel, viel mehr, als nur heiße Stunden mit einem Kerl in seinem Bett. Ich wollte essen gehen. Ich wollte ins Kino. Ich wollte bei Sonnenschein – Hand in Hand – mit einem Mann durch den Park laufen. Ich wollte, dass wir uns abends in unserem Zuhause trafen. Wir sollten irgendeine Sitcom in unserem Wohnzimmer ansehen, während wir chinesisches Essen aus Pappschachteln aßen. Ich wollte irgendwann heiraten und Kinder ... ich wollte ... ich wollte mehr.

Und dieses *mehr* würde ich bei einem Charakter wie Steve Lightman nicht finden.

Deshalb, egal, wie gut der Sex war, egal, wie herausragend die Orgasmen waren oder wie unglaublich er mich auf die Palme brachte, und egal, wie sehr ich es insgeheim genoss ... während ich mich im Spiegel betrachtete, war ich sicher, wie es weitergehen würde. Ich würde einfach so tun, als wäre das nie passiert. Wenn man nicht darüber sprach, dann war es doch fast so, als wäre es nie geschehen, oder? Als hätte es nicht stattgefunden, und man konnte es verdrängen. In die Schublade und die Dunkelheit ... dorthin, wo all die anderen Erlebnisse waren, an die man niemals denken mochte. Jeder hatte mit seinen Dämonen zu kämpfen.

Ich trug gerade die Foundation auf, es war mittlerweile fast sechs Uhr morgens und ich sah auf mein Handy. Die Dating APP, auf der ich aktuell aktiv war, öffnete sich, und ich stellte fest, dass ich mehrere Nachrichten von THREEOFTHREE hatte. Mit einem Lächeln im Gesicht öffnete ich sie.

Wie geht es dir?
Was machst du?
Wieso bist du nie mehr online?

Ich bemerkte, wie mein Grinsen breiter wurde. Schon ewig hatte mich niemand mehr gefragt, wie es mir ging. Daran würde ich mich klammern. An solche Männer. An Männer, die sich für mich interessierten, denen es wichtig war, wie es mir ging. Was ich tat und wie ich mich fühlte. Nicht an irgendwelche Kerle, die meine Dates sabotierten und mich anschließend mit ihrem Schwanz um den klaren Menschenverstand brachten. Oh nein, das würde aufhören. Ab sofort würde ich diese ganze Datingsache ernster angehen.

Genau das war mein Beweggrund, warum ich *THREEOFTHREE* zurückschrieb.

Entschuldige bitte, ich war schwer im Stress. Ich habe hier einen kniffligen Fall. Was hast du die Tage so getrieben?

Unverfänglich bleiben, das war mein neuer Weg. Und dass ich mich mehr aktiv an der Suche beteiligen musste.

Genau deshalb schrieb ich noch vier weiteren Männern, die mir auf den ersten Blick gut gefielen und deren Charakterbeschreibung mich ansprach. Schulterzuckend schickte ich jedem denselben unverfänglichen Text und schminkte mich weiter.

Dieser Tag, nach einer Nacht voll erholsamem Schlaf – alles andere war in der Schublade fest verschlossen – würde fantastisch werden.

Ich weigerte mich, an irgendetwas anderes zu glauben.

18

SUSAN

> »*Wir verehren Helden aus verschiedenen Gründen. Manchmal wegen ihres Wagemuts. Manchmal wegen ihrer Tapferkeit und manchmal wegen ihrer Güte. Aber hauptsächlich verehren wir Helden, weil wir alle hin und wieder davon träumen, gerettet zu werden. Wenn natürlich der richtige Held nicht vorbeikommt, müssen wir uns manchmal selbst retten.*«
> – Mary Alice Young –

Ich gab mir wirklich Mühe.

Wirklich. Ich strengte mich an, höflich, nett sowie ausgeglichen zu bleiben und sämtliche Bilder der letzten Nacht in meine imaginäre Schublade zurückzudrängen. Ich konzentrierte mich vollends auf meine Arbeit. Auf all das, was erledigt werden musste.

Erfolgreich ignorierte ich, wie wahnsinnig gut er roch, als er den Konferenzraum betrat. Natürlich beachtete ich auch nicht, dass er heute keines seiner obligatorischen Hemden trug, sondern ein dunkelrotes Longsleeve mit vier Knöpfen, von welchem er den obersten geöffnet hatte. Darüber trug er ein anthrazitfarbiges Jackett, das perfekt zu seiner Anzughose passte. Nicht, dass ich es bemerkt hätte. Seine Haare waren wie immer ein wildes Chaos. Die Wimpern lang und schwarz, rahmten diese wunderschönen, großen dunklen Augen ein. Ich bemerkte selbstverständlich nicht, dass er die Kiefer aufeinander mahlte, als er den Raum betrat und nicht einmal »Guten Morgen« sagte.

Oh nein … all diese kleinen Details hatte ich zweifellos nicht bemerkt.

Seit wir vor zwei Stunden mit unserer Besprechung begonnen hatten, war er nicht nur wortkarg, sondern zweifelsohne fast stumm. Er machte es mir nicht leicht, einen auf gute Laune und Ignoranz zu machen, während ihn anscheinend etwas derart anpisste, dass er total störrisch war. Ich beschloss, in die Offensive zu gehen.

»Geht es dir heute nicht gut, Steve?«, fragte ich und klickte auf meinem Notebook herum, um die nächste Datei zu öffnen, welche wir uns über den Beamer ansehen wollten.

Steve hob eine Braue, räusperte sich und holte schließlich Luft. Eine Gänsehaut jagte über meinen Körper. »Ich weiß nicht, Susan«, begann er und ich dachte an den alt bekannten Satz: *Stelle keine Frage, deren Antwort du nicht verträgst.* »Ich hatte gestern einen tollen Abend. Ich habe eine fantastische Frau mit nach Hause genommen. Wir haben es getrieben. Mehrmals. Wir hatten eine fabelhafte Nacht, und dann wache ich heute Morgen auf, und sie ist weg.« Er stand auf, wanderte durch den Raum und nahm sich einen Orangensaft in diesen kleinen Glasflaschen, die in den Meetingräumen immer herumstanden. »Also ich bin mir nicht sicher, ob das heute ein guter Tag ist, Susan.« Seine Stimme klang bitter mit einem Hauch Aggressivität.

Shit! Mit dieser Antwort hatte er das Thema, welches ich den ganzen Morgen schon wohlweislich gemieden hatte, angesprochen. Hätte ich nicht einfach meine beschissene Klappe halten können?

»Was ist los?«, fragte er, legte seine Jacke ab und setzte sich wieder in den Stuhl. »Hat es dir die Sprache verschlagen?«

»Nein nein«, begann ich, nachdem ich mich geräuspert hatte, »ich denke nur, wir sollten auf die Datei zurückkommen.« *Etwas weniger Dummes ist dir jetzt nicht eingefallen, oder?*

»Ach so, das denkst du also?«, spottete er und legte die Stirn in Falten. »Wir werden dieses Gespräch führen, Susan, das ist dir klar, oder?«

Nein, werden wir nicht. »Ich denke, wir sollten uns voll und ganz auf die Arbeit hier konzentrieren«, zickte ich los. »Das ist wesentlich wichtiger, als irgendeine Nacht, die du mit irgendjemanden verbracht hast.«

Oh mein Gott! Das Knurren, welches aus seiner Kehle aufstieg, war überdeutlich in dem komplett stillen Raum zu hören. Selbst eine Stecknadel hätte man aufprallen hören.

»Irgendeine Nacht?«

»Jepp«, gab ich scheinbar teilnahmslos zurück.

»Irgendjemand?«

»Steve«, versuchte ich es nun in meiner »Ich erkläre dem kleinen Jungen die Welt«-Stimme. »Du musst das abhaken.«

»Ich muss das abhaken?«, donnerte er los. Hoffentlich konnte uns niemand hören. »Du setzt dich hier hin, sagst, dass es irgendeine Nacht mit irgendjemandem war, und ich soll das abhaken?« Das Wort abhaken, setzte er in imaginäre Anführungszeichen. »Bist du komplett verrückt?«

»Nun …« Ich musste wohl härtere Geschütze auffahren, wenn ich mein Gesicht wahren wollte. »Wieso kannst du nicht einfach akzeptieren, dass das eine einmalige Gelegenheit war und wir nicht mehr darüber sprechen?«

»Du setzt dich also hier hin …« Er gestikulierte wild mit den Armen. Die Ader an seinem Hals pochte und er schob die Ärmel seines Longsleeves so weit zurück, dass ich sah, wie sehr er die Muskeln an seinem Unterarm angespannt hatte. »… und erzählst mir, dass du das öfter machst?« Seine Stimme klang angespannt. Sauer. Vielleicht sogar eine Spur so, dass er sich kaum mehr unter Kontrolle hatte.

»Das habe ich nicht gesagt!«, verteidigte ich mich und wurde ebenso laut. »Außerdem geht dich das nichts an!«

»Letzte Nacht war das scheinbar nicht egal!«, rief er laut und warf die Hände in die Luft. »Was zur beschissenen Hölle ist hier eigentlich los?«

»Steve«, begann ich und stand seufzend auf. Ich ging hinüber zu den bodentiefen Fenstern, die auf der einen Seite des heutigen Meetingraumes eingelassen waren, und sah hinaus. »Ich sage das nur einmal, okay?«

Zwar konnte ich ihn nicht sehen, aber ich hörte ihn schnauben. Nicht beirren lassen, Susan. Zieh es durch. Du weißt, was du willst. Du weißt, was du brauchst. Er kann dir das nicht geben. Er ist … er ist ein Womanizer. Er ist nicht der Mann, der dich glücklich machen kann. Du willst nicht diese Schockmomente nach dem Aufwachen, wenn du feststellst, dass du einfach nur so Sex hattest. Du willst etwas Echtes.

»Ich will das nicht. Ich bin einfach nicht der Typ für One-Night-Stands, weißt du? Ich kann dieses Unverbindliche und Wir-haben-nur-Sex-Getue, so wie du das praktizierst, einfach nicht. Verstehst du? Ich bin auf der Suche nach etwas anderem. Ich will Beständigkeit. Ich brauche Loyalität, das Wissen, dass ich die Einzige bin … und ich finde auch, dass ich das einfach verdient habe. Darum, so nett der letzte Abend war …« Ich drehte mich um und verschränkte die Arme vor meiner schwarzen locker sitzenden Seidenbluse mit den weißen großen Kreisen. »… er war einmalig.« Als wäre es nicht eine der besten Nächte meines Lebens gewesen, zuckte ich abwehrend mit den Schultern und schenkte ihm ein breites Lächeln.

»So soll es also nach deinem Willen laufen?« Er knirschte mit den Zähnen. »Ernsthaft?«

»Keine Ahnung, was du meinst«, murmelte ich. Nachdem ich zu meinem Laptop zurückgegangen war, öffnete ich die Datei und projizierte sie auf den Beamer. »Können wir jetzt diese Tabelle durchgehen? Ich habe heute Abend noch etwas vor.«

Steve sah mir eindringlich in die Augen. Mühsam beherrscht schaffte ich es, den Blick nicht abzuwenden, auch wenn es mein erster Impuls gewesen wäre. Der wunderschöne Mann mir gegenüber war zu intensiv. Er war zu viel. Zu viel und zu intensiv mit und in allem.

»Entschuldige mich«, sagte er höflich, die Stimme eiskalt. »Da muss ich rangehen.« Er fuchtelte mit seinem Handy hin und her. Anscheinend konnte es ihm nicht schnell genug gehen, den Meetingraum zu verlassen.

Man musste kein Hellseher sein, um zu bemerken, dass weder sein Telefon geklingelt hatte, noch er irgendwo hinmusste.

Steve Lightman schien gekränkt zu sein.

Und damit er nicht ausflippte, hatte er diese Besprechung verlassen.

Er hatte meine Aussagen akzeptiert. Zähneknirschend, aber er akzeptierte sie.

Das war das Wichtigste.

19

STEVE

> »*Entweder liebst du oder du hasst. Auf dem Mittelweg gibt es nichts zu holen.*«
> – Charlie Sheen –

Zuerst war ich erstaunt.
Anschließend wütend.

Sie war einfach abgedampft. Sie war ohne ein beschissenes Wort, einen Zettel, sogar ohne eine verfluchte Handynachricht einfach abgedampft.

Das machte mich wütend. Ich stand in meinem Büro, raufte mir die Haare und versuchte zu sortieren, was gerade geschehen war.

Es war nicht in Ordnung, sich einfach wie eine feige Zicke davon zu stehlen. Auf keinen Fall war das in Ordnung. Wenn man nach einer Nacht voller Sex abhauen wollte, dann spielte man mit offenen Karten. Man stahl sich nicht einfach davon wie ein Feigling.

Nur, das hatte Susan getan. Nach unserem Bad in der Wanne, währenddem wir wirklich nur gebadet hatten, hatte ich uns ein paar Buffalo Chicken Wings gemacht, die noch in meiner Tiefkühltruhe geschlummert hatten. Wir hatten dazu ein Bier getrunken, und nachdem wir es mit einer neuen Runde Bettsport wieder abtrainiert hatten, war unser Absacker – zu diesem Zeitpunkt war es schon nach drei Uhr morgens – ein Scotch gewesen. Mit Soda.

Da hätte sie doch zwischen dem letzten Sex und dem verfluchten Scotch klar Schiff machen können? Mit einem Wort erwähnen, dass sie in ihr Hotel musste? Irgendwas? Heilige Scheiße, aber nein,

Missie brachte es nicht auf die Reihe. Ich war nicht einfach nur dieser verdammte Frauenheld, für den mich alle hielten, ich konnte auch etwas. Mein Eigenkapital, mit dem ich damals gestartet war, war mittlerweile vervierfacht und ich ein bekannter Hotelmanager. Mir stand die beschissene Welt offen, und nun ließ ich mich von einer Frau, die nach einer Nacht voller Sex abdampfte, fertigmachen?

Ernsthaft?

Wer zur Hölle war ich?

Dass ich überhaupt mehr als »Gott sei Dank, bin ich allein!« gedacht hatte, war schon schlimm genug. Nur, das hatte natürlich noch nicht gereicht. Nein, Mr. *Ich bin ja der schlimmste Womanizer dieser Welt*, war in dieses beschissene Meeting gegangen, nur um festzustellen, dass sie nicht nur in der Dunkelheit feige war, oh nein. Tagsüber war es noch viel, viel schlimmer. Sie war nicht nur feige, sondern komplett irre. Aber hey, wenn sie nach ihrer Ansprache, sie wollte mehr und etwas *Besseres*, so tun wollte, als wäre das die Erfüllung. Gut. Dann machten wir das eben. Für mich war das in Ordnung. Die Nacht war fantastisch gewesen, darüber brauchte man nicht weiter zu diskutieren, aber ... und das war der Knackpunkt: Ich hatte schon viele verdammt geniale Nächte gehabt. Sie war eine Nummer. Nicht mehr als eine heiße Nummer. Denn Gott – ich griff mein Glas mit Scotch und nahm einen kleinen Schluck – sie behandelte mich doch genauso. Ich wollte hier jetzt nicht sagen, dass es für mich so mega besonders mit ihr gewesen war ... aber na ja, es war zumindest so gut gewesen, dass ich Wiederholungspotenzial sah.

»Weiber«, murmelte ich und nahm mein Handy. Ihr Punkt bei der Dating APP leuchtete schon wieder grün auf, was bedeutete, dass sie definitiv online war. Sie hatte ja vorhergesagt, dass sie heute Abend wieder etwas vorhatte ... und nun, tja ... sollte sie es tun. Sollte sie sich doch durch die New Yorker Betten ficken. Mir war das scheißegal. Ich würde sie jedenfalls nicht mehr auf letzte Nacht ansprechen. Und ich würde sicherlich vor niemandem zugeben, dass es mich echt getroffen hatte, als sie abgehauen war.

Ich scrollte durch mein Handy und stieß auf Jessy.

Jessy und ich trafen uns eigentlich jeden Mittwoch. Zumindest hatten wir das getan, bevor Susan in New York aufgetaucht war und einen auf Femme fatale machen wollte.

»Jessy«, begann ich, als am anderen Ende der Leitung abgehoben wurde. »Hey«

»Hallo Fremder«, sagte sie, und ich hörte das Lachen aus ihrer

Stimme. »Ich dachte schon, ich muss mal die Krankenhäuser abtelefonieren, weil dir etwas passiert ist.«

»Nein«, beantwortete ich die Frage, die eigentlich keine war. »Ich hatte viel zu tun.«

»Schon okay, Babe«, sagte sie. »Ich war auch ein paar Tage nicht in der Stadt!«

Genau das war es, was ich an Jessy so sehr mochte. So verdammt schätzte. Wir hatten uns wie gesagt bis vor einiger Zeit jeden Mittwoch getroffen. Durch die Arbeit mit Susan war das dann eingeschlafen. Na ja, es wurde Zeit, die Geschichte wieder aufleben zu lassen. Deutlich genug hatte Susan mir ja gerade kommuniziert, dass es eine einmalige Angelegenheit gewesen war, und auch wenn sie es nicht wortwörtlich so ausgesprochen hatte, es hatte in ihren Augen gestanden, dass sie es bereute und sich schämte. Gut. Dann war es eben so. Sollte sie es machen. Ich wusste, dass sie es letzte Nacht genossen hatte, wie ich sie genommen hatte, wie ich es ihr besorgt hatte und sie anschließend zärtlich vergöttert hatte. Wenn sie nicht zu schätzen wusste, was hier vor ihr lag ... dann konnte ich ihr eben nicht weiterhelfen. Dann musste sie allein sein und ihre verdammten Online-Dates haben.

»Wie sieht es heute Abend bei dir aus?«

»An einem Freitag?«, fragte sie lachend. »Ich dachte, ich bin nur für Mittwoch geplant.«

»Ich habe mich eben umentschieden. Es war 'ne harte Zeit.«

»Dann trifft es sich ja gut, dass ich noch nicht verplant bin.«

»Das ist ein Zeichen«, sagte ich.

»Du glaubst doch gar nicht an so Karmascheiß, dachte ich.«

»Vollkommen richtig. Aber wenn eine Frau, die einen Körper wie eine Göttin und einen Verstand wie Albert Einstein hat, so spontan verfügbar ist, dann werde ich mich nicht beschweren, Darling!«

»Na gut, aber ... ich bin heute beim Friseur. Das heißt, du wirst mich vorher auf einen Drink ausführen, okay? Damit sich die einhundertfünfzig Dollar wenigstens gelohnt haben.«

Ich lachte auf. Jessy war wirklich eine Frau für sich. Sie interpretierte in unsere Beziehung genau das hinein, was es war: Einfach ein regelmäßiges Sexdate, das mit ein paar Extras verbunden war. Wie zum Beispiel, dass man nicht allein essen musste oder auf die Hochzeit einer entfernten Collegebekannten begleitet wurde. Und doch ... in all den Jahren, in welchen wir uns nun trafen, und es waren bestimmt schon über zwei, waren wir uns emotional nie näher als bei einem Orgasmus oder »wir mögen uns« gekommen.

»Ist gebongt. Um acht im Rainbow Room?«

»Du weißt, was Frauen wollen, oder?« Allein ihre Stimme zu hören, gab mir Bestätigung. Eben jene, die mir diese verdammte Wirtschaftsprüferin in dem Meetingraum ein Stockwerk unter mir geraubt hatte. Verfluchtes Weib! »Bis später!«

Ohne dass ich noch irgendetwas erwidern konnte, beendeten wir das Gespräch.

Na also Lightman, sprach ich in meinem Kopf mit mir. Geht doch. Alles wie immer. Du brauchst diese Montgomery nicht.

Ich sah Susan den Rest des Tages nicht mehr. Und ganz ehrlich, das war für sie besser so. Denn ansonsten hätte ich sie vermutlich umgebracht. Mein Handy und dieser verdammte Messenger bei unserer Dating APP klingelte nämlich den ganzen Nachmittag. Sie schien ernst zu machen. Und wenn sie gewusst hätte, dass ich THREEOFTHREE war, hätte sie mir sicherlich nicht so freizügig erzählt, was sie heute Abend vorhatte. Klar, sie war nicht so dating- und flirtunerfahren, dass sie dazu schrieb, sie träfe sich mit jemandem, auch den Namen des Restaurants ließ sie nicht verlauten … Aber, und das war einfach klar, sie wollte sicherstellen, dass THREEOFTHREE wusste: »Hey, du bist nicht der einzige Mann, mit dem ich mich treffe. Also gibst du dir besser mal Mühe!« Nun, was sollte ich sagen, sie hatte THREEOFTHREE damit an der Angel. Eigentlich war ich sauer. Sogar ein bisschen sehr, aber ich hielt mich zurück, antwortete freundlich und flirtete. Jessy würde mich heute Abend zu mir selbst zurückfinden lassen, das wusste ich einfach.

Da ich kein Anfänger war, stand ich gerade im Bad, während ich damit beschäftigt war, meinen Bart auf die perfekte Länge zu stutzen, als meine Brüder anriefen. Ich nahm das Skypevideo-Telefonat am Handy an.

»Was gibt's, ihr Penner?«, fragte ich und stellte mein Handy auf der Ablage ab.

»Was genau willst du uns mit deinen scheiß Bauchmuskeln sagen?« Eric kam direkt zum Punkt. Da ich mich eben rasierte, mussten sie mit meinem nackten Oberkörper vorliebnehmen.

»Bitte lass ihn eine Unterhose anhaben!«, hörte ich Jason murmeln. »Bitte Gott. Bitte.«

»Falsch gedacht, Bruder!«, korrigierte ich ihn, hob das Handy kurz an, damit sie das um meine Hüften geschlungene Handtuch sehen konnten. »Und wer sagt denn heute noch Unterhose?« Ich stellte meine Brüder wieder auf dem Waschtisch ab und rasierte mich weiter.

»Was genau machst du da eigentlich?«, fragte Eric erneut, und ich sah aus dem Augenwinkel, dass er an seinem Whiskey nippte.

»Ich habe ein Date.«

»Ein Date so mit Ausgehen oder ein Date in deinem Bett?«

»Beides. So Gott will.«

Jason nuschelte: »Oh glaube mir, Gott will einen Scheiß mit deinem Sexleben zu tun haben.«

»Wir übrigens auch nicht«, ergänzte Eric.

»Ich treff mich mit Jessy«, erklärte ich. Meine Brüder wussten, dass ich mich mit ihr schon jahrelang traf, nicht erst seit gestern.

»Oh, lange nichts von der scharfen Blondine gehört. Wie geht's ihr?«

»Ich war abgelenkt«, räumte ich ein.

»Ich hoffe nicht von Luisas Freundin!«

»Ach«, sagte ich, einfach nur, um meinen Bruder zu stressen.

»Du sollst deine Scheißfinger *von* ihr lassen. Und nicht *in* sie schieben.«

»Die Finger waren es nicht, Bro. Die Finger waren es nicht.« Eric und ich lachten beide laut auf, während ich den Rasierer ablegte. Ich nahm mein Telefon in die Hand und lief mit den beiden zu meinem Schrank.

»Ich bin am Arsch«, flüsterte Jason. »Wenn Susan hier anruft und Luisa das steckt …« Er stützte den Kopf in beide Hände. »Ich bin am Arsch.«

»Na ja, so kann man es nicht sagen«, räumte ich ein und legte die Jungs auf die Anrichte.

»Sollen wir uns nun die scheiß Deckenspots bei dir anschauen, oder was genau machst du *jetzt* wieder?« Eric runzelte die Stirn und drehte den Kopf auf dem Bildschirm, damit er vielleicht irgendetwas anderes sehen konnte.

»Wenn dir lieber ist, meinen Schwanz zu sehen, nehme ich das Handy gern …«

Er unterbrach mich. »Lass es einfach!«

Jason klang verzweifelt. »Bitte lass es! Und noch viel wichtiger, lass deine Finger von Susan.«

»Ich habe meine Finger nicht an Susan«, gab ich zu, da mein Bruder, auch wenn ich ihn eigentlich gern verarsche, wirklich nach Panik klang. »Ganz im Gegenteil, sie hat mir heute Morgen erst gesagt, dass sie auf der Suche nach ›mehr‹ ist, und dass sie mich zwar mag, aber ich nicht ihr ›mehr‹ bin.« Dass ich sie in der Nacht davor nackt unter mir gehabt hatte, das hielt ich für nicht notwendig, zu erwähnen. Änderte ja nichts an der Tatsache, dass, sie in verschiedenen Stellungen zu vögeln, *offenbar nicht* ihre Definition von ›mehr‹ war.

»Und das erzählt sie dir einfach so?«, fragte Eric mit skeptischem Blick. Ich war gerade in mein schwarzes Poloshirt geschlüpft und hielt mein Smartphone wieder in der Hand. Socken und eine perfekt sitzende Jeanshose trug ich bereits. Ich war nur in der Arbeit oder bei offiziellen Veranstaltungen einer dieser Anzug-Wichser.

»Jepp!« Mein Ton war ausweichend. Aber ich wollte meine Geschwister nicht einfach so mutwillig anlügen, das lag mir nicht.

»Seid ihr jetzt Freunde, oder was?«, fragte Jason ungläubig.

Ich kam nahe an meine Handykamera heran. »Ich habe dir doch gesagt, dass ich sie gut behandeln werde. Wieso glaubst du mir nie was?«

»Weil Susan zufällig Luisa's Freundin ist. Und was ist beunruhigender als eine Frau, die sich ständig bei ihrer besten Freundin meldet?« Er ließ eine kurze Kunstpause. »Richtig, eine Freundin, die sich plötzlich gar nicht mehr meldet.«

Eric lachte dreckig. Ich verdrehte die Augen. »Und daran bin ich schuld?«

»Zu neunundneunzig Prozent bin ich mir sicher, ja!«

»Ich würde das auch so unterschreiben!«, warf Eric ein.

»Auf wessen Seite steht ihr Pisser eigentlich?«

»Auf der unserer Frauen!«, erklärten sie synchron.

»Blut ist dicker als Wasser?«

»Dich will ich aber nicht ficken«, erwiderte Eric. »Und du machst auch nicht meine Wäsche!«

»Zum Glück, Bruder.« Ich schüttelte meinen Kopf. »Leute, ich habe keine Zeit mehr, mich mit euch Idioten zu unterhalten. Die, die ja eigentlich das Beste von mir denken sollten, denken nämlich, dass ich meinen Schwanz nicht in der Hose behalten kann.«

»Nenn mir einen Tag, an dem du das geschafft hast.«

»Am siebzehnten August.« Ich warf einen Blick auf meine Uhr.

»Das ist heute, du Arschloch.«

»Na gut, dann frag mich morgen noch mal.«

»Du legst jetzt nicht auf, kleiner Bruder!«, hörte ich Jason noch rufen, und klickte den roten Button, womit das Gespräch beendet war.

Familie war doch immer wieder erfrischend.

Und jetzt? Jetzt würde ich Jessy ausführen und mir Susan Montgomery, die verdammte Wirtschaftsprüferin, aus dem Kopf vögeln.

Das Leben war schön.

Zumindest, solange man sich in seiner eigenen Welt verlor.

20

STEVE

> *»Die Hauptmacht, die die Menschheit zivilisiert, ist nicht Religion, es ist Sex.«*
> – Hugh Hefner –

Hart drückte ich meine Lippen auf ihren Mund. Unnachgiebig drang ich mit meiner Zunge zwischen ihre Lippen und krallte meine Hände in ihr offenes Haar. Es war mir nämlich scheißegal, dass sie beim Friseur gewesen war. Es war mir wirklich wurst. Ich wollte einfach nur – zugegeben ziemlich verzweifelt – nicht daran denken, dass Susan gerade ein Date hatte. Vermutlich ein ziemlich gutes, wenn ich es nicht sabotieren konnte. So ein Scheiß! Es sollte mir egal sein. Wirklich. Vor mir war diese wunderschöne blonde Frau mit den endlos langen Beinen, einem Unterleib, der sich gerade an mich drückte und mir still versprach, dass ich heute noch wahnsinnig viel Spaß haben würde … Sie hatte Hände, die sich gerade an meinem Schritt zu schaffen machten. Jessy wollte keine Versprechen von mir, sie wollte einfach nur Sex. Ein paar Drinks und Orgasmen – definitiv nicht mehr. Also war sie perfekt.

Ich griff mit meiner freien Hand nach meinem Gürtel und zerrte daran herum. Okay, es war nicht sonderlich gentlemanlike, mir von ihr auf der Toilette der Bar, in welcher ich mit Jessy verabredet gewesen war, einen blasen zu lassen, aber FUCK! Ich war so sauer. Ich wollte nicht andauernd daran denken müssen, was sie mir in diesem kack Meetingraum an den Kopf geworfen hatte. Ich wollte nicht dauernd damit konfrontiert werden, dass die Frau vor mir blonde und nicht dunkle Haare hatte. Ich wollte einfach … Susan Montgomery aus meinem Kopf ficken.

Genau das war der Grund, warum Jessy und ich den Schlüssel umgedreht hatten und ich jetzt an meinem Gürtel nestelte wie ein Besessener.

Nachdem er endlich offen war und die Knopfleiste meiner Jeans nachgegeben hatte, griff sie sofort zu. Genauso mochte ich es. Ich wollte es hart. Nicht dieses langsame Rumgelutsche, oh nein! Ich wollte es sofort heftig. Jessy kannte mich, wir hatten schon unzählige Male miteinander geschlafen. Sie war damit vertraut, was ich brauchte und was nicht. Und auch wenn sie einmal damit daneben lag, was ich brauchte, so wusste sie zumindest, wie ich es mochte. War ja auch egal, denn sie war eine Granate im Bett.

Warum also erschienen vor meinem inneren Auge, sobald ich die Lider schloss, Susans zarte Gesichtszüge? Wieso blickten große, wilde Augen zu mir auf? Sollten es nicht Jessy's grüne Augen mit den hellen Sprenkeln darin sein? Fuck!

Von hinten, ich musste es ihr von hinten besorgen! Das würde helfen. Ich mochte es von hinten, wenn ich die volle Kontrolle über eine Frau hatte, hart und heftig in sie stieß.

Diese Gedanken waren der Grund, weshalb ich Jessy vor mir ruckartig nach oben zog und schwungvoll drehte. Sie stützte ihre Hände sofort auf dem Marmorwaschtisch ab, legte den Kopf in den Nacken und blickte mich mit einem lustvollen Grinsen über die Schulter an. Ich biss mir auf die Unterlippe und schob ihr Kleid über die Hüften.

»Du hast mich anscheinend richtig vermisst, was?«, fragte sie, griff nach hinten und zog mich an meiner Hose, die nur noch von meinen Pobacken auf Höhe gehalten wurde, näher zu sich. »Ich will dich, Steve …«, stöhnte sie, als ich mit meinem Zeigefinger durch ihre Nässe strich. »Ich habe das hier vermisst.« Ich gab einen gestöhnten, tiefen Laut von mir. Jessy wartete darauf, dass ich sie nahm. Sie wackelte mit ihrem Hintern, das tat sie immer, wenn sie ungeduldig wurde. Mein Blick hob sich, und ich betrachtete mich durch den Spiegel. Vor mir lag eine Frau auf den Waschtisch gebeugt, willig, von mir genommen zu werden. Das Verlangen danach, dass ich es ihr besorgte, glänzte in ihren Augen. Nur …

Was tat ich hier? Egal, wie gern ich Jessy hatte, das war einfach nicht richtig. Wenn ich ehrlich war, und das sollte ich zumindest zu mir sein, wenn ich es schon nicht vor meinen Brüdern war, dann wollte ich nicht mit ihr vögeln.

»FUCK! FUCK! FUCK!«, rief ich frustriert. Mein Schwanz war steif. Die Blondine vor mir feucht. Ich musste ihn – gottverdammt nur noch reinstecken – dann wäre ich im Himmel.

Aber ich konnte nicht. Die Frau vor mir wandelte sich in eine dunkelhaarige Schönheit mit wilden Locken, die ihr fast bis auf den Ansatz des Hinterns reichten. Ihre Taille vor mir wurde etwas schmaler, dafür der Arsch etwas üppiger und nicht so dünn wie Jessys. Der Blick, der mir durch den Spiegel geschenkt wurde, war plötzlich dominiert von diesen vollen, kirschroten Lippen, die ich bis in den Tod küssen wollte, und ich fragte mich ernsthaft, was zur beschissenen abgefuckten Hölle eigentlich mit mir los war?

Ich war Steve Lightman. Wenn ich Bock auf Sex hatte, dann hatte ich verfluchte Kacke noch mal Sex. Und nicht …

»FUCK!«, rief ich wieder, und diesmal wurde Jessy hellhörig, sie begriff, dass es nicht um meine Ungeduld ging, dass ich endlich in ihr war. Oh nein, sie registrierte, dass hier gerade etwas passierte, das für uns beide – vermutlich – nicht sonderlich gut war.

»Alles okay?«, fragte sie leise und wackelte mit dem Hintern. »Plötzlich Zweifel?«

Mühsam um Selbstkontrolle bemüht, trat ich einen Schritt zurück. Ich rang nicht um Fassung, weil sie mich so sehr aufregte, oh nein, sondern, weil ich nicht verstand, was meine Psyche da für abgefuckte Spielchen mit mir spielte. Heftig fluchend zog ich meine Jeans wieder an Ort und Stelle und schloss meinen Gürtel.

»Ich kann nicht.«

»Na, das sieht aber anders aus, Darling!«, setzte sie entgegen und sah demonstrativ auf meinen extrem harten, großen Schwanz, den ich gerade wieder in die Hose zu bringen versuchte.

»Ich …« verzweifelt fuhr ich mit beiden Händen durch meine Haare. »Fuck, echt! Es tut mir leid. Aber es geht heute nicht.«

»Wie meinst du das?« Nun sah sie überrascht aus, richtete sich auf und zog ihr Dolce & Gabbana Kleid zurecht. »Du kannst heute nicht!« Sie deutete auf meine Hose. »Das sieht anders aus. So schnell hart hab ich dich sonst nicht.«

Ich schmunzelte über ihre Worte. »Das ist nur, weil ich deine Blowjobs liebe und mich normalerweise zusammenreiße, damit der Spaß nicht allzu schnell vorbei ist.«

»Du wolltest heute keinen Blowjob.« Das wusste ich. Aber ich konnte ihr nicht sagen, warum. Ich konnte ihr nicht sagen, dass ihre Lippen zwar sexy, aber eben nicht so voll und zum Küssen geschaffen, wie Susans waren.

»Ich hatte einfach eine verdammt harte Woche …«, redete ich mich raus, und nach einem eindringlichen Blick, nickte Jessy schließlich.

»Sicher?«

»Absolut, Baby« Ich legte meine Hände auf ihre Hüften und zog sie an mich. »Sieh dich doch mal an …«

»Du hast Glück, dass ich ein riesen Ego habe, Lightman. Ansonsten würde ich denken, es liegt an mir.« Das tat es nicht, ich konnte es ihr nur nicht sagen, denn ansonsten hätte ich ja verraten müssen, dass mir eine andere Frau im Kopf herum spukte. Eine Frau, die mir heute klar gesagt hatte, dass ich nicht ihr ›*mehr*‹ war.

»Es liegt sicher nicht an dir«, bestätigte ich ihr noch einmal und hielt ihr die Tür auf. »Es tut mir leid.«

»Schon okay«, versicherte sie mir, als sie vor mir die Damentoilette verließ, »Meld dich einfach, wenn deine Wochen weniger stressig sind, okay?«

»Geht klar.« Ich gab ihr einen Kuss auf die Wange und steuerte ohne ein weiteres Wort aus der Bar.

Das vollbelebte New York umfing mich.

Das brauchte ich jetzt.

Ich brauchte einen verdammten Freund.

Nachdem ich mir im Liquid Store zwei Blocks weiter eine Flasche billigen Scotch – das durften meine Brüder niemals erfahren! – besorgt hatte, rannte ich fast zur Tiefgarage. Ich brauchte meinen Happy Place. Nicht, weil ich schlecht drauf war oder weil ich eine berufliche Entscheidung treffen wollte … oh nein, ich war hier, weil ich zu einer Frau Nein gesagt hatte. Warum auch immer. Sie war willig gewesen, sie war vor mir gewesen, ich war hart gewesen. Das Kondom in Reichweite … und ich hatte Nein gesagt, hatte sie von mir geschoben.

Und weshalb? Ich nahm einen Schluck von dem Fusel, der in die braune Papiertüte eingewickelt war, und zündete mir anschließend eine Marlboro an. Tief inhalierte ich den ersten Zug und betete, dass das Nikotin in Verbindung mit dem Alkohol mir irgendwie Erleichterung verschaffen würde. Mein Kopf war voll nebeligem Dunst, der sich einfach nicht verziehen wollte.

Herrgott! Ich hatte eine nackte Frau abgewiesen. Eine Frau, die ich – auch wenn wir regelmäßig miteinander schliefen – wirklich schätzte. Ganz ehrlich. Jessy war fantastisch und wir wollten dasselbe. Nun, normalerweise, bis auf heute Abend. Heute Abend hatte ich sie wie eine billige Tussi auf eine Toilette geführt, hatte mir nicht mal einen Blowjob – mal ganz im Ernst, war ich eigentlich komplett bescheuert? – von ihr verpassen lassen wollen, und hatte sie weggeschickt, nachdem ich kurz davor gewesen war, sie von hinten zu ficken, damit ich ihr Gesicht nicht sehen musste. *Ich meine, ERNSTHAFT, Lightman? Du bist nicht nur ein beschissener Vollarsch, du bist echt das Allerletzte. Für dich gibt es keine Worte mehr.* Und jetzt hatte ich eigentlich das Bedürfnis, meine Brüder anzurufen, denn auch wenn sie mich vermutlich in den ersten fünf Minuten auslachen würden, danach würden sie das beschissene Problem mit mir analysieren.

Nun. Im Normalfall.

Dieses Mal konnte ich die beiden Idioten aber nicht anrufen, weil es hier um die beste Freundin der schwangeren Lebensgefährtin meines Bruders ging. Der, wie er mir ja vorher schon gesagt hatte, mich umbringen würde, wenn Luisa sauer auf ihn wäre.

Die Sache war nur die: Susan hatte mit dem ganzen Geschwafel angefangen, dass das nicht mehr passieren durfte und mit dem Scheiß, dass sie auf der Suche nach mehr war. Weder in Philly in der Bar, noch bei unserer letzten Unterhaltung, bei der klar gewesen war, dass es auf Sex hinauslaufen würde, waren von diesen Wörtern: *mehr, Beziehung, nicht nur Spaß*, auch nur eine Silbe laut geworden. Und das nervte mich. Ja genau! Das war der Knackpunkt, ich war so verwirrt, konnte nicht mal mit Jessy schlafen, weil ich ein »offene Karten Mensch« war. Im Gegensatz zu ihr.

Sie hatte ihr Blatt nicht vor mir auf den Tisch gelegt, sondern mich mit ihren Klauen in ihr Bett gezerrt und Orgasmen von mir verlangt, ohne zu sagen … »Hey Steve, ich will mehr.« Oder »Oh, das zwischen uns klappt super, aber ich bin auf der Suche nach einer Beziehung!« Hallo? Wieder nahm ich einen großen Schluck aus der Flasche und stellte zufrieden fest, dass meine Glieder schwerer wurden. Hätte sie mir das gesagt, wäre ich *niemals* mit ihr ins Bett gegangen. Es war einer meiner Grundsätze. Wenn jemand etwas anderes als Sex suchte, war ich dafür nicht zu haben.

Dass sie mich ausgetrickst hatte, und ich sie trotzdem – zweimal – unter mir gehabt hatte, ärgerte mich. Darum konnte ich an nichts anderes mehr denken, und darum war mir das heute Abend mit Jessy nicht richtig vorgekommen.

Zufriedene Erleichterung durchströmte mich, als ich endlich wusste, was hier heute gottverdammt passiert war.

Ich würde Jessy gleich anrufen und für nächste Woche unser Mittwochsdate wieder aufnehmen. Das war das Mindeste, was ich tun konnte.

Als ich auf den grünen Knopf drücken wollte, wurde mein Bildschirm schwarz, und der Name *Susan Montgomery* tauchte auf meinem Display auf.

Wenn man vom Teufel sprach.

21

SUSAN

> *»Romantik existiert nicht ohne richtig guten Sex.«*
> – Miranda Hobbes –

»Susan?« Genau in dem Moment, als seine dunkle, träge Stimme durch das Telefon klang, fühlte ich mich wieder ruhig. Ohne es großartig zu hinterfragen, hatten meine Finger seine Nummer gewählt. Die Nummer, von der ich bis gerade eben nicht einmal wusste, dass ich sie auswendig im Kopf hatte.

»Ich brauch deine Hilfe, Steve!«, sagte ich gedehnt.

»Ist dir etwas passiert?«

»Ja.«

»Was?«, rief er, klang auf einmal besorgt.

»Also nein … nicht in die Richtung. Aber … ich finde keinen Laden, der Eis hat. Ich meine, ist das denn zu fassen? Ich bin mitten in Manhattan, es reiht sich hier eine Bar an die andere, überall bekommst du einen Kaffee oder Hot Dogs … aber kein verdammtes«, ich bemerkte, dass ich mittlerweile verzweifelt klang, »kein verdammtes Eis. Hallo? … Was ist denn das für eine Stadt? Das kann doch gar nicht wahr sein, oder?«

»Susan«, erwiderte er ruhig. »Wo bist du?«

»Na ja«, begann ich und sah mich um. Es war weit und breit kein Schild zu sehen. Nur haufenweise Menschen. »Ich schätze mal, in der Nähe vom Times Square.«

»Du schätzt?«

»Ja.« Mich selbst einmal im Kreis drehend, sah ich mich wieder um. »Könnte sein!«

Er schnaubte, aber ich wusste, er würde mich niemals hier allein mitten in New York stehen lassen, wenn ich doch nicht die leiseste Ahnung hatte, wo genau ich war.

»Schick mir deinen Standort und warte dort. Ich hol dich ab.«

»Wird erledigt!«, rief ich mit euphorischer Stimme. »Ich bewege mich nicht vom Fleck.«

»Schick mir einfach den verdammten Standort, Susan!«

»Ja, wenn du mal aufhörst, mich vollzuquatschen, kann ich auflegen und dir den Standort schicken.« Auch wenn ich ihn nicht sah, wusste ich, er mahlte gerade die Kiefer auf diese sexy Art und bekam diesen harten Zug um den Mund, den ich so heiß fand. *Falsche Gedanken, Montgomery.* Bevor Steve das letzte Wort haben konnte, legte ich auf und setzte mich auf eine kleine Steinmauer.

Es kam mir wie eine Ewigkeit vor, die ich auf ihn warten musste, aber schließlich sah ich, wie er durch die Menschen, welche auch zu dieser späten Stunde noch unterwegs waren, auf mich zukam.

»Times Square?«, fragte er, als er vor mir zum Stehen gekommen war, meine Hand ergriff und mich hochzog. »Du bist so was von nicht New York!« Er gab mir einen Kuss auf die Wange. Für Außenstehende musste es nach einer harmlosen Begrüßung unter Freunden aussehen. Dabei wusste niemand besser als ich, dass wir das nicht waren.

»Was denn?«, erwiderte ich, freute mich einfach, dass es trotz dieses *Gesprächs* jetzt vollkommen entspannt zwischen uns war.

»Wir sind doch in der Nähe vom Times Square.«

»Wir sind fast auf der anderen Seite vom Central Park. Und somit fast auf der anderen Seite Manhattans.« Er lachte, und erst jetzt bemerkte ich die braune Tüte in seiner Hand.

»Hast du da Alkohol drin?«, fragte ich und lenkte vom Thema ab. Ich hatte ihm die Flasche bereits aus der Hand gerissen und schraubte den Deckel ab.

»Oh ja«, erwiderte er und setzte sich auf meinen alten Platz auf der Steinmauer, »bediene dich ruhig.«

»Wieso läufst du mit Alkohol durch die Straßen von New York, Lightman?«, fragte ich und ließ mich neben ihm nieder. »Also ich suche ja eine Eisdiele!«

»Ich war noch aus«, erwiderte er schulterzuckend. »Wie war dein Date?«

Ich sah ihn an, zog meine Augenbrauen zusammen und verwünschte mich, dass ich ihn angerufen hatte.

»Das hast du dir gemerkt?«, fragte ich und kippte noch mehr von dem Zeug, das meine Speiseröhre verätzte, hinunter. »Von all dem, was ich dir heute Nachmittag in diesem Meeting gesagt habe, hast du dir das gemerkt?«

Er winkte ab, zog eine Zigarette aus der Schachtel und hängte sie sich auf diese lockere und lässige Art in den Mundwinkel, wie es eigentlich nur der Marlboro Typ auf seinem scheiß Pferd aus den scheiß 80ern konnte. »Ja, und den Teil, wo du mir gesagt hast, dass du etwas Besseres verdient hast.«

»Das habe ich nicht gesagt!«, verteidigte ich mich und seufzte. »Wieso noch mal habe ich dich angerufen?«

Nachdem er einfach nur die Menschen beobachtet hatte, schien er einen Entschluss gefasst zu haben.

»Weil ich dein einziger Freund in New York bin und dein Date offenbar scheiße lief …« Ich wollte gerade Luft holen, aber er war noch nicht fertig. »Und du keine Ahnung hast, wo hier eine Eisdiele ist.«

»Siehst du?«, erklärte ich lachend und beobachtete, wie er einen Schluck aus der Flasche nahm. »Du musst das Positive aus diesen Gesprächen mitnehmen.«

»Bist du voll?«, fragte er mich, und ich schüttelte den Kopf.

»Ich wünschte, ich wäre es.«

»War das Date so schlimm?«

Er zog mich an der Hand hoch, ich ignorierte das Kribbeln, welches mich bei der Berührung unserer Hände durchfuhr. Schließlich hatte ich ja beschlossen, dass wir nur Freunde wären. Und nichts sonst. Auch wenn ich nirgendwo anders hinstarren konnte, als auf seine Lippen, die von dem Alkoholzeug leicht benetzt waren. Er sah so verdammt gut aus. Wieso nur musste er so ein Arschloch sein, das die Frauen bloß ficken wollte und nichts Ernstes anfing? Zugegeben, er interessierte mich schon. Zumindest so lange, bis er seinen Mund aufmachen und mich mit seiner sexistischen Scheiße in den Wahnsinn treiben würde.

»Das Date«, begann ich, mich räuspernd, und versuchte zu verdrängen, wie ekelhaft der Kerl gewesen war. »War nicht soooo«, ich gestikulierte durch die Luft, »war nicht ganz so, wie ich es mir vorgestellt hatte.«

»Ach nein?« Steve legte seine große Hand in meinen unteren Rücken, weil er mich durch die Menschenmengen manövrierte. Wir waren auf der Suche nach einer Eisdiele, zumindest hoffte ich das. Ich brauchte dringend ein paar der Kalorien, die mich glücklich machen würden.

»Hi Steve«, rief eine Frauenstimme, und ich zuckte zusammen. Der Mann neben mir verdrehte die Augen und lächelte anschließend freundlich.

»Melissa!«, sagte er. Seine Stimme klang peinlich berührt.

»Melanie«, korrigierte sie ihn, verengte die Augen zu Schlitzen und betrachtete mich von oben bis unten.

»Sorry. Natürlich. Melanie. Ich habe nur eben von meiner Cousine Melissa erzählt, deshalb die Verwechslung.« Was hatte er? Der Kerl konnte sich nicht mal mehr die Namen seiner diversen Frauengeschichten merken? Ich war hier doch im falschen Film, oder? Vor lauter Sprachlosigkeit vergaß ich vollkommen, mich vorzustellen. Oder in irgendeiner Art und Weise zu reagieren. Heilige Scheiße! Es war genau das Richtige gewesen, endlich zu verinnerlichen, dass er nicht der Richtige war. Er konnte mir nicht geben, was ich wollte.

Melissa, Melanie oder wie auch immer die Tussi jetzt hieß, kam nahe an Steve heran. Sie legte die Hand mit einem Klunker, den man vermutlich vom All aus sehen konnte und der förmlich schrie – *ich bin verlobt* –, auf die Knopfleiste seines Poloshirts. Ihre Stimme, auch wenn sie noch so leise sprach, hallte in meinen Ohren wider.

»Rufst du mich mal wieder an?«, säuselte sie. Ich konnte nicht umhin, angedeutete Kotzgeräusche von mir zu geben und die Augen zu verdrehen. Steve sah es aus dem Augenwinkel, bedachte aber Melissa, Melanie oder wie auch immer mit einem dieser schiefen Höschenfallenlassen-Lächeln und wünschte ihr einen schönen Abend. Sie war viel zu fasziniert von dem tiefen Timbre seiner Stimme, dem intensiven Blick seiner Augen, um zu bemerken, dass er weder ihre Frage beantwortet hatte, noch ihren Namen kannte. Sie drehte sich auf ihren hohen Schuhen um – Louboutins, sie hatten nämlich eine rote Sohle – und stöckelte davon.

»War das …?« Ich deutete hinter mich und blieb weiterhin wie angewurzelt stehen. »War das dein Ernst?«

Steve hob eine Braue und wieder zupfte dieses Höschenfallenlassen-Grinsen an seinem Mundwinkel. »Was genau?«

»Dass du«, ungläubig verzog ich das Gesicht, »weder ihren Namen kennst noch dich sonderlich für sie interessierst und dennoch einen auf Casanova machst?«

Steve lachte laut auf. »Woher willst du wissen, ob ich mich für sie interessiere?«

»Du kennst nicht mal ihren Namen, verfluchte Scheiße!«, rief ich und warf die Arme in die Luft. »Welche Frau glaubt einem

Kerl wie dir die Ausrede, dass er eine Cousine hat, die Melissa heißt?«

»Na ja«, begann er und zuckte scheinbar lässig mit den Schultern.

Verdammt, ich hätte ihn nicht anrufen sollen. Dann hätte ich mir jetzt hier nicht diese Scheiße antun müssen. Mein Magen zog sich zusammen. Das Herz wummerte in meiner Brust mit heftigem Druck. Ich war eifersüchtig.

Auf diese Tussi. Melissa, Melanie, wie auch immer … ich war eifersüchtig.

Mich durchfuhr ein Stich. »Du gehst mit Frauen um, als wären sie Wegwerfartikel. Das ist so …«, unterbrach ich ihn wild gestikulierend. »Wie gut, dass wir beide lediglich Freunde sind.« Ich bohrte ihm meinen Nagel in die Brust. »Wobei ich nicht einmal weiß, ob ich mit so einem schwanzgesteuerten Arschloch wie dir befreundet sein will.« Steve verengte die Brauen. »Das ist echt unfassbar. Das Allerletzte, was du hier abziehst. Und dieses arme Mädchen …« Wieder deutete ich hinter mich. »… denkt, du wirst sie wirklich anrufen.« Er sah mich mit einem seltsamen Ausdruck in den Augen an. Zorn flackerte in seinen Pupillen auf. Aber ich war zu sehr damit beschäftigt, zum einen mit diesem Hin-und-her-Schleudern der Gefühle klarzukommen, welches er in mir auslöste, und zum anderen damit, wirklich auf diese Tussi kurz eifersüchtig gewesen zu sein, um es ernst zu nehmen. Er kam mir so nahe, dass ich einen Schritt zurückwich und die Hauswand im Rücken hatte. Auf der linken Seite neben uns dröhnte ein Elvis Song aus der Bar und die Stimmen der anderen Menschen um uns herum verschwanden. Niemand nahm Notiz von uns. Niemanden interessierte es, dass wir hier gerade von locker und lässig in einen handfesten Streit rutschten.

»Was erzählst du ihr das nächste Mal, wer Melissa ist?«, fragte ich und atmete schwer. Ich hatte mich in diesen vier Minuten gerade so in den Tornado der Eifersucht hineingesteigert, dass ich gar nicht bemerkte, wie nahe er mir eigentlich war. Er stützte seine Hände links und rechts neben der Hausmauer ab, sein Duft nach Zitrone und Mann kroch mir in die Nase, und ich erschauerte. Er war mir so nah, dass ich nur meine Lippen hätte spitzen müssen, um ihn zu berühren … ich tat es nicht. Ich riss mich zusammen. Meine Brust hob und senkte sich schwer. Gefangen in seinem Duft, der Wärme seines Köpers und dem angenehmen Ziehen in meinem Unterleib, drang seine Stimme an mein Ohr. Während er sprach, berührten seine Lippen die empfindliche Haut.

»Ich habe wirklich eine Cousine, die Melissa heißt«, wisperte er hinein. Ich hätte meinen Unterleib nur ein paar Millimeter nach vorn drücken müssen, um ihn spüren zu können. Ich wollte ihn spüren. So dringend. Halt! NEIN! Was dachte ich hier? Ich wollte mit ihm befreundet sein. *Zieh die Reißleine, Susan!*, versuchte ich mich in Gedanken zurechtzuweisen. »Und weil ich nun weiß, was ich wissen wollte, meine süße Susan Montgomery, gehen wir jetzt das Eis essen ... wegen dem du mich angerufen hast.« Er platzierte einen einzelnen Kuss auf meinem Ohrläppchen, in dem eine dunkelblaue Perle steckte.

Ruckartig war ich wieder im New Yorker Nachtgeschehen und blinzelte mehrmals. Seine Körperwärme und sein Duft hatten mich verlassen, er war schon zwei Schritte davon gegangen.

»Was ist los, Montgomery?«, rief er mir zu. »Willst du jetzt ein Eis, oder nicht?« Er drehte sich im Laufen und ging ein paar Schritte rückwärts weiter, strahlte absolutes Glück aus.

Ich hob die Hand und zeigte ihm den Mittelfinger. Eine unreife Geste, die eine Wirtschaftsprüferin eigentlich nicht an den Tag legte. Aber ich wusste meinen widersprüchlichen Gefühlen, all den Emotionen, welche er in mir auslöste, einfach nicht anders Ausdruck zu verleihen.

Als wir ein paar Meter weiter gegangen waren, drehte er seinen Kopf halb über die Schulter, um einer Frau hinterherzusehen. Fassungslos starrte ich ihn an.

»Meinst du das ernst?«

»Was?«, fragte er, der Ton voller Unschuld. »Ich verstehe nicht.«

»Dass du anderen Frauen hinterherschaust, während du deinen Arm um mich gelegt hast.«

»Man guckt sich eben an, was der Markt zu bieten hat.« Er lachte dunkel. Heiser. Versprechend.

»Du bist ein Arschloch!«

»Findest du?« Er nickte zu einer Gruppe Männern in Anzügen rechts von uns. »Du kannst auch gucken.«

»Wow«, erwiderte ich voller Dankbarkeit. »Du bist soooo großzügig.« Steve zuckte abermals mit den Schultern und grinste wieder ein unbekümmertes Grinsen.

»So bin ich eben.«

»Narzisst.«

»Sicher nicht.« Erneut drehte er sich um und sah einer Frau hinterher.

»Schon wieder!«, eifersüchtig und ein wenig sauer schlug ich ihm gegen die Brust.

»Ich habe doch nicht …«

Natürlich unterbrach ich ihn, ehe er eine Lüge aussprechen konnte. »Sag nichts, was dir hinterher leidtun wird, Lightman.«

»Aber die hatte denselben Rock an wie du vorgestern.« Ruckartig blieb ich stehen und drehte mich um. »Jetzt schaust du ihr ja selbst hinterher«, stellte er selbstgefällig fest.

»Du hast recht.«

»Sag ich doch.« Unbekümmert zuckte er wieder mit den Schultern. »Nicht alles, was ich mache, hat was mit Sex zu tun.« Er wiegte den Kopf hin und her. »Okay, das meiste schon … aber nicht alles.«

»Du magst es also, Frauen hinterherzusehen?«

»Wer mag das nicht?«

»Ich?« Beleidigt schob ich meine Unterlippe vor.

»Schmollst du?«

»Nein.«

»Aber?«

»Man sieht nicht anderen Frauen hinterher, wenn man mit einer Dame unterwegs ist.«

»Wir sind Freunde. Da darf ich doch gucken, oder?«

Shit! Damit hatte er recht. Grummelnd stimmte ich ihm zu, und wieder zeigte er mir dieses absolut selbstgefällige Grinsen. Eben jenes, für das ich ihm eine reinhauen wollte. Damit er nicht bemerkte, was hier los war … musste ich wieder auf normale Susan umschalten. Und nicht auf … was auch immer das war.

Niemals, absolut wirklich zu hundert Prozent niemals, durfte er erfahren, dass mich diese kleine dumme Szene gerade in einen Pott voll Eifersucht getaucht hatte.

Nach dem Date, meinen Gefühlen und seinem verdammten Grinsen zu urteilen, war ich heute wohl eher im Land der Pechmarie.

22

STEVE

>> *»Davor, dass ich dir so eine reinhaue, dass ich zum Einzelkind werde.«*
– Charlie Sheen –

Yeah!
Mühsam zwang ich mich, diese von mir verhasste Geste – die Faust in die Luft zu schieben und einen Jubelschrei auszustoßen – nicht zu vollführen.

Susan Montgomery war eifersüchtig! Und was sollte ich sagen, das war mit das Beste, was mir hatte passieren können.

Normalerweise fand ich Frauen abschreckend, die einen auf Eifersucht und besitzergreifend machten. Es engte mich schon ein, wenn nur der Gedanke hochkam, dass eine dieser Hexen ihre Klauen in mich schlagen wollte. Aber bei Susan … heilige Scheiße! Diese vor Zorn geröteten Wangen, die kleinen verächtlichen Laute, welche sie ausgestoßen hatte, auch wenn sie glaubte, dass man sie nicht hören konnte, als ich mich mit Melanie unterhalten hatte. Ich hatte übrigens wirklich eine Cousine namens Melissa, aber dass dieser kleine, ungeplante Ausrutscher meinerseits mir diese Seite an ihr eröffnet hatte, war fantastisch.

Die Sache war nämlich die: Es pisste mich an!

Es pisste mich an, dass sie quasi mit mir Schluss gemacht hatte. Okay, wir waren natürlich nicht zusammen gewesen, aber … da sie mir am nächsten Tag, nach dieser grandiosen Nacht klar vermittelt hatte, dass das (leider) nie wieder vorkommen würde, war ich echt sauer gewesen. Mein Ego war gekränkt. Ja, ich maß mit zweierlei Maß, denn immerhin hatte ich das schon Hunderte Male so gehandhabt ... nur dass ich es immer schon getan hatte, bevor wir miteinander im Bett landeten ... warum also hatte es mich getroffen? Richtig, weil der Gentleman in mir ... und war er noch so klein und verdrängt von dem Womanizer in mir, irgendwo dennoch existierte. Deshalb freute es mich ... dass sie a) mich angerufen hatte, weil ihr Date scheiße gewesen war und sie es damit tarnte, dass sie eine Eisdiele suchte. Und b) dass sie Melanie beinahe die Augen ausgekratzt hätte. Na gut, als Melanie mich auch noch berührt hatte, da hatte ich mich ernsthaft auf einen heißen Schlammcatch eingestellt.

Nun ... und jetzt? Jetzt kam Susan mir hinterher, verdrehte die Augen und tat so, als wäre sie sauer. Klar, die Worte, die sie mir an den Kopf geknallt hatte, waren heftig gewesen ... aber ... ich wusste, sie hatte diese nicht aus irgendeiner Logik heraus gesagt. Auch wenn sie mir das glauben machen wollte ... oh nein, sie hatte es aus Eifersucht gesagt.

»Hörst du jetzt mal auf zu schmollen?«, zog ich sie weiter auf, als sie zu mir aufgeschlossen hatte.

Wieder kam ihr dieser kleine, verächtliche Laut über die Lippen, von dem ich genau wusste, dass sie damit ihre Unsicherheit tarnte.

»Ich bin nicht sicher«, begann sie und gestikulierte mit ihren Händen, »ob ich mit dir ein Eis essen gehen will!« Sie verzog das Gesicht. »Ich meine, nach der Sache?« Jetzt deutete sie hinter sich.

Nur schwer verkniff ich mir ein breites Grinsen und nickte ernst. »Das verstehe ich natürlich.«

»Ich meine, ich bin wirklich sauer auf dich!«

»Ich weiß«, räumte ich ein.

»Willst du etwa sagen, dass das übertrieben ist?«, giftete sie. Der besitzergreifende Arsch in mir lachte und freute sich, dass sie so widersprüchlich reagierte, auch wenn es mich früher immer angepisst hatte.

»Nein, nein«, lenkte ich gespielt ein, »auf keinen Fall.«

»Du gibst also zu, dass du ein Arschloch bist?« Nun blieb sie stehen, und der junge Mann hinter ihr rempelte sie an. Er ging kopfschüttelnd weiter. »Lachst du mich etwa aus?«, piesackte sie weiter. Ich konnte nicht mehr, ich gab nach und lachte laut. Voller Inbrunst. Aus ganzem Herzen. Susan zog die Augenbrauen zusammen. »Findest du es witzig, wenn ich dich beschimpfe?« Nun schob sie wie ein kleines Mädchen ihre Unterlippe vor und schmollte wirklich. Heilige

Scheiße, sobald bei Frauen Gefühle im Spiel waren, reagierten sie völlig entgegen jeder Logik.

»Würdest du jetzt bitte mit mir ein Eis essen gehen?«, fragte ich, legte locker meinen Arm um ihre Schultern und zog sie an mich. Susan wackelte einmal mit ihren Schultern hin und her, als würde sie mich abschütteln wollen, seufzte schließlich, schob ihre Hand ohne weiteres Zögern in die hintere Hosentasche meiner Jeans und kniff mich in den Hintern.

»Das wird ein teures Eis, ich bin wirklich wütend.«

Wir liefen in dieser Haltung durch die Straßen Manhattans.

Erst als wir *Angelos Gelateria* betraten, registrierte ich, dass es mir nicht das Geringste ausgemacht hatte. Dass es mir vollkommen egal war, ob uns jemand in dieser engen Geste begegnete, und das bedeutete für jemanden wie mich, der Frauen wechselte wie Anzüge, eine Menge. Aber irgendwie hatte ich das Gefühl, dass Susan der beste Anzug war, den ich je getragen hatte.

Nachdem wir einen Tisch am Fenster eingenommen hatten und die junge Bedienung unsere Bestellung aufgenommen hatte, lächelte Susan schon fast wieder. Grinsend lehnte ich mich ebenfalls zurück und verschränkte die Arme vor der Brust. Jetzt, wo ich beschlossen hatte, dass dies mein Lieblingsanzug war, bemerkte ich jede klitzekleine Regung in ihrem Gesicht. Wie sie mich genau beobachtete, als ich die Kellnerin begrüßte. Wie sie blitzschnell meine Körpersprache analysierte und für sich herauszufinden versuchte, ob das reine Höflichkeit oder Flirten war.

»Also?«, fragte ich schließlich, nachdem die blonde Kellnerin einen rosa Erdbeermarshmallow Milchshake vor ihr abgestellt hatte, der rund herum mit pastellfarbenen Schokolinsen, einem Riesenlolli und Zuckerwatte garniert war. »Wie war dein Treffen heute Abend?«

Skeptisch beäugte sie meine Wahl. »Ehrlich?«, murmelte sie und nahm mit den Fingerspitzen etwas von der hellblauen Zuckerwatte ab, um es sich in den Mund zu schieben. »Schokolade mit Schokolade und ... noch mehr Schokolade?«

»Na ja, das Ding heißt *Tribbel Chocolate Temptation*. Also ja ... Schokolade mit Schokolade und Schokolade.«

Sie zuckte mit den Schultern, stieß ihren Löffel in die Schokosahne und die Vollmilchsplitter, die das Topping darstellten. »Das Treffen war okay.«

Ich hob eine Braue. Wäre es okay gewesen, hätte sie mich nicht angerufen, um mit mir Eis essen zu gehen.

»Nur okay?«, fragte ich vorsichtig nach. »Online-Dating birgt Risiken!«

»Klugscheißer!«, sagte sie und schob sich mehr von der bunten Zuckerwatte in den Mund. Ich wünschte, ihre Lippen würden etwas anderes umschließen als ihren Finger. *Falsche Gedanken, Lightman!* »Er war nicht ganz so, wie er angegeben hatte zu sein.«

Meine Stirn legte sich in Falten. »Hat er dich angefasst?«, knurrte ich, und die Knöchel an meiner Hand, mit der ich den Löffel umklammerte, traten weiß hervor. Wenn er ihr etwas getan hätte, dann würde ich …

»Nein«, erklärte sie weiter, und ich zwang mich, ein wenig zu entspannen. »Seine Frisur!«

»Seine Frisur?«, wiederholte ich. »Du hast das Date abgebrochen, wegen seiner Frisur?«

Sie zuckte mit den Achseln und hob mir etwas von der rosafarbigen Zuckerwatte an den Mund. Ich klaute es mir und genoss diesen Rückblick in meine Kindheit. Susan stahl noch einige Schokosplitter von meinem Tribble Chocolate Milchshake. »Ja, ich meine, man kann doch nicht über so etwas lügen, wie seine Frisur!«

Ich lächelte verschmitzt, hob ihr einen mit Schokosahne aufgehäuften Löffel vor den Mund und sie schloss die Lippen darum. »Das schmeckt gut, das Zeug«, warf sie ein.

»Du hast den armen Kerl in dem Restaurant …«

»Einspruch, es war ein Spaziergang durch den Central Park.«

»Nachts?«, erkundigte ich mich leicht panisch. Sie war nachts mit einem anderen Kerl einfach durch den Park gelaufen? Okay, im Central Park war alles beleuchtet und vermutlich genauso viel los wie tagsüber, aber was sollte das? »Mir wäre lieber, wenn ich deinen Arsch in einem beleuchteten McDonalds wissen würde!«, rutschte es mir heraus.

»McDonalds?«, rief sie und zog durch den Strohhalm an ihrem Shake. »Du würdest mit mir echt zu McDonalds gehen?« Sie hob ihre Brauen, und ich bemerkte wieder einmal, wie wunderschön ihr Gesicht war. Ihre Haare hatte sie komplett zu einem Zopf zurückgenommen; keine Strähne störte in ihrem Gesicht. Sie war dezent geschminkt, und unter ihrem linken Auge ein kleines bisschen verschmiert … Das machte nichts, das nahm etwas von ihrer Perfektion. Ehe ich weiter darüber nachdenken konnte, streckte ich die Hand aus und wischte den kleinen schwarzen Punkt weg. Ihre Augen weiteten sich leicht, aber Susan hielt still.

»Danke«, flüsterte sie, und diese Tonlage, diese Stimme, mit der sie gerade sprach, erreichte mich bis ins Mark.

»Nicht dafür«, gab ich zurück. »Und ja, ich würde mit dir zu McDonalds gehen!«

»Sehr stilvoll, Lightman. Sehr stilvoll!« Sie hob mir einen Löffel aufgehäuft mit Sahne und Schokolinsen entgegen.

»Ich würde mit dir zu McDonalds gehen, nachdem wir die ganze Nacht zusammen verbracht haben. Ich würde dich nämlich erst zu Hause abholen, dich in deinem Kleid bewundern und dir sagen, wie wunderschön du aussiehst ... Dann würde ich dich mitnehmen in eines der besten Lokale der Stadt, nämlich in das Restaurant eines Freundes. Ins *Ballroom*, und wenn wir dort gegessen und getrunken hätten, würde ich die altmodische Juke Box testen und mit dir tanzen ... Anschließend würde ich dich ... vermutlich ...« Susan wurde prompt rot. Ihre Augen glänzten und waren geweitet. »Vielleicht würden wir aber auch spazieren gehen. Ich würde dir die für mich schönsten und bedeutendsten Plätze New Yorks zeigen. Ich würde dir *mein* New York zeigen und warum diese Stadt eine Liebe wert ist ... und dann ... wenn der Morgen grauen würde, würde ich dich vermutlich zu McDonalds bringen, weil sie dort einfach den besten EggMcMuffin haben, den du jemals gegessen hast.«

Susan starrte mir in die Augen, ich starrte zurück. Niemand sprach ein Wort. Wie hypnotisiert blickten wir uns an. Die Welt stand still, nichts von dem Hintergrundlärm der Menschen in der Eisdiele, nichts von dem uralten Song von Kid Rock, der aus den Lautsprechern kam oder von dem Kratzen des Eisportionierers drang noch in meine Gehörgänge. Ein leises Summen, ein *angenehmes* Summen, wie das der Bienen im Sommer, kroch durch mich hindurch. Der Moment schien ewig zu dauern, obwohl es vermutlich nur Sekunden waren, ehe die schöne Frau mir gegenüber den Blickkontakt brach und mehrmals blinzelte.

Anscheinend hatte ich ihr mit meinen Worten den Atem geraubt. Anscheinend war sie verwirrt darüber, dass ein Kerl, der durch die Betten sprang wie Tarzan durch den Urwald, von so einer Art Date erzählen konnte. Zugegeben, solch einen Abend hatte ich noch mit niemandem verbracht ... Aber einfach nur aus dem Grund, weil ich dieses Dating-Ding nicht lebte. Ich traf Frauen, wenn ich mit meinen Kumpels aus war oder auf einem Geschäftstreffen. Ich hatte eine gut sortierte Kontaktliste in meinem Handy. Ich lernte also Frauen nicht kennen und ging mit ihnen aus ... Das war definitiv etwas, was ich nicht tat. Aber wenn Susan es wollte ... dann würde ich es tun.

»Nun«, brach sie das Schweigen, nachdem sie wohl beschlossen hatte, dass ich es ernst meinte. »Ich wusste gar nicht, dass McDonalds auch Frühstück anbietet.«

Lachend stieß ich meinen Löffel wieder in die Schokosahne.

Vielleicht würde ich es wirklich einmal versuchen, mich auf eine Frau zu konzentrieren.

Es fühlte sich nämlich gut an.

Verdammt großartig, um genau zu sein.

23

SUSAN

> *»Gib einer Frau die richtigen Schuhe und sie kann die Welt erobern.«*
> – Marilyn Monroe –

»Wegen der Frisur, Susan?« Ich stützte meine Hände auf den Waschtisch. »Wie behämmert bist du eigentlich?« Kurz ließ ich meinen Kopf hängen, riss mich aber dann zusammen. Ja, die Frisur war eine verdammt blöde Ausrede gewesen. Aber ich meinte, ernsthaft. Wenn jemand schon bei Kleinigkeiten wie seiner beschissenen Frisur log, würde er dann in den wichtigen Lebenslagen die Wahrheit sagen? Oder würde er es da dann auch einfach ausreizen und Unwahrheiten erzählen? Ich konnte angelogen zu werden nicht leiden. Und da gab es keinerlei Diskussion. Wenn jemand etwas vor mir verbarg – wissentlich – dann war das nun mal ein K.o.-Kriterium. Meine Finger angelten nach den Abschminktüchern und ich wischte mir über die Augen. Als ich meinen Blick durch den Spiegel sah, erinnerte ich mich daran, wie weich seine Fingerkuppe auf meiner Haut gewesen war, als er mich unter dem Auge berührt hatte. Aber darüber hinaus wollte ich einfach davon ablenken, dass der Kerl zwar nett gewesen war … aber … und das würde ich niemals – wirklich niemals – laut aussprechen … eben nicht Steve.

Ja, er brachte mich auf die Palme. Und das alle dreieinhalb Minuten. Ja, er nervte mich ohne Ende. Aber … er überraschte mich auch immer wieder. Brachte mich zum Lachen. Mit Steve war irgendwie alles so leicht. Und gleichzeitig so kompliziert. Er schaffte es, dass meine feinsäuberlichen Strukturen in den Hintergrund gerieten ... dass ich Dinge anstellte, die ich bei all den Girlies immer verachtet hatte. Er schaffte es, dass ich mich wie ein Teenie aufführte! Das war eigentlich nichts Gutes. Nachdem ich mich abgeschminkt und meine Zähne geputzt hatte, warf ich mich auf das große Queen-Size-Bett meines Hotelzimmers. Auch wenn es keine fünfzigmillionen Sterne hatte, wie das *Lightmans Futur*, war es dennoch gemütlich. Aus dem Augenwinkel sah ich, wie mein Handy aufleuchtete. Es war lautlos und an der Steckdose.

»Luisa!«, rief ich überrascht, nachdem ich abgehoben hatte. »Was ist passiert?«

»Nun«, antworte sie, »muss denn was passiert sein, damit ich dich anrufe? Ich hab ewig nichts von dir gehört.«

»Vorgestern!«, stellte ich klar und schlüpfte unter die Decke. Mit meiner freien Hand schaltete ich den Fernseher gegenüber vom Bett ein. »Also, was ist los?«

»Nichts. Ich wollte nur hören, wie es dir geht.«

Midnight-Talk lief und ich stellte auf lautlos.

»Du willst nachts um eins hören, wie es mir geht?«, fragte ich ungläubig und lachte. Die fette Kalorienbombe und den Rest des Abends mit Lightman zu verbringen, hatte meine Laune um dreihundert Prozent gesteigert.

»Japp. Das, und dann wollte ich noch fragen, wieso du den Bruder meines Freundes – von dem du Abstand halten wolltest – mit einem Löffel voller Sahne mitten in der Nacht fütterst.« Ihre Stimme klang nach Plaudern.

»Ich«, begann ich und setzte mich aufrecht in mein Bett. »Was?«

»Na ja, ich dachte, wenn man jemanden schon füttert wie ein verliebter Teenie, dann hat man auch die Facebookseite abonniert.«

»Was?«, fragte ich und beugte mich nach vorn, um meinen Laptop zu erreichen. »Du machst Witze!«

»Nein, seine Fanpage.« Sie räusperte sich. »Die Lightman-Brüder sind«, nun korrigierte sie sich, »*waren* mit die begehrtesten Junggesellen des Landes und sind Personen des öffentlichen Lebens. Vielleicht nicht so wie irgendwelche Stars ... Aber wenn Steve, der mit einer Frau nach der anderen fotografiert wird ... plötzlich in einem Eiscafé sitzt und sich mit Sahne füttern lässt ... nun, dann wird das eben bemerkt.«

»Fuck«, wisperte ich, als ich mich in meinen Facebookaccount eingeloggt hatte. »Woher wissen die, wer ich bin?«

»Na ja«, sagte Luisa lachend, »da ich unter die Lupe genommen wurde, nachdem bekannt geworden war, dass Jason und ich ein Baby bekommen ... sind auch meine Freunde bekannt.«

»Was mache ich denn jetzt?«, rief ich und sah das Foto in vollständiger Bildschirmgröße an. »Das Bild ist vollkommen aus dem Kontext gerissen.«

»Dachte ich mir schon. Trotzdem frage ich mich, wieso das Foto überhaupt entstanden ist? Ich meine, Susan«, nun schlug sie ihre Lehrerstimme an, »er ist der größte Weiberheld überhaupt. Was machst du da?«

Ich brachte meine Nase nahe an den Bildschirm. Obwohl ich natürlich genau wusste, was ich da getan hatte oder worüber wir gesprochen hatten.

»Aktuell sieht es so aus, als würde ich ihm einen Löffel Sahne in den Mund schieben!«

»Deine Laune scheint ja gut zu sein. Ist er etwa bei dir?«

»NEIN!«, brüllte ich fast. »Ich hatte ein mieses Date, okay?«

»Mit Lightman?«, erkundigte sie sich. »Ich meine, ich hab mal gehört, er datet nicht.«

»Keine Ahnung ob er datet. Aber ich date.« *Datete er etwa auch jemanden?*

»Und wen?«

»Na ich bin da bei diesem Online-Portal.«

»Du hast dich auf einer Dating-Plattform angemeldet und datest Männer in New York?« Luisa brach in Gelächter aus, und ich hörte aus dem Hintergrund eine Männerstimme fragen, ob alles okay sei. Luisa murmelte ihm etwas zu, das ich nicht verstand, anschließend kam sie anscheinend wieder an ihr Handy. »Und da hattest du heute Abend ein Date.«

»Ja. Richtig.«

»Und wie kommt es dann, dass du mit Steve in einem Café bei einem Milchshake gelandet bist?«

Ich zuckte mit den Schultern, obwohl sie mich nicht einmal sehen konnte. »Na ja. Ich war deprimiert, weil der Kerl mich angelogen hatte ...«

»Moment«, grätschte sie dazwischen. »Er hat dich angelogen, weil?«

»Seine Frisur. Er hatte auf den Fotos eine vollkommen andere Frisur.«

»Vielleicht war er beim Friseur.«

»Na und?« Gestikulierend warf ich eine Hand in die Luft, auch wenn ich allein in meinem Zimmer war. »Dann muss ich eben meine Fotos updaten, damit ich bei der Wahrheit bleibe.«

»Dir ist klar, dass das vollkommen bescheuert ist?«

»Wie auch immer.« Ich scrollte wieder mit der Maus auf der Seite herum. Eine Penny verwaltete sie. Im Grunde war es ja auch egal, Tatsache war, dass dort nun dieses Foto online gezeigt wurde. »Ich hab ihn angerufen und er hat mich zu einem Eis eingeladen.« Dass ich ihn quasi gedrängt hatte, mit mir Eis essen zu gehen und den Zwischenfall mit Melissa/Melanie erwähnte ich auch nicht weiter.

»Aha«, sagte sie. »Und dann?«

»Dann hab ich ihn mein Erdbeermarshmallow-Ding probieren lassen.«

»Ich hoffe, Erdbeermarshmallow-Ding steht nicht für …«

Ich unterbrach sie. »Luisa!«

Nun lachte sie. »Okay okay«, lenkte sie ein, und ich sah sie vor mir, wie sie über das ganze Gesicht strahlte und die Hände abwehrend hob. »Also ein Foto zur falschen Zeit am falschen Ort?«

»Ja, so kann man es sagen.«

»Jason ist ausgerastet.«

»Ist er?«, fragte ich und konnte von den Bildern auf der Fanseite nicht genug bekommen. Auf jedem zweiten war er mit einer Tussi. Ab und an wiederholte sich das Bild auf Veranstaltungen mit einer wunderschönen Blondine. Ich hasste sie. Dumme Pute! Ich legte meinen Kopf schief. War das ein roter Teppich? Er datete also doch! Mistkerl!

»Ja. Er hat Steve wohl mehrmals gesagt, er soll dich bloß in Ruhe lassen.«

Ach so? Das war interessant!

»Keine Sorge«, beruhigte ich sie. »Da ist nichts.«

»Sicher?«

Ich verdrehte die Augen. »Wenn ich es dir doch sage.«

»Also nur ein Eis-Date unter Freunden?«

»Richtig. Ein Eisessen unter Freunden.« Ich musste wissen, wer die Blondine war, die tauchte wirklich häufig auf dieser Seite auf. Okay, nur dreimal, aber ich fand, dass das häufig war. Und es nervte mich.

»Dann ist also alles bestens in New York?«

»Außer dass du mich um ein Uhr nachts fragst, mit wem ich Eis essen geh, MOM« ich betonte das Wort überdeutlich, »alles super.«

»Kommt ihr voran?«

»Ja, kommen wir.« Ich hielt mich bedeckt. Natürlich waren wir auf dem richtigen Weg, und da musste etwas sein … Und ich wusste auch, dass wir kurz vor dem Durchbruch standen, was das alles anging … nur ich war verschwiegen, und wenn Steve den aktuellen Stand seinem Bruder erzählen wollte, dann konnte er das gern tun, ich würde mich raushalten. Mein sehr hohes Honorar schloss nämlich mit ein, dass ich niemandem etwas erzählte.

»Dann schlaf gut, Baby … und melde dich bitte die Tage mal. Ich will das mit den Onlinedates genauer wissen, ja?«

Ich verdrehte die Augen. »Gute Nacht, Luisa!«

Mit einem Lächeln legte ich auf, schmiss mein Telefon neben mich und sah mir diese Facebookseite noch einmal genauer an … Die Blonde und er schienen irgendwie vertraut miteinander zu sein … das meinte ich an der Art, wie er sie am Arm hielt, zu erkennen.

Als mich ein Stich Eifersucht durchzuckte, klappte ich mein Notebook ruckartig zu. Diese Gefühle erschreckten mich. Überhaupt war dieser Neid auf die blonden Frauen seltsam. Wirklich. Ich war noch nie eifersüchtig gewesen. Und heute schon zweimal.

Auf zwei Blondinen.

Wegen ein und demselben Mann.

Oh mein Gott, ich brauchte dringend ein Date, um das alles unter Kontrolle zu halten.

Eines ohne Kerl mit abartig schräger Frisur.

24
STEVE

 »*Was? Ich muss eine Entscheidung treffen? Das ist, als müsste das dicke Kind den Kuchen bewachen!*«
– Charlie Sheen –

»Baby?«, klang verschlafen eine Frauenstimme aus dem Hintergrund. »Alles okay?«

»Ja, schlaf weiter, Eva«, flüsterte er, und an mich gewandt: »Warte!« Ich hörte, wie es raschelte, rollte mit den Augen und trommelte anschließend mit den Fingern auf dem Holz des Schreibtisches. So lange, bis ich sie neu beschäftigen musste und mir deshalb eine Zigarette anzündete. In der Dunkelheit meines Büros; lediglich meine zwei Bildschirme leuchteten auf, weil ich mit dem Daumen die Maus berührte.

»Ich hoffe, es gibt einen beschissen guten Grund, warum du mich anrufst!«, zischte mein Bruder. Durch das Handy konnte ich vernehmen, wie er eine Schiebetür betätigte. Direkt danach klickte sein Feuerzeug.

»Es ist«, ich hob mein Handy kurz von meinem Ohr weg und sah auf die Uhr, »vier Uhr morgens. Welcher anständige Mann schläft da?«

»Ich?«, fragte er sarkastisch, ich hörte ihn tief den Rauch inhalieren.

»Sei kein Mädchen!«

»Warum rufst du gottverdammter Idiot um vier Uhr morgens an?«

»Weil …«, begann ich und versuchte meinen Kopf zu sortieren. »Wir haben ein Problem.«

»Wir?«, fragte er wenig überzeugt. »Das bezweifle ich sehr, kleiner Bruder.«

»Na ja, wenn Jason seine Eier verliert, ist das schon irgendwie unser Problem, oder?«

»Alter, was hast du gemacht?«

»Ich war Eis essen.«

»Merkwürdige Metapher für vögeln.«

»Nein, Mann … das ist es ja. Ich war wirklich mit ihr Eis essen.«

»Ich dachte«, er machte eine kleine Pause, »ich dachte, sie will ›mehr‹? Und das nicht mit dir?«

»Ja … und jetzt waren wir Eis essen.«

»Ohhh, wie … aufregend?« Er lachte leise. »Soll ich dich auch jedes Mal anrufen, wenn ich ein Eis gegessen hab?«

»Hast du Gehirnfrost, weil es gerade zu viel zu kaltes Essen war, oder was? Verstehst du etwa nicht?«, fragte ich mit mehr Nachdruck. »Ich war mit ihr *Eis essen*.« Überdeutlich betonte ich die Worte.

»Und? Was ist ihre Lieblingssorte? Ich tippe ja auf Erdbeere. Sie sieht aus, wie ein Erdbeergirl.«

»Halt die Klappe!«

»Alter! Du rufst mich an, okay?«

»Verstehst du etwa nicht?«

»Was denn?« Er schien seine Geduld zu verlieren, und ich gab ein wenig männliches Schnauben von mir.

»Ich habe noch nie eine Frau zum Essen ausgeführt, es sei denn, es war unsere Mutter, und ich war erst recht noch nie an einem Abend am Wochenende mit einer Frau Eis essen und anschließend allein zuhause!«

»Es ist Freitag. Das ist ein Werktag. Also kein Wochenende.«

»Du«, ich raufte mir die Haare und trat die Kippe aus, »du hörst mir nicht zu.«

»Okay. Spaß beiseite. Was ist passiert?«

»Ich hatte dieses Date mit Jessy«, begann ich und zündete mir noch mal eine Zigarette an. Wenn ich jetzt auch noch Lungenkrebs bekam, dann lag es definitiv an ihr. »Und es war echt easy wie immer. Und als es dann ans Eingemachte ging, hab ich abgebrochen.«

»Du hast abgebrochen?« Die Skepsis konnte man deutlich aus seiner Stimme hören. »Weil?«

»Weil ich nicht wollte.«

Irgendwie war ich ihm dankbar, dass er mich ernst nahm und nicht zu lachen anfing.

»Okay, und warum wolltest du nicht? Wegen Susan?«

Ehe ich innerlich abwägen konnte, ob ich wirklich die Wahrheit sagen sollte, war das Wort aus mir heraus. »Ja.«

Ich fühlte, wie mir innerlich warm wurde. Ja, das klang beschissen, aber das war es nun einmal, was geschah. Als hätte ich mir endlich eingestanden, was klar auf der Hand lag.

»Okay, und was hast du dann getan?«

»Na ja, also ich hab das mit Jessy abgebrochen …«

Eric grätschte dazwischen. »Hast du Jessy gesagt, wieso du nicht mit ihr schlafen wirst.«

»Nein«, murmelte ich und mich durchzuckten Schuldgefühle. Was zur Hölle? Ich hatte mich einer Frau gegenüber noch nie irgendwie schuldig oder etwas in diese Richtung gefühlt. Was sollte denn das jetzt plötzlich?

»Okay. Weiter!«

»Dann bin ich allein etwas trinken gegangen.«

»Die Tiefgarage.«

Meine Brüder kannten mich zu gut. Da Eric dies auch nicht als Frage formuliert hatte, überging ich die Bemerkung einfach. »Na ja und dann hat sie mich angerufen. Mir gesagt, dass ihr Date mies war.«

»Susan datet in New York?«

»Ja«, brummte ich diesmal zustimmend. »Keine Ahnung, was das genau soll.«

»Verstehe.«

»Jedenfalls meinte sie dann, dass sie eine Eisdiele sucht, was ich – nebenbei bemerkt – als Ausrede gesehen habe, dass sie mich anrufen konnte.«

»Kann sein.«

»Okay, und dann hat sie mir ihren Standort geschickt, ich bin dorthin, wo sie gewartet hat, und mit ihr Eis essen gegangen.«

»Das klingt aber doch … normal?«

Ja, bis jetzt schon, da ich ja den wesentlichen Part ausgelassen hatte.

»Wir haben auf dem Weg dorthin Melanie getroffen.«

»Wen?«

»Eine Frau, mit der ich ein paar Mal im Bett war.« Jeder andere Mann hätte vermutlich gesagt, dass er mit dieser Frau »aus« gewesen war. Aber ich brachte die Sache auf den Punkt. Wir hatten gefickt. Ich datete nicht, das hatte ich doch bereits erklärt. »Und dann ist etwas Seltsames geschehen.«

»Und was? Hat sie sich mitten auf der Straße ausgezogen? Das finde ich nicht seltsam, das hast du ihr vermutlich antrainiert.«

»Halt die Klappe und hör zu!«

»Ohh«, ich hörte das Lächeln aus seiner Stimme heraus, »jetzt bin ich gespannt.«

»Susan war eifersüchtig.«

Am anderen Ende der Leitung blieb es still. Ich hörte Eric nur atmen, ansonsten gab er keinen Piep von sich. Ich zählte innerlich bis zehn und zog in der Zeit zweimal an meiner Kippe. Okay, ich war wirklich etwas nervös.

»Bist du sicher?«, stieß er schließlich hervor, und ich nickte, bis mir einfiel, dass wir ja gar nicht skypten, sondern über unsere Handys telefonierten.

»Absolut. Sie wollte Melanie die Augen auskratzen.«

Er räusperte sich. »Und wie hast du dich verhalten?«

»Ich hab nicht mit ihr geflirtet, oder so.«

»Denkst du wirklich, du kannst das? Normalerweise flirtest du immer, auch wenn du glaubst, es nicht zu tun. Du bist der größte Weiberheld, den ich kenne.«

»Mag sein. An diesem Titel hab ich lange gearbeitet … aber was … was, wenn es an der Zeit ist, sesshaft zu werden?«

Ich riss meine Augen auf und die Kippe fiel mir aus den Fingern. Was hatte ich gerade gesagt?

»Was hast du gerade gesagt?«

»Nun«, begann ich und schluckte schwer. »Das war nur mal so ein Gedanke.«

»Bist du vollkommen irre?«, polterte er schließlich los. »Drehst du jetzt komplett ab?«

»Was?«, fragte ich. »Wieso?«

»Du kannst mir das doch nicht einfach so nachts hinschleudern, dass du nicht mehr dein Jessy-Date hast.«

Ich unterbrach ihn. »Das hab ich schon ein paar Wochen nicht mehr und es ist mir bis heute Abend gar nicht aufgefallen.«

Anerkennend pfiff er durch die Zähne. »Sauber, Bruder.«

»Und was machen wir jetzt?«, fragte ich und sah in die Ferne. Sah die bunt glitzernden Lichter New Yorks unter mir. Ich blickte auf all die Wolkenkratzer, fühlte für eine Sekunde, wie schnelllebig die Stadt war … nur um sie dann in meinem Kopf anzuhalten.

Fast hätte ich vergessen, dass Eric am anderen Ende der Leitung war, ehe mich seine Stimme zurück in die Realität holte.
»Und jetzt? Jetzt eroberst du dir das Mädchen.«

25

STEVE

> *»Ich muss niemandem etwas erklären.«*
> *– James Dean –*

Knock. Knock. Knock.
»Wer ist da?«
»Zimmerservice!«, rief ich, von einem Ohr zum anderen grinsend und klopfte erneut an die Tür.
»Was willst du, Lightman?«, kam die Stimme von der anderen Seite.
»Lass mich rein, Susan. Ich habe Frühstück dabei!«
»Was willst du hier?«
»Das sag ich dir, wenn du die Tür aufmachst.«
»Es ist …« Ich hörte es poltern. »Neun Uhr morgens, Steve!« Mir fielen fast die beiden To-go-Becher aus der Hand, weil sie die Tür so schwungvoll aufriss, dass es mich erschreckte.
Ich drückte mich an ihr vorbei in ihr Hotelzimmer.
»Oh«, sagte ich und sah mich um. »Nett! Klein, aber nett.«
»Halt die Klappe und gib her!«, murmelte sie, griff nach einem der Starbucks-Becher in meiner Hand und setzte sich in den großen, gemütlich aussehenden Ohrensessel. Auf dem Tisch daneben lag ihr Laptop, den ich von unseren Meetings her kannte, und ein Buch. Auch wenn das ein Zimmer zum vorübergehenden Leben war, sah es ordentlich aus. Ihr großer schwarzer Koffer war auf den Schrank gehievt worden, an der Garderobe hingen mehrere Jacken und Mäntel und darunter standen diverse Schuhe. Unter anderem die High Heels, welche sie getragen hatte, als wir bei mir Sex gehabt

hatten. Die Erinnerung machte mich sofort hart und ich schluckte schwer. Ihr Bett war nur aufgeschlagen worden, nicht richtig von einem Zimmermädchen gemacht. Es rief mich fast, mich darauf zu legen. Den Kopf schüttelnd ließ ich den Gedanken – so verlockend er auch war – an mir abprallen. Mein Blick glitt weiter, anscheinend hatte sie gerade das Guten-Morgen-Frühstücksfernsehen des Hotels angesehen, denn der Apparat gegenüber an der Wand war eingeschaltet. Ich musste ehrlich sagen, das Zimmer in den dunkelgrauen, schwarzen und violetten Tönen wirkte hübsch. Ich ging zu ihrem Fenster hinüber und sah hinaus. Wir waren im vierten Stock, also konnte man hier nicht New York überblicken, aber das war egal. Es war ein toller Ausblick auf einen unserer Stadtparks.

»Also«, begann sie erneut, zog den Ärmel an ihrem einfachen Longsleeve bis über ihre Finger und hob ihr Bein auf die Sitzfläche. »Was willst du hier?«

»Dich abholen!«, erklärte ich, lehnte mich mit einer Schulter grinsend an die Fensterscheibe und genoss den Blick aus ihren blauen Augen. Die ruhigen Tiefen wurden plötzlich zum Sturm.

»Mir war nicht klar, dass wir verabredet waren?« Nervös schielte sie auf ihr Handy.

»Hast du etwa eine andere Verabredung? Einer von deinen Online-Typen?« Ich konnte die Verachtung nicht vollends aus meiner Stimme fernhalten. Aber auch THREEOFTHREE hatte heute Morgen schon mit ihr geschrieben. Ganz normal. Im Plauderton.

»Nein«, räumte sie ein, »Aber ich war nicht ...«

»Ist doch egal, was du warst. Du hast nichts anderes vor, ich habe heute keine Termine ...«

»Aber ...«

»Ich zeige dir New York.« Wild gestikulierte ich mit meiner freien Hand. Dass sie eventuell etwas vorhaben oder Nein sagen könnte, hatte ich gar nicht bedacht. »*Mein* New York.«

»Ich kenne die Stadt.«

Jetzt lachte ich ehrlich auf. »Nein, du kennst die Stadt kein bisschen. Du hast gestern nicht einmal gewusst, wo genau du warst.«

Sie lächelte milde. »Das stimmt. Warst du heute schon bei Facebook?«, fragte sie mich aus heiterem Himmel.

»Warum?« Natürlich hatte ich das Foto von ihr und mir gesehen. Ich war ja nicht bescheuert. Und diese ganze Öffentlichkeitssache war für mich nicht neu. Aber dass sie das Thema so schnell darauf brachte, wunderte mich. Woher wusste *sie* es eigentlich? Ihr Name war noch vollkommen unbekannt im Zusammenhang mit mir.

»Weil dort ein Foto von uns beiden ist. Vollkommen aus dem Kontext gerissen. Das ist eine Sauerei. Ich meine, wer postet so was?« Sie stellte den Kaffee ab und wanderte rastlos durch das Zimmer. »Ich hab auf so was keine Lust.«

»Warum?« Das Lächeln, welches an meinen Mundwinkeln zupfte, unterdrückte ich. »Schämst du dich für mich?«

Sie wirbelte zu mir herum und verdrehte die Augen. »Diese Arroganz steht dir nicht, Lightman!«

Nun begann ich lauthals zu lachen, und auch Susan schmunzelte. Sie hatte so ein schönes, wunderschönes Lachen, es erinnerte mich an Julia Roberts. Vom ersten Augenblick an. Sie war einfach so verdammt hübsch. Gerade wenn sie wie heute ein einfaches Longsleeve und eine zerrissene, über dem Hintern hochgeschnittene Jeans trug. Der dick gewebte Stoff schmiegte sich um ihren Arsch, und ich starrte gerade darauf, als sie sich wieder zu mir umdrehte.

»Hast du …?«, begann sie und fuchtelte mit ihrem Zeigefinger vor mir auf und ab. »Starrst du mir gerade auf den Hintern?«, fragte sie nun direkt, und ich nickte.

Wenn sie schon offensiv war, dann ich doch wohl auch. »Jepp.«

»Was?«, sie stotterte. »Warum?«

Ich zuckte mit den Schultern. Das mit diesem Erobern war Neuland für mich. Ich tat es das erste Mal … war deshalb neu in diesem Metier. Frauen anflirten, aufreißen, klar machen … damit war ich vertraut. Das konnte ich. Ich würde sogar ein Buch darüber schreiben, wenn ich irgendwann einmal Zeit hätte … aber in Sachen festes Date und so … da war ich neu.

»Steven!«, donnerte sie. »Das kannst du doch nicht einfach so sagen!«

»Warum nicht?«, fragte ich und zuckte mit den Schultern. Ich ließ mich in dem Sessel nieder, in welchem sie zuvor Platz genommen hatte.

»Ich bin immer noch eine Dame.«

»Und darum darf ich dir nicht auf den Arsch starren?«

Sie ging ins Bad und ich hörte sie herumklappern. Neugierig, wie ich war, kam ich hinterher. Sie beugte sich gerade nach vorn, ich warf selbstverständlich wieder einen Blick auf ihren Po und beobachtete, wie sie ihre Lippen nachzog.

»Ich bin immer noch eine Dame!«, schalt sie mich erneut. Betonte jedes Wort überdeutlich, und ich grinste wieder. Dieser Tag würde vermutlich ziemlich lustig mit ihr werden.

»Okay, okay. Kein Hinterngestarre mehr, ja?«

»Wenn du willst, dass ich dich begleite, dann nicht, richtig.«
Oh ja ... und wie ich wollte, dass sie mich begleitete.
»Ich bin gleich fertig.«
»Das ist gut«, erwiderte ich, »Denn das, was wir vorhaben, ist zeitlich begrenzt.«
Durch den Spiegel konnte ich sehen, wie sie die Augenbrauen zusammenzog. »Ich kann es kaum erwarten!«, erwiderte sie sarkastisch, und ich ging fröhlich grinsend in den Hauptraum zurück. Denn auch wenn sie so tat, als hätte sie überhaupt keinen Bock und keine Zeit, etwas mit mir zu unternehmen, dann wusste ich insgeheim, dass sie sich freute. Ihre Augen leuchteten und sie machte sich fertig.
Das war doch ein gutes Zeichen, oder etwa nicht?

»*D*u gehst also mit mir aus«, begann sie und griff nach dem Crêpes in meiner Hand. »Und das ist alles, was du zum Frühstücken auf die Reihe bringst?« Sie sah sich skeptisch um. Wir hatten ihr Hotel verlassen und waren Richtung Fähre gelaufen. Ich wusste, dass wir auf dem Weg dorthin an einer der bekanntesten und besten Bäckereien der Stadt vorbeikamen. Ich wusste das, weil mein Bruder hier einmal einen Kurs für die Zubereitung von Crêpes gegeben hatte. Sie würde sich schon korrigieren und auf jedes deftige Frühstück der Welt verzichten, wenn sie erst den grandiosen Geschmack der Dinger auf ihrer Zunge schmecken konnte.
»Probier«, wies ich sie ruhig an, und Susan verdrehte die Augen. »Probier und dann meckere weiter.«
Sie öffnete den Mund und biss in den saftigen, gebackenen Teig.
»Ach du heilige ...«, murmelte sie und nahm gleich noch einmal ein Stück. »Das schmeckt fantastisch.«
»Ich weiß«, stimmte ich zu und deutete auf eine der Bänke am Wasser.
»Ich nehme echt alles zurück«, räumte sie ein. Lachend legte ich mein Bein auf dem Knie des anderen ab.
»Aber erst einmal meckern, oder?«
»Was denn?«, fragte sie und hob die freie Hand. »Ich bin eine Frau, das ist mein gutes Recht.«
Ich verdrehte die Augen. »Halt die Klappe und iss, danach gehts aufs Wasser.«
»Die Fähre?« Sie schob sich den letzten Teil des Frühstücks in den Mund. »Die kenn ich schon!«

»Mag sein ... aber nicht das Beste an der Fähre.«
»Ach so?« Sie wechselte das Thema. »Isst du das noch?«
Ich hatte meine Crêpes erst zur Hälfte gegessen. Mit ihren letzten Worten nahm sie mir das Teil aus der Hand. »Oh nein, natürlich esse ich das nicht mehr!« Lachend legte ich meine Arme auf dem Holz der Bank ab. Ich mochte das. Ich mochte, dass uns die Sonne ins Gesicht schien, dass die Möwen ihre Kreise auf dem Wasser zogen, ich mochte es, wie sie neben mir saß und aufgeregt von dem verfluchten Pfannkuchen schwärmte. Ich mochte den Ausblick, sowohl den vor mir, welcher die Skyline von Manhattan darstellte, wie auch die Frau neben mir. Ich mochte es, dass sie gelöst war und eigentlich irgendwie zu überspielen versuchte, dass sie sich ziemlich freute, weil wir den Tag miteinander verbrachten.

Susan Montgomery war so viel mehr als die eiskalte Wirtschaftsprüferin, die toughe Frau, die sich allein durch den Alltag kämpfte. Sie war so viel mehr ... und irgendwie bekam ich das Gefühl nicht los, dass sie vielleicht ... mein *mehr* war.

»So«, begann sie schließlich, nachdem sie aufgegessen hatte. »Und jetzt?«

»Und jetzt nimmst du gestresste kleine Prinzessin dir einfach mal fünf Minuten, um diesen Ausblick zu genießen.«

Tatsächlich schaffte sie es, zweieinhalb Minuten die Klappe zu halten. »Ich mag diesen Anblick.«

»Ich auch«, murmelte ich und richtete meinen Blick auf sie.

Sanft stieß sie mich in die Seite. Ich genoss diesen kleinen, verspielten Körperkontakt. Heilige Scheiße, wie doof war ich eigentlich? Ich fickte Frauen. Ich liebte Frauen. Ich freute mich darüber, wenn sie meinen Schwanz lutschten und nicht, wenn sie mich sanft in die Seite pufften.

Gerade als ich über mich selbst die Augen verdrehte, holte sie wieder Luft. »Du Idiot. Ich meine die Skyline.«

»Ich mag es, den Überblick zu haben. Und den habe ich von hier aus ganz fantastisch. Also ja, ich mag den Ausblick auch.«

»Ich find einfach nur die Gebäude hübsch. Ich meine, die Architektur ist unfassbar, oder?«

Ich stand auf, hielt ihr meine Hand entgegen, die sie seufzend nahm. »Müssen wir schon los?«

»Wir kommen am Abend noch mal zurück, okay?« Ihre Miene hellte sich wieder auf. »Aber jetzt will ich dir erst mal einen meiner Lieblingsplätze zeigen.«

»Ich dachte, du zeigst mir New York?«

»Ich sagte, ich zeige dir *mein* New York! Komm, wir haben es eilig.«

Ich führte Susan zum Hotel zurück.

»Hol deinen Bikini, Baby.«

Sie sah mich mit einer in die Höhe gezogene Augenbraue an. »Meinen Bikini, Steve? Ernsthaft?«

Ich lachte. »Immer denkst du nur das Schlechteste von mir, oder?«

Sie lächelte mich über die Schulter an, als sie in den Fahrstuhl stieg, um ihr Zeug zu holen. »Du hast ganz schön Glück, dass ich ihn dabei habe. Immerhin ist das hier eine Geschäftsreise!«

»Beeil dich einfach!«

Wenig später war sie zurück, mit einer großen beigefarbigen Tasche über der Schulter. »Wohin bringst du mich, Lightman?«, fragte sie. »Also dass es irgendetwas zum Schwimmen ist, ist ja klar … aber …?«

Ich grinste sie an … »Wir fahren nach Long Island, Baby!«

26

SUSAN

> *»Es gibt Dinge, die sind so einfach, dass sie sogar ein Mann versteht.«*
> – Charlotte York –

kay.

Zuerst war ich skeptisch gewesen.

Sehr skeptisch.

Aber jetzt … musste ich zugeben, als wir in seinem Auto saßen, Kid Rock aus den Lautsprechern grölte, dass ich mich wohlfühlte.

Erst einmal war ich einfach nur überrascht und angepisst gewesen, denn auf meine Frage zu den Fotos war er gar nicht eingegangen. Aber nun war ich irgendwie froh, meinen freien Tag mit ihm zu verbringen. Es war doch vollkommen egal, was auf irgendeinem Foto zu sehen war. Ich war eine erwachsene Frau; wenn ich mit einem Mann ein verfluchtes Eis essen wollte, dann konnte ich ja wohl ein scheiß Eis essen gehen! Deshalb kuschelte ich mich jetzt tiefer in den Sitz und begann mich zu entspannen. Ich war ja jetzt sowieso hier, also warum sollte ich mir Gedanken machen?

»Ich kenn nur den Long Island Ice Tea«, setzte ich entgegen und sah aus dem Fenster. Die Stadt und ihre Betriebsamkeit zogen an uns vorbei, während wir an den Strand fuhren. »Also, Steve Lightman«, hob ich nach einer Weile wieder an, um die Fahrtzeit zu überbrücken. »Erzähl mir etwas von dir!«

»Ich dachte, du weißt schon alles über Typen wie mich.«

»Na ja, tu ich ja auch.«

»Dann erzähl mir doch mal, was du über mich weißt!«

»Ich weiß, dass du mit viel zu vielen Frauen gesehen wurdest. Immer. Es gibt dummerweise ein Haufen Fotos darüber. Aber das weißt du ja sicher.«

Ich sah ihn kurz von der Seite an, verlor mich ein paar Sekunden in dem gemeißelten Kinn, welches von einem Fünf-Tage-Bart überzogen war, denn ich wusste, wie großartig sich diese Stoppeln anfühlten. Wie sie einen reizen konnten.

»Ich dachte, wir starren für heute nicht mehr?«, erwiderte er locker. Seine Stimme klang nach Flirten.

»Ich starre nicht. Ich analysiere.«

»Und?«, fragte er und fuhr in den Weg zum Long Island Beach. »Was kommt dabei heraus?«

Augenrollend blickte ich wieder nach vorn. »Und ich weiß, dass du ziemlich von dir selbst überzeugt und arrogant bist.«

»Nun«, grätschte er dazwischen. »Ich würde sagen, ich muss von mir selbst überzeugt sein, ansonsten würde ich in diesem Großstadtdschungel nicht überleben. Und das, was du arrogant nennst, nenne ich zielstrebig. Ich weiß eben, was ich will.«

»Ach so?«, fragte ich und sah ihn wieder an. »Und was genau willst du?«

Er hatte die Hand lässig auf dem Lenkrad abgestützt und biss sich auf die volle Unterlippe, ehe er mich ansah.

»Bist du sicher, dass du das wissen willst?« Seine Stimme bewirkte, dass sich eine Gänsehaut auf meinen Körper schlich, sie kroch ganz langsam, von meinen Zehen, über meine Beine, meinen Bauch entlang, verfing sich in meinen Nippeln und wanderte über die Arme, das Schlüsselbein, bis in jede meiner Haarspitzen.

»Wenn ich es mir recht überlege, lass das Thema gut sein.« Er lachte auf, schüttelte den Kopf und parkte das Auto, neben circa einer Milliarde anderen.

Wie ein Gentleman stieg er aus, umrundete den Wagen und öffnete mir die Tür. »Bereit für einen Badeausflug?« Er schulterte seine Tasche, meine Tasche und half mir heraus. »Na dann wollen wir mal.«

Eine halbe Stunde später, brachte er wirklich diesen abgedroschenen »Einöl-Witz«. Ich schlug ihn mit meinem Handtuch gegen die Schulter und eine wilde Rangelei entwickelte sich. Plötzlich fühlte ich, und das war durch die Badehose nicht schwer, wie sich sein steifer Penis an meinen Hintern drückte. Gerade, als er mich von hinten umarmte und versuchte, mir die Sonnenlotion aus der Hand zu nehmen.

»Hör auf damit«, zischte er und seine Stimme klang wie gelähmt. »Du machst es nur noch schlimmer!«

»Was mache ich schlimmer?«, fragte ich provokant. Wusste ich doch, dass er es genoss. Woran ich das merkte? Nun, er drückte sich immer fester an mich. »Wirst du wohl aufhören? Ich sagte dir doch, dass wir nur Freunde sind.« Nicht einmal ich selbst konnte mein Gemecker ernst nehmen. Dafür klang ich viel zu fröhlich.

»Du hast angefangen! Du hast die Sonnencreme von mir ferngehalten«, lachte er und ließ mich los. Meine Brust hob und senkte sich schwer, denn nicht nur er war von der Situation berauscht. Auch ich. Ich, die sich vorgenommen hatte, dass nichts mehr mit Steve Lightman laufen würde. Herrgott, ich war monatelang ohne irgendwelche sexuellen Aktivitäten ausgekommen, und jetzt lief mir schon das Wasser im Mund zusammen, wenn ich ihn roch oder wenn ich ihn ansah, wenn ich seine Hand berührte, auch wenn es dem Zufall geschuldet war. Schwer atmend richtete ich mich auf.

»Ich denke, ich habe Durst!«, sagte ich und versuchte somit abzulenken. Ich brauchte dringend ein paar Minuten zum Durchatmen.

»Wie gut«, sagte er und griff in seine Tasche, »dass ich etwas dabei habe.«

»Du gönnst mir wohl gar keine Auszeit von dir, oder?«

Er lachte leise, ließ sich auf die Decke fallen, welche er mitgebracht hatte. Er nahm die lockere »Ich stützte mich auf einen Ellbogen, und stell das Knie auf«-Sunnyboypose ein, und schon wieder wollte ich ihn anspringen. Was war nur mit mir los? Was sollte das? Wieso reagierte ich so heftig auf ihn?

»Also, da du ja meintest, du kennst mich so wahnsinnig gut … Was werden wir machen, wenn wir hier am Strand fertig sind?«

»Mhhh«, ich überlegte kurz und beobachtete fasziniert, wie sich seine vollen Lippen um den Filter der Zigarette schlossen, die er sich gerade angezündet hatte. Er trank an seinem Budweiser light und ich nippte an meinem richtigen. Steve musste noch fahren, das war sein Argument gewesen, Lightbier zu nehmen. Eigentlich vernünftig. »Ich schätze, etwas essen?«

»Falsch gedacht!«, murmelte er und zog eine Schüssel heraus. »Ich hab in der Hotelküche was mitgehen lassen.«

»Ohhh, wie mutig!« Ich lachte laut auf und griff dennoch nach einer der Datteln im Speckmantel, die er »geklaut« hatte. »Wenn man außer Acht lässt, dass es dein Hotel, somit deine Küche und damit auch deine Lebensmittel sind … dann finde ich das wahnsinnig mutig, das du etwas für mich zu essen geklaut hast.«

Er blitzte mir grinsend entgegen. Es wurden zwei Reihen schneeweißer, ebenmäßiger Zähne entblößt. »Siehst du mal, was ich für dich alles tue. Ich meine, das ist 'ne Straftat.«

»Du bist so witzig.« Der Sarkasmus tropfte mir aus jeder meiner Silben.

»Was denn? Du meintest, du kennst mich so super, also hab ich dich überrascht.«

»Vielleicht kenn ich dich doch nicht so gut, wie ich dachte.«

»Das denke ich eben auch«, stimmte er mir zu. »Also gut, na komm, ich sehe doch an deinem Gesicht, dass dir Fragen auf der Zunge brennen.«

»Bist du sicher?« Skeptisch beäugte ich ihn. Er hatte recht, mir brannte es unter den Nägeln. Letzte Nacht, nach dem Telefonat mit meiner Freundin Luisa, hatte ich die Seite bis ins verfluchte Jahr 2015 zurückverfolgt. Das war wie ein innerer Drang, ich hatte nicht mehr aufhören können. Ich hatte mir sogar einen Strich auf meinen Block gemacht, wenn ich ihn auf einem neuen Foto entdeckt hatte. Das war verrückt. Aber hey, ich war von gestern (mich natürlich eingeschlossen) bis zum Januar 2015 auf einhunderteinundsechzig Begleiterinnen gekommen. Das war … ich meine, das war verrückt! Und wenn dieser Mann mit all den Frauen im Bett gewesen war, dann … heilige Scheiße, dann war es einfach nur gut, dass ich mich anderweitig umsah. Dass ich mich vollkommen umorientierte, denn ich wollte nicht mit so jemanden zusammen sein. Innerlich kochte ich bereits wieder, wenn ich nur an diese Zahl dachte. Ja, es waren vier Jahre, ja, es waren zweihundertacht Wochen, was bedeutete, dass er im Schnitt immer eins Komma drei Wochen mit einer Frau ausgegangen war … aber HEILIGE VERFLUCHTE SCHEIßE! Ich hatte in meinem ganzen Leben so viele Dates gehabt, wie er in einem Monat. Das war verrückt. Er war nicht nur eine Kragenweite zu groß für mich, das war ein ganz anderer Planet. Abgesehen davon – und mit den Gedanken an gestern Abend kam das gerade alles wieder hoch –, dass er eine Schlampe war. Eine männliche Schlampe.

Keine Hure, denn ich war mir ziemlich sicher, dass er sich nicht bezahlen ließ. Und auch nicht dafür bezahlen musste. Was mich schmerzte? Dass ich eine dieser einhunderteinundsechzig Frauen gewesen war, die mit ihm im Bett gewesen waren.

»Los«, ermutigte er mich wieder. »Frag. Aber frag nur Dinge, deren Antwort du aushalten kannst!«

Konnte ich das? *Konnte* ich ihm die Frage, die mir am allermeisten auf der Zunge brannte, stellen? *Wollte* ich das?

»Mit wie vielen Frauen warst du zusammen?« Sein Kopf ruckte zur Seite und er hob eine Braue. »Sex. Im Bett. Oder irgendwo anders, das meine ich. Wie viele Frauen?«

»Wow, das ist eine ganz schön intime Einstiegsfrage.«

»Du hast gesagt, frag.«

Er setzte sich aufrecht hin, scannte mein Gesicht und streckte schließlich die Hand aus, um mir eine Haarsträhne hinter mein Ohr zu schieben. »Ja, das habe ich gesagt«, murmelte er. Der Lärm um uns herum, all die Menschen, das Rauschen des Ozeanes, die Möwen, die kreischend über uns hinweg flogen ... all das trat vollkommen in den Hintergrund. »Ich habe aber auch gesagt, dass du die Antwort ertragen können musst.«

Nachdenklich sah ich ihn an. Er fuhr mit seiner Fingerspitze, die eben noch an meinem Ohr gewesen war, nun die Linie an meinem Kiefer nach. Er hatte recht, ich war mir nicht sicher, ob ich die Antwort ertragen konnte. Ob ich damit leben konnte. Anscheinend waren es nicht so viele Frauen, wie man auf den Fotos sehen konnte ... zumindest hoffte ich das.

»Weißt du was«, sagte ich, einem Impuls folgend. »Vergiss die Frage, ich nehme eine andere!«

Er legte den Kopf schief, seine Haut spannte nun herrlich an seinem Schlüsselbein und seinem Hals. Er war braun gebrannt, als würde er öfter an diesem Strand liegen und es sich gut gehen lassen. Schließlich seufzte er.

»Okay, dann etwas anderes.«

»Wieso sind alle Frauen, die im Hotel arbeiten, blond?« Diese Frage beschäftigte mich, seit ich das erste Mal im *Lightmans Futur* gewesen war.

»Das stimmt so ja nicht mal.«

»Ach nein?«, fragte ich, hob eine Braue und trank einen Schluck Bier. »Wer ist denn nicht blond?«

»Miss Brown.« Er lächelte mich an und zog seine Hand zurück. Ich fühlte mich allein, als der Körperkontakt brach. »Sie hat graues Haar!«

Ich verdrehte die Augen. »Das ist jetzt wirklich Wortklauberei. Also?«

»Ich weiß nicht. Hat in den Lebenslauf gepasst.« Skeptisch beäugte ich ihn. Irgendwas sagte mir, dass er die Wahrheit erzählte, auch wenn ich es nicht so ganz glauben sollte.

»Okay ... dann weiter«, sagte ich und nahm mir eine der

Trauben in der Box vor uns. Er hatte wirklich an alles gedacht. »Was hältst du von Adoption?«, platzte ich aus dem *Nichts* heraus.

Steve prustete den Schluck Lightbier, den er eben genommen hatte, heraus und starrte mich an. »Was willst du mir damit sagen?«, fragte er und legte die Stirn in Falten. Ich starrte ihn an. Er blickte zurück. Ich hatte absolut keine Ahnung, woher die Frage kam, was sie sollte und warum ich sie gestellt hatte. War doch eigentlich etwas ganz anderes in meinem Kopf gewesen. Unruhig rutschte er hin und her. Anscheinend versetzte ihn das Thema Kinder, sprich Familie, in Panik. Ich fühlte mich wieder in der Oberhand und lächelte gewinnend.

»Was denn?« Ich beugte mich nahe an sein Gesicht. »Seh ich da Angst in deinen Augen, diese Frage zu beantworten?«

»Träum weiter, Montgomery.«

»Also?«

»Ja, ich finde Adoption gut. Wenn jemand Kinder möchte und es aus irgendwelchen Gründen aber nicht klappt. Dann finde ich Adoption gut.« Er zuckte mit den Schultern, und mir blieb der Mund offen stehen. Mit dieser Antwort hatte ich nicht gerechnet. Ich hatte gedacht ... dass er eher nicht so sehr für Familie war. »Dennoch denke ich, sollte es jedes Paar selbst versuchen, etwas ... von einem selbst zu erschaffen. Weißt du, wie ich meine?« Langsam nickte ich. Ich konnte meine Augen nicht von ihm abwenden. Und ich wollte es auch gar nicht. »Es ist – meiner Meinung nach und wenn man den Worten meines Bruders glauben darf – ein Geschenk, ein Kind zu bekommen ... Darum finde ich, sollte man es erst einmal selbst versuchen, um dieses Gefühl zu erleben. Wenn es dann so ist, dass es nicht hinhaut ...« Er zuckte mit den Schultern. »Warum nicht?«

Es vergingen Sekunden. Irgendwann musste es wohl schon eine Minute sein, und ich hatte immer noch nicht geantwortet.

»Was ist los, hat es dir die Sprache verschlagen?«

»Müsste die richtige Frage jetzt von dir nicht lauten, ob ich keine Kinder kriegen kann?«

Nachdenklich legte er den Kopf schief, streckte seine Hand wieder aus und strich mit seinen Fingerknöcheln über meine Wange. »Das ist mir völlig egal. Wenn du und ich ... wenn das etwas Ernstes wäre und wir über Familie nachdenken würden ...« schwer schluckte ich. Seine Worte sickerten von meinem Kopf in mein Herz und weiter in meinen Unterleib. »Dann würden wir an unser Ziel kommen, Baby ... ganz egal, ob natürlich oder über fremde Hilfe, oder eine Adoption.«

Leise und ruhig wehte der Wind sanft durch mein Haar. Er hielt gerade für mich die Welt an.

Es war nicht so, dass ich keine Kinder bekommen konnte, oder da auch nur ein Problem in diese Richtung vermutet wurde … Oh nein, ganz und gar nicht … Ich denke … wenn ich ehrlich war, dann war die korrekte Frage, die ich ihm hätte stellen müssen: »Willst du eine Familie haben?«

Selbstverständlich sprach ich diese Frage nicht so direkt aus. Er sollte ja nicht denken, dass ich Interesse an ihm hatte, denn das war definitiv nicht der Fall. Überhaupt gar nicht. Ich schüttelte den Kopf, um diesen Gedanken zu vertreiben, hatte Panik, dass er in meinen Augen lesen konnte, was mir durch den Kopf ging.

Und ich hatte Panik, dass ein kleiner Zusatz aus mir heraus purzelte, nämlich die leise Frage, die ich nur in meinen Gedanken zuließ:

»… mit mir?«

27

STEVE

 »Üblicherweise steht hinter jedem Idioten eine großartige Frau.
— John Lennon —

»*B*aby«, wisperte ich und schüttelte sie sanft an der Schulter. »Du musst aufwachen.«

»Ich …«, murmelte Susan verschlafen und öffnete ein Auge. »Ich bin nicht eingeschlafen.«

»Du hast geschnarcht, Hübsche …«

Ruckartig setzte sie sich auf. »Ich habe was?«

»Du hast ein kleines bisschen geschnarcht. Diese winzigen,« Ich deutete mit Daumen und Zeigefinger eine kleine Spanne an, »minikleinen Laute. War sexy.«

Die wunderschöne Frau neben mir schlug mir mit der flachen Hand gegen die Brust. »Es war eine harte Nacht.«

»Ach so?«, fragte ich und hob die Braue. »Warum denn? Du warst doch um zwei im Bett.« Ich wusste das so genau, weil ich sie in ihr Hotel gebracht hatte.

»Nicht das, was du denkst, Lightman!« Susan lachte laut auf und streckte sich. »Ich konnte einfach nicht schlafen. Du hast immer Hintergedanken.«

»Nur bei dir.«

»Hör auf, mich anzuflirten.«

»Ich flirte nicht!«, verteidigte ich mich.

»Oh doch!«, murmelte sie. »Tust du wohl. Du Fiesling.«

Ich biss mir auf die Lippe und beobachtete sie genau. Selten hatte ich eine Frau, die noch Kleidung trug, so verflucht sexy gefunden wie Susan heute. Ihr Bikini in dem Ton, der mich an Lachs erinnerte, brachte ihre zart gebräunte Haut zum Glänzen. Ihr voller Busen, von dem ich genau wusste, wie unfassbar weich und gemütlich er war, drückte sich nach oben, und ich musste mir verkneifen, meine Finger auszustrecken und sie zu berühren.

»Hatten wir nicht vereinbart, kein Starren mehr, Steve?« Ihre Stimme klang ruhig. Leise, fast ein wenig heiser. Als ich den Blick hob und in ihr wunderschönes Gesicht sah, stellte ich fest, dass ihre Wangen von einer zarten Röte überzogen waren, sie hielt die Lider gesenkt und ihre langen, kohlschwarzen Wimpern warfen Schatten auf die zarte Haut darunter. Susans Mund war einen Spalt geöffnet.

Reiß dich zusammen, du Idiot!, schalt ich mich in Gedanken und kniff die Augen zusammen.

»Ich ... also.« Die gestammelten Wörter, welche meinen Mund verließen, waren die eines Teenagers. »Lass uns zusammenpacken und gehen. Ich will dir noch etwas zeigen.«

Ich fühlte ihren Blick auf meinem Gesicht. Die Sonne hatte meine Haut erhitzt und strahlte auf uns herab. Ich musste mich zusammenreißen. Zumindest noch so lange, bis ich sie an der Angel hatte.

Schwungvoll kam ich auf meine Beine und stellte mit meinem normalen Selbstvertrauen fest, dass sie mich verstohlen musterte.

»*Ich* flirte?«, fragte ich lachend und mit hochgezogenen Augenbrauen. »Du flirtest.«

Sie wollte gerade etwas sagen. Das erkannte ich daran, wie herrlich sie ihre Nase krauszog. »Und du starrst.« Ich griff nach meinem Shirt und zog es mir über den nackten Oberkörper. »Also immer erst einmal vor der eigenen Haustür kehren, Baby ...«

Brummend stand sie auf und schlüpfte in ihre Kleidung. »Hauptsache, wir machen jetzt wieder etwas, bei dem wir Klamotten tragen.«

»Oh, bedeutet das, ich hätte es jetzt haben können, dass wir *keine* Klamotten tragen?« Ich klaubte unsere Sachen zusammen, stopfte sie in meine Tasche und hielt den Müll in der Hand, während ich sie dabei beobachtete, wie sie ihre Haare neu zusammenband.

»Hör auf zu flirten, Lightman!«

»Hör auf, sexy zu sein, Montgomery!«, erwiderte ich schulterzuckend und sah den kleinen Moment, in welchem sie mir offenbarte, wie sehr sie das Kompliment genoss, ganz deutlich. Susan war der absolute Wahnsinn! Und vermutlich genau richtig für meine erste Wahl, mich auf jemanden einzulassen.

»Wie spät ist es?«, fragte sie und versuchte in meinem Auto eine Uhr zu finden. Es war keine da. Das hier war ein uraltes Model eines Ford Mustangs, eines mit Kultstatus. Da musste man die Knöpfe am Radio noch drehen, anstatt sie zu drücken. Nun, wie auch immer.

»Fast sieben.«

»Wir waren den ganzen Tag am Strand?«, fragte sie mich und hob eine Braue. »Kam mir gar nicht so vor.«

Ich zuckte mit den Schultern und warf ihr einen Seitenblick zu. »So ist das eben, wenn man badet und redet … und« Kunstpause »schläft.«

»Penner«, sagte sie und lachte. »Ich hab nicht geschlafen.«

»Also bitte«, ich blinkte und parkte anschließend vor ihrem Hotel. »Das Thema hatten wir doch schon, oder?«

»Du bringst mich zum Hotel zurück?«, fragte sie, als ich den Motor abstellte.

»Höre ich da etwa Trauer in deiner Tonlage, Darling?« Meine Stimme klang heiser. Gleichzeitig aufgeregt. Unfassbar erwartend. Und voller Vorfreude. Es war ein warmes Gefühl, das mich durchströmte, als ich erkannte, dass sie wirklich für einen Moment enttäuscht aussah.

»Geh hoch, mach dich frisch, und ich warte an der Hotelbar, okay?«

Sie sah mich lange an, ehe sie schließlich nickte. »Okay. Bis gleich.«

Um ihre Gedanken lesen zu können, hätte ich zehn Jahre meines Lebens geben wollen. Es wäre interessant gewesen zu wissen, was ihr durch den Kopf ging. Ich ließ mein Auto vom Parkservice in die Tiefgarage fahren, denn ich würde ihn heute Nacht hier stehen lassen. Wir würden jetzt zu Fuß weitergehen, und dann … wenn es so lief, wie ich mir das vorstellte, bei mir enden.

Ich fuhr mir durch mein Haar, grinste und betrat das Hotel.

»Mr. Lightman«, begrüßte mich ein älterer Herr, »Wie schön, das wir Sie hier bei uns begrüßen dürfen.«

»Hallo Anthony«, las ich von seinem Namensschild. »Vielen Dank. Ich nehme nur einen schnellen Drink, während ich warte.« Ich folgte ihm in die gemütliche kleine Bar, direkt neben der Rezeption.

»Was darf ich Ihnen bringen?«

»Ich nehme ein Bier, Anthony.«

»Sehr gern.«

Zu beobachten, wie es in anderen Hotels ablief, beruhigte mich manchmal. Selbst dann, wenn ich nicht einmal wusste, dass meine

Gedanken in Aufruhr waren. Aber, das alles mit Susan ... Also, wenn es so aussah, als würde es mir locker von der Hand gehen, dann täuschte dieses Selbstvertrauen. *In* Wahrheit, aber das hätte ich niemals laut ausgesprochen, war ich mit den Nerven fertig. Ich hatte den Tag mit ihr verbringen wollen. Dringend. Gerade nach dem Telefonat heute Nacht mit meinem Bruder. Ich hatte sie kennenlernen wollen. Ich wollte es wirklich mit ihr versuchen ... Aber ich war in diesen Dingen eben neu. Ich wusste nicht, was genau wir unternehmen sollten. Mir war nicht klar, wie gut sie New York kannte ... und mir war nicht klar, wie wenig beeindruckend auf einen Außenstehenden meine Version der Stadt wirken musste.

Ich wollte ... ich wollte ihr genug sein. Nichts weiter. Einfach nur genug.

Gerade als ich an meinem Bier nippte, das eine Kellnerin vor mir abgestellt hatte, kam Susan ums Eck. Sie hatte sich nicht nur frisch gemacht, sondern sich umgezogen, trug jetzt eine dieser knallengen – mich um den beschissenen Verstand bringenden! – schwarzen Hosen, die bis fast in ihre schmale Taille reichten und ein enges Bein hatte. Zusammen mit einem schwarzen Oberteil, das von zwei schmalen Trägern gehalten wurde, dessen Saum in dem Stoff der Hose verschwand und locker ihre Brust umspielte. Es ließ erahnen, dass darunter zwei volle Titten auf einen Mann warteten.

Ihre Haare hatte sie nun, statt zu dem offenen Pferdeschwanz, in einen dieser Knoten im Nacken geschlungen, und die Haare waren streng zu einem Mittelscheitel aus der Stirn frisiert. Susans voller Mund war in leuchtendem Rot geschminkt, und auch die Augen hatte sie nachgezogen.

»Wow«, stammelte ich, als sie sich neben mir in den Sessel fallen ließ, mit ihren schönen Händen nach meinem Glas griff, und sich einen großen Schluck genehmigte. »Du siehst fabelhaft aus.«

Fröhlich zwinkerte sie mir zu. »Danke.« Sie hob mir mein Glas entgegen, aber ich schüttelte den Kopf. Wenn sie so aussah, sollte ich darauf achten, dass ich bei Verstand blieb. »Ich wusste nicht, was wir machen ... also ...« Sie ließ den Satz unbeendet.

»Wir fahren rüber nach Manhattan.«

»Jetzt?«

»Natürlich, was denkst du denn, wann?«

Ich nahm Blickkontakt zu der Kellnerin auf, die mir gerade das Bier gebracht hatte, um ihr zu signalisieren, dass ich zahlen wollte.

»Mr. Lightman«, schnurrte sie, nachdem sie neben uns zum Stehen gekommen war. »Ihr Bier geht selbstverständlich aufs Haus.«

Sie schenkte mir einen Blick, den ich gut kannte. Sehr gut sogar. Ich hatte ihn schon Hunderte Male gesehen. Ich wusste, dass er bedeutete: *Wenn du mich flachlegen willst, dann brauchst du nur zu fragen.*

Mein Schwanz, der Verräter, wurde steif – und ich fiel beinahe in mein altes Muster ... so lange, bis Susan sich räusperte, ihre Hand auf meinen Arm legte und die Kellnerin anfunkelte.

»Können wir dann los, Baby?« Ihre dunkle Stimme, plötzlich schwer von Verlangen, schob sich in mein Bewusstsein. Ruckartig drehte ich den Kopf, grinste gewinnend, denn hallo? Ich war natürlich kein Idiot und wusste, dass das hier ein Pisswettbewerb unter Frauen war.

»Natürlich«, erwiderte ich, stand auf und nahm ihre Hand. Höflich bedankte ich mich bei der Bedienung, bevor ich gemeinsam mit Susan die Bar verließ.

Wir schlenderten vom Hotel über die Kreuzung zur Anlegestelle der Bootstouren, welche von hier aus starteten. Schweigend liefen wir nebeneinander her. Mir wirbelten tausend Gedanken durch den Kopf. Einer widersprüchlicher als der andere, und ich sah an Susans Gesichtsausdruck, dass es ihr genauso ging. Sie versteifte sich mehrmals, und an ihrem tiefen Durchatmen bemerkte ich, dass sie sich zusammenriss.

»Wieso genau«, begann sie schließlich, nachdem sie sich geräuspert hatte, »ist das da drin gerade passiert?«

»Was meinst du?«, stellte ich mich dumm. Wusste aber genau, worauf sie anspielte.

»Das mit der Tussi.« Sie schnaubte und riss ihre Hand los. Augenblicklich fehlte mir ihre Wärme. Wie bescheuert. »Das Geflirte. Obwohl du doch mit mir unterwegs bist. Warum tust du das?«

Okay. Anscheinend hatte ich doch nicht genau gewusst, worum es ging. Ich hatte gedacht, sie würde auf unser Händchenhalten anspielen. »Ich ... verstehe nicht.«

»Du flirtest. Während du mit mir unterwegs bist. Was gibt es da nicht zu verstehen?«

»Also ...« Ich räusperte mich, gab dem Kerl, der für das Ticketabreißen zuständig war, unsere beiden Karten, und wir betraten das Schiff. »Sie hat mich angeflirtet.« Das ich als geübter Meister erkannte, wie der Hase lief, war okay ... aber dass es Susan auch bemerkt hatte, war ... ungünstig. Wobei ... auch wenn Eifersucht ein negatives Gefühl war, dann war es doch für mich positiv und sollte zu meinem Vorteil genutzt werden. Deshalb spielte ich den Ahnungslosen. Wenn sie dachte, dass diese kurze Konversation mit der Kellnerin schon »auf einen Flirt eingehen« war, dann hatte sie mich noch nie in Aktion erlebt.

»Ich habe nicht geflirtet.«

»Doch«, erklärte sie hitzig, aber mit leiser Stimme, »Hast du.« Wir stellten uns am Heck an die Rehling des Schiffes. Sie krallte ihre Hände, von denen bis eben noch eine in meiner Hand gewesen war, um den weißen Stahl. Langsam drehte sich die *Bateaux New York*, so hieß das Schiff, mit dem wir die Stadt auf dem Wasser erkunden wollten, und unsere Reise begann.

Wir würden auf diesem Boot ein Drei-Gänge-Menü genießen und dabei einige weltbekannte Aussichtspunkte sehen. Warum ich sie hierhergebracht hatte, obwohl es ziemlich Touri war? Weil ich diese Bootstour zusammen mit meiner Familie gemacht hatte, als klar gewesen war, dass ich Chicago verlassen und nach New York gehen würde. Weil es eines der ersten Dinge überhaupt gewesen war, die ich hier getan hatte ... und weil ich seither immer wieder hier gewesen war.

Allein.

Jetzt wollte ich es mit ihr teilen.

»Ist es jetzt meine Schuld, wenn mich eine Frau anlächelt?«

»Nein«, räumte sie ein und sah auf das Wasser. Es wurde langsam dunkel. Nur das Licht, das aus dem komplettverglasten Speisesaal herausströmte, tauchte sie in einen warmen Schimmer. »Aber du hast zurück geguckt.« Jetzt zickte sie so richtig los. »Und das, obwohl ich neben dir war. Ich meine, welcher Mann, der Anstand und Moral hat, macht denn so etwas?«

Meine Finger umgriffen die Rehling fester und ich atmete tief durch. Eifersucht war ja ein gutes Zeichen, aber musste das mit so einer Szene verbunden sein? Heilige Scheiße! Dieses ganze Daten war irgendwie anstrengend.

»Susan ...«, begann ich, und sie unterbrach mich. Okay hätte ich wissen sollen. Immerhin musste sie sich immer erst Luft machen, ehe sie einen weiteren klaren Gedanken fassen konnte.

»Nein. Das geht einfach nicht! Ich habe dir doch bereits erklärt, dass ich nicht irgendjemand bin, Steve. Also was ... sollte das?« Sie verschränkte die Arme vor der Brust und funkelte mich an.

»Susan, können wir nicht einfach einen schönen Abend miteinander verbringen?«

»Nein«, setzte sie entgegen. »Nicht, solange deine Augen nicht vollkommen bei mir sind.«

»Meine Augen sind bei dir.«

»Sir?«, fragte einer der Kellner vom Inneren des Bootes heraus. »Würden Sie dann bitte hereinkommen?«

»Geben Sie uns einen Moment, bitte.« Ich nickte in seine Richtung und sah anschließend wieder Susan in die Augen. »Pass auf, Susan. Du hast gesagt, dass wir Freunde sind. Und ich gebe mir Mühe, dem zu entsprechen, also beschwere dich nicht darüber, wenn ich dich wie eine verdammte Freundin behandele, okay?«

»Aber …«

»Nichts aber. Du willst Freundschaft, also bekommst du sie. Mein Liebesleben geht dich nichts an! Auch nicht, ob ich ihre Nummer habe, mit wem ich mich treffe, oder wen ich mit nach Hause nehme. Meine erste Wahl wärst du, aber du willst nicht. Also vergib mir, dass ich ein Mann bin, der sich anderweitig umsieht.«

Susan schnaubte laut auf. »Lass diesen Laut, der macht mich hart«, flüsterte ich heiser, und sie tat es noch mal.

»Lass. Es!«, knurrte ich nun zwischen zusammengebissenen Zähnen. »Wir sind nur Freunde.«

Und dann … dann tat sie es wieder, und mir blieb nichts anderes übrig, als sie die Konsequenzen spüren zu lassen.

Meine Hände legten sich an ihr Gesicht und ich küsste sie.

Super, Lightman, du hast es nicht einmal achtundvierzig Stunden geschafft, dich von ihr fernzuhalten.

Du hast wirklich und vollkommen gar keinen Plan von Frauen.

28

SUSAN

> *»Vergiss nie, dich erst einmal selbst zu lieben.«*
> – Carrie Bradshaw –

Wenn ich zuvorkommend behandelt wurde, dann hob das eigentlich meine Laune. Wenn mir jemand mit Höflichkeit und Freundlichkeit begegnete, dann noch mehr. Und wenn mir jemand das Gefühl gab, dass ich wichtig für ihn war, hatte er mich fast in der Hand.

Nur all das ließ mich gerade nicht das Flair, den Augenblick und seine Anwesenheit vergessen. Steve brachte sich allerdings auch mit jeder verfluchten Faser seines Körpers in meine Erinnerung. Er machte mich fertig. Er nervte mich unfassbar. Und er machte mich so sehr an. Gleichzeitig war ich so abgeturnt, weil er mit einer anderen flirtete. Er regte mich auf, sodass ich wahnsinnig wurde, wenn ich nur einen Hauch seines Geruchs mitbekam, und ich vermisste ihn, wenn er sich nur kurz entschuldigte, weil er auf die Toilette ging.

Es schleuderte mich von links nach rechts. Es war so unfassbar anstrengend, mit ihm zusammen zu sein und gleichzeitig so leicht wie ein Sommerregen. Ich war so wütend auf der einen Seite und himmelte ihn an auf der anderen. Dieser Wollknäuel meiner Gedanken zog sich immer fester zusammen.

Das Problem war, wenn ich einmal diesen Zug in meinem Kopf entlangrasen ließ, dass er flirtete oder etwas in diese Richtung, kam ich nicht mehr aus meiner Haut. Also zog sich der Knoten immer enger zusammen, egal, an welchem Ende ich anzusetzen versuchte.

Rational.

Freundlich.
Wütend.
Unnachgiebig. Es war vollkommen egal, denn das Ergebnis war immer, dass die Schlinge noch enger wurde. Ich steigerte mich nämlich innerlich so lange in diese Situationen hinein, bis ich explodierte. Deshalb war es für ihn nicht nachvollziehbar. Und deshalb hatte er keinen Bock mehr auf mich. Und deshalb hatte er mich vor nicht einmal zehn Minuten daran erinnert, dass wir Freunde waren.
Und sonst nichts.
Freunde.
Verächtlich fickte dieses Wort meine Gedanken.
Freunde. War ihm denn nicht klar, dass Frauen eigentlich immer das Gegenteil von dem wollten, was sie sagten? War ihm nicht klar, dass wir grundsätzlich absolut widersprüchliche Dinge sagten?
Wie auch immer.
»Susan«, begann er leise und griff nach meinen Fingern. Wir saßen mittlerweile im Innenraum des komplett verglasten Bootes und ich betrachtete die vorbeiziehenden Häuser. Es war eine dieser Dinnertouren, davon lagen im Hotel Flyer aus. Aber dass ich das machen würde, hatte eigentlich nicht auf meiner Agenda gestanden. Wie auch immer. Jetzt waren wir hier. Und es wäre unfair gewesen, nicht zuzugeben, dass es wahnsinnig schön aussah, wie all die Lichter sich im Glas der Scheiben spiegelten und funkelten. Steve brachte mich auf den Boden zurück.
»Ich habe nicht mit ihr geflirtet. Nicht absichtlich. Ich war einfach nur freundlich.« Ich brummte. »Willst du uns jetzt den Abend kaputtmachen, weil eine Frau versucht hat, bei mir zu landen?«, fragte er mit gerunzelter Stirn weiter, als ich keine Antwort gab. »Ernsthaft?«
»Du hast diese Wirkung eben ständig auf Frauen.« Theatralisch warf ich die Hand in die Luft. »S-t-ä-n-d-i-g.« Ich betonte jeden Buchstaben überdeutlich.
»Und das ist meine Schuld?«
Der Kellner brachte uns ohne viele Worte die Vorspeise und ein Glas Wein, wie es perfekt dazu passte.
Hummerschwanz á la Milanaise mit Risotto stand auf dem Kärtchen mit dem Menü, welches an unserem Tisch angebracht war. Wäre die Stimmung nicht so schlecht gewesen, dann hätte mir das hier richtig gut gefallen. Weiße schwere Damasttischdecken. Alles war in sanftes, warmes Kerzenlicht getaucht, das Boot schaukelte auf dem Hudson hin und her, schipperte uns an der Skyline von New York

vorbei. Gerade eben fuhren wir unter der Brooklyn Bridge hindurch.

»Lass es dir schmecken«, sagte Steve, ganz der Gentlemen; ich verkniff mir ein Schnauben nur schwerlich und wünschte ihm auch einen guten Appetit.

Die Vorspeise verging schweigend. Zugegeben, das war so ziemlich das beste Essen, das ich seit Langem probiert hatte. Es schmeckte wirklich ausgezeichnet. Aber ich konnte es einfach nicht richtig genießen. In mir war diese verdammte Unruhe. Ich konnte selbst nicht verstehen, nicht einmal im Entferntesten nachvollziehen, warum ich mich bei ihm aufführte wie ein Teenager. Wie ein pubertierender Teenager, der seine Gefühle absolut nicht unter Kontrolle hatte. *Was soll das?*, schalt ich mich innerlich. *Sei normal. Du bist nicht seine Freundin oder Frau, also führe dich nicht so auf, als hättest du irgendeinen Anspruch auf ihn!*

Unser Hauptgang wurde serviert, gerade als wir den *Buttery Park* und *South Street Seaport* passierten.

»Wow!«, entfuhr es mir.

Steve hob lächelnd den Kopf. »Na endlich«, sagte er. »Ich dachte schon, du sprichst den ganzen Abend nicht mehr mit mir.«

»Werde ich auch nicht«, erklärte ich störrisch, »Aber das Essen sieht fantastisch aus. Was ist das?«

»Hähnchenpiccata mit geschmortem Mangold und Kapern«, las er von dem kleinen goldfarbenen Kärtchen vor. »Ich glaube, das wird lecker schmecken.«

»Das vermute ich auch.« Tief sog ich den Duft des Gerichts vor mir auf dem Teller ein.

Schweigend, weil ich mich plötzlich daran erinnerte, dass ich ja sauer auf ihn war, schnitt ich ein wenig von dem saftigen Fleisch ab. Ich wollte mit ihm reden. Ich wollte seine Aufmerksamkeit. Aber ich wollte auch, dass er damit aufhörte zu flirten. Gott, ich war ein verfluchter Teenager, der mit seinen Hormonen und Gedanken im Körper einer dreißigjährigen Frau kämpfte!

Genial!

Es lief doch einfach nur perfekt für mich!

Nicht.

»Heilige Scheiße, ist das gut«, sagte Steve und schloss seine Lider. So, genau so, sah er aus, wenn er kam.

In mir.

Und vermutlich in Hunderten von anderen Frauen.

»Sag mal, wie viele Freundinnen hattest du denn nun schon?«, platzte es aus mir heraus.

Kein bisschen kamen seine Bewegungen ins Stocken. Oh nein, er schob sich ein wenig von dem Mangold in den Mund, kaute und legte schließlich die Gabel nieder.

»Feste?«, spezifizierte er die Frage. »Also die, wo es ernst wurde?«

»Ja, nicht nur Dates oder ein paar Mal Treffen« *Bravo Susan! Du hast nicht geschnaubt oder irgendeine andere abfällige Geste gemacht. Super! Das verdient einen Orden.* »Ich meine die, mit denen du zusammengewohnt, die du deinen Eltern und Geschwistern vorgestellt hast. Oder, mit denen du mal in einem Supermarkt den Wocheneinkauf erledigt hast oder sowas … irgendwas … Echtes?«

»Da gab es«, er brach ab, umgriff sein Weinglas und hob es an seinen Mund, als würde er gleich trinken wollen. Nur bevor er einen Schluck der gelblichen Flüssigkeit nahm, antwortete er: »Keine.«

Langsam kaute ich und ließ seine Worte in meinen Kopf sickern. Er hatte noch nie eine Freundin? Noch nie eine feste Frau an seiner Seite, mit der er Thanksgiving geplant hatte? Oder Weihnachten? Oder den 4. Juli?

»Niemals?«

»Niemals.«

»Ich«, begann ich und beobachtete, wie seine Kiefer immer wieder aufeinandertrafen, weil er weiter aß, »das macht mich sprachlos!« Und ja, das tat es wirklich.

»Vielleicht, weil ich doch nicht der Arsch bin, für den du mich hältst?« Ich zuckte bei seinen Worten kurz zusammen, es klang ja fast so, als hätte er damit gerechnet, dass ich so eine geringe Meinung von ihm hatte. Und ich musste ihm recht geben. Zumindest der sechzehnjährige Teenager in mir. Die erwachsene Susan fragte sich, woran es lag, dass ein Mann wie er noch niemals eine feste Beziehung gehabt hatte.

»Wie alt bist du?«, erkundigte ich mich noch mal, auch wenn ich es eigentlich genau wusste.

»Einunddreißig.«

»Und du warst noch nie in festen Händen.«

»Nein.«

»Warum?«

»Die Richtige war einfach noch nicht dabei.« Mooommmment. Halt. Stopp! Mein Innerstes und der Teenager, der die Oberzicke und irrationale Susan steuerte, trat auf die Bremse. Er hatte einhunderteinundsechzig Frauen gedatet? Und da war die Richtige nicht dabei gewesen? Glaubte er den Scheiß etwa, den er da von sich gab?

»Das ist ein Scherz, oder?«, stellte die erwachsene Susan die Frage in abgemilderter Form laut.

»Nein.« Er zuckte mit den Schultern. An seiner Körperhaltung erkannte ich keinen Ansatz für eine Lüge. »Diese Dinge sind mir ernst, damit scherze ich nicht.«

»Ich kann das nicht glauben!«, sagte ich wieder.

»Was fällt dir daran so schwer?«

»Du triffst ständig irgendwelche Tussis, du bist sofort im Fokus einer jeden Frau, wenn du den Raum betrittst ... Du hast Chancen über Chancen, bekommst sicherlich die eine oder andere Nummer ... Und dann willst du mir sagen, du warst noch nie vergeben?«

»Korrekt.« Seine Stimme klang vollkommen ruhig, freundlich. Wenn ich ehrlich war, dann war der ganze Tag mit ihm, abgesehen von den immer wiederkehrenden Flirtereien, einfach angenehm gewesen. Bis ich ihn vorhin mit meiner Eifersuchtsnummer kaputtgemacht habe. Jetzt steckte ich allerdings schon zu tief drin, jetzt konnte ich nicht mehr zurückrudern.

Steve aß in Ruhe weiter, trank von seinem Wein und hielt den Blick den ganzen Abend auf mich gerichtet. Wenn ich ehrlich war – und der dumme Teenie sich in mir verkroch und nicht die Oberhand hatte – dann war er zu dem männlichen Kellner genauso freundlich wie zu der Schlampe heute in der Hotelbar. Vielleicht hatte er ja doch nicht geflirtet. Vielleicht war Steve Lightman gar nicht der extreme Aufreißer, zu dem er immer abgestempelt wurde. Vielleicht wollte er eigentlich wirklich etwas Festes, und es war noch keine Geeignete dabei gewesen. Vielleicht war er einer derjenigen, der immer suchen und niemals finden würde. Nachdenklich legte ich den Kopf schief, während ich ihn betrachtete und analysierte. Vielleicht wollte er aber auch gar nicht wirklich und zu hundert Prozent finden. Dann war es nämlich gut, ihm klargemacht zu haben, dass wir Freunde waren und ansonsten nichts weiter. Er würde mich nur zu Nummer einhundertzweiundsechzig machen. Wobei nein, ich war ja schon Nummer hunderteinundsechzig.

Wieder entflammte die Glut, die neuerdings immer in mir glomm. Diese Zahl machte mich einfach abartig wütend. So richtig! Warum genau wusste ich leider nicht, aber ich war unfassbar sauer, dass er so viele Frauen gedatet und mit ihnen geschlafen hatte. Er machte mich sauer. Verrückt. Und absolut zum rationalen, logischen Denken unfähig.

Vielleicht also war ich der Psycho von uns beiden, der es übertrieb und nicht mehr ganz dicht war.

Vielleicht brauchte ich Hilfe, weil ich auf diese ganzen Schlampen mit Eifersucht reagierte, obwohl er doch nur ein Freund war.

Vielleicht nämlich musste ich mich von ihm lossagen, damit das, was auch immer es zwischen uns war, endlich normale Ausmaße annehmen würde.

Vielleicht.

Vielleicht aber auch nicht.

29

STEVE

>> *»Leben ist das, was passiert, während Du andere Pläne machst.«*
> – John Lennon –

Okay.
    Zugegeben.
Ich war genervt.
Aber mal ganz ehrlich, welcher Mann wäre das nicht gewesen? Diese künstlich aufgebauschte Szene, die sie mir wegen der Kellnerin gemacht hatte … die Frage, ob ich schon einmal in einer Beziehung war – für deren Antwort ich mich übrigens keineswegs schämte. Susan hatte nur insofern Glück, dass ich von ihr besessen war. Von ihr. Ihrem Körper. Ihrem Geist.
Wenn sie nicht einen auf eifersüchtige Furie machte.
Weil, wenn sie das eben tat, dann war es einfach nur noch verflucht anstrengend, um ehrlich zu sein. Und ermüdend. Und ich hatte eigentlich schon gar keine Lust mehr. Auch wenn ich sie viel lieber privat kennenlernen wollte. Es war heute wohl einfach zu heikel. Dass ich sie auf dem Deck des Schiffes geküsst hatte, hatte sie nicht weiter angesprochen. Und meine Hoffnung, ihr dieses Gefühl genommen zu haben, ich hätte mit einer anderen Frau geflirtet, war nach hinten losgegangen.
Sie wirbelte das Thema immer wieder auf.
Nur mal ehrlich, wenn ich flirtete, dann sah das anders aus. Zu dieser Kellnerin war ich lediglich höflich gewesen. Und warum überhaupt sollte ich auch flirten wollen? Susan war doch alles, was ich gerade auf der Agenda stehen hatte!

Nachdem ihre Fragerunde beendet war, lenkte ich das Gespräch in eine etwas weniger verfängliche Richtung. Arbeit. Immerhin beruhigte sie dann ihr erhitztes Gemüt wieder ein wenig und unterhielt sich einigermaßen normal mit mir. Wir kamen vorwärts, und Susan wollte, dass wir am Montag mit den Einzelgesprächen der Finanzabteilungsmitarbeiter starteten. Für mich war das in Ordnung. Wir bewegten uns noch weiterhin auf diesem sicheren Terrain, bis das Dinner vorbei war und die Freiheitsstatue gesichtet wurde. Sie machte mich wahnsinnig. Und das so richtig. Sie trieb mich systematisch in den Abgrund.

Das Schiff legte an und ich beschloss, sie in meine Wohnung zu bringen.

Ohne jeden sexuellen Hintergedanken.

Okay, das war gelogen, natürlich hoffte ich, dass wir miteinander zwischen meinen Laken enden würden, aber das sagte ich ihr nicht.

Bei ihr gab ich als Grund an, dass mein Bruder Eric mir eine Nachricht geschickt hatte, er brauchte dringend Unterlagen, die ich im Hotel hatte.

Zuerst hatte sie mich skeptisch beäugt, aber jetzt, als sie in meinem Wohnzimmer stand, blickte sie ruhig aus dem Fenster. Ihre Rückansicht war genauso schön, wie wenn sie frontal auf mich zulief. Susan Montgomery war irgendwie anders als alle anderen. Und wenn sie mir heute Abend die Frage gestellt hätte, ob ich mir eine feste Beziehung vorstellen könnte, hätte die Antwort ja gelautet. Ehrlich gesagt war das nämlich noch nie der Fall gewesen.

»Möchtest du etwas trinken?«, fragte ich und ging zu meiner Minibar im Wohnzimmer. Ich goss mir einen Scotch ein, gab einen Minischluck des schottischen Wassers hinzu und drehte mich wieder in ihre Richtung. Susan war von der Fensterfront zu einem Beistelltisch gegangen. Und darauf starrte sie jetzt. Mit finsterer Miene. Oh man, so war das nicht geplant gewesen.

»Alles okay?«, fragte ich vorsichtig und ging einen Schritt auf sie zu. Susan hob den Blick, sah mir direkt in die Augen und schüttelte den Kopf.

»Witzig, dass du mich das fragst«, sagte sie, und an ihrem Tonfall – den sie fast schon den ganzen Abend anschlug – erkannte ich, dass sie wieder irgendwelche schrägen Gedanken in ihrem Kopf hatte.

»Weil, Lydia würde auch gern wissen, ob alles klar ist.«

»Was?«, fragte ich und zog die Augenbrauen zusammen.

»Lydia.« Sie fuchtelte mit ihrer Hand hin und her. »Du weißt schon, eine der einhunderteinundsechzig Tussis.«

»Was?«, wiederholte ich und überbrückte nun die letzten Meter bis zu ihr und klaubte mein Handy vom Beistelltisch.

Eine neue Nachricht von Lydia.

Hey Baby, alles klar? Ich bin die Tage in der Stadt. LUST und Zeit?

... stand auf meinem Display.

»Du liest meine Nachrichten?«, fragte ich und wusste in dem Moment, als die Frage im Raum stand, dass ich die Sicherung der Handgranate abgezogen hatte.

»Da hat doch ein echter Freund«, sie setzte die Worte in imaginäre Anführungszeichen, »doch wohl nichts dagegen, wenn er einem nichts verheimlichen will, oder?«

»Darum geht es doch hier gar nicht!«

»Oh doch«, rief sie. Alles klar, Missie war wieder einmal sauer und rutschte in die nächste Eifersuchtsattacke. Heilige Scheiße, wieso noch mal sollte man sich auf eines von diesen weiblichen Wesen konzentrieren? Das war anstrengend, verflucht! Und zwar so richtig. Genervt versuchte ich, meinen Zorn, den sie in mir entfachte, unter Kontrolle zu kriegen. Sie reizte mich. Und das so richtig. Meine Mutter wäre stolz auf mich, wenn sie mitbekäme, wie ich mich kontrollierte, dass ich die Alte nicht voll gegen die Wand drückte und ihr Hirn einfickte. Nun. Eigentlich wollte ich nicht weiter über meine Mutter nachdenken, wenn es ums Ficken ging. Wie auch immer. Tief durchatmend versuchte ich mich zusammenzureißen, um ihr nicht den Hals umzudrehen.

»Warum geht es darum, ob mir irgendjemand schreibt?«, fragte ich ruhig. Innerlich loderte ein Feuer, und ich war kurz vor einer verdammten Explosion.

»Weil dir ständig Tussis schreiben«, schrie sie.

»Wir sind Freunde!«, brüllte ich zurück. »Also, wo ist das Problem? Du hast beschlossen, dass das hier nichts werden kann. Dass du mehr willst.«

Sie starrte mich über den Tisch hinweg an. Ihre hellen Augen verdunkelten sich. Als würde sich ein Schleier darüber legen. Es war ein faszinierendes Schauspiel, aber ich wollte mich jetzt nicht ablenken lassen »Den ganzen Abend machst du mir eine Szene nach der anderen. Dass ich flirte, wobei ich einfach nur freundlich bin. Dass ich mich nicht auf dich konzentriere, was überhaupt nicht stimmt.« Ich atmete mühsam und fuhr mir mit einer Hand durchs Haar. »Ich habe dir gesagt, dass ich dir *mein* New York zeige.«

»Und dann gehst du mit mir zu *der* Touristenattraktion«, zickte sie verächtlich. Ich war wirklich kurz davor, sie einfach zu bitten zu gehen. Dieses »auf eine Frau konzentrieren«-Ding, bereitete mir keine Freude. Es *nervte* einfach nur noch!

»Na und?«, erklärte ich mit immer noch lauter Stimme. »Vielleicht verbinde ich ja was Tolles damit?«

»Haha!«, lachte sie spöttisch auf. »Hast du dort mal ein Date gevögelt, oder was?«

»Du bist vollkommen durchgeknallt. Ist dir das klar?«, schrie ich und raufte mir die Haare.

»Nein!«, keifte sie. »Du machst das aus mir!«

»Wir sind Freunde, Herrgott!«

»Ach?« Der Spott klang überdeutlich aus ihrer Stimme heraus. Das machte mich wütend. »Das denken die ganzen anderen hundertsechzig Frauen mit Sicherheit auch.«

Langsam drang dieser Satz – und vor allem die Zahl – in mein Bewusstsein.

»Was hast du gesagt?«, stellte ich meine Frage ruhig.

»Ja«, schnauzte sie weiter. »Du warst mit hundertsechzig Frauen zusammen.«

»Was?« Ich raffte gar nichts mehr.

»Gib mir deinen Laptop. Ich beweise es dir!«

»*Was?*« Heilige Scheiße, was tat diese Frau, wenn sie allein war? Oder die Arbeit beendet war? Oder einfach nur, wenn man ihr einen verfluchten Computer gab? »Du bist komplett verrückt.«

»Nein, ich zeige es dir.«

Ich gab mein Passwort ein, öffnete ihr den Internetbrowser, und sie beugte sich nach unten, um irgendetwas in die Suchmaschine einzugeben. »Es funktioniert nicht«, erklärte sie mir schließlich in ihrem »Ich habe voll die Ahnung und du absolut keinen Plan«-Ton. »Google ist kaputt.«

»Google ist nicht kaputt.«

»Doch!«, setzte sie energisch entgegen, richtete sich auf und verschränkte in Abwehrhaltung die Arme vor der Brust. »Du hast Google auch noch kaputtgemacht!«

Bei diesem Kommentar konnte ich ein Lachen nur mühsam zurückhalten. Jetzt, wo sie bemerkte, dass sie anscheinend irgendeinen Stuss von sich gegeben hatte, fand ich ihr Verhalten nicht mehr anstrengend, sondern beinahe süß.

»Glaube mir, Baby«, begann ich, »so viel Macht habe ich nicht, um Google kaputtzumachen.«

»Nenn mich nicht Baby!«

»Also, was ist hier das Problem, kannst du es jetzt endlich mal auf den Tisch legen?«

»Mit Vergnügen!«, keifte sie wieder, griff nach dem Glas mit Scotch, welches auf dem Tisch neben meinem Handy stand, das schon wieder blinkte und eine Nachricht von Pearl anzeigte. Sie kippte den Drink in einem Zug hinunter. Anschließend donnerte sie das Glas auf den Tisch. »Siehst du?« Susan riss die Augen auf und deutete mit dem Zeigefinger auf mein Telefon, als wäre es eine widerliche Spinne. »Siehst. Du?« Nachdrücklich betonte sie jedes Wort.

»Was läuft hier gerade für ein Film?«

»Ich sag dir das, Lightman!« Der Racheengel vor mir umrundete die Barriere zwischen uns und hatte das Gesicht zu einer wirklich wütenden Fratze verzerrt. »Du hast mit einhundertsechzig Frauen geschlafen. Einhundertsechzigmal pure Lust. Einhundertsechzig Orgasmen. Einhundertsechzig verschiedene Frauen, mit denen du es getrieben hast. Halt nein, einhunderteinundsechzig verschiedene, ich war ja auch eine von den Dummen, die da mitgemacht haben!« Sie stellte sich auf Zehenspitzen und tippte mir mit ihrem Zeigefinger gegen die Brust.

Alles, was ich ihr an den Kopf werfen wollte, blieb mir im Hals stecken. Stattdessen begann ich laut zu lachen. Wollte ich nicht, ließ sich aber leider nicht länger zurückhalten.

»Das ist es, was du denkst?«, fragte ich sie ungläubig, als ich wieder Luft bekam. »Du denkst, ich hab mit einhunderteinundsechzig Frauen geschlafen?«

»Ja!«, setzte sie entgegen. »Das weiß ich.«

»So?« Nun verschränkte ich die Arme vor der Brust und hob eine Braue. »Das weißt du?«

»Ja!« Sie pikte mir wieder in die Brust. »Ich habe dich gestalkt.«

»Hast du?« Man konnte das Lachen aus meiner Stimme heraus hören. »Und welche Quelle sagt dir, dass ich mit einhunderteinundsechzig – beeindruckende Zahl, nicht? – im Bett war?« Mit Absicht schürte ich diesen Gedanken bei ihr noch etwas weiter.

»Eine zuverlässige!«

»Ach so? Und die wäre?«

»Social Media!« Sie klang todernst.

Wieder lachte ich laut. Es kam tief aus meinem Bauch, grollte in meiner Brust und entlud sich. »Darum bist du so eine verdammte Zicke und treibst mich in den Wahnsinn? Weil Social Media dir verraten hat, dass ich mit einhunderteinundsechzig Frauen im Bett war?«

»Ja, weil diese Zahl eine Unverschämtheit ist.«

»Ist sie das?«, wiederholte ich vorsichtig. »Also haben einhundertsechzig ...« Ich unterbrach mich und deutete mit dem Finger auf sie. »Du bist die einhunderteinundsechzigste, richtig?« Knapp nickte Susan. »Also haben einhunderteinundsechzig Frauen meinen Schwanz in sich gehabt?«

»Natürlich. Weil du nämlich ein Arsch bist. Ein frauenverschlingender, von sich selbst überzeugter, arroganter Egomane.«

»Ach so?«, fragte ich, trat einen Schritt vor und Susan prallte somit gegen meine Brust. »Das schien dich nicht gestört zu haben, als ich dich durch deine Orgasmen gefickt habe!«

»Pf.« Ich musste ihr lassen, dass sie keinen Millimeter zurückwich. »Welche Orgasmen, Steve?« Sie hauchte die letzten drei Worte mehr, als dass sie diese sprach, und damit war es um mich geschehen.

30

STEVE

> »*Euer Problem ist, ihr seht mich und denkt, das mit dem Alkohol und den Frauen wäre leicht. Ihr seht aber gar nicht die ganze Arbeit, die dahinter steckt!*«
> – Charlie Sheen –

Ich krallte meine Hand in ihr Haar, zog sie so ruckartig an mich, dass unsere Münder aufeinanderprallten. Schob sie so weit zurück, bis die Wand mit einem weißen Ablagetisch im Weg war. Ihre Zunge drang in meinen Mund ein. Kämpfte gegen meine, solange, bis mir ein dunkles Knurren aus der Kehle entkam. Susan grub ihre Hände in die Haare auf meinem Hinterkopf, und wäre ich nicht so aufgeputscht von unserem Streit gewesen, hätte es mir vielleicht sogar wehgetan. Aber ich war so geladen.

Geladen von ihren Worten.

Über den lächerlichen Vorwurf, dass ich mit dieser riesigen Menge Frauen geschlafen hatte. Darüber, dass sie indirekt behauptete, keinen Orgasmus gehabt zu haben. Denn das war eine verdammte Lüge. Sie trieb mich mit ihrer irrationalen Eifersucht so weit, dass ich ihr eine knallen wollte, obwohl ich niemals eine Frau schlagen würde. Und sie zwängte mir auf, dass ich mich verteidigte. Mich rechtfertigte. Etwas, das ich noch bei keiner Frau getan hatte. Aber … was genug war, war genug. Und definitiv genug war es, weil ich eines erkannt hatte: Diese Frau gab diesen ganzen Scheiß von sich, weil ich ihr etwas bedeutete. Ich war mir nicht sicher, ob ich schon jemals einem Menschen außerhalb meiner Familie etwas bedeutet hatte. Und dieser Gedanke, vermischt mit ihrer aufbrausenden Art, war es, was meine Reaktion auslöste.

»Ich will dich«, seufzte ich an der Haut ihres Halses. »Ich will dich so sehr, dass ich vor Verlangen kaum noch atmen kann.« Susan stöhnte, legte den Kopf in den Nacken und spreizte die Beine noch ein wenig weiter, damit ich mich zwischen sie stellen konnte. Ich hob sie an ihrem Hintern hoch und setzte sie auf den Tisch. Es war mir scheißegal, dass das, was darauf stand, dabei zu Bruch gehen würde, oder ob der Tisch ihr Gewicht tragen konnte. Ich wollte sie einfach nur bei mir haben. Ihre Finger umgriffen den Saum meines Shirts und zogen es mir über den Kopf. Langsam und fast andächtig strich sie mit ihren Händen über meine definierte Brust.

»Ich hasse, dass du so heiß bist.« Die Worte kamen leise über ihre Lippen.

»Ich finde das eigentlich ganz gut«, murmelte ich und zog ihr mit einem Ruck das Oberteil aus. Ihre Titten lagen vor mir wie ein verdammtes Paradies, in welches ich einfach nur eintauchen wollte. »Außerdem kenne ich niemanden, der so sexy ist.«

»Wage es jetzt nicht, über andere Frauen zu reden, Lightman.«

»Wollte ich doch gar ...«

Sie unterbrach mich, indem sie mich von sich schob.

»Was ist denn jetzt los?«

»Na ja ... wenn du mich vögeln sollst, dann muss ich wohl meine Hose ausziehen, oder?«, wisperte sie, entledigte sich selbiger und kam nahe an mich heran. Die von ihrem Körper ausgehende Hitze versengte mich fast durch meine Jeans. »Du hast doch jetzt wohl vor, mich zu ficken, oder?« Keck warf sie mir ein Lächeln zu, stemmte sich mit den Handflächen wieder auf den Tisch und öffnete sich weit. Vor mir lag das beschissene, gottverdammte Paradies, und ich war ein abgefuckter Glückspilz. Manchmal mochte ich ein Arschloch sein, aber ich erkannte eine Chance, wenn sie vor mir lag. Und vor allem, ergriff ich sie dann auch.

Susan lehnte sich mit den Schultern und dem Kopf an der Wand an, während sie sich auf die Unterlippe biss. Da ich von diesem Bild so gefangen war, vergaß ich fast zu atmen, geschweige denn, mich zu bewegen. Zwei Herzschläge lang schien sie auf mich zu warten, letztendlich krümmte sie ihren Zeigefinger und winkte mich so zu sich. Mit diesem inneren Drang, es kaum noch erwarten zu können, endlich wieder in sie einzutauchen, riss ich mir fast meine blaue Jeans, inklusive Boxershorts von den Hüften. Mein Schwanz war hart und reckte sich ihr entgegen.

Nur ... so schnell musste es nicht sein. Wieder einen Schritt näher an ihrem Körper fuhr ich mit meinem Zeigefinger über ihren Kitzler.

»Heilige Scheiße!«, keuchte sie augenblicklich, und ich lachte leise. »Da du ja das letzte Mal keinen Orgasmus hattest ...« Das Wort »keinen« betonte ich auf die lächerliche Art und Weise »... will ich das selbstverständlich heute nachholen.«

»Was bist du doch für ein Gentleman!« Die nackte Frau vor mir krallte sich mit ihrer Hand in meinen Bizeps.

Mein Mittelfinger glitt in sie. »Eifersucht scheint dich feucht werden zu lassen, was?«

Susan schüttelte den Kopf. »Welche Eifersucht?« Ihre Nägel schmerzten in meiner Haut, so fest hielt sie sich. »Gott, du weißt genau, was du tust, oder?« Ihre Lider fielen zu, und sie biss sich auf die volle Lippe. Sie war selbst nach den wenigen Küssen bereits geschwollen. Das alles hier hatte nichts mit Ruhe oder Liebe zu tun. Oh nein, es geschah aus Leidenschaft, Anheizen und Eifersucht.

»Selbstverständlich weiß ich, was ich tue, ich hatte ja hundertsechzig Mal vor dir die Chance zu üben!«, zog ich sie auf. Da brannten bei Susan alle Sicherungen durch. Sie krallte ihre Hände in meinen Nacken, drückte mich fest an sich und verschlang meinen Mund mit einer atemraubenden Hitze, die selbst für jemanden wie mich neu war.

»Fick dich!«, rief sie abgehackt zwischen den einzelnen Küssen. Sie rammte ihre kleinen spitzen, weißen Zähne in meine Unterlippe. »Fick dich einfach!« Ich nahm einen zweiten Finger hinzu und bewegte ihn schneller. Keuchend krampfte sie sich an mir fest. Und in dem Moment, als sie das erste Mal kam, drückte ich meinen steifen Freund in ihre nasse Muschi.

»Gott. Ich hasse dich so sehr, Lightman!«

Schwer atmend biss ich mir auf meine Unterlippe und verkniff mir jeden Kommentar. Ich musste mich, Teufel noch mal, nämlich heftig konzentrieren, um nicht zu kommen, sobald ihre engen Wände mich umschlossen. Da ich mich zusammenreißen musste, wurden meine Bewegungen langsamer. Ich vögelte sie gemächlich und geruhsam im ältesten Rhythmus der Welt.

Natürlich musste diese sture Kuh sofort wieder irgendwas dazu sagen. »Kannst du nicht ein bisschen härter?«

»Susan!«, bellte ich und zog meinen Schwanz bis zum letzten Millimeter aus ihr heraus. »Jeder von uns beiden macht jetzt einfach mal das, was er gut kann, okay?«

»Pf«, seufzte sie, wurde aber wieder weich wie Butter, da sie fühlen konnte, wie ich mich langsam erneut in sie schob. »Fick« sie hauchte das Wort beinahe »dich.«

Ich legte meine Hand in ihren Nacken, brachte meinen Mund nah an ihr Ohr, und in dem Moment, als ich ruckartig, fest und rücksichtslos meinen Schaft in sie stieß, flüsterte ich: »Ich ficke jetzt dich.«

Susan widersprach mir nicht mehr. Sie stöhnte bei meinen heftigen Stößen laut auf, federte aber alle ab und beschwerte sich nicht, dass ihr nackter Rücken an der Wand entlang schabte. Ich keuchte auf, beschleunigte die Vor-und-zurück-Bewegung meiner Hüften noch einmal und genoss, wie ihre Nässe und meine Härte jedes Mal ein Geräusch von sich gaben, das man wirklich mit etwas sehr Schmutzigem verband. Ihre roten Fingernägel krallten sich in meine Arme und hinterließen Abdrücke. Es war mir egal. Der Abstelltisch krachte immer wieder mit vollem Karacho gegen die Wand. Meine Eier klatschten mit jedem Stoß gegen ihre süße Pussy.

»Oh Gott, Steve!«, kam es laut von ihr. Ein Grinsen schlich sich auf meine Lippen. So musste sich das anhören. »Hör nicht auf … ich … hör nicht auf. Ich …«

»Was, Baby?«, wisperte ich. Unser beider abgehackter Atem trafen aufeinander. »Sag mir, was du willst.«

»Ich will dich …«

»Ich bin bei dir.« Trotz der harten Stöße, kamen meine Worte sanft aus meinem Mund.

»Ich komme«, seufzte sie schließlich, verkrampfte ihre Beine, die um meinen Hintern geschlungen waren, und verdrehte die Augen in ihren Höhlen. Sie massierte mich auf so raffinierte Art und Weise, dass ich ebenfalls abspritzte. Es passierte einfach so. Ohne dass ich es weiter kontrollieren konnte. Sie machte mich fertig. Der Orgasmus war so schnell mein Rückgrat hinuntergerauscht, dass ich, selbst *wenn* ich ihn hätte aufhalten wollen, chancenlos gewesen wäre.

Wir kamen gemeinsam. Gemeinsam in meiner Wohnung.

Auf diesem verfluchten Abstelltisch.

Nachdem der größte Teil dieses absoluten Hochs vorbei war, griff ich um ihren Arsch und hob sie auf meine Hüften.

Ich lief mit ihr zusammen zu meinem Sofa. Susan hing erschöpft in meinen Armen, legte ihre Wange an meinen Hals und platzierte kleine Küsse darauf.

Sie war fertig.

Ich war fertig.

Und es war ein grandioses Gefühl.

31

SUSAN

> »*Orgasmen schicken dir zum Valentinstag keine Karte und halten dir nicht die Hand, wenn ein trauriger Film läuft.*«
> – Charlotte York –

»**M**öchtest du etwas essen?«, fragte Steve, und ich legte meinen Kopf in die Mulde an seiner Schulter. »Oder trinken?«

»Etwas zu trinken wäre toll«, räumte ich widerwillig ein, auch wenn ich eigentlich gar nicht wollte, dass er aufstand. Er sollte mich weiterhin in diesen warmen, weichen Kokon hüllen. Natürlich wollte ich nicht aufstehen, mich anziehen und in mein Hotelzimmer zurückgehen. Selbstverständlich nicht. Wer hätte das in einer solchen Situation schon gewollt?

Er reichte mir eine Flasche mit Wasser und ich trank in gierigen Schlucken. Meine Kehle fühlte sich wie ausgetrocknet an. Unter halb gesenkten Lidern beobachtete ich, wie Steve von einem Ende des Raumes zum anderen lief.

Nackt.

Dieser Mann hatte einen gottverdammten Adoniskörper. Kein Wunder, dass alle Frauen so auf ihn standen und so abgingen, wenn er in der Nähe war. Er strahlte es schon aus. Diese besondere sexuelle Schwingung, welche nur wenigen Menschen vorbehalten war. Mr. Knackarsch dimmte das Licht ein wenig, griff im Laufen noch sein Handy und kam zu mir zurück. Mittlerweile lagen wir nämlich auf seinem weichen Sofa.

»Alles okay?«, fragte er, glitt wieder neben meinen Körper und zog mich halb auf seine nackte Haut. Ich schmiegte meine Wange an seine definierte Brust.

»Alles okay.«

»Was sagt das Orgasmusbarometer?«, fragte er und zwinkerte mir zu. Er legte eine Hand hinter seinen Kopf, was den Bizeps an seinem rechten Arm vorteilhaft betonte.

»Das war ein Witz gewesen, okay?«, murmelte ich augenverdrehend und malte mit meinen Fingerspitzen Schnörkel auf seinen Hüftknochen. Ich liebte es, wie weich und warm sein Körper war. Gleichzeitig so hart und unnachgiebig, wie aus Stein gemeißelt.

»Ich fand deinen Witz nicht lustig, Susan«, sagte er mit dunkler Stimme. Dennoch fuhr er damit fort, mit seiner freien Hand, immer wieder durch mein offenes Haar zu streichen. Es fühlte sich fast so an, als wäre da etwas zwischen uns passiert, das ich nicht wirklich greifen konnte. Auch wenn ich es wollte.

»Hey«, erklärte ich schließlich, weil ich spürte, dass es ihm wichtig war. »Ich wollte dich nicht kränken. Okay, falsch, in dem Moment wollte ich dich kränken und wütend machen.« Ich drehte mich so, dass ich mich mit meinen Händen auf seinem Bauch abstützen und das Kinn darauf ablegen konnte. Steve sah so sexy aus mit seiner Körperhaltung. Wie er jedem meiner Worte mit Bedacht lauschte, wie er die Lider halb gesenkt hielt, als würde er einen düsteren Schachzug planen. »Weil ich wusste, dass du dann ausrasten wirst.«

Skeptisch beäugte er mich, wobei ein Lächeln an seinem Mundwinkel zupfte. Er strich mir weiterhin das Haar aus dem Gesicht und spielte mit den einzelnen Strähnen.

»Du wolltest, dass ich die Kontrolle verliere?«

»Ja«, gab ich offen zu. »Dann ist der Sex am besten.«

»Ich dachte«, sagte er und zog mich an seinem Körper nach oben. Unsere Münder schwebten jetzt voreinander. Ich fühlte, wie er an meinem Oberschenkel hart wurde. »Ich dachte, wir sind nur Freunde.«

»Na ja«, improvisierte ich. Denn wenn ich ehrlich war, hatte ich bis gerade eben nicht einmal selbst gewusst, dass ich ihn so lange gereizt hatte, bis er sich nicht mehr hatte zurückhalten können. »Wie wäre es, wenn wir für meine Zeit in New York Freunde mit den gewissen Extras sind?«

Überrascht riss er die Augen auf. Seine Brauen wanderten bis fast unter seinen Haaransatz. »Meinst du das ernst?«, fragte er und legte seine große Hand an meine Taille. »Du willst, dass wir Freunde sind und miteinander vögeln?«

»Ja«, erwiderte ich euphorisch. »Das ist doch eine fantastische Idee!«

»Bedeutet das dann, dass du dich jetzt immer so zickig verhalten wirst, wenn ich mit einer Frau rede?«

Wow.

Boom.

Autsch.

Karacho.

Das hatte gesessen.

Er hatte ja recht, das musste ich ihm zugestehen. Er hatte damit vollkommen recht. Diese irrationale, dumme Susan, die ich bei unserem Ausflug gewesen war, stand mir nicht. Und nebenbei bemerkt mochte ich sie auch nicht sonderlich. Ganz im Gegenteil. Sie nervte mich eher. Jeder sagte immer, dass es wichtig war, ein Kind im Herzen zu bleiben ... Aber damit war sicherlich nicht gemeint, dass man sich wie eine bescheuerte, eifersüchtige Geliebte aufführte.

»Du bist wohl echt nicht sonderlich datingerfahren, was?«, fragte ich und hob einen Mundwinkel zu einem Grinsen. Ich wollte nicht, dass es wieder zu ernst wurde und wir in den Streit abrutschten.

»Wir sind doch nur Freunde, also kann ich sagen, was ich denke.«

»Das sollst du sogar!«, stellte ich klar und gab ihm einen kurzen Kuss auf die Lippen. »Ich wollte nicht so ... zickig sein.« Aufmerksam sah ich ihn an ... er schien auf etwas zu warten.

»Weiter!«, forderte er.

»Und ich weiß, dass du lediglich freundlich warst.«

»Weiter!«

»Und du bist selbstverständlich kein Egomane. Das tut mir leid.« Ich fing seinen Blick ein, damit er merkte, dass es mir ernst war. »Aufrichtig.«

»Weiter!«

»Aber dass du mit hunderteinundsechzig Frauen im Bett warst, ich meine ... Wozu macht dich das? Du bist nicht nur ein Weiberheld, sondern der König aller Weiberhelden. Der Vorreiter, oder? Das ist echt krass.« Ich stützte mich leicht ab. »Gut, dass wir nur Freunde sind, weil du sowas von kein Beziehungspotenzial hast.« Ich kicherte dümmlich. Als ich den Gedanken ausgesprochen hatte, hatte mich nämlich ein komisches Gefühl beschlichen. Aber so war es doch, oder? Es war doch gut, dass wir nur Freunde waren und ansonsten nichts ... Ich wollte nicht meinen Kindern irgendwann sagen müssen, dass ihr Dad mit so vielen Tussis redete, weil er sie alle im Bett gehabt hatte. Und vor allem wollte ich nicht mein Kind zur Schule bringen und mich immer fragen, in wie vielen anderen Müttern er auch schon gewesen war. Nein, darum war es absolut perfekt, wenn wir Freunde waren.

»Autsch!«

»Es ist doch so … ich meine, ich bin ein rationaler Mensch, Steve. Ich würde mich bei jeder Frau, die auch nur kurz deine Hand schüttelt, fragen, ob sie Nummer hunderteinundzwanzig oder Nummer sechsundsiebzig ist.«

»Aha.« Er runzelte die Stirn. Seine Hand wanderte von der Kurve meiner Taille zu meinem Hintern. Er drückte leicht zu. »Das ist es also, was in dir vorgeht, wenn mich jemand anspricht?«

»Ja«, meine Stimme klang fest. »Weil die Grenzen nicht klar gezogen waren, aber jetzt … wo wir das geklärt haben, ist das für mich okay.« Nein, war es nicht. Aber das würde ich jetzt nicht sagen. Ich musste ihn die Teenager-Susan vergessen lassen und erwachsen sein.

»Also …« Er räusperte sich tief. Das Geräusch fand ich irgendwie sexy. Dabei bewegte er seine Hüften ein wenig, und ich fühlte seinen steifen Schwanz überdeutlich an meinem Oberschenkel. »Damit ich das richtig verstehe. Wir arbeiten weiter zusammen, sind Freunde und schlafen miteinander?«

»Ja richtig«, stimmte ich zu, froh darüber, dass er meinen Vorschlag nicht lächerlich fand. »Ich meine, die Anziehung zwischen uns lässt sich ja nicht leugnen.«

»Nein.« Er lachte und presste seinen Schritt nach oben. »Lässt sie sich nicht.«

Nachdenklich sah ich ihn an. Irgendetwas schien ihn an meinem Vorschlag zu stören. Nur ich kam nicht darauf, was es war. »Schau doch, das ist für uns das Beste. Du hast deine Freiheit, ich hab meine Freiheit. Wir müssen nicht mehr losstreiten, um Sex zu haben, sondern wir können ihn einfach haben.« Er runzelte die Stirn. »Komm schon, Lightman«, sagte ich. »Ich hätte nicht gedacht, dass ich dich dazu überreden muss.«

»Na ja …« Steve schluckte und sah mich wieder mit diesem Grinsen an, das so viel mehr als nur Spaß versprach. »Dann machen wir das. Freunde mit Extras.«

»Perfekt«, wisperte ich, schob mich weiter nach oben und küsste ihn. So könnte das alles funktionieren. Ich konnte das Körperliche mit ihm genießen, konnte weiterhin meine Online-Dates haben und wäre in New York nicht ganz so einsam. Dass Steve Lightman ein Meister im Bett war, das stand vollkommen außer Frage. Eine unumstößliche Tatsache. Und genau deshalb konnte ich den ganzen Schlampen in dieser Stadt gar nicht böse sein, weil sie ihn für sich wollten.

Das wäre unfair gewesen.

Aber für den Moment … zumindest bis zu dem Augenblick, in welchem ich zurück nach Philadelphia gehen würde, gehörte er mir.

Mir allein.

Und ich würde nicht teilen.

Nur über meine Leiche.

32

SUSAN

 »Es ist wahrscheinlicher, vom Bus überfahren zu werden, als in dem Alter noch einen Mann zu finden.«
– Miranda Hobbes –

»Guten Morgen«, sagte ich fröhlich, nachdem ich die Tür zu dem großen Konferenzraum aufgestoßen hatte. »Kaffee?«

»Du hast mir Kaffee mitgebracht?«, fragte Steve verwundert und sah von seinen Unterlagen auf. »Wie komme ich denn zu der Ehre?«

Verschmitzt grinste ich ihn an. Jetzt, wo alles zwischen uns geklärt und locker war, konnte ich ja sagen, was mir in den Sinn kam. »Ich dachte mir, nach zwei Orgasmen hast du dir einen Koffeinkick verdient.«

Er hob eine Braue, griff nach dem Becher, den ich ihm entgegen hob, und probierte. »Ich würde sagen, das waren mindestens vier.«

»Da ist er wieder, mein Egomane.«

»Was denn?«, fragte er. Abwehrend hob er die Hände und lachte. »Ich sag doch nur die Wahrheit!«

Ich verdrehte die Augen. »Wie auch immer.« Nun lagen meine Unterlagen vor mir und ich zwang meine Konzentration zurück zu meiner Aufgabe. »Ich habe heute Abend ein Date.« Nun, eigentlich war diese Aufgabe nicht gemeint.

Steve versteifte sich kaum merklich und lehnte sich dann zurück. »So?«

»Ja.« Lässig zuckte ich mit den Schultern. »Hat sich heute so ergeben.«

Steve stand auf, durchwanderte den Raum und blieb vor der Fensterfront stehen. Ich kam nicht umhin, seine Gestalt erneut zu bewundern. Er fügte sich so perfekt in das Bild des Hotels. Der starke, wohlwollende Manager. Derjenige, der sich um seine Mitarbeiter kümmerte. Derjenige, der das Hotel auf Vordermann brachte und es mit allem schützte, was er hatte. Aber nicht nur das, er war ein Geschäftsmann ... das stimmte, und das hätte ich auch gar nicht abstreiten wollen, aber ... er war ein noch größerer Frauenheld. Jede Geste, jedes Lächeln wurde wohl platziert ausgespielt, sodass die Frauen reihenweise ihre Slips fallen ließen und ihm zuwarfen. Jeden Tag, wenn er sich anzog, wählte er seine Kleidung in dem Wissen aus, dass ihm heute wieder Hunderte Menschen begegnen würden, von denen vermutlich die Hälfte weiblich sein würde.

Der dunkelblaue Dreiteiler – das Jackett hatte er abgelegt – welchen er heute trug, schmiegte sich an ihn, als wäre er maßgeschneidert. Eventuell war er das sogar, auch wenn ich es nicht mit Sicherheit wusste. Sein Haar war wie immer in diesem perfekten »Ich bin gerade aufgestanden und war noch nicht im Bad«- Look, der bei Frauen immer wirkte, als wären sie eine größere Version eines explodierten Pudels. Es war wirklich zum Neidischwerden.

»Du datest immer noch online?«

»Sicher, hab ich dir doch gestern Abend erzählt!«

»Richtig.« Er drehte sich grinsend zu mir um. »Fast vergessen.«

»Siehst du? Gut, dass wir nur Freunde sind, ich würde ausrasten, wenn du mein fester Freund wärst und mir nicht zuhörst.«

Er formte mit seinem Mund ein stummes »Bitte was?«, da in diesem Moment die Tür zum Konferenzraum aufgedrückt wurde und Jane Glenn den Raum betrat.

Sie war die Erste, die wir zu Auffälligkeiten befragen würden.

Steve schenkte mir noch einen erstaunten Blick, den er mit einem Kopfschütteln verband, und setzte sich wieder auf seinen Platz. Mein Stuhl stand direkt neben ihm, und wenn er sich auch nur leicht bewegte, kroch mir sein Duft in die Nase. Er roch so wahnsinnig gut nach Zedernholz und Leder. Nach Zitrone und ... irgendetwas, das ich nicht benennen konnte. Es war auf jeden Fall gut. Wenn ich abends mit ihm allein war, dann fiel es mir nicht ganz so auf, weil ich dann das Recht hatte, ihn anzufassen oder meine Nase an seinem Hals zu pressen. Aber jetzt ... in diesem – eigentlich – großzügigen Raum, war er mir so nah, wie lange nicht mehr. Vollkommen schwachsinnig ... aber so fühlte es sich eben an. Jane setzte sich uns gegenüber, hatte die Skyline im Rücken und räusperte sich.

Sie war auch eine der blonden Schönheiten, die hier arbeiteten. Wäre ich nicht selbst eine absolut erfolgreiche und emanzipierte Frau, hätte ich mir vermutlich gedacht, dass sie eingestellt worden war, weil sie gut aussah. Dass sie irgendetwas konnte, wagte ich zu bezweifeln.

Jane war zuständig für die Tagesabschlüsse der Restaurants, die Abrechnungen der Zimmergäste und die Pflege der Bankgeschäfte. Nach einigen Einstiegsfragen, bei denen sie uns ihren Namen, ihre Adresse, die Position im Unternehmen und die Zugehörigkeit bestätigte, legten wir los.

Wir ließen sie erzählen von ihrem Tag, wie sie ihn verbrachte und was genau sie dabei tat. All ihre Aufzählungen kamen flüssig nacheinander, dass ich keinen Anlass zum Zweifeln sah. Steve nickte immer wieder und schenkte ihr ein Lächeln, das sich sehen lassen konnte.

Tat er das absichtlich?

Nur schwer konnte ich den Gedanken und die damit verbundene Eifersucht abschütteln. Es machte mich wahnsinnig, wie er auf Frauen wirkte und wie Frauen anscheinend auf ihn wirkten. Es ergab nur keinen Sinn, warum er mit mir ins Bett ging, wenn doch alle anderen hundertsechzig Frauen und die Mitarbeiterinnen hier alle blond waren. Womit ich aber nicht zwangsläufig davon ausging, dass er mit seinen Angestellten schlief. Dennoch, zuzutrauen wäre es dem Womanizer in ihm. Dem Geschäftsmann vermutlich nicht.

»Susan?« Sein tiefes Timbre drang in mein Ohr. »Hörst du zu?«

»Sorry«, erwiderte ich. »Ich war gerade in Gedanken.«

Mein Kommentar brachte ihn dazu, mich so anzugrinsen, wie gerade eben noch die Frau aus der Buchhaltung uns gegenüber.

»Jane hat gerade erzählt, dass ihr Chef ihr immer häufiger unter die Arme greift, was Langzeitgäste angeht.«

»Was genau sind Langzeitgäste?«

»Na ja ... das sind Schauspieler. Filmproduzenten, Musiker, die hier in der Stadt ein Album aufnehmen ...«

»Okay ...« Ich wurde noch nicht schlau aus dem, was er mir sagen wollte.

»Das heißt, Menschen, die eigentlich ihren Wohnsitz woanders haben, aber für mehrere Monate am Stück in New York sein müssen. Diese Hotelgäste werden gesondert abgerechnet, da sie selbstverständlich zu anderen Konditionen hier übernachten können, als ein Pärchen, das ein Liebeswochenende erleben will.« Grinsend verschränkte er die Arme vor der Brust, und Jane nickte zustimmend.

»Korrekt, Sir!«, stammelte sie.

»Und Ihr Chef nimmt Ihnen diese Geschichten ab, Jane?« Meine Stimme klang freundlich. Innerlich war ich misstrauisch.

»Richtig, Miss Montgomery« nun klang sie nach »Ich bin ein kleines Mädchen, bitte versohle mir den Hintern, Steve«. »Das macht er seit zwei oder drei Monaten.«

»Mit welchem Argument will er das haben, ich meine«, ein kurzer Blick auf meinen Unterlagen genügte, »Phil hat doch wohl weitaus wichtigere Themen auf dem Tisch, oder?«

»Das ist korrekt, Miss Montgomery. Zumindest dachten wir uns das auch alle.«

»Trotzdem holt er sich regelmäßig diese Belege von Ihnen?«

»Richtig.« Seufzend und unter halb gesenkten Lidern warf sie Steve einen Blick zu. *Oh bitte, Prinzessin, er ist dein Chef. Never fuck the Company. Hat dir das noch niemand gesagt? Heilige Scheiße!* »Werde ich jetzt gefeuert?« Wieder diese Kleinmädchenstimme. Ich kochte innerlich.

»Wieso sollte ich Sie feuern, Jane?« Steves seidenweiche, tiefe Stimme jagte mir Schauer über den Rücken. Sie war so gleichmäßig und sinnlich, dass mein Höschen feucht wurde. Dabei sprach er ja noch nicht einmal mit mir. Das war vollkommen irre!

»Weil ... vielleicht Phil – also Mr. Hunt – bei Ihnen war und sich darüber beschwert hat, dass ich zu langsam bin?« Kurz legte ich den Kopf in den Nacken und holte durch den geöffneten Mund tief Luft. Mein Pferdeschwanz reichte bis zu dem Ansatz meines Hinterns, und ich spürte das sanfte Streicheln durch den Stoff meines weißen einfachen Shirts, das ich in den Bund meines schwarzen Rockes geschoben hatte. Steves Blick legte sich auf mich. Auch wenn ich meinen Kopf nicht drehte, so fühlte ich doch den Hunger, den diese simple Bewegung in ihm entfachte.

»Er war nicht bei mir, Jane«, antwortete der sexy Arsch neben mir nach einer gefühlten Ewigkeit. Ich war mir nicht sicher, ob seine Stimme schon immer so heiß geklungen hatte, oder ob das nur jetzt so war, da seine Mitarbeiterin vor uns saß.

»Also bin ich nicht zu langsam?«

Dezent genervt sah ich sie wieder an. Wir wichen vom Thema ab. Darum ging es doch gar nicht.

»Jane, das hier ist kein Personalbewertungsgespräch, okay?«

Ihre großen blauen Augen blickten zu Steve, dann wieder zu mir und wieder zu Steve. Beinahe hätte ich ein Würggeräusch von mir gegeben, als ihr die Tränen in die Augen stiegen.

»Okay«, stimmte sie schließlich zu.

»Entspannen Sie sich, ja?«, fügte Steve noch mit an, und wieder verdrehte ich die Augen. Wenn er so sexy mit seiner Mitarbeiterin sprach, dann fühlte sie sich am Ende noch sexuell belästigt. Außerdem war ich mir nur zu sicher, dass sich Jane Glenn gern entspannt hätte.

Und zwar nackt.

Unter ihm.

»Okay, Jane, kommen wir zum Abschluss. Sie haben uns sehr geholfen. Vielen Dank dafür.«

»Ich arbeite hier wirklich gern«, sagte sie, stand auf, und in dem Moment sprang ein Knopf ihrer Bluse auf. Ob sie das mit Absicht getan hatte, oder es ein dummer, dummer Zufall war, das konnte ich nicht genau sagen. Aber innerlich war ich schon wieder auf dreihundert. »Ihr seid nur Freunde. Das geht dich alles nichts an!«, schalt ich mich stumm.

»Ich schätze Sie auch sehr, Jane«, schmeichelte Steve ihr. Ich fand es schon wieder zu unprofessionell. Er dachte offensichtlich, das wäre angebracht und okay.

»Auf Wiedersehen!«, sagte ich freundlich, aber mit Nachdruck, während ich ihr die Tür zum Konferenzsaal aufhielt. Nachdem sie uns wieder allein gelassen hatte, schloss ich die Tür und ging zu meinen Notizen zurück.

»Du magst sie nicht«, sagte Steve grinsend und drückte auf einen Knopf, um aus dem klaren Glas der Scheiben Milchglas werden zu lassen. Es war hier wirklich alles aus der Zukunft.

»Steve«, erklärte ich vermeintlich sachlich. »Sie hat ihren Knopf aufgemacht, bevor sie gegangen ist.«

»Er ist ihr aufgesprungen.«

Laut begann ich zu lachen, setzte mich etwas tiefer in meinen Stuhl und schlug die Beine übereinander. »Ist er nicht.«

»Nicht?«

»Ich bin eine Frau, ich kenne diese Tricks. Die Maschen. Die ›Ich bin ein kleines Mädchen und will von dir gefickt werden‹-Nummer. Ich kenne sie.«

Nun drehte ich mich mit diesem Drehstuhl in seine Richtung und legte meine Unterarme auf den Stützen links und rechts ab. »Ich kenne sie alle«, verdeutlichte ich erneut.

»Hast du gerade das Wort ficken gesagt?«

»Ja, das hab ich in den Mund genommen!« Als wäre ich nicht innerlich von einem Ruhepuls mit fünfhundert gequält worden und als hätte ich nicht die sengende Flamme der Eifersucht gespürt, zuckte ich mit den Schultern und ließ gleichzeitig den High Heel von meinen Zehen baumeln. Ich musste lässig wirken. Absolut und vollkommen lässig. *Keine Teenager-Susan mehr. Keine Teenager-Susan mehr.*

»Du darfst gern etwas anderes in den Mund nehmen.«

»Wir sind Freunde.« Ich seufzte. »Mit Extras.«

»Oh, entschuldige bitte!« Er kam nahe an meinen Stuhl heran. Wieder kroch mir sein Parfum überdeutlich in die Nase. »Nur, um das klarzustellen, diese Frau und egal, wie oft sie ihre ›Ich bin ein kleines Mädchen, das gefickt werden will‹-Stimme benutzt, hätte bei mir keine Chance, solange du im selben Raum bist.«

»Wow, das war ja fast nett.«

»Und wenn du etwas in den Mund nehmen willst, dann ist es gefälligst mein Schwanz, den du lutschst, verstanden?«

Steve hatte sich wieder von mir entfernt, ließ mich sprachlos und geil in diesem Stuhl zurück, auf dem ich mein Spielchen begonnen hatte. Ich wollte gerade meine Beine aneinander reiben, um mir selbst Erleichterung zu verschaffen, als er den Touch-Schalter nutzte, um das Glas wieder das werden zu lassen, wofür es gedacht war.

Durchsichtig.

33

STEVE

»*In diesem Haus kommen die Frauen und gehen wieder, eins davon tun sie öfters, ... aber gehen tun sie am Ende immer.*«
– Charlie Sheen –

Meine Finger trommelten auf meinen Schreibtisch. Ich war mittlerweile seit ein paar Stunden in meinem Arbeitszimmer in meiner Wohnung, und ich konnte einfach den Blick nicht von der Facebook-Fanseite abwenden.

Immer wieder starrte ich das Foto an. Es war ein neues. Es war von Susan und mir. Und es zeigte uns, wie wir am Long Island Beach lagen. Es war ein Bild, das nun wirklich richtig miese Eindrücke vermitteln konnte. Es zeigte, wie Susan auf dem Rücken lag, die Beine aufgestellt hielt und einer ihrer Arme über den Augen schwebte. Ich lag neben ihr, auf der Seite und verkehrt herum. Wir lagen uns quasi gegenüber. Ich erinnerte mich daran, dass ich mit meinem Unterarm ihren Hintern an der Seite hatte streifen können und wie ich es genossen hatte, dass sich mein Rücken leicht gegen ihre aufgestellten Beine gedrückt hatte. Die Sonne strahlte das Foto an, also ich konnte verstehen, dass es irgendjemand irgendwo hatte hochladen wollen, wenn ich ehrlich war.

Selbst wenn ich darauf abgebildet war.

Die Aufnahme hatte bereits über fünftausend Likes und fast genauso viele Kommentare. Es war ja nicht so, dass ich berühmt war, oh nein. Ich war nur einfach in der Frauenwelt einer der reichsten, erreichbarsten und sexiesten Junggesellen. Zumindest, wenn man dem New York Magazine glaubte, das mich zum Unternehmer des Jahres in New York und zum sexiest Single alive gewählt hatte. Seitdem waren diese Leute, die die Facebook-Lightman-Fanpage betrieben, irgendwie von mir besessen. War ja auch in Ordnung ... nur, ich konnte mit diesen Kommentaren umgehen. »Wer die neue Schlampe an meiner Seite war«, »wieso sich diese Tussi in mein Leben drängte, ob sie denn nichts anderes zu tun hatte ...« All diese Dinge. Ich war damit vertraut, und die meisten Frauen, die ich datete, waren es ebenso. Nur ich war mir nicht sicher, wie Susan das wegstecken würde, wenn sie es sehen sollte. Ganz am Rande, nein, ich hatte nicht mit einhunderteinundsechzig Frauen geschlafen. Das war sowas von absurd, dass es mich amüsierte und ich somit Susan nicht korrigiert hatte. Wenn sie wirklich dachte, ich wäre eine Art männlicher Gigolo, dem einen wegzustecken wichtiger war, als alles andere, dann irrte sie. Und zwar so richtig.

Zugegeben, ich hatte mit weitaus mehr Frauen eine intime Beziehung oder einen One-Night-Stand oder eben einfach nur einen beschissenen Fick gehabt, als die meisten anderen Männer ... aber ich liebte das Leben. Und wenn mir etwas angeboten wurde, entschied ich, ob ich zugriff oder eben nicht. Wie auch immer. Anscheinend hatte sie das Bild von gestern noch nicht entdeckt, denn es hatte noch keinen hysterischen Ausraster ihrerseits gegeben.

Nein, seit wir vorgestern Nacht beschlossen hatten ... wir wären Freunde (wie ich das Wort im Zusammenhang mit ihr hasste!) mit Vorzügen, lief es beinahe wie von selbst. Sie war über Nacht geblieben. Wir waren am Sonntag frühstücken und anschließend am Memorial für den elften September gewesen. Ich hatte sie am Spätnachmittag nach Hause gebracht, sie lange und intensiv zum Abschied geküsst und ihr gesagt, dass ich diese Freundschaft (ich hatte erwähnt, dass ich dieses Wort im Zusammenhang mit ihr nicht leiden konnte?) mochte.

Und heute dann ... sie war wieder eifersüchtig gewesen. Das hatte mich aus dem Loch gerissen, in welches sie mich kurz zuvor mit dem Absatz auf der Brust und einem heftigen Schlag gestoßen hatte. Jenes, das sie heute gebuddelt hatte, weil sie wirklich weiter datete.

Himmel!

Ja, wir waren Freunde mit ... Sex, okay. Wir würden ab und an etwas zusammen unternehmen, weil ich ihr ja *so* ein guter Freund war, damit sie nicht allein in New York sein musste. Aber wieso wollte sie unbedingt in meiner Stadt Dates haben? Das ergab doch gar keinen Sinn! Ich war ihr doch ein Freund, der sie nicht im Stich ließ und sich um sie kümmern würde. Herrgott, ich hätte sogar jeden Abend etwas mit ihr unternommen, wenn sie das gewollt hätte. Ich hätte ihr nichts getan. Aber sie traf sich mit irgendeinem Typen, der ein verdammter Serienmörder sein konnte. Wer wusste das schon? Klar brauchte man für die APP seine Personaliennummer und auch die, die auf dem Ausweis der Vereinigten Staaten stand ... nur ... das schützte sie doch nicht!

Ich lehnte meinen Kopf an das Leder meines Stuhles. Es machte mich so wahnsinnig sauer, dass sie sich echt mit jemandem traf. Immerhin war sie das ganze Wochenende durch meine Arme und mein Bett gehüpft.

Mir warf sie vor, ich hätte mit hunderteinundsechzig Frauen Sex gehabt, aber selbst wie eine Irre irgendwelche Bekanntschaften treffen wollen. Das war einfach nur noch verrückt! Und leichtsinnig, das war es vor allem.

Kerzengerade streckte ich meinen Rücken. Ich musste herausfinden, wo sie gerade war!

»Hey Steve!«, ertönte die Stimme meines Bruders noch vor dem ersten Klingeln aus meinem Handy. »Alles klar?«

Fuck! Vielleicht hätte ich mir erst mal überlegen sollen, was ich ihm sagen wollte, bevor ich ihn angerufen hatte.

»Hey Jason«, erwiderte ich die Begrüßung. »So weit so gut. Bei euch? Du hast schon lange keine Fotos mehr vom Baby geschickt.«

»Das liegt daran, dass es nicht auf der Welt ist, Idiot?«

»Na, ich meine diese Ultraschall-Bildchen. Wisst ihr jetzt schon, was es wird?«

»Nein, leider nicht.« Er seufzte und ich hörte, wie Glas auf Glas traf. Vielleicht goss er sich Bourbon ein. »Luisa wird schon halb wahnsinnig deshalb. Das und weil sie fett wird.«

»Wird sie?«

»Nun«, mein Bruder sprach jetzt leiser. »An den richtigen Stellen, ja ... Wenn du verstehst!« Mir entwich ein lautes Lachen. Damals, als Jason uns gesagt hatte, dass er Vater werden würde, hatte es sich für mich so angefühlt, als würde ich kotzen müssen. Für ihn freute ich mich ... Aber wenn ich mir vorstellte ... ich müsste mich um einen anderen, kleinen, absolut wehrlosen Menschen kümmern ... dann wurde mir schlecht. So richtig übel. Jetzt ... war es irgendwie erträglich. Nur noch ein bisschen flau in meinem Magen ... es ging also.

»Ich verstehe ... apropos Luisa. Könntest du sie fragen, ob sie weiß, wo Susan ist?«

Jason räusperte sich. »Ähm ... es ist fast neun, warum willst du abends wissen, wo Susan ist?«

Ich lachte künstlich. Jason würde mich umbringen, wenn er herausfand, dass ich Susan vögelte. In allen Stellungen. Wobei das egal war, er hätte mich auch getötet, wenn es lediglich in der Missionarsstellung passiert wäre. »Ich bin gerade ein paar Unterlagen durchgegangen und habe, glaube ich, einen entscheidenden Hinweis gefunden.«

»Ach was?«, rief er und klang fröhlich. »Und welchen?«

»Das kann ich dir erst sagen, wenn es wirklich spruchreif ist. Aber dafür brauch ich Susan. Dringend. Und ich erreiche sie weder im Hotel noch per E-Mail.« Okay, ich hatte es nicht einmal probiert … aber, das tat ja nichts zur Sache.

»Und wie soll ich das rausfinden?«, fragte Jason. *Heilige Scheiße, du hast einen Doktortitel der Mathematik. Und jetzt bist du so schwer von Begriff, Bruder? Ernsthaft?* Ich kniff mit meinem Daumen und Zeigefinger in meinen Nasenrücken. Er machte mich irre.

»Ich dachte, Luisa könnte sie anrufen, sie hat ja ihre Nummer.«

»Du willst mir also sagen, dass du nicht Susans Telefonnummer hast?«

»Ich habe ihre Handynummer nicht.« Witzigerweise hatte ich sie wirklich nicht.

»Okay«, lenkte er tief durchatmend ein. »Ich mache das. Ich ruf zurück.«

»Cool. Danke, Jason. Du weißt, wäre es nicht wichtig, würde ich dich in diese Sache nicht reinziehen …!«

»Klar … was macht man nicht alles für den kleinen Bruder.«

Jason legte auf und ich wartete, bis er sich zurückmeldete.

Es dauerte circa sieben Minuten, aber das waren die schlimmsten sieben Minuten meines Lebens. Ich rauchte eine Zigarette, kippte ein halbes Glas Scotch and Soda auf ex und tigerte in meinem Büro auf und ab wie ein gefangenes Tier. Das war absolut verrückt, was ich hier tat.

Meine Gedanken drehten sich nur um das eine Thema. Um nichts anderes mehr, und ich fragte mich langsam wirklich, ob das normal war … ob es normal war, dass man so auf einen Menschen fixiert sein konnte.

Die Antwort, die mir mein Innerstes geben wollte, wurde unterbrochen von dem einfachen Piepton meines Smartphones. Wie ein geisteskranker Idiot stürzte ich mich darauf, haute mir sogar an der Kante meines Tisches meine Zehen an, aber ich erreichte es und öffnete die Nachricht meines Bruders.

»Du siehst sie doch morgen, Bro. Sie sitzt im Lukes Lobster und hat ein Date. Lass das Mädel Spaß haben. Mit jemandem, der nicht du bist.«

»Lukes Lobster?«, fragte ich laut in mein leeres, schwach beleuchtetes Büro. Meint der Kerl das ernst? So ein Wichser! »Was ein Arschgesicht!« Ich drehte mein lebloses Telefon immer wieder in meiner Hand hin und her.

Na ja … ich hatte doch Hunger, oder? Und wenn ich Hunger hatte, konnte ich doch auch einfach irgendwo etwas essen gehen, was ich mochte. Und Lobster … Hallo? Wenn ich keinen Lobster aß und liebte, wer denn bitte dann?

Ehe ich einen weiteren klaren Gedanken fassen konnte, zog ich mir das Jackett meines Anzuges wieder über, griff meinen Geldbeutel und mein Handy (mein Schlüssel war mein Fingerabdruck) und fuhr mit dem Hotelfahrstuhl nach unten. Es hatte doch Vorteile, wenn man in so einem großen Schuppen wohnte.

»Mr. Lightman?«, hielt Julia mich auf, die heute die Nachtschicht am Empfang hatte. »Der Gast in der Zweihundertsiebzehn sagte, dass das Tablet nicht mehr geht. Der Techniker kann erst morgen kommen.«

»Haben wir noch Ersatz?«, fragte ich und warf einen Blick auf den Computer hinter der Rezeption. Damals, als ich das Konzept des Hotels vorgestellt hatte, waren wir großzügig von Apple gesponsort worden. Und wurden es immer noch. Sie legen sehr viel Wert auf *Futur*.

»Ja, haben wir. Sollen wir es holen und für ihn aktivieren?«

»Selbstverständlich.«

»Mir war nicht klar, dass wir an die Bestände herangehen dürfen.«

»Mr. Walker hat Ihnen nicht gezeigt, was Sie machen müssen, wenn dieser Fall eintritt?«

»Nein, Sir«, räumte sie ein, und ich seufzte.

»Also«, ich lächelte sie an, denn auch wenn ich dringend zu Susan wollte oder besser musste, dann würde ich niemals einen meiner Mitarbeiter im Stich lassen, der Hilfe brauchte. Und genau deshalb nahm ich mir die fünf Minuten, zeigte ihr, wie sie die Bestandsliste anpasste, damit es nachvollziehbar war, Wieso? Weshalb? Warum? Erst im Anschluss verließ ich das Hotel.

Susan war mir wichtig, das war klar, aber mein Hotel eben auch, und ich würde es nicht vernachlässigen. Niemals! Das hatte ich mir geschworen. Und zugegeben, das war einer der Gründe, weshalb ich noch nie in einer festen Beziehung gewesen war, ich wollte einfach nicht, dass jemand kam, der mich ablenkte. Oder mich auf den falschen Weg führte.

Wobei das gerade alles egal war.

Denn der weitere Vorteil, wenn man in einem Hotel wohnte, war, dass haufenweise Taxis vor der Tür standen, die einen dort hinbringen konnten, wohin man wollte.

Und ich wollte gerade nichts dringender, als in Luke's Lobster und mir ihr verdammtes Date anschauen.

34

STEVE

> »*Ich habe keine Zeit für diese Clowns.*«
> – Charlie Sheen –

Innerhalb von zwanzig Minuten kam ich an dem Lokal an. »Luke's Lobster« war eine, in den USA verbreitete Kette mit allerlei Meeresfrüchten und Fischen als Hauptspeisen. Eigentlich gab es dort nichts anderes zu essen. Das machte aber nichts, denn der durchschnittliche Amerikaner wollte ja hipp sein. Und aktuell war man hipp, wenn man Austern, Lobster und Jacobsmuscheln wie am Fließband aß.

Deshalb war auch das Restaurant heute Abend brechend voll. Meine Brüder und ich hatten hier schon einmal gegessen, weil Eric sich das Konzept ansehen wollte. Eric mag ein Sternekoch sein, er mag in verschiedenen Ländern und Kulturen der Welt gelebt haben, sich angeeignet haben, welche Essenskulturen dort herrschen … aber … Eric würde niemals – und das hatte er auch beim Erkochen des zweiten Sternes vor der Jury so gesagt – er würde niemals, Lobster kochen.

Ja, er hatte es probiert. Dreimal.

Ja, meine Familie und ich – denn es war leider in unseren Kreisen so üblich – wir aßen den europäischen Hummer oder den amerikanischen Lobster, genau wie wir auch ab und an eine Languste serviert bekamen … Aber wenn wir die Wahl hatten, dann würden wir alle fünf der Familie Lightman nicht dazu greifen.

Hintergrund?

Diese Tiere werden weder nachhaltig gefangen noch werden sie mit einem Schlag getötet. Oh nein, diese drei Arten von Krustentieren werden bei vollem Bewusstsein in einen Topf mit kochendem Wasser geschmissen und verenden dort grausam.

Als Eric damals aus Maine von einem Restaurant an der Küste zurückkam, hat er tagelang mit den kleinen Lauten, den diese Tiere in dem kochenden Wasser von sich geben, kämpfen müssen. Deshalb war für unsere Familie klar, wenn wir es vermeiden konnten und damit keinen anderen Gastgeber vor den Kopf stießen, würden wir keines der Tiere, die bei lebendigem Leibe gekocht wurden, essen.

Und jetzt … jetzt führte dieser Schnösel, ich konnte nämlich sein Gesicht schon vor mir sehen, Susan in solch ein Restaurant? Wollte er sie beeindrucken, oder was? Na ja, der Krabbencocktail in diesem Lokal war nämlich ein Gedicht.

»Steve«, sagte Shawn und reichte mir die Hand. »Hast du deine Phobie gegen diese Tiere abgelegt, oder warum bist du mal wieder hier?«

Ich lachte und schlug ihm flüchtig auf die Schulter. »Wenn du endlich lernst, wie man kocht, dann esse ich auch deinen verdammten Lobster.«

Wir grinsten uns beide an und unterhielten uns ganz kurz darüber, wie es dem jeweils anderen ging. Shawn und ich waren alte Freunde von der Highschool aus Chicago. Dass wir uns hier in New York wieder über den Weg gelaufen waren, war reiner Zufall gewesen. Ich hatte nämlich was mit seiner Schwester gehabt. Er hatte es weniger witzig gefunden, sah aber glücklicherweise davon ab, mein Hotel kurz und klein zu prügeln und mir die Nase zu brechen. Das blaue Auge hatte ich hingenommen. Seitdem hielten wir lockeren Kontakt.

»Was kann ich für dich tun?«

»Ich brauche einen Tisch.«

»Klar. Für wann?«

»Heute.« Sein Kopf ruckte nach oben und er riss die Augen auf. »Dein Ernst?«

»Ja man«, sagte ich leise. »Es ist wichtig.«

»Worum geht es?«

»Siehst du die Frau da drüben? Die hübsche mit den dunklen Haaren und der weißschwarzen Bluse?«

»Oh ja.« Er grinste mich an. »Die ist heiß. Deine Freundin?«

»Nein, ist sie nicht.« Kurz räusperte ich mich. »Noch nicht.«

»Du bist echt ein Arschloch.«

»Jepp.«

»Ich nehme an, der Mann, mit dem sie isst, ist nicht ihr Bruder?«
»Nope.«
»Und jetzt willst du …?«
»Dass du mir den Tisch daneben gibst.«
»Aber der ist reserviert!«, antwortete er nach einem kurzen Blick in sein Reservierungsbuch.
»Kannst du da nicht was drehen?« Ich biss mir auf die Unterlippe. Ich wollte, dass sich Shawn ein wenig beeilte. Susan sollte mich erst entdecken, wenn ich neben ihr saß. »Komm schon, Alter.«
»Lass mich das checken.« Ungeduldig warf ich einen Blick über meine Schulter und wünschte, ich hätte es gelassen. Fütterte der Kerl sie etwa gerade? Ohhh fuck! Ich musste da hin!
»Alles klar. Ich bring dich hin, aber du schuldest mir was.«
»Geht klar, Shawn. Danke, Alter!«
Lächelnd folgte ich ihm zum Tisch. Auch wenn meine Schritte scheinbar locker aussahen, wenn es sich so verhielt, dass ich auf dem Gesicht ein lockeres Grinsen trug … dann wummerte das Herz in meiner Brust so sehr, als hätte ich einen Presslufthammer in mir. Das Blut rauschte in meinen Adern. Wären meine Hände nicht zu Fäusten geballt gewesen, hätten sie vielleicht – eventuell – möglicherweise, sogar ein klein wenig gezittert.
»Bitte, Mr. Lightman!«, sagte Shawn förmlich, und ich dankte ihm stumm dafür, dass er so tat, als wäre ich ein ganz normaler Gast.
Im selben Moment, als er meinen Namen aussprach, ruckte Susans Kopf nach oben und in meine Richtung. »Steve!«; rief sie überrascht, und ihre Augen weiteten sich. »Was machst du denn hier?«
»Wie witzig«, sagte ich überschwänglich und umarmte Susan aus meiner sitzenden Position heraus. »Was machst du denn hier?«
Nun beäugte sie mich skeptisch. Oh … anscheinend war meine Reaktion doch ein klein wenig drüber gewesen. »Die Frage ist, was machst du hier?«
»Wie unhöflich!«, erwiderte ich, als ich den Blick von Susans Begleiter wahrnahm. »Steve.« Fest schüttelte ich seine Hand. »Steve Lightman.«
»Roger Moore«, begann er und schenkte mir ein breites Lächeln. »Ich bin der Wettermann beim Nachtjournal.«
»Oh und ich bin Hotelmogul. Wie schön, dass wir das geklärt haben.«
Er bedachte mich mit einem breiten Grinsen, und seine weißen, ebenmäßigen Zähne blitzten mir so hell entgegen, dass ich fast nach

einer Sonnenbrille greifen wollte, hätte ich denn eine gehabt. Der Typ sah gut aus, okay. Das musste ich ihm zugestehen ... aber ich wollte ihm einfach nur einen fetten Faustschlag in seine Zahnarztvisage platzieren. Verdammter Idiot!

»Ihr esst Lobster?«, fragte ich und deutete auf Susans Teller.

»Oh ja«, antwortete er statt ihrer. »Das schmeckt meiner Susi Wusi sehr gut, nicht wahr?« Susi Wusi? Wie alt war der Kerl? Vier?

Fragend hob ich eine Braue und Susan verdrehte die Augen. Die Geste war so sexy, dass ich mich fragte, ob sie diese extra einstudiert hatte.

Offenbar war die Frage rhetorisch, denn er ließ Susan nicht zu Wort kommen. »Und Sie? Was isst ein Hotelmogul?«

»Nun«, erwiderte ich gönnerhaft, »jedenfalls nichts, bei dem das lebende Tier in kochendes Wasser geworfen wird, damit ich circa fünfundzwanzig Gramm Fleisch von einem sechs Kilotier zu mir nehmen kann.« Roger Moore, der Wettermann beim Nachtjournal, grinste wieder recht breit.

»Wie wunderbar, wenn noch jemand ethische Grundsätze zu verzeichnen hat. Aber für mich ist nur wichtig, was meiner Susi Wusi schmeckt.«

Heilige Scheiße, konnte er das endlich lassen? Ich musste fast kotzen, bei dieser ... Vergewaltigung ihres Namens. Wieso sagte sie eigentlich nichts? Na gut, das konnte ich mir selbst beantworten, der Scheißer ließ sie nämlich nicht zu Wort kommen, da musste sie ja die Klappe halten. Jedes Mal, wenn sie Luft holte, legte er ihr die solariumgebräunte Hand auf die Fingerspitzen, tätschelte sie leicht und zwang sie so zur Ruhe.

Shawn brachte mir ein Bier – eines musste man ihm lassen: Er hatte das beste Draft Bier der Stadt – und einen Krabbencocktail. Ich wusste, dass sie hier nachhaltige Fischerei betreiben, deshalb war es okay, das zu essen. Und eben auch, weil diese Tiere nicht mehr bei der Zubereitung lebten. Aber egal, das hatte ich bereits genug erwähnt.

Susans Blick verdüsterte sich, als ihr Roger Moore ein Stückchen des Lobsterfleisches entgegen hob. Er wollte, dass sie den Mund öffnete.

»Na komm schon, Susi Wusi. Noch ein Happs für Papa.«

Ich biss mir fest auf die Unterlippe, um nicht laut zu lachen.

Susan fand das alles wohl weniger witzig. Aus ihrer schwarzen Lederhandtasche nahm sie ihr Handy und tippte darauf herum. Eigentlich ein No-Go für ein Date, aber anscheinend war es ihr egal, denn sie suchte sich in Ruhe irgendetwas heraus und schob es anschließend zurück in die Tasche.

Ich fühlte in der Innentasche meines Jacketts, dass mein Smartphone vibrierte. Hatte sie mir geschrieben? Sicherlich irgendwelche Schimpftiraden, dass ich verschwinden sollte und ihr Date sabotierte. Deshalb wäre es wohl das Beste, ich würde gar nicht darauf sehen.

Schließlich, als ihr Date ihr die Gabel nachdrücklich bereits fest an die Lippen drückte, öffnete sie den Mund. Schweigend, das Lachen kaum mehr zu verbergen, sah ich auf meinen Teller und überhörte deshalb fast, wie sie mir ein »Hilfe!« zuflüsterte.

Oh ja.

Sie wollte gerettet werden?

Das konnte sie haben.

35

SUSAN

> »*Man ist so gut wie die Möglichkeiten, die man in sich trägt.*«
> – Marilyn Monroe –

Oh mein Gott! Ich date nie nie nie nie nie wieder!
Das war mein erster Gedanke.
Der zweite war, der liebe Gott, möge mich retten.

Okay. Also, es war so, dass er ja wirklich gut aussah, dass er bei den Nachrichten so süß und lieb schrieb, dass ich fast geglaubt hatte, mich mit einem Poeten zu treffen ... Aber, als er dann wirklich vor mir gestanden hatte ... als er den Mund aufgemacht hatte, um mit mir zu sprechen ...

Ich hoffte, dass er sein Verhalten mit irgendeinem Kindheitstrauma entschuldigen konnte. Oder dass er eine Behinderung hatte – ohne es böse zu meinen. Denn ein Erwachsener, im Beruf erfolgreicher Mann, ein Gesicht, das die Fernsehwelt kannte, sprach mich ernsthaft mit »Susi Wusi« an und wollte mich füttern wie ein verfluchtes Kind? Meinte er das etwa ernst? Wäre Steve nicht hier aufgetaucht – und ich war mir verdammt sicher, dass es kein Zufall war –, hätte ich einen Hilferuf an meinen »neuen« Freund in New York City abgesetzt. Das war nicht auszuhalten, wenn ich ehrlich sein sollte.

Und jetzt? Jetzt saß er neben mir, grinste mich an, weil er genau wusste, dass mir gleich die Hutschnur platzen würde, und guckte einfach nicht auf sein Handy. Verstohlen hatte ich ihm gerade zugeflüstert, dass er auf sein Telefon sehen sollte, da ich ihm eine Nachricht geschickt hatte, er möge mir doch bitte helfen. Wenn er schon einmal anwesend war. Als er endlich auf sein Smartphone sah, stieß ich die angehaltene Luft aus. Roger hatte dem Taxifahrer erzählt, wer er war. Dem Kellner, der uns zu unserem Platz begleitet hatte, den Gästen am Tisch links von uns und ebenso Steve, als er sich rechts von uns gesetzt hatte. Ich konnte nicht mehr. Und ich wollte nicht mehr.

Wieso existierte kein Mittelmaß mehr? Entweder gab es irgendwelche heruntergekommenen Idioten oder Egomanen, die nichts außer sich selbst wahrnahmen. Und dafür, dass ich Hummer nicht einmal leiden konnte, verfluchte Scheiße! Mir taten die Tiere leid. Und ich hatte während eines Urlaubs in Kuala Lumpur mitbekommen, welche schlimmen, kleinen Schreie die Tiere von sich gaben, wenn man sie ins heiße Wasser stopfte.

»Okay«, sagte Lightman schließlich. »Du hattest deinen Spaß, Baby ... Können wir jetzt in ein anständiges Restaurant gehen und danach nach Hause, in unsere Wohnung?« Steve betonte das Wort »unsere« so, dass es keinerlei Zweifel daran gab, dass wir zusammenwohnten. Das war sehr überzeugend.

»Aber Susi Wusi«, rief Roger Moore schockiert. »Was ist hier los?«

»Nun«, begann ich und sah kurz zu Steve, der über die Sitzbank nahe an mich herangerückt war. »Also eigentlich ...«

»Ich bin Steve Lightman. Hotelmogul, verrückt nach Rollenspielen.« Zwinkerte er gerade ernsthaft? »Und der Verlobte dieser wunderschönen Frau.«

»Was für ein krankes Spiel ist das?«, fragte Roger sauer und warf die weiße Damastserviette mit dem aufgedruckten Lobster auf den Tisch. »Das muss ich mir nicht bieten lassen!«

»Und ich muss mir nicht bieten lassen, dass mich ein erwachsener Mann Susi Wusi nennt oder mich füttern will!« Susan schüttelte die offene Mähne, die sie heute in Locken gelegt hatte. »Das ist verrückt.«

»Ts«, rief er, schob mit einem lauten Knarzen seinen Stuhl zurück und wedelte mit der Hand herum. »Das muss ich mir als Nachrichtensprecher nicht bieten lassen. Von ... von solchen Menschen wie Ihnen.« Erstaunt weiteten sich Steves Augen, während er ihm sprachlos hinterher starrte. Als er schließlich, unter den Augen aller Anwesenden, das Restaurant theatralisch verlassen hatte, brach ich in lautes Gelächter aus.

Steve sah mich von der Seite an, legte den Arm um meine Schultern und zog mich an sich. »Oh Baby ...«, wisperte er nahe meiner

Schläfe. »Das war ein Freak, oder?« Er platzierte einen Kuss darauf. Das warme Gefühl, welches mich durchströmte, erfüllte mich mit Glück. Es breitete sich ganz warm in meinem Bauch aus, floss bis in meine Finger und Zehenspitzen und bewirkte, dass ich mich tiefer in das weiche Leder des Sitzes kuschelte. Steve Lightman war zur richtigen Zeit am richtigen Ort gewesen … und ich konnte ihm nicht einmal böse sein.

Fast zwei Stunden später, den Bauch mit Meeresfrüchten gefüllt, die weder etwas mit Hummer, Lobster oder Langusten zu tun hatten – Steve hatte mir die Gründe für seine Abneigung erklärt – verließen wir gemeinsam das Restaurant. Mittlerweile wusste ich auch, dass Shawn einer seiner Kumpels war und ihm deshalb den Tisch neben uns besorgt hatte.

»Weißt du eigentlich«, begann ich und genoss es, wie sich unsere Arme, während wir nebeneinander herliefen, immer wieder streiften. »Dass ich dir echt dankbar bin, weil du zufällig aufgetaucht bist?«

»Na ja«, begann er sich räuspernd. »So ein Zufall war das gar nicht.«

»Also hast du durch Gedankenlesen herausgefunden, dass mein Date scheiße war?«

»Nun.« Er brach den Satz ab. »So kann man es auch sagen.«

Was meinte er denn jetzt mit dieser Anspielung? Das war seltsam. »Komm mit, ich lade dich auf ein Dessert der Extraklasse ein.«

»Steve«, sagte ich tadelnd. »Wir können nicht dauernd miteinander im Bett …«

Er unterbrach mich lachend und legte den Arm lässig um meine Schultern. »Essen, Baby. Ich rede von Essen.«

»Oh«, murmelte ich, während ich rot anlief. »Sorry.«

»Kein Problem.« Er zwinkerte dieses sexy Steve-Lightman-Ding, das, bei dem alle Frauen, inklusive mir, ihr Höschen über den Jordan warfen und es nie wieder zurückwollten. »Ich weiß ja, dass du scharf auf mich bist.«

»Idiot!«, sagte ich lachend, während ich mich von ihm durch die Straßen dirigieren ließ.

»Der Typ war ein Vollidiot. Wo hattest du den her?«

»Na von der APP!«

»Und da war er normal?« Skeptisch beäugte er mich. »Das bezweifle ich.«

»Ich meine«, lachend hob ich meinen Arm und verschränkte seine Finger des Armes, der über meinen Schultern gelegt war, mit meinen. »Der Freak hat jedem erzählt, wer er ist. J-e-d-e-m.«

Steve zuckte mit den Schultern. »Dann hätte er eh einen kleinen Schwanz gehabt.«

In einer gespielt verzweifelten Geste legte ich den Kopf in den Nacken und blickte gen Himmel. »Bitte lieber Gott, mach, dass das Bild mit dem Kerl und seinem Schwanz aus meinem Kopf verschwindet. Bitte.« Steve neben mir lachte laut. Das tiefe Timbre ließ mich schaudern. Auf die gute Art. »Ich flehe dich an.«

»Soll ich dir auf die Sprünge helfen?«, fragte er leise in mein Ohr, und eine Gänsehaut zog sich bei diesen Worten über meine Haut. »Aber zuerst zeige ich dir einen anderen meiner Lieblingsplätze, okay?«

Nur schwer konnte ich nicken. Wenn er bloß gewusst hätte, wie mich seine Worte gerade angeheizt hatten. So verdammt sehr.

»Das hier, Susi Wusi«, er imitierte die Tonlage von Roger, dem Nachrichtensprecher, und ich schlug ihm mit meiner freien Hand gegen die Brust. »Autsch. Okay. Noch mal von vorn.« Jetzt nickte ich aufgeregt. »Das hier, Susan … ist der *Chelsea Market New York*.« Er machte eine kurze Pause, in der ich mich umsah. Wir waren von der belebten Straße Manhattans in eine noch belebtere Halle getreten, die über und über voller Menschen war. Es war nicht so, dass man Platzangst bekam … Eher war man von all den Eindrücken, die schon beim Durchschreiten des Tors auf einen einstürmten, schlicht überwältigt. »Hier sind Händler aus aller Welt vertreten, die ihre Gewürze, Nahrungsmittel und fertigen Speisen anbieten. Wirklich.« Seine Stimme klang nachdrücklich. »Alles.«

»Also kriege ich hier auch …«

»Alles. Verspreche ich dir.« Wir schlenderten durch das Erdgeschoss. Straßenmusiker, bei denen ich mich fragte, wieso zur Hölle sie hier Musik machten, anstatt ihre neue Platte aufzunehmen, Gerüche, die ich ansonsten nur aus den jeweiligen Ländern kannte – sofern ich sie schon bereist hatte – oder allerlei Farben und Formen begegneten mir. Steve erklärte weiter. »Hier haben wir die Foodcorner. Das bedeutet, dass es an diesem Ort diverse Restaurants und Weinlokale gibt. Man kann hier alles essen, von indisch über syrisch, pakistanisch oder italienisch. Gute amerikanische Küche oder sogar die deutsche ist vertreten. Chinesisch, Thai, Griechisch. Du findest wirklich alles. Von feinen Edellokalen, bis Take-away-Schuppen. Jeder Geschmack wird hier fündig. Das ist versprochen.« Wir bogen um eine Ecke und vor mir erstreckten sich nochmals über eine riesige Länge Restaurants, Bars und Lokale.

»Es ist jedes Lokal total voll. Zumindest sieht es so aus.«

Er nickte. »Das sieht nicht nur so aus, das ist es.«

»Also ist es fast nicht machbar, hier essen zu gehen.«

»Baby«, er fiel schon wieder in seine Stimmimitation von Roger Moore. »Ich bin Roger Moore, Wettersprecher beim Nachtjournal.«

»Das heißt, du würdest hier einen Tisch bekommen?«, stieg ich darauf ein.

»Die Restaurants legen hier sogar noch was drauf, wenn ich zu ihnen komme. Ho, ho, ho!«

»Okay, Steve«, unterbrach ich ihn lachend. »Das Ho, ho, ho, klang eher wie ein Weihnachtsmann.« Er grinste mich anzüglich an, und ich hob die Hand »Keinen Ruten-Sack-und-Geschenke-auswickel-Witz, okay?«

»Was?«, formte er stumm mit seinem Mund und sah mich mit großen Augen an. »Das war nicht der Plan.« Meine hochgezogene Braue zeigte ihm etwas wie »Aber natürlich. Ich glaube dir Mistkerl kein Wort!«, und wir gingen lächelnd weiter. Das Gewicht seines Armes auf meiner Schulter beruhigte mich irgendwie.

»Hier haben wir den Art-Market. Du bekommst alles. Über handgefertigte Holzarbeiten, bis zu Vinylplatten, Metallkunstwerke oder Bilder. Kennst du Leon Margé?«, fragte er, und ich verneinte. »Das ist ein – ich glaube, mittlerweile dürfte er volljährig sein – Künstler, der hier ausstellt. Damals als er gerade zwölf war, wurde er entdeckt. Aktuell reißen sich wohl alle um ihn.«

»Woher weißt du denn das? Du siehst nicht aus, als hättest du etwas mit Kunst am Hut.«

»Eines meiner verborgenen Talente, Susan. Du weißt viel von mir nicht.«

Ich verdrehte die Augen. Seine dunkle Stimme, die ich dennoch so klar und deutlich vernahm, als würde er mir etwas buchstabieren, kroch durch meinen Gehörgang direkt in mein Höschen.

Fuck. Verdammter Lightman! Verfluchter Mistkerl!

»Ich habe von dem jungen Mann einige Bilder im Hotel hängen. In den großen Konferenzräumen. Nicht die, in denen wir beide immer sind.«

»Malt er so gut?«

»Na ja«, räumte er ein, während wir an den diversen Shops vorbei schlenderten. »Ich gebe zu, so viel Ahnung hab ich nicht von

Kunst. Aber … er hat als Teenager, bevor er in den großen New Yorker Galerien unterkam, bei mir um Unterstützung gebeten.«

Ich sah ihn von der Seite an und lächelte milde. »Das hast du getan?«

»Keine große Sache.«

»Steve Lightman«, wisperte ich, blieb ruckartig stehen und zwang ihn damit, ebenso zu stoppen. »Du hast ja ein Herz.«

»Das«, murmelte er und beugte sich zu mir hinab, »ist noch nicht bewiesen.« Seine Worte ließen mir Schauer über den Rücken rieseln. Er küsste mich zart auf den Mund, fast wie das sanfte Schaukeln einer Feder, die zu Boden gleitet. »Lass uns etwas Zucker in dich bringen, Baby …«

Meine Lider pressten sich kurz zusammen, ehe ich nickte. Auch wenn wir nur Freunde waren, schien mit Steve alles so leicht. So locker. So … friedlich. Ja, ich fühlte mich wohl. Ich fühlte mich in seiner Gegenwart so verdammt wohl, fast vergaß ich, dass wir lediglich Bekannte mit Extras waren. Er ließ die Grenzen verschwimmen, auch wenn er das auf keinen Fall wissentlich tat. Aber … er zeigte mir eine Welt, die ich mir ohne ihn nicht vorstellen konnte.

Und auch nicht vorstellen wollte.

Wieder mit seinem lockeren Arm um meine Schultern, fuhren wir mit der Rolltreppe hinauf. »Hier« Steve deutete mit seinem freien Arm nach oben. »Hier sind die Gewürzshops, Lebensmittelstände, Bäckereien, Milchshake-Paradiese … und …« Wir betraten den oberen Bereich und er drehte mich halb links. »… die besten Cup Cakes dieser Welt.«

Wow! Der Laden war wirklich wunderschön. Er war sehr vintage. Rosa, weiß und graue Töne dominierten. Der Schriftzug hätte gar nicht ein weiblicher Name sein müssen … oh nein, man erkannte auch so sehr deutlich die Handschrift einer Frau. *Elenies* stand in schwungvollen Lettern an der Wand hinter dem Tresen.

Der Duft eilte dem Geschäft voraus. Es roch absolut herrlich nach Schokolade, Zucker, Backpulver und Mehl, nach Safran, gemischt mit Früchten. Es war irgendwie ein bisschen wie das Paradies.

»Ele«, sprach Steve die Frau hinter dem Tresen an. »Hi.«

»Ja hallo«, antwortete sie, stemmte die Hände in die Hüften und grinste. Sie trug eine weiße Schürze, auf der in denselben Schnörkeln wie hinter ihr an der Wand der Name des Shops gestickt war. »Dass ich dich mal wieder sehe.« Sie umrundete den Tresen und zog Steve in eine Umarmung. Sein Arm verlor den Kontakt zu meiner Schulter, und augenblicklich war mir kalt. Ein winziger, wirklich nur ganz kleiner Stich von Eifersucht durchzuckte mich. Wo auch immer das Gefühl herkam, eigentlich war ich mir sicher, dass die beiden wirklich nur Freunde waren.

»Susan? Das ist Ele.« Er wedelte mit der Hand zwischen uns hin und her. »Ele? Darf ich dir Susan vorstellen.«

»Hi«, antwortete sie und zog mich ebenso in eine Umarmung. »Steve hat noch nie ein Mädchen mit hierhergebracht.«

»Das ist auch mein Happy Place, Ele.« Er lachte und fuhr sich durch sein Haar, das sowieso schon mehr als zerzaust war. »Das hab ich mir also für eine besondere Frau aufgehoben.«

»Ohh, dann sind die Gerüchte wahr?«, fragte sie, während sie wieder hinter ihren Verkaufstresen wanderte. »Die, dass du eine Freundin hast?« Ich zog die Brauen zusammen. Gerüchte? Welche Gerüchte? Ich wusste nichts von Gerüchten. Sicherlich meinte sie dieses Facebook-Foto, das auf seiner Fanseite unterwegs war.

»Wir sind Freunde. Normale Freunde«, er betonte das Wort normal. Ein kleiner Stich durchfuhr mich erneut. Aber ich riss mich zusammen und lächelte.

»Und woher kennt ihr euch?«, platzte ich heraus. Steves Kinnlade klappte nach unten, wie ich aus dem Augenwinkel sah, ehe er die vollen, sinnlichen Lippen zu einem Grinsen verzog.

»Oh, frag lieber, wer Steve Lightman nicht kennt, Schätzchen!« Ohne dass Steve oder ich etwas bestellt hatten, griff sie nach einem Teller und begann aufzuhäufen. »Für dich wie immer Tribbel-Chocolate?« Der Angesprochene nickte. »Und du … siehst aus, wie … mh … ich glaube, du bist ein Erdbeer-Champagner-Vanillecreme-Typ.«

»Bin ich?«, fragte ich lächelnd und versuchte das Grummeln in meinem Bauch über den bedeutungsvollen Kommentar, wer Steve etwa nicht kenne, zu ignorieren. Verdammte Kuh! Sie hatte nichts Schlimmes getan, und doch hatte ich wieder diesen Kloß in meinem Hals.

»Eindeutig«, wisperte Steve und gab mir einen Kuss auf den Scheitel. Okaaaaay. Also dafür, dass wir ja nur normale Freunde waren und er zu neunundneunzig Prozent mit dieser Tussi geschlafen hatte, war er echt zutraulich. Wir waren ja eigentlich übereingekommen, uns auf sexuelle Aktivitäten hinter geschlossenen Türen zu beschränken. Dennoch … tat ich nichts, um ihn zu stoppen.

Steve griff nach dem Tablett mit den Cup Cakes und den zwei Kaffees, die sie uns ungefragt dazu gestellt hatte, und steuerte einen der Tische im hinteren Bereich an. Es war so wunderschön hier. Details, wohin man nur sah. Zu meiner Linken war ein RT-Tablett, welches mit künstlichem Moos ausgelegt war, und darauf stand ein kleiner runder Vogelkäfig, in dem eine der pinkfarbigsten Orchideen stand, die ich jemals irgendwo gesehen hatte.

»Sie ist eine Patissier«, erklärte Steve und deutete aufgrund meines fragenden Blickes hinter sich. »Ele. Sie ist eine Patissier.«

»Sie ist eine Feinbäckerin?«, vergewisserte ich mich. »Das dachte ich mir schon, warum sollte sie ansonsten ihren eigenen Laden haben?«

»Nein, sie ist wirklich eine der besten Patissiers im Land. Sie hat mal für mich gearbeitet.«

»Aha«, erwiderte ich und konnte den erneuten Stich der Eifersucht, dass sie vermutlich nackt unter ihm gelegen hatte, nicht fernhalten.

»… und sie steht auf Frauen.«

»Oh!« Meine Wangen färbten sich garantiert rot. Deutlich fühlte ich, wie mir das Blut hineinstieg. Shit! Okay … das war jetzt wohl anders bei ihm angekommen, als es gedacht war. Nein, wenn ich ehrlich war, hatte ich meinen Aha-Kommentar genauso gemeint, wie er ihn aufgefasst hatte.

»Also genieße deinen Cup Cake. Du hast noch nie so etwas Gutes gegessen. Das verspreche ich dir.«

Schweigend nahm er einen Schluck von seinem schwarzen Kaffee. Ich beobachtete ihn. Steve war … er war nicht nur der Aufreißer, der jede Woche mit einer anderen Frau gesehen wurde. Er war … er war Freund, Bruder, Chef … und er war ein Herzensmensch. Das Leuchten in seinen Augen, mit dem er mir von dem jungen Künstler erzählt hatte, obwohl überhaupt nicht klar war, ob er Kapital aus ihm würde schlagen können, zeigte mir, dass er kein Unmensch war.

Und Herrgott, von der Hummergeschichte wollte ich gar nicht anfangen. Steve war im grauen Schatten der Verborgenheit ein ganz anderer Mensch, als er auf den ersten Blick glauben machen wollte.

Natürlich war er arrogant und von sich selbst überzeugt. Selbstverständlich war er sich seines Aussehens mehr als nur bewusst. Klar wusste er, was er wie zu wem sagen musste, damit die Frauen in seine Arme fielen, ohne dass er sich auch nur bewegte … Aber Steve Lightman hatte das Herz am rechten Fleck.

Ganz egal, was irgendwelche Zeitschriften über ihn schrieben.

36

STEVE

> »*Tu nie so ›als ob‹!*«
> – James Dean –

Ich war am Arsch.
Diesmal so richtig.
Dass Susan, sobald sie wach war, ausflippen und abrauschen würde wie eine Geisteskranke auf Kokain, war so sicher, wie die Tatsache, dass die Sonne jeden Tag aufs Neue aufging.
Ich wusste es einfach.
Langsam stellte ich die Kaffeetasse auf den Tresen, schloss mit beiden Händen die letzten offenstehenden Knöpfe an meinem weißen Hemd und band mir die schwarze Krawatte um den Hals.
»Guten Morgen«, kam es schließlich verschlafen von dem Durchgang zur Küche.
FUCK!
Ich!
War!
Am!
Arsch!
Susan trug das Hemd, welches ich gestern Abend angehabt hatte, und darunter, wie ich bei ihrem langsamen Auf-mich-zu-Schlendern erkennen konnte, nichts.
FUCK! Irgendjemand meinte es echt nicht gut mit mir.
»Guten Morgen«, erwiderte ich, nach meiner grenzdebilen Diagnose, was sie anhatte, und genoss den Frieden, solange er noch währte.

Sie kam zu mir herüber, stellte sich auf die Zehenspitzen mit den Armen um meinen Hals. »Danke, dass du mir gestern ein echter Freund warst und meinen Abend gerettet hast.« Ich legte meine Hände auf ihren Hintern und zog sie an mich. Da ich ein frühes Meeting mit einem Lieferanten hatte, war ich schon komplett angezogen. Dennoch hielt das meinen Schwanz nicht davon ab, sich steif an Susan zu pressen. »Und«, nun wackelte sie mit ihrem Unterleib gegen meinen, »dass du mir die Nacht angenehm gestaltet hast.«

Sie drückte sich auf die Zehenspitzen, küsste mich kurz auf die Lippen und zog sich anschließend zurück.

»Ich habe dir nur geholfen, die Kalorien wieder abzutrainieren, die du bei Ele in dich hinein gestopft hast.«

»Hey!«, rief sie und goss sich ebenfalls Kaffee ein. Wieso wusste Susan eigentlich, wo hier die Tassen standen? Ein warmes Gefühl breitete sich in mir aus. »Sie hat mir das Zeug doch aufgedrängt, um es zu probieren.«

Lachend zog ich sie an mich. »Also geht es dir gut?«

»Sehr gut.«

»Siehst du«, erklärte ich und schob ihr mit den Fingerspitzen eine Haarsträhne aus dem Gesicht. »Unsere Freundschaft funktioniert super.«

»Das tut sie«, sagte Susan lachend, rückte ein Stückchen von mir ab und griff nach der *New York Times*. Gerade nahm sie einen Schluck Kaffee und prustete ihn anschließend über meinen kompletten Küchentresen.

»Was ist das?«, fragte sie mit lauter Stimme und aufgerissenen Augen. »FUCK!«

Steve Lightman im Nest der Liebe? Oder wieder nur ein kurzer Stopp auf dem weiblichen Highway?

Susan Montgomery, (30 J., Partnerin in der Kanzlei Whits, Whites & Montgomery) scheint nicht nur in Rekordschnelle die Chicagoer Wirtschaftswelt zu erobern, sondern auch das Herz unseres Dauersingles und sexiest Man of America ihr Eigen zu nennen.

Das frisch verliebte Pärchen wird immer öfter gemeinsam gesichtet. (Wir berichteten.) Gestern Abend war es erst ein romantisches Dinner in Luke's Lobster mit einem anschließenden idyllischen Spaziergang im Chelsea Market. Lachend, turtelnd und so, wie man Lightman gar nicht kennt – nämlich auf eine Frau konzentriert –, berichteten Augenzeugen, dass die beiden gemeinsam in einem der Fahrstühle des Lightman Futur-Hotels verschwanden.

Steve Lightman, Geschäftsführer des Hotels und dritter Sohn der Lightman Familie, die das größte Hotelimperium in den Staaten führt, scheint so verliebt, wie wir ihn noch nie gesehen haben.

Steckt hinter dieser Romanze wirklich mehr? Oder ist es wieder nur ein kleiner Zwischenstopp auf dem Highway der Frauenwelt, den Lightman (31) nutzt wie Motorradfahrer die Route 66?

Bleibt nur zu hoffen, dass Wirtschaftsprüferin Susan Montgomery ihre Tätigkeiten für den Lightman-Konzern bald beendet hat. Denn eines sei dir gesagt, liebe Susan, du bist nicht die Erste, die hofft, das Herz des sexy Womanizers erobert zu haben.

Zitternd legte sie den Artikel nieder, schluckte mühsam, und raufte sich dann die Haare. »Wo ist mein Handy?« Sie rannte aus der Küche, den Flur entlang, und schließlich hörte ich sie in ihrer Tasche wühlen.

Leise drang ihre Stimme an mein Ohr. »Fuck. Fuck. Fuck«, murmelte sie immer wieder, ehe sie zurück in die Küche kam.

»Was sollte das?« Susan deutete auf den Artikel.

Ehe ich antworten konnte, räusperte ich mich. Ich musste jetzt locker, aber ernst bleiben, ansonsten würde sie wirklich davonrennen.

»Ich kann nichts dafür, Susan …«, antwortete ich schließlich. »Das sind Reporter.« Nun zuckte ich mit den Schultern. »Die sind einfach sensationsgeil.«

»Aber die Times? Und dann so ein Artikel?«

Nun schnaubte ich. »Es denkt nur immer jeder, dass die Times so seriös ist. Aber auch hier gibt es eine Klatschspalte.«

»Aber das Titelblatt? Mit Bild von uns beim Essen?«

»Ich weiß«, räumte ich ein. »Ich habe nicht bemerkt, dass ein Reporter bei Luke's war.«

»Haben die alle nichts Wichtiges zu tun?«

»Das Gute ist, dass der Kerl erst dazu kam, nachdem Roger Moore weg war. Ansonsten würde der Artikel ganz anders aussehen.«

»Ich will eine Gegendarstellung.«

»Das ist Pressefreiheit, Susan«, erklärte ich ihr und fuhr mir durch meine Haare. »Ich mache das seit Jahren mit! Manchmal ist es einfach besser, wenn man den Kram in der Versenkung verschwinden lässt.«

Angewiderte deutete sie auf den Artikel. »Mit diesen Wichsern? Und du willst nichts unternehmen?« Susan verschränkte die Arme vor der Brust. »Das könnte meine Karriere zerstören.«

»Warum? Weil du nicht mit mir gesehen werden willst?«

»Nein, weil der Artikel quasi offenbart, dass ich mit dir ficke.« Nun hob sie die Stimme.

»Wir sind Freunde«, verteidigte ich das, was wir hatten. Was auch immer es war.

»Freunde, die miteinander schlafen. Und Abende zusammen verbringen. Essen gehen. Spazieren. Arm in Arm.«

»Ich …«

»Nein, Steve.« Sie seufzte und raufte sich abermals die Haare. »Ich finde das nicht schlecht, was wir da haben … aber ich kann es mir nicht erlauben …« Ihr Handy klingelte. Susan hob den Zeigefinger. »Moment.«

»Luisa. Guten Morgen!« Sie verdrehte die Augen und tat fröhlich. »Oh ja, klar lese ich die Times.«

Nun tat ich es ihr gleich und verdrehte die Augen. Nach einem schnellen Blick auf die Uhr, formte ich mit den Lippen: »Ich muss los«, und sie nickte.

»Wir reden Mittag weiter im Konferenzraum«, flüsterte sie, während sie die Sprechmuschel zuhielt, »Klar, hör ich dir zu.« Es war wieder kurz still, als ich meine Lederschuhe zuband. »Luisa, ich bin dreißig Jahre alt, denkst du wirklich, ich muss dir sagen, wenn ich mit jemandem essen gehe?«

Nun grinste ich. Na ja … vielleicht war der Artikel ja doch nicht ganz so schlimm, wie ich dachte.

Langsam zog ich dir Tür hinter mir zu und ging zum Aufzug.

Doch im Grunde brodelte ich innerlich, denn der Artikel der *Times* war einfach eine Sauerei. Aufgrund der letzten Jahre berechtigt, aber eine Sauerei. Ganz zu Beginn, als ich so in den Fokus der Reporter gelangt war, hatte ich noch immer irgendwie versucht, das eine oder andere Blatt zu verklagen. Rufmord, böswillige Unterstellungen und all solche Dinge. Aber schnell musste ich lernen, dass das, wenn man in der Öffentlichkeit steht, nicht funktioniert. Ja, wir hatten Spitzenanwälte und ja, wir waren im Recht, aber das änderte nichts an dem verfluchten Gesetz der Pressefreiheit.

Wobei ich ehrlich gesagt noch nie erlebt hatte, dass so ein Artikel über mich veröffentlicht worden war. Einmal war in der Sun etwas Ähnliches geschrieben worden, in dem der Dame, welche damals an meinem Arm bei einem Stück in der Oper gegangen hatte, unterstellt wurde, dass sie sich gerade von einer Trennung erholte. Damals war ich nicht der Herzensbrecher gewesen, sondern derjenige, der die Scherben wieder zusammenklebte.

Wie auch immer. Es war einfach so, dass ich mich mit diesem

Mist auskannte. Ich war etabliert in der Geschäftswelt und vor allem war ich dort geschätzt. Meine Frauengeschichten hatten noch nie eines meiner Geschäfte zerstört oder beeinflusst, denn ich hielt mich von Damen, die in einer Partnerfirma arbeiteten, oder in irgendeiner Art und Weise mit einem meiner Geschäftspartner bekannt waren, fern. Vollkommen. Meine Familie und mein Geschäft standen über Sex. Egal, wie verdammt gut er sein konnte. Und das würde ich mir auch niemals nehmen lassen.

Als der Fahrstuhl das vertraute *Pling* erklingen ließ, und verkündete, dass wir auf meiner Etage angekommen waren, durchzuckte es mich wie ein Blitz.

Auch wenn ich mit dem Reporter-Scheiß vertraut war.

Auch wenn ich an Bilder mit irgendwelchen Frauen an meiner Seite gewöhnt war.

Dann waren es nie – niemals – irgendwelche Geschäftspartnerinnen gewesen.

Noch nie.

Bis Susan Montgomery.

37

STEVE

 »Okay … Ich reiß dir die Zunge raus, damit sie mich am Arsch lecken kann!«
– Charlie Sheen –

Zwei Tage später

»Guten Morgen«, sagte ich, nachdem ich den Meetingraum betreten hatte.

»Morgen«, nuschelte Susan und sah sofort wieder auf ihren Bildschirm. Nach gestern Abend hatte sie bei mir übernachtet. Allerdings konnte man es nur dann übernachten nennen, wenn es in Ordnung war, dass sie sich um fünf aus meiner Wohnung im Hotel geschlichen war, um nach Hause zu fahren und sich umzuziehen.

Weshalb sie nicht einfach ein paar Sachen mitbrachte, wo sie doch seit einiger Zeit sowieso immer bei mir schlief, verstand ich nicht … aber gut. Ich würde sie das einfach mal fragen. Oder ihr vorschlagen, ihr Zimmer aufzugeben und die verbleibenden Tage bei mir zu schlafen. Sollte es schiefgehen, könnte sie auch einfach ein Zimmer im Hotel haben. Natürlich kostenlos. Wenn sie das wollte.

Das alles überlegte ich mir, als ich den kurzen Abstand von der Glastür zu ihrem Platz überbrückte.

»Alles okay?«, fragte ich vorsichtig und setzte mich neben sie, nachdem ich Kaffee geholt hatte. »Du warst heute Morgen so schnell weg.«

Susan warf mir einen flüchtigen Seitenblick zu, keine Spur von einem Grinsen war auf ihrem Gesicht zu finden. »Ich musste arbeiten«, erklärte sie und griff nach ihrem Handy. »Sorry, ich bin hier gerade total vertieft, können wir das nachher besprechen?« Sie schien sich ihrer Manieren besonnen zu haben, und ich nickte. Klar konnten wir das, natürlich. Wenn sie es so wollte.

Gab es denn etwas, das man besprechen musste? Ich öffnete mein Notebook und checkte ebenso meine E-Mails, während ich ihrer Stimme am Telefon lauschte. Sie schien mit ihrer Kanzlei in Philadelphia zu telefonieren, denn sie gab ihrer Sekretärin einige Anweisungen, einen alten Fall betreffend, dessen Unterlagen sie ihr rübermailen sollte. Und sie ließ verlauten, dass sie einen Auszug aus einem Gesetzbuch der Wirtschaft bräuchte. Es erklärte sich eigentlich von selbst, dass ich offiziell nicht weiter darauf reagierte … Aber inoffiziell lauschte ich ihrer Stimme und genoss das Gefühl, das sie in mir hervorrief. Sie war so unfassbar sexy, wenn sie diese Anweisungen gab. Natürlich hatte ich Susan in den letzten Tagen immer mal wieder in Aktion erlebt … aber das heute … das war irgendwie anders. Extrem heiß. Es turnte mich an, dass sie genau wusste, was zu tun war, und dass sie diese Macht auslebte. Sie beendete das Gespräch, kam zurück zu ihrem Platz und sah mich an.

»Wir müssen reden, Steve.«

»Okay«, erwiderte ich mich räuspernd.

»Ich habe heute etwas rausgefunden und ich denke, es hat mit dem Chef deiner Finanzabteilung zu tun.«

»Geht es darum, was Jane angedeutet hat?«

»Ja.« Sie nickte und schob den Bleistift vor sich hin und her. Der ganze Bereich um sie herum war mit Unterlagen, Stiften und Taschenrechner bepflastert. Außerdem trug sie diese sexy Lehrerinnenbrille, die sie in den letzten Tagen schon immer mal wieder auf der Nase gehabt hatte. »Ich habe nachgeforscht, bin dort etwas in die Tiefe gegangen und habe festgestellt, dass Langzeitgäste wie Elton John, den du bis vor einigen Wochen in einer der Suiten hattest, in keiner der Abrechnungen für eine Suite auftauchen.«

»Bitte?«, fragte ich. »Was sagst du da?«

»Ja.« Sie hielt mir ein Blatt entgegen. »Er war hier für volle zehn Monate in der Whitesuite, das sagt das Reinigungsprotokoll. Das gibt Pi mal Daumen, wenn ich von dreißig Tagen im Monat ausgehe und die Kosten sich auf elftausend Dollar pro Nacht belaufen … dann müssten auf jeden Fall drei Komma eins Millionen mehr auf dem Konto sein, ziehen wir dann eine großzügige Summe an Fixkosten ab, dann brauchen wir mindestens eins Komma fünf Millionen, die einfach nicht da sind. Da du über die Sommermonate mit allen

Zimmern ausgebucht warst, habe ich einen Posten gefunden, bei dem ein Luxus-Doppelzimmer, welches gar nicht existiert laut Nummernschlüssel, abgerechnet wurde.«

»Welche Zimmernummer?«, fragte ich. In meinem Magen bündelte sich etwas, das mir übel werden ließ.

»Siebenhundertfünfzehn«, beantwortete sie die Frage.

»Das Zimmer gibt es nicht«, erklärte ich sofort. »Die Luxus-Doppelzimmer im siebten Stock haben alle volle Nummern. Also Siebenhundert, Siebenhundertzehn, Siebenhundertzwanzig, Siebenhundertdreißig und so weiter ... aber eine Siebenhundertfünfzehn gibt es nicht.«

»Nun, das erklärt, warum Sir Elton John in den zehn Monaten Aufenthalt hier nur siebenundfünfzigtausenddreihundertfünfundsechzig Dollar bezahlt hat, anstatt die dreieinhalb Millionen, die eine Suite für denselben Zeitraum kostet.«

»Wieso ist mir das nicht aufgefallen? Ich prüfe ja jeden Monat die Summen und Saldenlisten«, fragte ich laut, obwohl ich der Einzige war, der diese Frage zu hundert Prozent beantworten konnte.

»Na ja, wie soll das auffallen? Bezahlt hat er ja. Eben nur ein Luxus-Doppelzimmer anstatt der Suite. Die als frei eingetragen wurde, obwohl es Reinigungsprotokolle gibt. Am Anfang hab ich mich auch gefragt, wo der Fehler sein könnte, aber über den kompletten Zeitraum wurden mehr normale Zimmer abgerechnet, als es überhaupt im Hotel gibt, verstehst du ... Und dann bin ich weiter in die Tiefe gegangen.« Sie lächelte schwach und fuhr sich anschließend über die Stirn. »Und da uns ja eine erhebliche Summe fehlt, war klar, es muss eines der teuren Zimmer sein, ansonsten kommen wir nicht auf den Betrag.« Sprachlos starrte ich sie an. »Und wenn man jetzt Janes Erzählungen bedenkt, dass Mr. Benjamin Caden ihr die Langzeitgäste und somit die Abrechnungen dieser abgenommen hat, dann finde ich, ist das ein interessanter Rückschluss.«

»Du sprichst davon, dass du denkst, er hätte das Geld abgezwackt, um es auf ein anderes Konto zu bringen?«

»Ja, diese Vermutung liegt aktuell nah.«

»Aber wie hätte er das tun sollen?«

»Na ja«, begann sie erneut und zuckte mit den Schultern, »So weit bin ich noch nicht. Aber genau deshalb lasse ich mir von meiner Sekretärin Unterlagen zukommen von alten Fällen, in welchen es genau darum geht. Die Konten zu finden, und wie sie es machen.«

»Hast du darin keine Erfahrung?«, neckte ich sie lächelnd.

Susan schien das Geplänkel ernst zu nehmen. »Zweifelst du meine Kenntnisse an?« Ihre Stirn legte sich in Falten und sie zog die Nase kraus. »Ist dir eigentlich klar, dass die Unternehmer bei mir Schlange stehen, um mit mir zusammenzuarbeiten?«

»Also …«

»Ich arbeite normalerweise nur nicht mit Betrügern, deshalb möchte ich noch einmal in alte Unterlagen einsehen.«

»So war das nicht …«

Erneut unterbrach sie mich. »Aber ich sage dir was, Steve, wenn du mir nicht vertraust, wenn du nicht glaubst, dass ich hier das Beste gebe, denn ich *bin* die Beste in dem Bereich, dann werde ich diesen Auftrag abbrechen. Es gibt nämlich Menschen, denen wichtig ist, dass ich mich um ihre Belange kümmere.«

»Susan!«, rief ich dazwischen, ehe sie noch mehr in Fahrt kommen konnte. »Beruhige dich bitte. So war das gar nicht gemeint.«

Skeptisch beäugte sie mich, ehe sie schließlich knapp nickte. »Gut. Aber zweifle nie wieder an meinen Fähigkeiten, Steve. Ich zweifle an deinen ja auch nicht.«

»Sorry, das war wirklich nicht so gemeint.« Ehrlich, Leute, wenn ich über die Ziellinie hinaus schoss, dann konnte ich mich auch dafür entschuldigen. Ich hatte nicht gewollt, dass sie das in den falschen Hals bekam. Und ich war, entgegen dem, was all die Zeitschriften und Internetseiten über mich behaupteten, ein empathischer Mann.

»Schon in Ordnung«, murmelte sie und sah wieder auf ihre Unterlagen. »Tus einfach nicht wieder.« Wieso reagierte sie darauf so heftig? Das war nicht nur irgendetwas, das in ihr saß … sondern etwas, das sie in den Knochen *trug*. Während ich sie betrachtete, wuchs in mir Anerkennung für sie. Susan schien nicht wie ich mit dem goldenen Löffel im Mund geboren worden zu sein. Oh nein, sie hatte sich alles erarbeitet und tat es noch. Gut, das taten meine Brüder und ich ebenso … Aber wir hatten schon aufgrund unseres Nachnamens eine andere Stellung in der Gesellschaft. Susan hingegen … sie hatte sich von null alles aufbauen müssen. Da verstand ich, dass sie mit solch einer Leidenschaft reagierte, wenn man sie anzweifelte.

»Ich habe dich nicht angezweifelt, Susan«, erklärte ich nochmals. Applaus bitte! Das war nämlich das erste Mal, dass ich mich mehr als einmal für irgendetwas entschuldigt hatte. Außerhalb meiner Familie.

Aber wir waren ja Freunde. Richtig gute Freunde. Die besten Freunde, wenn wir nackt waren. *Falsche Gedanken, Lightman!*

»Doch hast du. Aber lassen wir das.« Ihre Stimme klang schneidend, und ich wusste, auch das hatte mir meine Mutter beigebracht, dass das Thema beendet war.

»Wann befragen wir Benjamin?«

Sie hob eine Braue. »Ich würde gern erst noch einige andere Beweise zusammentragen. Ich werde sicherlich nicht so unprofessionell handeln und diese schweren Anschuldigungen publik machen, bevor ich das nicht von dem Rechtsbeistand der Kanzlei ebenso überprüfen habe lassen, Steve.« Sie klang, als wäre dass das Logischste der Welt und ich nur ein kleiner Wurm, der sich lieber wieder in seinem Loch verkriechen sollte.

Um ehrlich zu sein, mochte ich es nicht sonderlich, wenn jemand so mit mir sprach. Dazu kam es selten bis nie vor. Aber Susan … sie hatte echte Eier. Dass das alles keine Show war und sie nicht einen auf harte Geschäftsfrau machte, weil sie mich zu irgendetwas herumkriegen, motivieren wollte oder Ähnliches, wurde mir klar, als sie mich nicht mehr wahrnahm. Sie war vollkommen vertieft in ihre Arbeit, bemerkte nicht einmal, dass ich den Konferenzraum verließ, um in mein Büro zu gehen.

Susan Montgomery war eine faszinierende Frau, sie war so anders als alle anderen. Sie versuchte nicht, mich mit künstlichem Charme oder falschen Behauptungen in ihre Arme zu ziehen. Ganz im Gegenteil, eigentlich sollte niemand hier erfahren, dass wir miteinander vögelten. Warum auch sonst hätte sie sich bei Nacht und Nebel aus dem Hotel schleichen sollen? Sie kannte die Notausgänge, und ich musste sie nicht erst fragen, ob sie fröhlich und frisch gefickt durch die Lobby spaziert war, oder ob sie, wie die letzten Male, heimlich und verstohlen den Hinterausgang durch die Tiefgarage genommen hatte. Susan war einfach anders als alle anderen.

Während ich also über den Marmor den Gang entlang lief, fühlte ich mich nicht mehr wie der große mächtige Steve Lightman, für den ich mich im Grunde hielt, nein ich fühlte mich einfach nur wie ein Mann, der sich Gedanken darüber machte, ob es nicht an der Zeit war, sich noch intensiver mit dieser einen Frau zu beschäftigen.

Mit der Frau, die Widerworte gab.

Die nichts tat, um ihm zu gefallen.

Die eigentlich ihre Ruhe vor ihm wollte.

Und vor allem nicht sein Geld und seine Karriere.

»*Hey* ihr Luschen«, erwiderte ich und klinkte mich in das Skype-Gespräch meiner Brüder ein.

»Steve«, sagte Jason sarkastisch. »Wie schön, dass du deinen Arsch hierher bewegst. Anstatt uns wie neulich Abend warten zu lassen.«

Shit! Ich hatte ein Gespräch vergessen? Das war ja noch nie vorgekommen. Und da Jason wusste, dass ich Susan gesucht hatte, sollte ich mir besser schnell irgendetwas einfallen lassen.

»Ich hatte eine wichtige Mission.« *Geistreich, Lightman. Geistreich.*

»Oh war der große, selbst ernannte Stevemaster mal wieder auf der Piste.«

»So kann man es sagen.«

»Warum?«, sagte Eric lachend und wackelte mit den Augenbrauen, »Warst du auf einer Piste?«

»Auch das, ja.« *So nah wie möglich an der Wahrheit bleiben.* Ich hasste es, meine Brüder zu belügen. Deshalb hatte ich das seit der Highschool nicht mehr getan. Na ja … außer Jason aktuell … es war eben schwierig, ihm das mit Susan zu verklickern. Außerdem hätte er mir sowieso nicht geglaubt. »Aber«, erklärte ich in meinem gönnerhaften Stolz. »Nur kein Neid, Eric. Eva lässt dich schon mal wieder ran … irgendwann. Nächste Woche!« Mein Bruder hob die Brauen, wie ich durch die Kamera sehen konnte. »Oder nächsten Monat … oder … nächstes Jahr?« Jason lachte laut auf. Ich ebenfalls.

Eric verdrehte die Augen. »Halt die Klappe, oder ich reit dich in die Scheiße.«

Würde er niemals tun, das wusste ich genau. »Bla, bla, bla!«, fügte ich noch an.

»Wieso genau telefonieren wir?«, fragte mein pragmatischer Bruder Jason. »Ich habe echt viel zu tun.«

»Weil wir uns lieb haben?«, warf ich ein.

»Weil Eva mich in den Wahnsinn treibt, ihr Idioten. Sie will wissen, ob ihr euch einen Flug zur Hochzeit gebucht habt.«

»Wo genau noch mal ist die?«, fragte ich.

»Dein Ernst, Steve?« Eric hob die Braue.

»In New York!«, rief Jason dazwischen.

»Also, warum genau soll ich mir einen Flug buchen, wenn ich hier wohne?«

»Gutes Argument«, ergänzte Jason. »Sich rausreden kann er.«

»Ich will nur auf Nummer sicher gehen, dass du es nicht vergisst.«

»Baby«, sagte ich, lehnte mich zurück und nippte an meinem Kaffee – zu dieser frühen Tageszeit trank nicht einmal ich Scotch. »Ich bin bereit für die Party. Es kann losgehen.«

»Keine Brasilianerinnen«, erklärte Eric noch einmal. Genau wie vor ein paar Wochen beim Telefonieren. »Bitte. Mach das nicht.«

»Ich sagte doch, ich bringe keine Brasilianerin mit. Wobei das für meine Laune sicherlich gut wäre.«

»Du denkst echt nur an Sex, oder?«

»Nein, ich hab ihn ja, im Gegensatz zu euch!« Lachend lockerte ich meine Krawatte. »Eric, ich verspreche dir, es wird alles bereit sein. Wann will Eva hierherkommen, um die letzten Details mit dem Boatshouse zu klären?« Gut, dass ich gerade meinen Kalender vor mir hatte und das Post-it daran sah. Er hatte mir vor einiger Zeit schon einmal gesagt, dass meine Schwägerin hierherkommen wollte, um zu überprüfen, ob alles so lief, wie sie es sich vorstellte. Natürlich würde ich ihr dabei helfen.

Ich sage doch, ich war nicht so ein frauenverschlingender Wichser, wie die Zeitungen einen glauben machen wollten. Ich war einfach nur ein ganz normaler Mann, ein Bruder, der seine Familie über alles liebte und auch seine Schwägerinnen.

»Ich sag ihr, sie soll dir eine SMS schreiben, okay?«

»SMS? Wie aus den Neunzigern?«

»Halt die Klappe, Steve!«, grätschte Jason dazwischen. »Vielleicht können wir das kombinieren, dass Luisa auch rüberkommt und Susan besucht. Dann können die Mädels was miteinander machen, und du bist abends frei, Steve.«

Ich wollte doch gar nicht frei sein. Ich wollte doch meine Abende mit Susan verbringen, und jetzt hetzten sie mir Eva und Luisa auf den Hals, Luisa hasste mich. Sie würde mich umbringen, wenn sie erfuhr, dass wir miteinander vögelten. Wenn sie es nicht schon wusste. Heilige Scheiße, das klang alles nach Problemen über Problemen.

»Das ist eine gute Idee. Susan langweilt sich doch sicherlich bei dir, Steve«, provozierte mich Eric. Ich wusste, dass er nichts davon hielt, diesen wesentlichen Part vor Jason geheim zu halten, aber was sollte ich sonst tun? Es ging nicht anders. Und deshalb wollte ich keine schlafenden Hunde wecken, kam doch hinzu, dass es bei dieser Sache zwischen uns, um zeitliche Begrenzung ging. Es war ja nicht so, dass Susan auf dem Plan hatte, irgendwie nach New York umzusiedeln. Wie sich heute herausgestellt hatte, kamen wir sehr gut voran. Oder Susan kam gut voran. Es war eine Frage der Zeit, ehe sie wieder zurück nach Hause gehen würde.

»Sie datet«, rutschte es mir grimmig heraus.

»Das klingt ja so, als würde es dich stören«, versuchte es Eric weiter und sah mich aufmunternd an. Seine Augen sprangen mir fast entgegen und brüllten: SAG ES IHM!

»Nun ...«, erklärte ich.

»Lass die Finger von ihr, kleiner Bruder. Ich habe keinen Bock auf Stress mit Luisa.«

»Entspann dich, Jason.«

»Das kann ich nicht. Nicht, nachdem Luisa mir drei Stunden eine Szene gemacht hat, was das in irgendeinem Eiskaffee sollte. Sie hat sich so lange aufgeführt, bis sie Susan endlich erreicht hat.«

Luisa und Susan hatten deswegen telefoniert? Das hatte mir die kleine Schlange mit keinem Wort erzählt. Augenverdrehend erwiderte ich: »Das war ganz anderes, als es das Internet darstellt. Das solltest du doch eigentlich wissen, wie die Arschgeigen da sind.«

»Schon gut.« Abwehrend hob er die Hände. »Luisa hat sich ja wieder beruhigt.«

»Schön, wenn ihr zwei Turteltäubchen wieder verliebt seid ... aber ... apropos Susan, wie läuft es, Steve?«

Ich räusperte mich. »Na ja, einerseits echt gut, Susan ist großartig und kommt super voran.«

»Aber?«, fragte Jason. Wir alle drei hatten jetzt von locker und flapsig in den Arbeitsmodus geschaltet.

»Aber ihre Ergebnisse gefallen mir nicht.«

»Ich dachte, sie ist die Beste in dem Bereich?«, fragte Eric und verengte die Augen. Da er seine Position verlagerte, sah ich, dass er seine Kochjacke trug, die bereits über und über mit Flecken verunziert war. Mein Bruder begann ja jeden Morgen, bevor die Sonne aufging, zu arbeiten, damit für das Mittagsgeschäft schon einiges vorbereitet war. Gerade machte er Pause. Auf der Dachterrasse. Und rauchte eine.

»Ist sie auch. Trotzdem will ich nicht wirklich hören, was sie sagt.«

»Was ist denn passiert?«

»Wir haben letzte Woche mit den ersten Gesprächen der Mitarbeiter begonnen ... Und eine der Damen, Jane, hat erzählt, dass Benjamin sie entlasten will.« Das Wort »entlasten« setzte ich in imaginäre Anführungszeichen.

»Was meinst du damit?«, fragte Jason mit dunkler Stimme.

»Ich wollte damit sagen, dass er Arbeit, was Langzeit-Gäste

betrifft, von ihrem Aufgabengebiet fortnimmt und es selbst erledigt. Gerade, was die Abrechnungen angeht.«

»Das würde ja bedeuten«, begann Jason erneut, »dass er das Geld verschwinden lassen hat.«

»Das will ich damit sagen.« Ich räusperte mich und legte einen Knöchel auf dem Knie des anderen Beines ab. »Es ist noch nicht bewiesen, aber nach Kenntnisstand heute Morgen, so weit mich Susan informiert hat, sieht es schwer danach aus.«

»Das ist heftiger Scheiß, Bro.« Eric fuhr sich mit den flachen Händen über das Gesicht.

»Was wirst du jetzt tun?«, fragte Jason.

»Ich gehe seine Personalakte noch einmal durch und werde wohl ein neues Führungszeugnis und all diese Dinge anfordern.«

»Machst du das nicht automatisch, wenn du jemanden einstellst?«

»Doch«, stimmte ich zu und trank von meinem Kaffee. »Natürlich. Das Zeugnis war auch brandaktuell, aber vielleicht hat es ein wenig gedauert, bis dort etwas nachgetragen wurde.«

Jason räusperte sich. »Das glaube ich nicht. Wenn man Geld im großen Stil verschwinden lässt, dann landet man im Knast.«

»Stimmt«, sagte Eric.

»Ja, ich weiß. Aber …« Ich kniff mir kurz mit Daumen und Zeigefinger in den Nasenrücken. »Ich habe das Gefühl … etwas übersehen zu haben.«

»Dann schau dir die Akten noch mal an, das wird das Beste sein.«

»Das ist der Plan, ja.«

»Und was wird Susan in der Zwischenzeit tun?«

»Soweit ich weiß, wollte sie sich noch irgendwelche Unterlagen von ihrer Sekretärin aus Philly kommen lassen.«

»Okay.«

»Ja, was sollen wir weiter tun?« Die Frage an meine Brüder war rhetorisch. »Wir brauchen mehr und vor allem stichhaltige Beweise, sonst geht gar nichts.«

»Ja, da hast du recht. Auch wenn gerade alles darauf hindeutet, das Benjamin sich an deinem Umsatz und somit auch am Gewinn bedient hat, solltest du dir genau überlegen, wann du da was wem erzählst.«

»Eben.«

»Und bis dahin einfach die Füße still halten.«

»Ja, ich weiß«, stimmte ich zu, donnerte aber meine mittlerweile leere Tasse auf den Tisch. »Es ist nur … es macht mich so wütend! Wie konnte ich das übersehen? Wie konnte ich das nicht merken?«

»Na ja, dir ist es ja aufgefallen.«

»Ja, aber warum so spät? Kurz vor dem Abschluss der Bilanzen für das laufende Geschäftsjahr. Ein denkbar ungünstiger Zeitpunkt.«

»Besser, als wenn es zu spät ist, oder?«

»Ich weiß. Dennoch ... ab jetzt werde ich mir wieder wöchentlich die Einnahmen und Ausgaben Konten ansehen. Es ist doch ein Witz, oder?« Frustriert fuhr ich mir durch mein Haar und ließ meinem Unmut weiterhin freien Lauf. »Wieso stelle ich jemanden ein, der sich um den Mist kümmert? Richtig! Weil ich genügend andere Dinge um die Ohren hab. Und weil ich nun einmal Hotelmanagement studiert habe und keine Finanzen. Heilige Scheiße!«

»Es ist beschissen, da stimme ich dir zu. Aber besser so, bevor du es dem Aufsichtsrat vorlegst.«

»Natürlich. Nur ich frage mich immer noch, wie ich das übersehen konnte.«

»Dieses Schwein wird zur Strecke gebracht. Ganz einfach. Und du bekommst dein Geld zurück. Ich bin mir sicher, Susan ist professionell und lässt nebenbei bereits alles von einer Anwaltskanzlei prüfen, ehe ihr solche großen Anschuldigungen offen ausspricht.«

»Ja, das macht sie.«

»Apropos Aufsichtsrat«, begann Eric erneut. »Habt ihr euch Flüge nach Chicago gebucht? Mom plant schon seit Wochen, was sie ihren Jungs zu essen macht.«

Die Zusammenkunft des Aufsichtsrates fand einmal im Jahr statt. Nämlich dann, wenn wir – die Kinder von Joseph und Mathilda Lightman – die Bilanzen für das jeweilige Hotel vorlegen mussten.

Der Lightman-Konzern beherbergte auch noch ein Dutzend Restaurants zu den drei großen Hotels, die wir Kinder geerbt hatten. Unser Vater war der Vorsitzende des Aufsichtsrates und hielt die Mehrheit an den Aktien des Lightman-Imperiums. Meine Brüder und ich besaßen zum aktuellen Zeitpunkt jeweils fünfzehn Prozent des Unternehmens. Die beiden Restaurant-Besitzerinnen, welche den Anteil ihres verstorbenen Vaters aufgeteilt hatten, waren zu jeweils siebeneinhalb Prozent beteiligt. Und unser Vater besaß die restlichen vierzig Prozent.

Als er das Imperium damals aus dem Nichts erschaffen hatte, bat er seinen besten Freund, einen der wenigen Menschen, die überhaupt an den Erfolg der Hotels geglaubt hatten, zu investieren. Dieser war in der Gastronomie vertreten und führte einige der besten Läden des Landes. Nachdem er bei einem tragischen Autounfall ums Leben gekommen war, waren seine zwölf Restaurants, welche er sich mittlerweile gemeinsam mit meinem Dad erarbeitet hatte, in die Hände seiner beiden Töchter übergegangen. Ebenso wurden seine fünfzehn Prozent Anteile der Aktiengesellschaft aufgeteilt. Deshalb setzte sich der Aufsichtsrat aus sechs Personen zusammen. Und auch wenn es ein Familienunternehmen war, waren wir dennoch börsennotiert – man erwartete Gewinne, und die Aktionäre vor allem Gewinnausschüttungen.

Da wir uns in weniger als vier Monaten im Hauptgebäude, dem *Lightmans Elegance*, also Erics Hotel, treffen würden, musste der Jahresabschluss zu hundert Prozent passen. Ich wollte mir keine Schnitzer erlauben. Ich wollte überzeugen, denn ich war ehrgeizig und hatte mit meinem neuen Konzept, was das *Lightmans Futur* betraf, erst einmal viele skeptische Blicke geerntet. Deshalb wünschte ich mir, dass es funktionierte.

»Das sind noch Monate hin«, sagte Jason, und ich lachte.

»Typisch Mom.«

»Also wenn ihr nicht wollt, dass sie euch die ganze Hochzeit über damit volllabert, dann bucht einfach und sagt es ihr.«

»Vierter Januar, richtig?«, fragte ich und trug mir den Termin nebenbei gleich in meinem Computer ein.

»Jepp.«

»Super, direkt nach Neujahr … nicht, dass Mom auf die Idee kommt, wir können ab Weihnachten einen auf Happy Family machen.«

Augenverdrehend winkte ich ab. »Das redet ihr Dad schon aus.«

»Du klingst aber zuversichtlich.«

»Natürlich. Ich weiß, was er Mom zu Weihnachten schenken wird.«

»Und das wäre?«

»Silvester in Paris.«

»O la la«, sagte Eric lachend. »Zweiter Frühling, was?«

»Sag das nicht«, stöhnte Jason.

»Hör auf! Das sind unsere Eltern.«

»Ihr habt ja recht.« Lachend fuhr er sich durch sein Haar. »Ich muss wieder. Wir sprechen die Tage, ja?«

»Geht klar.« Jason nickte. »Melde dich, sobald es News gibt.«

»Mach ich. Und Eva soll mir eine Nachricht schicken, wann sie nach New York kommt.«

»Ich sag es ihr.« Er zuckte mit den Achseln und verzog das Gesicht. »Auch wenn ich nicht verstehe, dass wir in der Stadt heiraten, wenn Chicago unser Zuhause ist.«

»Es ist das Boatshouse!«, riefen Jason und ich gleichzeitig in diesem theatralischen Ton, den Eva jedes Mal an den Tag legte, wenn mein Bruder zu ihr sagte, dass er die Wahl der Location und vor allem der Stadt nicht nachempfinden konnte.

»Fickt euch!«, sagte er noch, winkte einmal in die Kamera, und sein Bildschirm wurde schwarz.

»Hey Steve!«, rief Jason, ehe ich auch auflegen konnte.

»Jo, was gibt's noch?«

»Susan geht es doch gut bei dir da drüben in Manhattan?«

»Natürlich geht es ihr gut. Weshalb fragst du?«

»Luisa macht sich Sorgen … Susan kann das mit dem Zwischenmenschlichen eigentlich nicht so gut, laut ihrer Aussage.« Ich fand, Susan konnte das ziemlich ausgezeichnet mit dem zwischenmenschlichen Zeug.

»Es ist hier wirklich alles okay. Ich hab alles unter Kontrolle.« Jason nickte daraufhin und wir verabschiedeten uns.

Die Frage war nur, wer hatte hier wen unter Kontrolle?

Sie mich …? Oder ich sie?

38

SUSAN

> »Ich glaube, Eier sind für Männer das Pendant zu Abendtäschchen für Frauen. Es sind nur kleine Beutelchen, aber ohne sie fühlen wir uns in der Öffentlichkeit nackt.«
> – Carrie Bradshaw –

Ich verkroch mich immer tiefer. Mir war nicht einmal klar, wie lange es schon draußen dunkel war, aber als ich endlich hochsah, wozu mich mein grummelnder Magen zwang, bemerkte ich, dass es anscheinend schon wirklich spät war.

Es war Sommer, es war New York, die Stadt schlief nie, und doch thronte gerade das Himmelszelt über uns.

Müde stand ich auf, streckte meine Arme und Beine erst einmal und dehnte meine Nackenmuskulatur. Ein kurzer Blick auf die Uhr am anderen Ende des Raumes zeigte mir, dass es bereits nach Mitternacht war. Steve war nicht mehr in den Konferenzraum zurückgekommen, seit er ihn heute Vormittag, nach diesem ernsten Gespräch, verlassen hatte. Es hatte mir nichts ausgemacht, denn kurz danach waren die von mir angeforderten Unterlagen eingetroffen. Außerdem war mein Kopf zu sehr damit beschäftigt, den Artikel, welcher vor ein paar Tagen in der *Times* gedruckt worden war, zu verarbeiten. Einer der Partner, Mr. White, hatte mich dazu nämlich angerufen. Er hatte nicht direkt gesagt, dass mein Ruf leiden würde, wenn sich Artikel dieser Art häuften, aber … er hatte es durchblicken lassen.

Den Stich, den mir diese – im Grunde – Bevormundung eingebracht hatte, hatte ich zu ignorieren versucht, indem ich mich in die Arbeit verkrochen hatte. Ich zwang mich, nicht weiter darüber nachzudenken, denn er hatte recht. Es war richtig, dass es eventuell meinen Ruf nicht sonderlich förderte, wenn ich mit einem Mann wie Lightman ausging. Wenn spekuliert wurde. Da es lächerlich geklungen hätte, wenn ich einem Reporter gesagt hätte: »Wir sind nur Freunde«, hatte ich die Idee einer Gegendarstellung wieder verworfen. Die meisten Firmenmogule waren arrogante, spießige Idioten, die sicherlich nicht von der Frau ihre Unterlagen geprüft haben wollten, die mit einem Kerl befreundet war, der mehr Frauen als Hugh Hefner im Bett gehabt hatte. Ja, mein Privatleben, war mein Privatleben … Nur hatte ich mit der Unterschrift unter dem Teilhabervertrag der Kanzlei unterschrieben, dass ich erst einmal kein Privatleben haben würde. Und nun … der Anruf von Mr. White hatte mir das noch bestätigt. Darum schob ich alles auf die Seite, versuchte mich voll und ganz auf den Fall zu konzentrieren und ihn zu einem positiven Abschluss zu bringen. Dass ich die Abende trotzdem still und heimlich mit meinem Bekannten Steve verbringen würde … das sagte ich niemandem weiter.

Ich nahm mir eine Flasche Wasser an der Kaffeebar, die hier jeden Tag aufgebaut war, und schluckte gierig die Flüssigkeit. Zuhause in der Kanzlei vergaß ich es häufig zu trinken. Ich war ein Workaholic. Ich war im Grunde eine der Frauen, die ihre Karriere über alles stellten. Deshalb auch nur wenig Privatleben. Wie heute.

Ich hatte das Gefühl, endlich in diesem aktuellen Fall angekommen zu sein. Dass meine Arbeit endlich so weit voranschritt, dass die Dunkelheit, in welcher wir tapsten, sich allmählich lichtete.

»Hey«, sagte es plötzlich in den Raum. Überrascht drehte ich mich um.

Dort stand er.

Er war wie die Mini-Marshmallows auf einer heißen Schokolade mit Sahne. So unfassbar schön, sinnlich und sexy, dass ich scharf die Luft einzog. Steve Lightman lehnte mit der Schulter, die Arme vor der Brust locker verschränkt am Türrahmen. Unter seinen Augen lagen Schatten, die Haare waren noch zerzauster als heute Morgen, und er trug ein mildes Lächeln auf den Lippen. Sein Hemd spannte um die Bizepse, und die Krawatte schien er abgelegt zu haben. Die langen muskulösen Beine steckten mittlerweile in einer dunkelblauen, gut sitzenden Jeans, und an den Füßen trug er Sneaker.

»Du arbeitest heute lang«, führte er das Gespräch weiter und stieß sich ab, um zu mir in den Raum zu kommen.

»Ja, ich habe gar nicht bemerkt, wie spät es schon ist«, erklärte ich. »Wie spät ist es eigentlich?«

»Fast halb elf. Mach Schluss für heute, Susan«, sagte er mild und schlenderte zu mir herüber. Mein Blick heftete sich auf seine Hüfte, die so langsam und gleichmäßig hin und her schwang, als würde er in mich stoßen. Verlegen räusperte ich mich. *Sieh ihm in die Augen, du Idiotin!*, schalt ich mich in Gedanken und hob den Blick, um ihn anzulächeln.

»Ich bin sehr gut vorwärtsgekommen. Und ich denke, wir können morgen das Gespräch mit ihm führen, wenn wir die aktuellen Informationen noch in der Hinterhand halten.«

»Okay.«

»Mal sehen, wie das weiter geht. Aber ich hab das im Gefühl!« Ich rieb die Fingerspitze meines Zeigefingers und die Kuppe meines Daumens aneinander. »Ich bin mir sicher, wir stehen kurz vor des Rätsels Lösung.«

»Okay, Baby …«, wisperte er, und erst jetzt bemerkte ich, wie nah er mir war. Solange ich vertieft in die Erklärung gewesen war, hatte ich das nicht wahrgenommen. Steve strich mir eine Strähne aus dem Gesicht, die sich aus meinem Dutt gelöst hatte. »Ich hab gekocht … Komm mit nach oben.« Seine ruhigen Worte umwoben mich wie dichte Nebelschwaden. Vollkommen friedlich nahmen sie mich gefangen. Sein Duft benebelte mich so sehr, dass ich wie in Trance nur noch nicken konnte.

»Na gut«, murmelte ich. »Ich habe seit dem Frühstück nichts mehr gegessen.«

Steve grinste, wartete, bis ich meine Tasche und meinen persönlichen Kram zusammengepackt hatte, und scheuchte mich aus dem Konferenzraum. Er schloss ihn ab, und dafür war ich ihm dankbar. Ich hätte jetzt nicht auch noch alles aufräumen und zusammensortieren wollen, damit ich mich morgen früh wieder auskannte.

Kurz darauf betrat ich seine Wohnung, in der es herrlich duftete.

»Ich wusste nicht, dass du kochen kannst«, sagte ich, schlüpfte aus meinen High Heels und legte meine Handtasche auf den Beistelltisch im Flur. »Das tut gut!«, seufzte ich, hüpfte auf den Tresen und wackelte mit den Zehen.

»Denkst du etwa, meine Mutter hätte mich zu Hause ausziehen lassen, wenn ich nicht wüsste, wie man sich etwas zu essen macht?«

»Na ja, weiß mans?«, fragte ich rhetorisch und lächelte ihn an. Ich war hundemüde. Aber das war ich nach so einem Tag immer.

»Du siehst müde aus«, sprach er das Offensichtliche an und reichte mir ein Glas Wein.

»Heute mal keinen Scotch?«

»Nein, zu diesem Essen sollten wir Wein trinken.«

»Was gibt es denn?«, fragte ich und unterdrückte ein Gähnen. »Es wundert mich, dass du selbst kochst, wo doch die Hotelküche nur ein paar Etagen unter dir ist und du die besten Köche des Landes hast.«

»Lass das nicht meinen Bruder hören.« Steve zwinkerte mir zu. Es erinnerte mich daran, meine besten Flirt-College-Jahre verpasst zu haben, weshalb ich kurz die Lippen zusammenpresste.

»Alles okay?«, fragte er noch einmal nach, und ich nickte schwach.

»Geht schon.«

»Müde?«

»Wie die Hölle.«

»Du arbeitest zu viel.«

»Das tust du doch auch.«

»Na ja«, sagte er lachend und warf einen Blick in das Backrohr. »Aber ich vergesse nicht, auch noch ein Privatleben zu haben.«

»Davon kann ich ein Lied singen ...« Nun grinste ich ihn an. »Und alle Zeitungen der Stadt oder die Social Media Welt ebenso.«

Steve lächelte nur milde und holte den Auflauf aus dem Ofen.

Es war Lasagne. Er stach zwei Stücke davon ab, verteilte sie auf zwei Teller und bedeutete mir, mich an den bereits gedeckten Tisch zu setzen. Ich nahm Platz, und bei dem Geruch, den das Essen verströmte, lief mir das Wasser im Mund zusammen.

»Iss!«, wies er mich an, was ich mir sicherlich keine zweimal hätte sagen lassen. »Also, wie machst du das zu Hause in Philly?«

»Wie mache ich was?«, fragte ich nach und ließ mir das italienische Gericht auf der Zunge zergehen. »Das schmeckt bombastisch!«

»Danke.« Er probierte selbst davon – es schien ihm zu schmecken, denn er häufte seine Gabel gleich noch einmal voll. »Und ich meine, wie schaffst du es, so dünn zu sein, wenn du doch sicherlich von Sandwiches, to go und Fertiggerichten lebst?«

»Wie kommst du denn darauf?«

»Na, wenn du immer so lange arbeitest.«

»Es gibt auch gesunde Snacks, Lightman.« Ich hob eine Braue und nahm einen Schluck Wein. »Das ist dir aber klar?«

»Ja, nur ... wieso tust du das? Du bist doch bereits Teilhaberin, Susan. Also wieso schaltest du nicht einen Gang runter?«

Ich überlegte einen Augenblick und kaute langsam, um den Moment der Antwort hinauszuzögern. Es gab nur wenige Menschen, die die wahren Beweggründe kannten. Ich sah ihn von der Seite an.

Steve drängelte nicht gerade, dass er etwas erfuhr, da war kein Anzeichen von Neugierde, ... also schätzte ich, war es genau das gewesen, wonach es aussah: Eine simple Frage.

»Na ja«, begann ich und stocherte in dem Käse der Lasagne herum. »Ich bin eine Frau, das ist als Wirtschaftsprüfer schon ein echt hartes Pflaster. Von mir wird erwartet, dass ich keine Fehler mache, dass ich immer einhundertzwanzig Prozent gebe. Das war in der Uni schon so und danach wurde es eigentlich nicht besser. Ich musste mich immer ein Stückchen mehr beweisen als die Männer, die um mich herum dasselbe lernten.« Ich zuckte gespielt lässig mit den Schultern, obwohl die Last, die auf sie getürmt war, einem riesigen Berg entsprach. »Normalerweise stehe ich morgens auf, gehe laufen, duschen und zur Arbeit ... Von dort komme ich dann vor Mitternacht nicht nach Hause, ich stopfe schnell irgendetwas Essbares in mich hinein, wenn ich Glück habe und der Kühlschrank etwas hergibt oder ich auf dem Heimweg etwas mitgenommen habe. Dann schlafe ich und habe denselben Tag wieder. Und wieder. Und wieder. So sieht mein Leben eben aus, ich bin ein Workaholic. Ich liebe meinen Beruf, ich mag das Forschen und Herausfinden, ich mag es, mit diesen wahnsinnig großen Zahlen zu jonglieren und alles wieder auf die Reihe zu kriegen ... das mag ich.« Er lächelte mich an und ich legte meine Gabel vollends zur Seite. »Was ich nicht so mag, ist, wenn ich jemandem sagen muss, dass sein Plan nicht aufging und das Unternehmen unwirtschaftlich arbeitet. Aber das gehört eben auch dazu. Es muss solche und solche Fälle geben.«

Steve nickte und sah mich an. Er gab mir wirklich das Gefühl, dass er mir zuhörte. Dass er *mich* hörte. Dass er sich auf mich konzentrierte. Dass es ihn ehrlich interessierte, was ich zu sagen hatte.

»Das ist also der Grund, warum du zwar beruflich eine der erfolgreichsten Frauen des Landes bist, aber privat single.« Er sagte es nicht als Frage, oh nein, das war eine Feststellung.

Ich nickte, denn er hatte Recht damit. »Ich habe einfach keine Zeit für Dates. Oder einen festen Freund und alles, was danach kommt.«

»Aber hier in New York ...?«

»Ja, das ist gerade so etwas wie Urlaub für mich. Urlaub vom Alltag. Ich mag die Stadt, ich entdecke sie gern. Und ich mag es auch, wenn du sie mir durch deine Augen zeigst!«

»Wow«, sagte er. »War das ein Kompliment?«

»Etwas in die Richtung, schätze ich.« Ich nahm meine Gabel wieder auf. »Ich kann mir Schwäche nicht leisten. Nicht in diesem

Beruf. Ich kann es mir einfach nicht erlauben, unaufmerksam oder unkonzentriert zu sein. Und ich will es auch gar nicht. Also muss das Privatleben zurückstecken.«

»Aber willst du nicht irgendwann eine Familie?«

Dass Steve Lightman, der kleine große Weiberheld, das Wort Familie überhaupt in den Mund nahm, überraschte mich. Dennoch ließ ich mir nichts anmerken.

»Doch, klar will ich die. Einen Mann, ein Haus, zwei Kinder.« Wieder zuckte ich mit den Schultern. »Der amerikanische Durchschnitt. Und nach meinen Berechnungen muss ich auch erst mit zweiunddreißig langsam einen Mann finden, damit wir mit vierunddreißig heiraten können und ich mit fünfunddreißig ein Kind zur Welt bringe.«

»Passt das denn zusammen?«

»Was meinst du?«

»Na ja ... du sagst, über dich du bist ein Workaholic, was ich – nebenbei bemerkt – so unterschreiben würde, und dennoch willst du ein Kind und Familie. Dir ist klar, dass sie nicht mit achtzehn Jahren auf die Welt kommen?«

»Du bist ein Idiot, Steve!«, sagte ich und grinste. »Der Mann bleibt natürlich zuhause.«

»Wow!« Sprachlos starrte er mich an. »Okay, das ist tough.«

»Nun, das ist naheliegend.« Ich war pragmatisch. Also war das die einzig mögliche Lösung für mich. »Und wieder einmal ...« Ich breitete die Arme aus. »Wie gut, dass wir beide nur Freunde sind. Wir würden uns niemals einigen können, wer mit dem Kind zu Hause bleibt.«

»Du meinst mit den zwei amerikanischen Durchschnittskindern.«

»Richtig.« Ich deutete mit meiner Gabel auf ihn. »Das meine ich.«

»Dir ist klar, dass das ein ziemlich berechnender Plan ist.«

»Selbstverständlich. Man braucht Pläne.«

»Sind nicht Visionen das bessere Mittel?«

»Nicht, wenn du wie ich eine Karriere angestrebt hast. Dann sind Visionen, und die Sehnsucht danach das, was dich umbringen wird.«

»Sag mal ...«, begann er und betrachtete mich aufmerksam. »Der Aufenthalt hier ist wirklich Urlaub für dich, oder?«

»Sag ich doch!« Lachend hob ich ihm mein Glas entgegen, »Und genau deshalb weihe ich dich jetzt in die neuesten Erkenntnisse ein, okay?« Plötzlich wieder guter Laune, weil wir uns von der persönlichen Schiene zur Arbeitsebene bewegten, erzählte ich ihm, was ich noch festgestellt hatte.

Schließlich hatte ich bis auf zweitausendfünfhundert Dollar genau herausgefunden, was mit seinem Geld passiert war.

Hoffentlich wusste er es zu schätzen.

39

SUSAN

> *»Es ist unmöglich, zu ermessen, wie viel Macht die Liebe hat. Sie kann uns durch schwierige Zeiten hindurchhelfen, oder uns dazu bewegen, außergewöhnliche Opfer zu bringen. Sie kann anständige Männer dazu zwingen, die schlimmsten Taten zu begehen, oder gewöhnliche Frauen dazu treiben, nach versteckten Wahrheiten zu suchen. Wir alle suchen nach Liebe. Aber manche von uns, die sie gefunden haben, wünschten, es wäre nie geschehen.«*
> – Mary Alice Young –

»Mr. Caden«, begrüßte ich ihn lächelnd und gestikulierte ihn mit einer Hand auf einen freien Stuhl. »Nehmen Sie doch Platz!«

»Wie schön, dass Sie es einrichten konnten«, fügte Steve an. Anscheinend konnte er sich diese spitze Bemerkung nicht verkneifen, denn der Chef seiner Buchhaltung hatte den Termin zweimal verschoben. Ohne jeglichen triftigen Grund. Das war etwas, das Steve, ebenso wie ich, nicht leiden konnte. Es bedeutete nicht, dass man arrogant war oder davon ausging, jeder würde springen, wenn sich der Chef meldete, sondern war nur Zeichen gesunden Respekts. Wie auch immer. Jetzt saßen wir ja zusammen.

»Wie Sie wissen«, begann ich und füllte meine Tasse noch einmal mit Kaffee nach, »sind wir gerade auf der Suche nach einigen Abweichungen in den Bilanzen.«

»Darüber wurde ich informiert, ja.« Er lehnte sich zurück und kreuzte die Beine auf eine Art, die vermittelte, er sei sicher, dass wir nichts gegen ihn in der Hand hatten. Seine Körperhaltung drückte so viel Sicherheit und Ablehnung aus, dass mir fast schlecht wurde.

»Sehr schön«, sagte Steve, »Dann beginnen wir doch damit, dass Sie uns erklären, was Sie den lieben langen Tag so tun.«

Spöttisch hob er eine Braue. »Das sollten Sie doch am besten wissen, Mr. Lightman.«

Steve biss die Zähne zusammen, und ich versuchte, die Kurve zu kriegen. »Wir wollen doch respektvoll bleiben, Mr. Caden. Es gibt keinen Grund unhöflich zu werden.«

»Vor allen Dingen dem Mann, der Ihr Gehalt bezahlt, gegenüber nicht.«

»Nun«, jetzt räusperte sich Benjamin. Er sah irgendwie aus wie eine kleine schleimige Ratte. »Selbstverständlich halte ich die Buchhaltung am Laufen, koordiniere die Damen, damit jede weiß, was zu tun ist. Prüfe gewissenhaft die Kontoauszüge sowie die Summen und Saldenliste, ehe wir sie Ihnen am Monatsende vorlegen.«

»Aha«, warf Steve ein und stand ebenfalls auf, um sich am Kaffee zu bedienen. »Dann ist es Mittag. Weiter.«

»Nun, selbstverständlich greife ich den Damen unter die Arme, wenn ich bemerke, dass sie nicht so gut vorwärtskommen.«

»Das ist eine sehr verantwortungsvolle Aufgabe, Mr. Caden.« Das war das Schlimme an meinem Job. Ich musste blitzschnell die einzelnen Menschen durchschauen. Benjamin Caden war ein Mann, der gelobt und gepudert werden wollte. Er brauchte den Zuspruch und das Gefühl, dass er unverzichtbar war. Wenn dies der Schlüssel war, damit er sich vielleicht verplapperte und selbst belastete, dann würde ich ihn nutzen. Jedes erdenkliche Mal, wenn er mir entgegengehoben wurde.

»Wie gut, dass ich mit ihrem Aufgabengebiet vertraut bin, Benjamin«, erklärte Steve und ich hob eine Braue. Er sollte nicht ganz so sauer sein und vorpreschen. So würden wir ihn nur scheu machen.

»Wie auch immer«, grätschte ich erneut dazwischen und schenkte dem Mann mir gegenüber ein Lächeln. An seinem Handgelenk sah ich eine *Breitling* glänzen. Gedanklich machte ich mir dazu eine Notiz. »Wenn Sie meinen, Sie kümmern sich um Ihre Damen, dass ihnen unter die Arme gegriffen wird, wenn sich die Abrechnungen türmen, dann meinen Sie damit …?« Ich ließ den Satz offen in der Luft hängen.

Benjamin räusperte sich und strich sich sein zu langes, fettiges Haar zurück. »Dann meine ich damit, dass ich ihnen Abrechnungen abnehme. Meist die Suiten, denn diese Gäste sind ja wesentlich anspruchsvoller als unser Tagesklientel.«

»Gewagte Aussage, wenn man bedenkt, dass in diesem Hotel ein einfaches Doppelzimmer nicht unter vierhundert Dollar die Nacht zu buchen ist.«

Schmallippig lächelte er mich an. »Sie verstehen sicherlich, was ich genau meine.«

»Nein«, sagte nun Steve. »Das verstehen wir ehrlich gesagt nicht so richtig.«

»Na ja«, der Buchhalter setzte sich wieder etwas aufrechter hin. Zusammen mit den verschränkten Armen vor der Brust, eine eindeutige Abwehrhaltung. »Diese Promis, die hier im *Lightmans Futur* übernachten, wollen eben, dass einige Dinge auf ihrer Abrechnung nicht auftauchen.« Er zwinkerte uns zu, als würde er nun eine höchst vertrauliche Information mit uns teilen.

»Welche Dinge?«, knurrte Steve zwischen zusammengebissenen Zähnen.

»Na, wenn Partys gefeiert wurden und einige über die Stränge geschlagen haben. Das rechnen wir über Restaurantbesuche ab.«

»Sie tun was?«

»Alkohol. Essen.« Er hob die Arme, als würde ihm die Welt gehören. »Wo ist der Unterschied?«

»Der Unterschied ist, dass das im Gastronomiegewerbe nicht ein und dasselbe Konto ist. Wie sollen wir ein Budget für das kommende Jahr an den Aufsichtsrat kommunizieren, wenn wir nicht einmal wissen, wie viel wir wirklich von etwas brauchen?«

»Mr. Lightman«, unterbrach ihn der Buchhalter. Das konnte Steve nicht leiden. Unterbrochen zu werden, war für ihn eine Todsünde. »Das wurde so gewünscht.«

»Es ist mir egal, was sich irgendein Promi wünscht!«, donnerte er los und ließ die Faust auf den Tisch sausen. »Der Kunde ist König, nur ist dann Schluss, wenn klar ist, dass wir damit die Konten verfälschen.«

»Das haben Sie so nie kommuniziert«, verteidigte sich Benjamin. Oh oh, jetzt würde Steve gleich vollends ausflippen.

»Mir war nicht klar, dass ich dies einem Mann der Finanzwissenschaften mit einem hochrangigen Wirtschaftsabschluss im Bereich Controlling sagen muss!« Lightman brüllte. Mr. Caden wurde immer kleiner.

»Steve«, sagte ich ruhig und legte ihm meine Hand auf den Unterarm. »Bitte.«

»Nein. Dieser Mann setzt sich hier hin, macht einen auf großspurig und sagt mir, dass er in den letzten Monaten alle Abrechnungen verändert hat. Wie soll ich denn das finden?«

»Ihr Geld hab ich aber nicht«, erklärte er jetzt mit aufgerissenen Augen und leckte sich mit der Zunge über die Lippen.

Steve entwich ein Schnauben, und er lief auf und ab. Ich kannte ihn bereits gut genug, um zu wissen, dass das normalerweise nicht seine Art war. Er blieb ruhig, professionell und war nicht aufbrausend. Nicht bei Themen, die das Hotel betrafen. Ihn jetzt so ausflippen zu sehen, zeigte mir deutlich, dass er nicht die leiseste Ahnung gehabt hatte, was hier abging.

»Wie kommen Sie darauf, dass wir denken, Sie hätten das Geld?«, stellte ich die Offensivfrage. Das rechte Augenlid von Benjamin zuckte. Kurz krampften seine Kiefermuskeln, ehe er sich scheinbar wieder entspannte.

»Ich dachte mir, ich nehme Ihre Frage gleich einmal vorweg.«

»Falsch gedacht«, spottete Lightman und verengte die Augen. »Ich schwöre Ihnen, das wird ein Nachspiel haben, wie Sie die Salden verfälscht haben.« Oh ja, das würde es. Und dabei ging es noch nicht einmal um die falsch abgerechneten Hotelzimmer. Jetzt ging es darum, dass er Spirituosen als Steak abrechnete, damit niemandem auffiel, wie bei den Promis getrunken wurde. Ganz ehrlich? Das war doch der ganzen Welt im Grunde scheißegal …

Mich beschlich der Verdacht, dass er möglicherweise dieses Schlupfloch, diese Lücken, geschaffen hatte, um seine eigentliche Aktion zu vertuschen. Ich war mir nämlich ziemlich sicher, dass irgendwelchen Promis, die die Dollarnoten förmlich kackten, herzlich wenig an der Meinung anderer Menschen lag. Und wenn er hier und da ein wenig mit den Zahlen und den Konten spielte, dachte er, hätte ich als Wirtschaftsprüferin etwas gefunden. Mein innerer Drang, den Fall aufzuklären, wäre erledigt, und darum würde ich meine Arbeit vielleicht nicht zu hundert Prozent genau erledigen und die Sache auf sich beruhen lassen. Dass wir dem eigentlichen, fetten Fisch, der da an der Angel baumelte, gar nicht weiter nachgingen, weil er ja einen »Fehler« eingeräumt hatte.

Ich lächelte matt. Steve war so wütend, dass ihm beinahe grauer Rauch aus der Nase stieg.

»Sie kennen meine Kündigungsfristen, Mr. Lightman?« Die gönnerhafte Art des Angestellten ließ sogar in mir die Übelkeit aufsteigen.

»Würden Sie denn gern entlassen werden?«, fragte ich direkt, und Steve schnaubte wieder.

»Na ja, ich verstehe natürlich, dass das geschehen muss, wenn ich nicht im Sinne des Hotels gehandelt habe …« Er ließ den Satz unbeendet in der Luft schweben.

»Vielen Dank, Mr. Caden. Arbeiten Sie erst einmal normal weiter. Von Kündigungen spricht gerade niemand. Wir danken Ihnen für Ihr Vertrauen.«

Benjamin Caden stand auf, deutete sogar eine leichte Verbeugung an, bei der er seinen Schlips festhielt und grinste von einem Ohr zum anderen. Er dachte wohl, wir hätten den Köder geschluckt.

»Oh nein, nein, ich danke Ihnen für Ihr Vertrauen.«

Er verließ mit erhobenem Haupt und selbstsicherem Schritt den Konferenzraum. Steve donnerte ihm hinterher und drückte den Schalter, damit aus dem transparenten Glas Milchglas wurde.

Oh, oh! Jetzt würde es losgehen.

»Hast du«, er deutete hinter sich und fuchtelte mit den Händen in der Luft herum. »Hast du gehört, was die kleine Ratte macht?«

»Steve«, begann ich, versuchte ihn runter zu bringen, »Bitte, bleib jetzt cool.«

»Nein, Susan. Du magst solche Gespräche ja ständig führen und damit vertraut sein, aber für mich gehört das nun einmal nicht zum Tagesgeschäft. Für mich ist das Neuland. Und ich frage mich einfach, ob ich ein zu großer Idiot bin, dass ich das nicht bemerkt habe.«

»Woher hättest du das denn wissen sollen?«

»Indem ich mir die Bestände angesehen hätte.«

»Willst du ab jetzt jeden Abend durch die Wein- und Spirituosenlager gehen und nachzählen, was da ist und ob es richtig abgerechnet wurde?« Ich stand auf und überbrückte den Abstand zu ihm. »Ich bitte dich, Steve. Willst du der Geschäftsführer sein, oder ein Angestellter?«

»Das ist nicht die Frage, Susan!«, gab er zurück, und ich seufzte.

»Okay, ich habe das schon tausend Mal erlebt, ich kann dir genau sagen, was er vorhat.«

»Na, jetzt bin ich aber gespannt«, brummte er dunkel. Der Sarkasmus triefte ihm aus jeder Pore.

»Indem er ein kleines Vergehen einräumt, will er das Große vertuschen. Und da er in seiner schuldigen Rolle vollkommen aufgeht, versteht er natürlich, wenn du dich von ihm als Mitarbeiter trennst.«

Steve verengte die Augen und schob seine Hände in die Hosentaschen. »Damit ist er hier raus und rückt sich nicht ins Scheinwerferlicht, weil er selbst kündigt, und er denkt vermutlich, dass ich als weibliche Wirtschaftsprüferin nichts kann und jetzt mit dieser kleinen Entdeckung Ruhe gebe. Aber da täuscht er sich, Steve.«

»Ich weiß.« Kurz war er der alte, lockere Steve Lightman, den ich in der Bar vor einigen Monaten in Philadelphia getroffen hatte. »Ich weiß, dass du die Beste bist und nicht eher aufhörst, bis du alles auf den Cent genau wieder auf den richtigen Konten hast.«

Milde lächelte ich ihn an. Dieses Kompliment von ihm bedeutete mir sehr viel. »So ist es. Und ich glaube, ich muss nicht mehr lange suchen, bevor ich den Restbetrag von zweitausendfünfhundert Dollar gefunden habe.«

»Die müssten ja dann wohl bei den Abweichungen der Bestandslisten gefunden werden können.«

»Oh ja.« Nun grinste ich. »Ich bin mir nämlich sicher, er hat nicht nur umgeschichtet, sondern die Beträge auch großzügig nach unten korrigiert.

»Denkst du?« Steve schien sich wieder beruhigt zu haben.

»Ja, das denke ich.«

Und so verbrachten Steve Lightman und ich den Tag gemeinsam im Konferenzraum, um herauszufinden, wo dieser kleine Mistkerl von Benjamin Caden noch so getrickst hat, ohne dass wir davon wussten.

40

SUSAN

> »*Ich bin ein guter Mensch, aber kein Engel. Ich tue Böses, aber bin nicht der Teufel. Ich bin nur ein kleines Mädchen in einer großen Welt, das jemanden sucht, der es liebt.*«
> – Marilyn Monroe –

Ich zog gerade den dunkelroten, kussechten, matten Lippenstift nach, als mein Handy vibrierte.

»Und? Wie ist das Date?«, schrieb mir meine Freundin Luisa, mit der ich heute telefoniert hatte. Es war fast neun Uhr abends, und der typische New Yorker machte sich jetzt erst auf, um in ein Restaurant zu gehen. Nachdem ich gestern gearbeitet hatte, bis mir fast die Augen zufielen, und den Abend mit Steve verbracht hatte, hatte ich beschlossen, dass es wieder Zeit für ein Date wäre.

Also war mein Nachhauseweg in mein Hotel von Lachern gepflastert gewesen. THREEOFTHREE, den ich heute gefragt hatte, ob er Lust auf ein Abendessen hatte, hatte nämlich einen auf schüchtern gemacht und abgesagt. Stattdessen hatte dieser User mir einige Vorschläge an Männern geschickt, mit denen ich mich ja treffen könnte, wenn ich wollte. Gut gelaunt habe ich sein Spiel mitgespielt.

Überhaupt war mein Tag nach dem Meeting mit Benjamin noch richtig gut geworden. Steve und ich hatten über den Einnahmen und Ausgabenbelegen für Spirituosen gebrütet. Und wir waren tatsächlich hinter des Rätsels Lösung gekommen. Die fehlenden zweitausendfünfhundert Dollar waren bis auf jeden Cent dort falsch abgerechnet worden. Zur Feier des Tages hatte ich mir von meinem charmanten

Freund, den ich hier in New York gewonnen hatte, einen Drink spendieren lassen. Als er dann gefragt hatte, ob ich nicht mit nach oben kommen wollte, hatte ich aber abgesagt.

Ich war jung. Ich war frei. Ich wollte hier Urlaub machen … Okay, eigentlich war ich ja hier zum Arbeiten, aber ich wollte eben die Zeit in der Stadt ein wenig genießen, dafür hatte ich mich bei diesem Datingportal angemeldet und wollte endlich mit Männern ausgehen.

Lächelnd blickte ich mir durch den Spiegel in die Augen, als ich das Gespräch mit Lightman Revue passieren ließ.

»Kommst du nachher mit hoch?«

Lächelnd schüttelte ich den Kopf. »Heute nicht!«

»Hast du etwas Besseres vor?«

»Ja«, erklärte ich und zwinkerte ihm zu, während ich an meinem Vodka Martini nippte. »Zumindest hoffe ich das.«

»Was gibt es den Besseres, als mit deinem Kumpel«, nun senkte er die Stimme, falls der Barkeeper uns gegenüber doch zuhörte, »Pizza aus der Schachtel zu essen und anschließend von ihm in nur jeder erdenklichen Position gefickt zu werden?«

»Steve!«, rief ich und schlug ihm mit der Hand auf den Unterarm. »Lass das!«

»Was?« Abwehrend hob er die Arme. »Darf ich sowas als guter Freund etwa nicht sagen?« Das Wort gut, betonte er auf ironische Art und Weise.

Schelmisch grinste ich. Irgendwie mochte ich nämlich, wenn er – als Freund natürlich – zu meinen Dates kam und sie ein wenig aufpeppte. Es war … anscheinend zu einer Art Vorspiel für uns geworden. Und es wäre ja wohl eine Lüge, wenn ich behauptet hätte, dass die Abende danach nicht noch richtig, richtig schön geworden waren.

»Ich habe heute ein Date!«, verkündete ich. Ach so? Hast du? Na, das würde sich ja wohl auf dem Heimweg klären lassen, beruhigte ich mich.

»Hast du?« Erstaunt riss er die Augen auf. »Wann genau hast du denn das vereinbart?«

»Als ich pinkeln war«, sagte ich schulterzuckend. War ich nun komplett bescheuert? Was lief eigentlich gerade falsch bei mir?

»Du machst ein Date mit einem potenziellen Mann aus, während du gerade pinkelst? Wow, Montgomery.« Nun nickte er anerkennend. »Das hat Stil.« Ich lachte laut auf. Meine Laune war so extrem gut, wie schon lange nicht mehr. Und das sollte etwas heißen. »Erzähle das nur nie deinem zukünftigen Freund. Oder Mann. Oder wie auch immer da jemand in deinen Plan passt.«

»Werd ich nicht.« Wieder trank ich von meinem Vodka Martini, »Aber da wir ja nur Freunde sind, ist es ja wohl kein Problem, wenn ich dir sage, dass ich auch mal pinkeln gehe.«

»Frauen tun so etwas nicht.«

Ich verdrehte die Augen. »Wenn du meinst.«

»Und was macht ihr dann?«, fragte er und bedeutete dem Barkeeper, dass er gern noch einen Scotch hätte.

»Essen gehen?«

»Das klingt aber noch nicht so sicher.«

»Selbstverständlich gehen wir essen. Ins San Ambroeus.«

»Der Italiener in der Maddison?«

»Richtig.« Ich hatte den Laden im Vorbeilaufen mal gesehen und in den Ring geworfen.

»Du gehst in ein Restaurant, von dem du den Namen nicht mal aussprechen kannst?« Er zwinkerte mir zu und sagte mir, wie man es richtig aussprach. Mein Gehirn nahm nichts wahr. Ich starrte auf seine Lippen, die immer wieder das Ambroeus wiederholten.

Plötzlich schnippte er mit dem Finger vor mir herum. »Bist du noch da?«

»Ich bin vollkommen da. Was zieh ich nur an?«

»Oh, wie wäre es mit Jeans und Rollkragen?«, flirtete er.

»Es ist Sommer in New York.«

»Ja, das ist es. Und es ist egal, was du tragen wirst, du siehst immer großartig aus, Susan.«

Mein Blick verhakte sich in seinem ... Warum er das gerade gesagt hatte, wusste ich nicht, aber es ließ mir eine Gänsehaut über den Rücken rieseln.

»Jedenfalls«, begann ich schließlich, »gehen wir ins San Ambroeus.« Mit Absicht sprach ich es wieder falsch aus, und Steve korrigierte mich lachend. Er bohrte mit seinen Fingern in meine Wangen und meinen Kiefer, weil er irgendetwas davon erzählte, dass der Mund ganz locker sein musste, um das Wort Ambroeus auszusprechen. Dass weder er noch ich bei der Lockerung meines Kiefers an irgendeine Aussprache dachten, lag klar auf der Hand.

»Und«, Lightman räusperte sich, nachdem er einen Schluck Scotch genommen hatte, »du hast deinen Abend ja genau geplant.«

»Ja, ins Hotel fahren, umziehen, duschen ... rasieren«, das Wort rasieren flüsterte ich nah an seinem Ohr und registrierte verzückt, wie er daraufhin seine Lippen befeuchtete. »Dann werde ich mir irgendetwas Hübsches anziehen, mich schminken und anschließend mit einem fabelhaften Kerl treffen. Dieses Mal habe ich wirklich ein gutes Gefühl ... und dann ... wenn alles gut läuft, werde ich sicherlich nicht allein nach Hause gehen.« Ich biss mir auf die volle Unterlippe, griff nach meiner Handtasche und stand auf. »Deshalb muss ich jetzt los. Wir sehen uns morgen, Steve.« Zum Abschied winkte ich einem verdutzt aussehendem Steve Lightman zu und verließ das Hotel.

Jetzt würden wir einmal sehen, was genau er mit dieser Information anstellte.

Und wäre ich nicht durch und durch ein rationaler Mensch, hätte ich meine verdammte Fendi drauf verwettet, dass er heute Abend auch, rein zufällig im San Ambroeus essen würde.

Das würde mit Sicherheit lustig werden.

Tatsächlich und das war das wirklich Irre an dieser APP, wollte heute Abend jemand mit mir ausgehen.

Ich bezog das gar nicht auf mich, nach dem Motto, dass mich niemand wollte, denn ich wusste, ich war hübsch ... oh nein, mein Eindruck war, dass Daten immer schwerer wurde, dass diese Zeit viel zu schnelllebig war, wenn man jemanden einfach nur weiterwischen musste, um ihn abzulehnen. Wenn man sich mit niemandem mehr auseinandersetzen brauchte. Wie auch immer.

Ich hatte heute mein Date mit Frank Franklyn.

Lächelnd schüttelte ich den Kopf, als ich daran dachte. Mein Taxi hielt gerade auf der gegenüberliegenden Straßenseite des Restaurants, und nachdem ich bezahlt hatte, stieg ich aus und ging hinein.

Ich trug ein dunkelrotes, im selben Ton meiner Lippen, relativ figurbetontes Kleid, es reichte mir zwar bis zur Mitte meiner Waden, aber es war eng. Jedes Röllchen meiner Figur, jede Delle meines Hinterns konnte man sehen. Aber da ich davon ausging, heute Abend niemand Geringeren mit nach Hause zu nehmen, als Steve Lightman, war das egal. Wir waren ja nur Freunde, da würde er die Tatsache, dass ich pinkeln ging und ab und an einmal ein Bauchweghöschen anhatte, wohl akzeptieren müssen.

Unterhalb meiner Brust war ein schmaler schwarzer Gürtel eingezogen, der die weibliche Figur, die dieses Kleid klar vermitteln sollte, noch betonte. Die kurzen Ärmel ließen mich frösteln, als ich auf meinen schwarzen Dior High Heels – ich hatte sie mir von einem meiner ersten Fälle geleistet – über die Straße klackerten. Philadelphia war sicherlich keine kleine Stadt, aber ich hätte es niemals gewagt, dort einfach über die Straße zu huschen ... in New York gingen die Uhren einfach anders. Alles war irgendwie anders. Leichter. Lockerer.

Oder es lag daran, dass ich Urlaub von meinem Alltag machte?

Wie auch immer.

Ich klemmte mir die schwarze Lederclutch unter den Arm und ging direkt auf den Kerl zu, der Frank Franklyn sein musste.

»Hi«, sagte ich. »Frank?«

»Ja. Du musst Susan sein.« Er schob sich die Brille auf der Nase zurecht. »Du bist ja wahnsinnig hübsch. Das ist ja immer so eine Sache bei Online-Dates, richtig? Und vor allem, da du nach wie vor kein Bild von dir zeigst.«

»Na ja, das liegt an meinem Job, denke ich …«

»Ach so?« Er betrat nach mir das Restaurant und wir gingen zu dem Platzeinweiser. »Hi, ich habe reserviert auf Montgomery.«

»Guten Abend, die Herrschaften, wenn Sie mir bitte folgen würden«, sagte er mit italienischem Akzent. Franks und meine Unterhaltung brach ab, als wir durch das Restaurant geführt wurden. Es war wunderschön. Die Wände waren mit einer goldenen Tapete verkleidet, und die Decke, an der ein riesiger wirklich, wirklich, wirklich riesiger Kronleuchter hing, war mit goldenem Stuck verziert. Die Stühle und Bänke waren mit rotem königlich aussehendem Samt überzogen, und auf jedem der Tische war eine Tischdecke, mit kunstvoll gefalteten Stoffservietten und so viel Bestecken und Weingläsern eingedeckt, das mir anders wurde.

»Hier wäre Ihr Tisch«, sagte der Kellner, und ich riss meinen Blick von der sagenhaft schönen Inneneinrichtung los, um mich bei ihm zu bedanken, weil er mir den Stuhl zurechtrückte.

»Susan?«, fragte es auf einmal vom Nebentisch, »was für eine Überraschung!« Ich senkte den Kopf und schlug meine Lider nieder, um mein Grinsen zu verbergen. Ich hatte gewusst, dass ein Alphatier wie Steve Lightman sich diese Chance nicht entgehen lassen würde. Und waren wir mal ehrlich, ich wollte auch gar nicht, dass er sie sich entgehen ließ.

»Steve!«, erwiderte ich überrascht. »Wir haben uns ewig nicht gesehen!« Ich drehte mich halb in seine Richtung. »Darf ich dir Frank Franklyn vorstellen? Frank? Das ist Steve Lightman.«

»Mr. Lightman«, säuselte der Mann im Anzug mir gegenüber. »Welch eine Ehre!« Seine Stimme klang aufgeregt. Als würde er sich bei Weitem mehr freuen, Steve zu sehen als mich.

»Hi Frank Franklyn«, murmelte Steve, und ich musste wieder lächeln. Ich kannte ihn mittlerweile so gut, dass ich genau wusste, wann er jemanden auf die Schippe nahm und wann nicht. Während Frank sich beim Kellner bedankte und die Speisekarte entgegennahm, zischte er mir ein: »Ernsthaft?« zu, und ich nickte grinsend.

Schulterzuckend trank er einen Schluck seines Rotweines. Dieser hatte eine so dunkle Farbe, dass ich den schweren Wein fast schmecken konnte. Ich wusste, wenn Steve kein Bier oder Scotch trank und wenn es um Alkohol ging, dann bevorzugte er die kräftige, vollmundige Rebe, anstatt der süßen Weine.

»Also Susan«, begann Frank Franklyn und legte seine Hände vor sich auf dem Tisch ab. »Schon etwas zu essen gefunden?«

»Ja, habe ich«, erklärte ich und grinste ihn an. »Ich nehme den Lachs. Und du?«

»Oh. Mein. Gott.« Er fächelte sich mit der freien Hand Luft zu. »Keinen Fisch. Bloß keinen Fisch. Ein echter Mann muss Fleisch essen. Richtig Lightman?« Okay, nun war es aber meine Begleitung, die Steve mit einbezog, da konnte ich gar nichts dafür.

»Nun, ich denke, wenn man sich seiner Männlichkeit bewusst ist und diese nicht nach außen hin so ausleben muss … dann kann man auch Fisch essen.«

Er nickte dem Kellner lächelnd zu, der gerade Bruschetta vor Lightman abstelle. Es duftete köstlich.

»Wir essen aber keine Vorspeise, Susan, ja?«

Ich riss meine Augen auf. »Wenn ich aber eine möchte?«

»Nein, nein. Keine Sorge. Ich war hier schon Hunderte Male, ich weiß genau, was du essen willst.«

Und ich wusste definitiv, dass ich es nicht leiden konnte, wenn ich bevormundet wurde.

Steve hörte uns ganz genau zu und grinste seinen Teller an. Er schien ehrlich Spaß zu haben.

»Siehst du, Susan«, begann Lightman wieder und ich drehte mein Gesicht in seine Richtung. »Da kennt dich jemand. Vorspeisen sind pfui.« Gespielt angewidert schüttelte er den Kopf.

»Ich finde es sehr schön, wenn wir einer Meinung sind, Mr. Lightman«, erklärte Frank Franklyn.

Augenrollend bestellte ich meinen Lachs bei dem Kellner und mit Absicht eine Vorspeise. Würde der Kerl mich weiter so bevormunden, stand ein Nachtisch auch noch auf meiner Liste. Davon konnte er jetzt aber mal gewaltig ausgehen. Ich war dreißig Jahre alt, da musste ich mir nicht sagen lassen, was ich essen sollte.

»Also, Susan«, begann Frank Franklyn, nachdem der Kellner gegangen war und wir unsere Getränke hatten. Ich trank – ebenso wie Lightman – ein Glas schweren Rotwein, denn die Liebe zu dieser Traube teilten wir definitiv, und mein »Date« nahm ein Wasser. »Was treibt Sie nach New York? Eigentlich ist Ihre Heimat doch eine andere.«

»Richtig«, erklärte ich. »Ich bin aus Oklahoma!« Lightmans Kopf ruckte in meine Richtung, aber ich deute ihm nur vage mit den

Schultern ein »Was denn?« Frank Franklyn – wer hieß überhaupt so? – konnte ein Serienmörder sein, da würde ich ihm doch nicht verraten, dass ich in Philadelphia wohnte. Niemals!

»Und was verschlägt Sie dann nach New York? Besuchen Sie ihren alten Freund, Mr. Lightman?«

»Oh«, warf eben dieser ein. »Wir sind sehr, sehr enge Freunde.«

»Meine Arbeit führt mich hierher.«

Frank Franklyn riss die Augen auf, und ich registrierte, dass Steve abwartend das Besteck zur Seite legte und uns zuhörte. Er hatte nicht einmal vor, sein Interesse zu verbergen.

»Sie …« Schwer schluckte der Mann mir gegenüber. »… arbeiten?« Sein Gesicht lief langsam von unten nach oben rot an. Seine Augen waren so geweitet, dass ich mich ernsthaft fragte, ob diese vielleicht gleich aus den Höhlen fallen würden, und seine Finger krampften sich um die Serviette.

»Oh ja, das tue ich.«

»Tut sie«, stimmte Lightman zu und bedachte mich mit einem Blick, der fast ein wenig nach Stolz aussah. »Und sie ist großartig in dem, was sie tut.«

»Ja?«, nun drehte ich mich zu meinem ›Freund‹. »Findest du?«

»Finde ich.«

»Wie auch immer«, grätschte mein Date dazwischen. »Ich halte nichts davon, wenn Frauen arbeiten gehen. Natürlich brauchen wir sie, denn es muss ja Putzfrauen, Kellnerinnen, Krankenschwestern geben … Aber meine Frau wird nicht arbeiten müssen. Sie wird zu Hause bleiben. Bei unseren Kindern.«

»Kind*ern*?«, fragte Steve amüsiert. »Sie haben das ja alles schon perfekt geplant.«

»Natürlich, ich finde es wichtig, einen Plan im Leben zu haben.« Er gestikulierte wild durch die Luft und schlug dem Kellner fast den Teller mit meinem Lachs aus den Händen. »Fokus. Immer schön fokussiert sein. Dann läuft das auch.« Er zuckte mit den Schultern. »Ist das Lamm?« Wieder wurde er langsam rot. »Das sieht mickrig aus, das ist doch kein Lamm!« Frank Franklyn tat gerade etwas, das ich absolut nicht ausstehen konnte. Und das hätte ich bei einem Mann wie Lightman ebenso wenig ausstehen können, wie bei einem Typ, wie Frank es war.

Er wurde laut.

Der Kellner zuckte leicht zusammen, hatte sich aber schnell wieder im Griff.

»Das ist das Lamm, Sir«, erklärte er zustimmend und schob beide

Arme hinter seinen Rücken. »Ich wünsche Ihnen einen guten Appetit.«

»Das esse ich nicht«, donnerte er wieder los.

Lightman bekam ebenso Fisch serviert, und ich konnte den Moment gar nicht genießen, weil meine Begleitung sich so aufführte.

»Das ist eine absolute Frechheit. Ich hatte Lamm bestellt, und zwar eine Portion für Männer!« Nun schrie er fast. Er bekam hektische Flecken, und der Kellner wich zurück. »Denken Sie, das ist ein Teller für echte Männer? Denken Sie das, ja?« Sein Tonfall war drohend. Um uns herum wurde es still.

Lightman rückte näher, was vermutlich daran lag, dass dieser Höhlenmensch ein Beschützer war. Ich wusste ehrlich gesagt auch nicht, wie weit Frank Franklyn noch gehen würde. Verlegen schob ich mein Wein- und das Wasserglas hin und her. Wenn er nicht sofort die Klappe hielt und sich bei dem Kellner entschuldigte, wobei es mir da nicht um die peinliche Aufmerksamkeit ging, die auf uns lag ... dann würde ich wohl ausflippen müssen.

»Frank«, begann ich vorsichtig und sein Blick schoss zu mir.

»Nein, Susan. Das muss gesagt werden.«

»Sir ...«, versuchte es die Restaurantleitung, die mittlerweile an unserem Tisch stand.

»Sie denken wohl, ich bin kein Mann, was? Dass Sie mir so ein kleines Stückchen Fleisch geben!« Nun stand er auf und warf seine Serviette auf den Teller. »Eine Frechheit ist das. Eine absolute Frechheit.« Er brüllte aus vollem Halse. Die Ader an seinem Hals pulsierte aufgeregt, und er zitterte vor Zorn.

»Frank«, mischte sich Steve ein, »Ich denke, es ist besser, wenn Sie jetzt das Lokal verlassen.«

Sein irrer Blick huschte zu Lightman; dieser stand auf, bedeutete ihm freundlich, aber bestimmt, dass es nun an der Zeit war zu gehen.

»Das ist eine Frechheit. Eine absolute Frechheit!« Er riss sein Jackett von der Lehne seines Stuhls und hielt mir die Hand entgegen. »Susan? Wir gehen!«

»Oh nein, Frank«, entgegnete ich, mir der aufmerksamen Lauscher um uns herum überdeutlich bewusst. »Wir gehen sicher nicht.« Kurz räusperte ich mich. Lightman rutschte immer näher an mich ran. Anscheinend war er sich nicht sicher, wie mein Online-Date reagieren würde. »Du gehst!«

Geschockt sah er mich für einen Herzschlag an.

Sein rechter Mundwinkel zuckte, ehe er schließlich mit einem lauten Schnauben durch die Tische des Lokals stürmte und es verließ. Nach wie vor war es still. Niemand sagte ein Wort. Ich war mir sogar ziemlich sicher, dass sich nicht mal irgendjemand bewegte … und genau deshalb war ich dankbar, dass Steve Lightman die peinliche Situation rettete.

»Jeder Gast soll einen kleinen Aperitif auf meine Kosten bekommen.« Er stand auf und sah in die Runde des Restaurants. »Ich bestehe darauf.«

Zustimmendes Gemurmel und Gebrabbel setzte ein.

»Es tut mir wirklich leid«, begann ich an die Restaurantleitung und den Kellner gewandt, der die volle Breitseite des Zornes abbekommen hatte. »Ich sollte das lassen mit diesen Online-Dates«, fügte ich noch an, und der charmante junge Mann, der anscheinend für die Koordination der Plätze zuständig war, nickte.

»Abgesehen davon, dass Sie das nicht nötig haben, Miss« er lächelte ein strahlendes Lachen, »haken Sie das ab. Dieser Kerl … anscheinend hat er ein Problem« nun beugte er sich nahe zu meinem Ohr, »mit seiner Männlichkeit.«

… Lightman hörte ihn trotzdem. »Seine Männlichkeit ist ihr vollkommen gleichgültig.«

Steve stand auf und setzte sich auf den frei gewordenen Platz.

»Bringen Sie uns noch eine Flasche des Rotweines, Luis?«, fragte er den Kellner direkt. »Und schaffen Sie das arme Lamm bitte wieder in die Küche, ja?«

»Sehr wohl, Sir!«, sagte der Kellner, drehte sich um und verließ unseren Tisch. Anscheinend waren wir jetzt nicht mehr die Attraktion des Abends, denn die Gäste gingen wieder ihren eigenen Geschäften nach.

»Heilige Scheiße!«, entfuhr es mir. »Was war das?«

»Es hätte doch klar sein müssen, schon als er dir erklärt hat, dass Fisch weniger männlich als Fleisch ist.«

»Na ja, aber woher sollte ich das denn wissen?«

»Er hat ein Babytier bestellt, Susan.« Eindringlich sah Steve mir in die Augen. »Ein B-a-b-y-t-i-e-r.«

Er grinste mich an, und ich schüttelte lachend den Kopf. »Du bist verrückt, weißt du das?«

»Hey!« Abwehrend hob er die Hände. »Ich bin nicht derjenige, der nur Freaks datet.«

Aber du bist hier. Bei mir. Obwohl du gar nicht hier sein solltest. Als guter Freund.

»Nein«, beschloss ich, ehrlich zu sein. »Du bist hier, um mein Date zu stalken.«

»Oh!« Er grinste wie ein Schuljunge, der eine Eins bekommen hatte. »Ich stalke nicht ihn. Ich stalke dich.«

»Und warum?«

»Zieh dein Höschen aus.«

»Was?«, fragte ich und fühlte, wie mir die Röte in die Wangen stieg.

»Zieh. Dein. Höschen. Aus.«

»Warum? Nein!«

»Oh doch, Darling … das wirst du, und ich werde es genießen, dass ich der einzige Mann in diesem Raum bin, der weiß, dass du keine Unterwäsche mehr trägst.«

»Ich kann es nicht ausziehen.«

»Warum nicht?« Dunkel sah er mir in die Augen.

»Weil«, begann ich und beugte mich in seine Richtung. Mein Essen war mittlerweile kalt. Lightman aß von seinem Tintenfisch. »Wir sind doch Freunde, oder?«

»Na klar«, stimmte er mir zu. »Darum sag ich dir ja, du sollst dein Höschen ausziehen.«

»Machen das Freunde so?«

»Komm zum Punkt, Montgomery.«

»Ich habe ein Bauchweghöschen an.«

Kurz sah Steve mir mit leicht geweiteten Augen auf den Oberkörper. Was aber meiner Meinung daran lag, dass ihm der Tisch den Blick auf meine Hüften und meine Oberschenkel verwehrte. »Du hast eines dieser Dinger an, die alles dahin pressen, wo es hin soll?« Lightman grinste.

»Halt die Klappe!«

Nun lachte er laut auf. »Dann zieh erst das Ding aus, steck es in deine Handtasche, und dann gibst du mir dein Höschen.«

»Das ist nicht so leicht«, zischte ich. »Ich habe circa zehn Minuten gebraucht, um überhaupt rein zu kommen!«

»Und das für einen Kerl, der sich darüber beschwert, dass die Portion Lamm zu klein ist und der Küchenchef somit seine Männlichkeit infrage stellt.«

»Leck mich, Lightman!«, setzte ich entgegen, und er lachte erneut. Der Kellner räumte unsere Teller ab, murmelte etwas davon, dass wir frisches, warmes Essen bekommen würden, und dackelte wieder davon. Ich nahm einen Schluck von meinem Wein. Auch wenn es echt peinlich war, genoss ich unser Geplänkel gerade.

»Würde ich ja gern … aber der Überzieher lässt das nicht zu.«

»Du bist ein Idiot!«

»Nein, ich bin zum Glück nur ein Freund, ansonsten wäre das ja wirklich, ... Ich sage mal so, mein Schwanz hätte sich nach innen verkrochen bei dem Kommentar.«

»Kannst du mal ernst bleiben?«

»Ich bin ernst, Susan.« Steve schüttelte den Kopf. »Wieso trägst du so etwas?«

»Weil es nun einmal das ist, was Frauen tun, wenn sie euch Männer mit ihrem Aussehen beeindrucken wollen.«

»Aber du weißt, wie heiß ich dich finde ... oder sollen wir etwa kurz nach hinten gehen, damit ich es dir zeigen kann?«

»Lightman!«, zischte ich und ließ den Kellner in Ruhe die frischen Gerichte vor uns platzieren. »Hör auf damit. Ich dachte, er verkriecht sich?«

»Ach stimmt ja«, räumte er ein. »Ich hatte das schon wieder verdrängt mit dem hautfarbigen Ding. Das dich einpresst.«

»Du bist so ein Idiot.«

»Nein, ich würde sagen, ich bin neugierig. Du musst nachher mit mir mitkommen, ich muss das von Nahem sehen.«

»Du bist soooo ein Arsch!«, sagte ich lachend und genoss es aber, wie er mir schelmisch zuzwinkerte und sich dabei so auf die Unterlippe biss, dass ich wusste ... er versprach mir gerade etwas ... etwas, das ich lieben würde.

»Oh ... ich werde dir zeigen, was für ein Arsch ich sein kann. Ich weiß nämlich, was du mit mir heute Abend versucht hast.«

»Ach so?«, fragte ich und genoss, wie intensiv der Lachs auf Salbeisoße schmeckte. »Was habe ich denn versucht?«

»Diese Antwort, Miss Montgomery, liegt in meinem Apartment.«

41

STEVE

 »Sex ist die treibende Kraft auf dem Planeten. Wir sollten ihn umarmen und nicht als Feind sehen.«
– Hugh Hefner –

»Also gut«, sagte ich, lehnte mich auf dem Sofa zurück und genoss, wie Susan sich hin und her drehte. »Dann zeig mir mal den Liebestöter.«

»Steve!«, schimpfte sie, »Hör auf!«

»Nein, nein. Jetzt will ich wissen, was dafür verantwortlich ist, dass ich dich im Restaurant nicht ohne Unterwäsche erleben durfte.«

»Du bist echt ein Penner.«

»Nein. Neugierig. Ich nenne das neugierig.« Ich nahm einen Schluck Scotch, den ich mir zuvor zubereitet hatte. Vor Susan stand ein Gin Tonic auf dem Tisch.

»Was bringt dir das, wenn du das Ding siehst?«

»Na, ich kann es mir nicht vorstellen.« Als ich das aussprach, tippte ich mir dabei mit dem Zeigefinger gegen die Schläfe.

»Können wir das nicht einfach googeln, und ich geh eben ins Bad und …«

»Nein!«, sagte ich energisch. »Komm mit!«

Ich griff nach ihrer Hand und zog sie durch meine Wohnung. »Mein Notebook steht noch im Konferenzraum.«

»Was?«, fragte sie, aber ich schob sie bereits in den Fahrstuhl. »Ich habe keine Schuhe an.«

»Na und?«, sagte ich und sah an mir herunter. »Ich auch nicht.«

Das war einer meiner Ticks. Wenn ich nach Hause kam, wollte ich meine Schuhe und meine Socken loswerden. Und das dringend.

»Was machst du, wenn deine Angestellten dich so sehen?«

»Auf der Etage der Verwaltung im Hotel ist jetzt niemand mehr … glaub ich«, fügte ich an, zuckte mit den Schultern, und als der Aufzug seine Türen öffnete, sah ich einmal nach links und nach rechts, ehe ich Susan an der Hand hinter mir herzog.

»Komm!« Beinahe lautlos huschten wir den Flur entlang, ehe wir den Meetingraum betraten, der sich schon fast wie ein intimer Ort anfühlte. Susan und ich hatten in den letzten Tagen und Wochen hier so viel Zeit miteinander verbracht.

»Was tun wir hier?«, flüsterte sie, während ich den Schalter für das Milchglas betätigte. »Wow«, stieß sie hervor, als wir weiterhin in vollkommener Dunkelheit in dem Raum standen.

Er war beleuchtet, indirekt. Von tausenden Lichtern der Stadt, die unter uns vibrierte und tobte … lebte und atmete. In den Wolkenkratzern um uns herum war noch so viel Licht an, das es hier auch schimmerte.

»Das sieht wunderschön aus«, seufzte sie, als sie an das bodentiefe Fenster trat und die Aussicht genoss. »Es ist tagsüber schon beeindruckend … aber bei Nacht. Wow!« Ihre offensichtliche Bewunderung ließ mein Herz schneller schlagen. Die Fenster gingen auf meine Kappe. Ich genoss es, den Überblick zu haben. Susan mochte es in die Ferne zu sehen … dahingehend ergänzten wir uns gut.

»Auch wenn ich dich nur ungern störe«, begann ich schließlich und lehnte mich mit der Schulter an das Glas, »zeig mir jetzt das Ding!«

»Du bist verrückt«, sagte Susan und verdrehte die Augen.

»Wieso stört es dich, mir das zu zeigen?«

»Mich stören eben viele Dinge«, erwidert sie schulterzuckend.

»Mich auch.«

»Ach so?«, fragte sie lächelnd. »Was denn so?«

Mit einem trägen Grinsen, das an meinen Mundwinkeln zupfte, jeden Muskel angespannt und einen Schwanz, der bereits steif war, überbrückte ich den letzten Abstand zwischen uns.

»Mich stört zum Beispiel«, begann ich, fuhr mit meinen Händen über ihre Seite nach unten, bis ich den Stoff ihres Kleides greifen konnte, »dass du überhaupt denkst, du müsstest so ein Einpressding anziehen, Susan.« Langsam, als hätten wir alle Zeit der Welt, schob ich den Stoff nach oben.

»Wolltest du nicht googeln, wie so ein Ding aussieht?«

Lässig zuckte ich die Schultern. »Hab es mir anders überlegt.«

»Du hättest einfach sagen können, wenn du im Meetingraum Sex haben willst.«

»Wärst du denn mitgekommen?« Ich küsste sie auf die Mitte ihres Schambeines, auch wenn noch haufenweise Stofflagen dazwischen waren.

»Natürlich«, flüsterte sie, als ich endlich die ersten paar Zentimeter des Liebestöters auspackte. »Na komm schon, Lightman. Bringen wir es hinter uns!« Ihre Stimme klang ungeduldig.

Ich richtete mich wieder auf, zog ihr Kleid weiter nach oben und war froh, dass Susan den schmalen Gürtel bereits in meiner Wohnung abgelegt hat. Langsam zog ich ihr das rote Teil über den Kopf und betrachtete sie von oben bis unten.

»Das ist es also?«, fragte ich leise, und sie nickte.

»Starr mich nicht so an, zieh es runter, und dann vergessen wir die Angelegenheit einfach.«

»Nein, nein«, sagte ich wieder, genoss, wie sie vor dem Fenster stand, in Unterwäsche und dem Einquetschteil, die Haare, die ihr mittlerweile lockig und offen über die Schultern fielen, die Lippen einen Spalt geöffnet, das Licht, welches sie von hinten in einen zarten Schein tauchte. Susan trat unruhig von einem Fuß auf den anderen.

»Bitte, Steve, es war jetzt peinlich genug, oder?«

»Wir sind doch Freunde, Baby … Da kann man auch so etwas miteinander teilen.«

»Genug jetzt!«, erklärte sie und schob sich das Teil über die Hüften. »Du hattest deinen Spaß, Freund.«

»Oh nein«, erwiderte ich und trat wieder auf sie zu, nachdem sie das hautfarbene Teil achtlos zur Seite geworfen hatte. »Du hast keine Ahnung, wie verdammt sexy du bist, oder?«

»Bitte?« Sie warf einen demonstrativen Blick auf das Teil, das nun einsam auf dem Boden lag. »Das meinst du nicht ernst.«

»Susan«, begann ich und legte meine Hand an ihre Wange, »du bist unfassbar heiß. Du bist witzig. Sexy. Klug. Du bist eine tolle Frau … Also, warum diese Dates?« Hoppla! Wo kam das denn her? Das war eigentlich gar nicht meine Frage gewesen. Eigentlich. Und doch war sie aus mir herausgeströmt, als hätte ich darauf hingearbeitet.

»Ich will jemanden kennenlernen.«

»Du hast mich.«

»Wir sind Freunde.«

»Mit Extras!«, setzte ich entgegen. »Du hast mich heute Abend vorgeführt.« Meine Hand wanderte weiter zu ihrem Kiefer und ihrem Hals. Ich schob sie sanft, aber bestimmt nach hinten, bis ihre Haut auf das kühle Glas traf. Scharf zog sie die Luft ein. »Du dachtest, ich wüsste nicht, was du im Schilde führst. Du dachtest, ich würde in das Restaurant kommen … und ja, du hattest richtig gedacht.« Meine Nase fuhr über ihre Haut und ich fühlte, wie sie erschauerte. Meine Worte waren leise und genau gewählt. Sie sollten bei ihr wohlplatziert sein, Wurzeln schlagen. »Das liegt daran, das du mir gehörst, Susan.« Ich griff mit der anderen Hand ein paar Haarsträhnen und hielt sie im Nacken gefangen. »Offiziell sind wir Freunde. Freunde, die miteinander ficken … aber, wenn wir ehrlich sind, die Sache nüchtern betrachten, dann gehörst du mir. Und wenn schon nicht dein Geist, dann auf jeden Fall dein Körper.« Ihre Nippel wurden hart, das konnte ich durch den Stoff meines Hemdes fühlen. »Ich weiß, dass ich dich dazu bringe, Dinge zu tun, von denen du nicht einmal wusstest, dass du sie willst. Ich bringe dich dazu, zu betteln. Um mehr. Um Emotionen, die du nicht deuten kannst und nicht verstehst … Ich bringe dich so weit, dass du dich, so wie jetzt gleich, in diesem Meetingraum von mir ficken lässt. Du weißt, dass ich im Bett den Ton angebe, so sehr ich deine Intelligenz und deinen Scharfsinn tagsüber zu schätzen weiß. Aber du willst … geführt werden. Und das kann so ein Typ wie heute Abend … der sich verhält, als wäre er extra für die Frauenwelt erschaffen worden, definitiv nicht. Deshalb, meine süße Susan … deshalb kommst du immer wieder zu mir zurück. Immer und immer wieder. Deshalb hast du mir so genau jedes verfluchte Detail deiner Abendplanung erzählt … weil du wolltest und gehofft hast, dass ich dort auftauche und den Abend mit dir verbringe.« Susan stöhnte leise und legte ihre Hände an die Knopfleiste meines Hemdes. Langsam begann sie, diese aufzuknöpfen. »Aber dafür brauchst du nicht diese Dates, Susan. Du kannst es ehrlich zugeben, wenn du mit mir Zeit verbringen willst, wenn du scharf auf mich bist oder wenn du deine Ruhe willst. Ich bin …« Mühsam schluckte ich. Meine Worte gingen mir nahe, auch wenn sie für Susan bestimmt waren, »ein Freund«, vollendete ich den Satz. »Ein guter Freund, der es dir jetzt besorgen wird.«

Voller Verlangen kam Susan mir entgegen, genau in dem Moment, in dem ich meine Lippen auf ihre drückte. Ohne große Widerworte ließ sie meine Zunge in ihren Mund ein und ich küsste sie wie ein gottverdammter Ertrinkender. Ihre Hände hatten die Arbeit, mein Hemd aufzuknöpfen, erledigt und sie schob es mir über die Schultern, nachdem sie selbiges aus meiner Hose gezogen hatte.

Fest massierte ich mit meiner Zunge die ihre. Immer wieder streichelten sie umeinander herum. Zogen sich spielerisch zurück und erforschten anschließend noch intensiver. Ihre Hände krallten sich in meine Oberarme und sie zog mich an sich. So fest, als hinge ihr Leben davon ab.

Ein schweres Seufzen entwich mir. Nicht nur Susan war angeturnt. Oh nein, mein Schwanz war knüppelhart. Er wollte so dringend in sein Zuhause, dass mir fast schwarz vor Augen wurde.

»Du musst das ausziehen«, wisperte sie, machte sich an meinem Gürtel und der Knopfleiste meiner dunkelblauen Jeans zu schaffen. Susan schob beide Hände in meine Jeans und somit über meinen Hintern. Sie kniff mich kurz hinein. »Ich gebe zu«, hauchte sie und küsste mich noch einmal, »du hattest recht …« Milde lächelte ich. Erzählte sie mir doch gerade etwas, das ich bereits wusste. »Aber kannst du jetzt aufhören, mich zu quälen und mich endlich ficken?«

Das dunkle Brummen, das aus den Tiefen meiner Kehle aufstieg, war selbst mir fremd. »Dreh dich um!«, wies ich sie an, und Susan kam ohne Weiteres meiner Aufforderung nach. »Bleib genau so stehen und lege dein Gesicht an das Fensterglas.« Sie verstand sofort, was ich meinte. Während sie in dieser Position darauf wartete, dass meine Finger sie irgendwie berührten, schlüpfte ich schnell aus meiner Hose und meiner Boxershorts. Steil aufgerichtet sprang mein Schwanz heraus.

»Steve«, flehte sie leise. »Bitte.« Sie konnte mich aus den Augenwinkeln sehen, aber jetzt, wo ich nackt war, würde ich sie auch nicht länger hinhalten. Ich trat wieder näher an ihren wunderschönen Körper, zog ihr das rote Höschen über den Arsch und sie trat mit den Füßen heraus, als es um ihre Knöchel baumelte. Meine Finger fanden sofort den Weg an ihre Pussy und tauchten in sie ein. »Ts ts ts«, seufzte ich gespielt tadelnd und bewegte meine Finger ruckartig in ihr. »Wer ist denn da so feucht?« Susan ließ die Lider zufallen, öffnete den Mund einen Spalt und seufzte.

»Das ist gut.«

»Ich weiß, dass du das liebst, wenn ich es tue … dass es dich heiß macht, wenn ich mit dir spreche und dir sage, wie verdorben du bist.«

»Bitte …«, wisperte sie wieder in die Dunkelheit. Nachdem sich ihre Atmung beschleunigt hatte, sie den Hintern weiter in meine Richtung gepresst und nach mehr verlangt hatte, entzog ich ihr meine Finger, und die leisen Laute des Protestes fuhren mir direkt in meine Eier. Verfluchte Scheiße, es gab keine Frau, die mich so sehr anturnte wie Susan Montgomery. Das sollte etwas heißen, denn ich hatte viele, viele, viele Frauen gehabt. Meine Hand legte sich in ihren Nacken und ich drückte sie wieder leicht nach vorn.

»Wirst du weiterhin Dates haben?«, fragte ich, als ich mit meiner seidigen Länge ihre Schamlippen nachfuhr. Bis mir die Frage entschlüpft war, war mir gar nicht bewusst gewesen, dass mich diese Dates so extrem störten.

»Natürlich«, antwortete sie trotzig, schob ihren Po weiter gegen mein Gesäß und versuchte, mich näher an sich zu bringen.

»Aber du willst, dass ich dich ficke, ja?«, knurrte ich in ihr Ohr. Eine Gänsehaut breitete sich dort aus, wo ich sie berührte. »Du willst deine Intelligenz jemand anderem schenken ... Und ich darf nur deinen Körper haben?« Susan kam nicht dazu, zu antworten, denn ich schob meinen dicken Schwanz ruckartig und heftig in sie. Ihr zierlicher Körper, der alles, aber keine Bauchweghöschen brauchte, wurde gegen das kalte Glas gedrückt, und das brachte sie dazu, laut aufzustöhnen.

»Heilige Scheiße«, rief sie. »Steve!«

Ich hämmerte in ihr los.

Ja, man konnte das nicht mehr anders beschreiben. Ich war einerseits so wütend auf sie. Weil sie dachte, dass diese Dates alle irgendwie wichtig waren, weil sie mir zwar ihren Körper schenkte und ich mit ihr anstellen durfte, was ich wollte ... sie mir etwas wesentlich Wichtigeres, etwas, von dem ich nicht einmal gedacht hatte, dass es mich irgendwann interessieren könnte, verwehrte.

Nämlich ihre Seele.

Die schenkte sie lieber irgendwelchen Typen von diesem Online-Portal. Aber nicht mir. Verdammte Scheiße!

Immer wieder fuhren meine Hüften vor und zurück. Meine Atmung beschleunigte sich ebenso wie Susans. Aber ich würde sie nicht kommen lassen. Nicht jetzt sofort. Also entzog ich mich ihr, presste eine Hand in ihren Nacken und legte die andere auf ihren Nippel. Fest drückte ich zu. Susan ging ins Hohlkreuz, wimmerte leise und bettelte abgehackt darum, dass ich sie kommen ließ. Das würde ich.

Aber noch nicht jetzt.

»Fühlst du das?« Kurz strich ich mit meiner von ihr feuchten Länge zwischen ihren Schamlippen auf und ab. »Wie frustrierend das ist, wenn man etwas nicht bekommt, was man ersehnt?« Die schöne, sinnliche Frau vor mir hielt die Lider geschlossen, die Lippen einen Spalt geöffnet und hatte ihre flachen Hände auf die Scheiben gepresst. »Vielleicht …«, seufzte ich weiter und biss sie in ihr Ohrläppchen. Susan zitterte leicht. »Vielleicht beobachtet uns jemand dort drüben. Vielleicht holt er sich dabei einen runter, während er zusieht, wie ich dich ficke.«

Nun wanderte ihre eine Hand in Richtung ihres Kitzlers. Kurz, bevor sie ihn erreichte und sich somit selbst Erlösung verschaffen konnte, stoppte ich sie an ihrem Handgelenk. Das frustrierte Knurren, welches ihrer Kehle entstieg, sprach Bände. »Vielleicht macht es ihn an, wenn er sieht, wie ich die Kontrolle über deinen Körper habe.«

»Herrgott, Steve«, seufzte sie und versuchte, meinen Harten zu greifen. »Bitte … Ich habe verstanden.«

»Was hast du verstanden?«, wisperte ich an ihrer Haut, als ich zarte Bisse auf ihrer Schulter platzierte. Nach wie vor rieb ich mich an ihr, ließ sie fühlen, was sie haben könnte … ohne es ihr wirklich zu geben. Die Frustration stieg immer weiter und pulsierte durch ihren Körper. Ihr Herzschlag war deutlich an ihrem Hals auszumachen. Und es turnte mich an.

Ja, ich war ein Schwein, aber es machte mich so dermaßen an, hier das Sagen zu haben, dass ich mich ehrlich zusammenreißen musste, um nicht auf der zarten Haut ihres Hinterns zu kommen. Mit einer Hand umgriff ich mich selbst, strich zwei, drei Mal auf und ab, ehe ich an ihren Eingang stupste.

»Keine Dates mehr.« Ich lächelte in die Dunkelheit. »Ich werde mich mit niemandem mehr treffen, solange ich in New York bin, außer mit dir …«

Voller innerer Befriedigung stieß ich fest in sie. Das hatte ich hören wollen. Das waren die Worte, die ich gebraucht hatte. Nach denen ich mich gesehnt hatte. Auch wenn das irgendwie wie ein Weichei klang … Das war es, was das alles hier ausmachte.

Es bedurfte nur eine Handvoll fester, heftiger, schneller Stöße, um Susan laut schreien zu lassen. Mein Name hallte von den Wänden, hallte durch das ganze Stockwerk.

Ebenso, wie ich ihren keuchte, als ich kam.

Es war mir scheißegal, ob uns jemand hörte oder erwischte.

Alles, was zählte, war, dass Susan mir gehörte.

42

SUSAN

 »Ich habe den Großteil meines Lebens damit verbracht, vor mir selbst wegzulaufen.«
– Marilyn Monroe –

Vier Tage später

Ich habe ewig nichts von dir gehört. Wie laufen die Dates?
Lächelnd sah ich im Laufen auf mein Telefon. THREEOFTHREE hatte mir schon seit ein paar Tagen nicht mehr geschrieben. Fast war ich in Versuchung gekommen, zu glauben, dass er sich von mir zurückgezogen hatte … Wobei das irgendwie nicht dazu passte, dass er mir ja vor Kurzem sogar Tipps zum Daten gegeben hatte.
Ich kann mich nicht beschweren. Wie laufen deine Nicht-Dates?
… antwortete ich, als ich die große moderne Empfangshalle des *Lightmans Futur* betrat. Die maßlose Eleganz, der Fortschritt, die großen, perfekt in das moderne Gebäude integrierten Bildschirme … die Musik, die aus den Lautsprechern, genau in der perfekten Lautstärke strömte. Das Hotel war einfach … es nahm einen ein, sobald man den Boden betrat. Wann immer man sicher war, man hätte schon alles gesehen, kam eine neue Überraschung.
»Guten Morgen, Lucy«, sagte ich im Vorbeigehen zu einer der diensthabenden Empfangsdamen.
»Susan«, lächelte sie mich an und zwinkerte mir zu. Lucy hatte mich heute Morgen, da sie viel zu früh zu ihrer Schicht erschienen

war, dabei erwischt, wie ich in den Klamotten vom Vortag durch die Halle gehuscht und in ein Taxi gestiegen war.

Wann ich das letzte Mal eine Nacht in meinem Hotelbett verbracht hatte, wusste ich nicht mehr, wenn ich ehrlich war. Denn Steve beanspruchte mich völlig. Tagsüber arbeiteten wir daran, die Dinge hieb- und stichfest zu machen. Benjamin Caden musste festgenagelt werden, alles andere wäre einfach nur grob fahrlässig gewesen. Mittags ließen wir uns etwas aus der Hotelküche kommen oder nahmen uns eine kurze Auszeit, um zusammen im Restaurant zu essen. Übrigens schmeckte es hier wirklich ausgezeichnet. Steve hatte mir verraten, dass der Küchenchef nach einigen Rezepten seines Bruders kochte. Das war wirklich herauszuschmecken. Es war unfassbar lecker. Na ja … und anschließend ging ich zurück in den Meetingraum, den ich nicht mehr ohne sexuelle Hintergedanken betreten konnte, während Lightman sich in sein Büro begab, um sich auch den anderen Bereichen seines Tätigkeitsfelds zu widmen.

Manchmal, und so kannte ich mich wirklich nicht, huschte ich nachmittags kurz in sein großes Büro, schloss die Fenster und setzte mich auf seinen Schreibtisch, um ihm offensichtlich klar zu machen, was ich wollte. Keine der Damen, mit denen ich ihn ja schon öfter in diesem Raum gesehen hatte, tauchte mehr auf. Das war auch gut so, ich war mir nämlich nicht sicher, ob es meine Eifersucht andernfalls ertragen hätte.

Ich wartete auf den Aufzug und grüßte einige der Angestellten, die mir in meinen Wochen hier in New York ebenso ans Herz gewachsen waren, wie die Stadt selbst. Ja, ich gab es gern zu. Ich genoss den »Urlaub«. Ich genoss es, neben meiner Arbeit ein Leben zu haben. Und daran, so etwas könnte noch vor der Umsetzung des Familienplans geschehen, hatte ich längst nicht mehr geglaubt.

Aber jeden Abend, wenn ich den Meetingraum abschloss, wenn ich mit meiner Handtasche durch den Flur zum hinteren Fahrstuhl ging, der mich nach oben zu Steve brachte … dann klopfte mein Herz wieder in jenem Takt, den ich aus meiner Teenagerzeit kannte. Es fühlte sich jeden Abend so unfassbar gut an, wie diese Wärme sich in mir ausbreitete, wenn ich auf den Knopf mit dem Buchstaben »R« drückte, um zur Dachwohnung zu gelangen. Jeden Abend, wenn ich aus dem Fahrstuhl stieg, öffnete ich die separate Tür, die mich in sein Zuhause brachte, und jeden Abend war das Erste, was ich tat, meine Schuhe ausziehen und auf nackten Füßen zu ihm tapsen. Steve war nämlich in neunundneunzig Prozent der Fälle schon oben. Entweder kochte er, überraschte mich mit einem Bad, das er uns in seiner riesigen Whirlpoolbadewanne eingelassen hatte, oder damit, dass wir ausgingen.

Ich wollte gar nicht wissen, woher er die Kleider hatte, die ich dann immer anzog. Ich gab erst Ruhe, als er mir anhand des Etiketts zeigte, dass es sich um neue Exemplare handelte. Nicht, weil ich überheblich oder arrogant sein wollte. Oh nein ... ich wollte nur einfach nicht, dass er mir etwas schenkte, was eine seiner diversen – genau genommen – einhundertsechzig anderen Schlampen getragen hatte. Deshalb zickte ich nämlich wie eine Furie, ließ mich nach allen Regeln der Kunst von ihm vögeln und erklärte ihm danach, dass er nicht zu glauben brauchte, mich nun wie ein Püppchen an- und ausziehen zu dürfen. Natürlich war mir klar, dass er das niemals getan hätte ... Aber egal, wie sehr ich das hier alles genoss, hatte ich das Bedürfnis, ihn auf meine Unabhängigkeit hinzuweisen.

Steve und ich, und das war uns beiden klar, verhielten uns wie eine Art Pärchen. Dieser Gedanke hätte mich als Workaholic, als jemand, der immer allein gewesen war, in Panik versetzen müssen. Aber er tat es nicht. Den Grund dafür hatte ich heute Morgen um fünf Uhr mit Luisa am Telefon diskutiert. Ich empfand so, weil es sich für mich wie Urlaub anfühlte.

Luisa – meine beste Freundin zu Hause in Philadelphia – wusste mittlerweile Bescheid. Es war auch schwer zu vertuschen, wenn man sich gut fühlte.

»Wie auch immer«, murmelte ich und stieß die Tür zum Konferenzraum auf. Ich konnte durch die Glasscheiben sehen, dass Steve bereits am Tisch saß.

»Hi«, murmelte ich und huschte an ihm vorbei. Meine Schamgrenze war noch höher gesteckt als Steves. Er hätte mich am liebsten sofort geküsst. Dass das aber nicht ging, machte ich ihm damit klar, dass wir nur Freunde waren. Auch wenn wir abends miteinander in der Kiste, auf dem Tisch, auf dem Boden oder dem Sofa, der Dusche oder wie gestern, seinem Auto zugange waren.

Ich stellte fest, dass Freundschaften mit dem gewissen Extra gar nicht so übel waren. Schade, dass Steve in New York bleiben würde, wenn ich nächste Woche zurück nach Philadelphia gehen würde.

»Guten Morgen, Babe«, erwiderte er, stand auf und kam auf mich zu. Sein Geruch eilte ihm voraus. Sauber und frisch geduscht. Mit dieser herben Note, die direkt in mein Höschen schoss und mich auf Trab hielt.

Sein schwarzer Dreiteiler saß perfekt, wobei er das Jackett abgelegt hatte. Seine Beine waren vom Stoff verhüllt, die Hose so tief auf den Hüften sitzend, dass es gerade noch als anständig durchging. Das Hemd war grau und die schwarze Weste schloss perfekt damit ab. Er trug eine schwarze, schmale Krawatte, die ab der Brust hinter der doppelreihigen Knopfleiste, des Stoffes verschwand. Sein Haar war so zerzaust, das man denken mochte, er wäre sich gerade immer wieder hindurchgefahren, und doch tat es seinem Erscheinungsbild keinen Abbruch. Niemand wäre auf die Idee gekommen, dass Steve Lightman schlampig oder ordentlich aussähe. Oh nein ... Ganz im Gegenteil, er war wie eine verdammte Raubkatze, die genau wusste, wie sie sich bewegen und verhalten musste, um die Aufmerksamkeit ihrer Beute nicht auf sie zu ziehen. Es sollte verboten sein, wie unfassbar sexy dieser Mann war. Kein Wunder, dass er ständig zum Junggesellen des Jahres gewählt wurde.

Ich trat einen Schritt zurück, denn ich wusste, er würde mich gleich berühren wollen. Und das wollte ich nicht. Auf keinen Fall sollten nämlich die vorbeilaufenden Angestellten mitbekommen, dass wir nicht nur Kollegen waren. Lucy war heute schon eine absolute Ausnahme gewesen. Das reichte mir für einen Tag.

»Lass uns anfangen«, erwiderte ich, ohne dass er etwas gefragt hatte, und ging um ihn herum. Ich hörte, wie er leise lachte und wusste, dass er den Kopf schüttelte.

»Du warst heute Morgen schnell weg.«

»Ich musste duschen.«

»Du hättest bei mir duschen können.«

»Ich weiß. Aber ich brauchte frische Kleidung ...« Ich warf ihm einen schnellen Seitenblick zu. »Frische Unterwäsche.«

»Du müsstest doch nur einfach ein paar Sachen mitbringen, dann würdest du mir ... und auch dir Zeit sparen.« Er schob mir eine frisch gefüllte Kaffeetasse entgegen. »Hier bitte.«

»Danke. Aber nein. Das will ich nicht.«

»Wieso hast du das Zimmer, wenn du es sowieso nicht bewohnst?«

»Mein Zeug liegt doch darin, ... also bewohne ich es auch!« Ich zuckte mit den Schultern und klappte meinen Laptop auf. »Können wir jetzt über die Arbeit reden?«

»Ich habe aber noch etwas, das dich freuen wird.«

Augenverdrehend sah ich ihn an. »Dann raus damit!«

»Meine Brüder und ihre Frauen kommen übers Wochenende nach New York.«

»Ach so?«, fragte ich und wunderte mich darüber, dass Luisa am Telefon nichts erwähnt hatte. »Das freut mich. Dann reise ich eben einfach schon früher ab. Wir sollten das ja heute alles zum Abschluss bringen.« *Oh nein! Geliebtes New York, ich will doch gar nicht fort von hier!* Ich lächelte, entschlossen, die Maske aufrechtzuerhalten.

»Ich möchte, dass du dabei bist«, sagte er und sah mir in die Augen. »Als …« Hörbar schluckte er, »als Freund.«

Ich wartete mehrere Herzschläge lang, ließ seine Worte durch mich hindurchströmen. »Deine Geschwister schlafen doch aber sicherlich hier im Hotel.«

»Ja, sie haben hier Zimmer … Aber das ändert doch nichts daran, dass du bei mir oben schlafen kannst.«

»Nein, ich …«

»Du kannst ja auch ins Gästezimmer gehen, wenn du möchtest …«

»Ich denke, dass …«

»Ich denke, das ist eine super Idee und ein schönes Dankeschön, dass du hier warst, um mir zu helfen. Ich … Ich weiß nicht, ob ich das ohne dich so schnell hinbekommen hätte.«

»Ein Dankeschön?« Nun lächelte ich ehrlich. Es wurde in meiner Brust ganz warm. »Du kriegst 'ne Rechnung, Lightman.«

Er lachte laut auf und nickte. »Dennoch will ich mich bedanken …«

»… für meine Freundschaft?«

»Heilige Scheiße, Susan.« Er sah entrüstet aus. »Du bist doch keine Nutte.«

»Gut, dass wir uns darüber einig sind.«

»Also, bist du dabei?«

Ich verdrehte die Augen über seine Hartnäckigkeit. »Ja, ich bleibe. Dann fahr ich eben erst Montag zurück.«

»Na also. Geht doch!«

»Lass es, Lightman.«

»Was?« Er lehnte sich grinsend zurück. »Ich genieße den Augenblick. Den Sieg. Deinen gebrochenen Willen.«

»Du denkst, dass du meinen Willen gebrochen hast, wenn ich meine Abreise wie geplant am Montag durchführe?« Steve nickte. »Na, wenn das dein Ego braucht, dann hast du meinen Willen gebrochen.«

Steve beugte sich nah zu mir, ich fühlte seinen Atem auf meiner Haut. Sofort reagierte mein Verräterkörper auf diesen Mann. Es war unfassbar, was er für eine Wirkung auf mich hatte. »Glaube mir, ich muss deinen Willen nicht brechen, Baby … und das will ich auch nicht wirklich … das war nur ein Spruch.« Seine Finger legten sich auf meine Oberschenkel. Dort, wo er mich durch den Stoff berührte, versengte er meine Haut. »Ich weiß, dass du dich mir jederzeit hingibst. Egal, in welchen Belangen.«

»Wir sind Freunde, Lightman.«

»Aber natürlich. Wir sind Freunde.«

43

STEVE

> »*Träume, als würdest du ewig leben, lebe, als würdest du heute sterben.*«
> – James Dean –

»Mr. Caden«, begann ich das Gespräch, räusperte mich erneut und versuchte, die Wut darüber, dass ich verarscht worden war, zu verdrängen. »Ich gebe Ihnen im Beisein der Wirtschaftsprüferin der Lightmangroupe, die Möglichkeit, jetzt die Wahrheit zu sagen.«

»Sir«, begann der Angesprochene, »ich schätze, ich verstehe nicht ganz.«

»Sie verstehen sehr wohl!«, donnerte ich los und schlug mit der flachen Hand auf den Tisch.

»Steve!«, zischte Susan. Und ja, sie hatte recht. Ich musste mich beruhigen. Ausflippen brachte mich nämlich nicht weiter. Und zwar überhaupt nicht. Diese ganze Angelegenheit hatte meine innere Angespanntheit nur so wahnsinnig strapaziert, dass es mir gerade schwerfiel, ruhig zu bleiben. Das kannte ich von mir nicht. In der Arbeitswelt behielt ich einen kühlen Kopf. Privat war ich für meine hitzigen Entscheidungen bekannt.

»Ich bedaure!«, erwiderte der Chef meiner Finanzbuchhaltung. »Ich kann Ihnen nicht folgen.«

»Dann«, erklärte Susan mit einem verschlagenen Lächeln. »Dann will ich Ihnen auf die Sprünge helfen.«

»Ich bitte darum.«

Ich konnte den verächtlichen Laut einfach nicht mehr zurückhalten, der aus meiner Kehle kroch. So ein Arschloch! Er wusste genau, was er getan hatte.

»In den Bilanzen fehlte Mr. Lightman bis vor wenigen Tagen eine siebenstellige Summe. Da war es doch beinahe klar, dass wir mehr in die Tiefe gehen würden, oder? Und dabei haben wir das hier entdeckt.« Susan legte ihm drei Auszüge der Zimmerpläne vor. Es war einmal die Buchungsbestätigung eines Sir Elton John, die darlegte, dass er eine Suite für zehn Monate bewohnen wollte. Dann war es die Abrechnung eines einfachen Doppelzimmers, das es bei uns im Haus gar nicht gab, zusammen mit einer Übersicht der Belegungspläne, und das dritte Blatt war das Reinigungsprotokoll des Housekeepings, welches bestätigte, dass die Suite, obgleich sie nicht abgerechnet worden war, definitiv bewohnt worden war. Da sie jeden Tag zwei Mal – diesen Service genossen diejenigen, die eine Suite nutzen wollten – in den Räumlichkeiten vor Ort gewesen waren. Susan lächelte den blasser werdenden Benjamin an.

»Was haben Sie denn dazu zu sagen, Benjamin?«, fragte ich ihn, und er schüttelte den Kopf.

»Das können Sie nicht beweisen.«

»Oh doch«, erklärte Susan und nickte mir zu.

»Wenn der Verdacht einer Straftat besteht, dürfen Anwälte die jeweiligen Kontoverbindungen einsehen.«

»Sie haben nicht einmal die Rechte, die genauen Kontostände ihres Hotels zu sehen, Lightman?« Der Mann uns gegenüber grinste dreckig. »Sie werden ja mehr von Ihrem Vater beschnitten, als ich dachte.«

Ich war schlau genug – dafür hätte es Susans Hand, die sich kurz beruhigend auf meinen Oberschenkel legte – gar nicht gebraucht, mich nicht provozieren zu lassen. Milde lächelte ich ihn an.

»Ich spreche von *Ihren* Kontotransaktionen.« Genüsslich sah ich ihm dabei zu, wie die Worte in seinen Kopf sickerten. Wie bei ihm ankam, was ich gerade gesagt hatte. Seine Augen weiteten sich so sehr, dass ich Angst hatte, sie würden gleich aus seinen Höhlen fallen.

»Aber …«, begann er.

»Auch wenn ich keine Anwältin bin, muss ich Sie darauf hinweisen, dass Sie jetzt am besten schweigen. Ich empfehle Ihnen, sich einen Anwalt zu nehmen, ohne den Beamten vorzugreifen.« Susan stand auf, und ich wusste, das war das Zeichen, dass die Polizisten, welche auf dem Flur warteten, hereinkommen sollten.

Benjamin Caden sagte nichts mehr. Sein Gesicht lief rot an, seine Miene war zu einer Fratze verzogen, als hätte er Schmerzen. Mit Widerstand ließ er einen der Beamten Handschellen anlegen. Der andere belehrte ihn erneut im vollen Umfang über seine Rechte.

»Ich mache dich fertig, Lightman.«

»Ach so?«, fragte ich, stand auf und verschränkte die Arme vor der Brust. »Verzeihen Sie, wenn ich gerade einen anderen Eindruck habe.«

»Sie haben meine Schwester gefickt. Und ihr das Herz gebrochen. Ich mache Sie fertig.«

»Wie alt ist denn Ihre Schwester, Sir?«, fragte ihn einer der Beamten und wähnte sich wohl in dem Glanz, einen doppelten Coup geschossen zu haben.

»Vierunddreißig. Aber das tut nichts zur Sache. Sie haben sich mit ihr getroffen, mit ihr geschlafen und wurden anschließend mit einer anderen gesehen. Das macht man nicht, Lightman. Das machen nur gottverdammte Wichser.«

»Ich bin sicher, Sir, dass Mr. Lightman genau wusste, was er tat. Und wenn er sich mit Ihrer Schwester auf eine einvernehmliche Beziehung geeinigt hat, dann geschah das sicherlich nicht gegen ihren Willen.«

»Nein«, räumte Benjamin ein, während ihn der Beamte schon zur Tür drehte. »Es war einvernehmlich, aber sie hat gelitten. Wochenlang hat sie wegen dieses Bastards gelitten.«

»Ich würde jetzt die Klappe halten!«, wies ihn einer der Polizeibeamten zurecht. »Nicht, dass Mr. Lightman Ihnen noch eine Klage wegen Rufmord an den Hals hängt.«

»Soll er doch!«, schrie mein – nun ehemaliger – Abteilungsleiter der Buchhaltung. »Das ist mir scheißegal!«

»Also, Sir«, erwiderte der dritte Polizist mit einem breiten Lächeln. »Sie haben es gehört. Zeigen Sie den Kerl an, der die Ehre seiner Schwester verteidigt hat.«

»Ich liebe meine Schwester. Sie gehört mir. Nur mir. Ansonsten niemandem. Nur ich habe das Recht, sie zu ficken. Nicht ... nicht so ein Hurensohn wie dieser Wichser dort drin!«

»Alles klar, Cowboy!«, setzte nun der Beamte, der ihn an den Handschellen führte, trocken hinzu. »Inzest ist eine Straftat. Sie wissen das hoffentlich. Ich sage es Ihnen noch einmal, alles, was Sie hier von sich geben, wird zu Protokoll genommen und kann gegen Sie verwendet werden.«

»Das ist mir scheißegal«, zeterte mein ehemaliger Mitarbeiter auf dem Weg zum Aufzug. Er klang jetzt, als würde er weinen. »Wenn ich meine süße Mary nicht haben kann, gehe ich gern ins Gefängnis.«

Direkt darauf schlossen sich die Aufzugtüren; die Beamten würden ihn durch die Tiefgarage in den Polizeiwagen bringen, damit er kein weiteres Aufsehen erregen konnte.

Susan und ich mussten noch das Protokoll des Beamten unterschreiben, nicht ohne den Hinweis, dass ein weiterer Brief eintreffen würde, bei dem Details abgefragt werden würden. Dem Polizeipräsidium in der Sechsundvierzigsten war seit gestern Abend bekannt, dass ich Anzeige stellen wollte. Und nur durch die Beziehungen zu einem der Sheriffs war eine sofortige Festnahme von Benjamin Caden ein klein wenig zu meinen Gunsten verzögert worden.

Schließlich waren Susan und ich allein. »Du hast also seine Schwester gevögelt, was?«

Verlegen fuhr ich mir durch mein Haar. »Anscheinend.«

»Du wusstest es nicht?«, fragte sie mit erhobener Augenbraue und ordnete ihre Unterlagen.

»Nein.« Kurz dachte ich nach. »Ich kenne niemanden weiter, der diesen Nachnamen trägt.«

Susan verzog das Gesicht und schnaubte. »Nun, wieso wundert mich das nicht, dass du dir das nicht merken kannst?«

»Susan, ich ...«, versuchte ich zu erklären, obwohl sie mich nicht wirklich danach gefragt hatte. Aber sie sollte eben wissen, dass diese Frauen hinter mir lagen.

»Wir sind Freunde, Steve. Alles gut.«

Ich beobachtete sie weiter, während sie ihr Zeug sortierte, zusammenheftete und in ihrem weißen Aktenordner unterbrachte. Schließlich klappte sie ihren Laptop zu und rollte das Stromkabel zwischen ihren Händen auf.

»Ja«, erklärte ich schließlich, als ich bemerkte, wie sie sich vor mir verschloss. »Wir sind Freunde.«

»Eben« Ihr Zuspruch kam schnell. Zu schnell. Zu fröhlich. »Dann würde ich sagen, stoßen wir jetzt auf unseren Erfolg an.«

»Klar doch. Gern.«

»Und auf den Erfolg, dass dein Schwanz dir diesmal nicht das Genick gebrochen hat, mh?« Susan schlug mir freundschaftlich auf die Schulter, sodass mir das Lachen im Hals stecken blieb. Was zur Hölle sollte das jetzt? Das war zu locker.

Das war zu gespielt.

Zu unecht.

Zu UN-Susan.

Ich würde es schon rausfinden.

Und wenn sie weiterhin daran festhalten wollte, dass wir Freunde waren … nun, dann würde ich eben mitspielen, nicht wahr?

44

STEVE

> *»Frauen sind wie Feuerwaffen: Gefährlich sind sie nur in den Händen Unerfahrener.«*
> – Hugh Hefner –

»Da ist er ja, unser kleiner Jammerlappen!«
»Wieso bin ich ein Jammerlappen? Ihr seid Idioten!« Meine Brüder Eric und Jason betraten meine Wohnung, und ihre Frauen kamen ihnen augenverdrehend hinterher.
»Susan!«
»Luisa!« Die beiden Frauen fielen sich in die Arme.
»Philly ist so langweilig ohne dich!«
»Du meinst wohl, weil du keine Cocktails mehr trinken kannst?«, zog Susan ihre Freundin auf und strich ihr über den dicken Bauch. »Wie geht es meinem Patenkind?«
Ich räusperte mich. »Du meinst wohl, meinem Patenkind.«
Lachend drängelte ich mich an Susan vorbei und zog Luisa in eine Umarmung. »Willkommen in New York.«
»Du tust so, als wäre ich noch nie hier gewesen.« Die hübsche, schwangere Frau meines Bruders warf ihr langes Haar zurück. »Nur weil ich ein Farmersmädchen bin?«
»Äh«, erwiderte ich und warf hilfesuchend einen Blick zu Susan.
»Er meint es nicht so. Empathie liegt ihm nicht.«
»Hallo?«, warf ich ein, »Ich stehe neben dir, Montgomery.« Alle Anwesenden lachten.
»Schön, dass ihr euch vertragt«, lächelte Eva und umarmte mich ebenso. »Alles gut?«

»Alles zur Zufriedenheit geklärt.«

»Wie wäre es«, fragte Jason, »wenn wir etwas essen gehen und ihr beide uns erzählt, wie es gestern lief?«

»Wieso sollen wir frühstücken gehen, wenn ich hier bin?« Eric breitete die Arme aus. »Ich kann kochen.«

»Ja, das kannst du, Baby …«, erwiderte Eva stolz und blickte zu ihm auf, während sie sich an seine Seite schmiegte. »Aber dein Bruder hat sicherlich nichts im Kühlschrank, um irgendwas Brauchbares zuzubereiten.«

»Also«, erklärte ich und wanderte von meinem Wohnzimmer in den offenen Bereich der Küche hinüber. »Nur fürs Protokoll.« Ich riss die Tür des Side-by-Side-Kühlschranks auf. »Der ist voll!«

»Oh«, sagte Luisa und ihre Augen leuchteten. »Sind das Sellerie-Sticks? Ich stehe so auf Sellerie-Sticks.«

»Ich bin beeindruckt!«, hörte ich Jason murmeln, und Susan lachte nur.

»Ist der normalerweise nicht so gefüllt?«, fragte sie, und ich wusste genau, was meine Geschwister – die Arschgeigen – jetzt antworten würden.

»Gefüllt ist er.« Beide nickten zustimmend. »Aber mit Champagner für die Frauen, Bier für die Herren und Erdbeeren zum Vernaschen!« Eric wackelte mit den Augenbrauen. Eva schlug ihm auf die Brust. »Wenn du verstehst, was ich meine.«

»Penner!«, murmelte ich und schmiss die Tür wieder zu.

»Haut ab und lasst mich kochen«, sagte Eric und lachte. »Ich kann aus …«

Jason und ich unterbrachen ihn. »Nichts ein Vier-Gänge-Menü zaubern.« Alle lachten und Eric schüttelte den Kopf.

Es war doch schön, seine Geschwister wieder im Lande zu haben.

Nachdem Eric uns diverse Zubereitungsarten von Eiern, Speck, Bratkartoffeln und Pancakes auf den Tisch stellte, versammelten wir uns alle darum, um zu essen.

»Ich hab nichts mitbekommen«, erklärte unser Koch. »Lief es gut?«

Ich nickte. »Es war perfekt. Die Polizei hat ihn abgeführt und wir haben bereits alle Unterlagen und Sicherungen dem Anwalt übergeben.«

»Ich finde es unfassbar, dass er das Geld wirklich zur Seite geschafft hat.«

»Ich auch« Eva nickte und trank von ihrem Orangensaft. »Ich meine, wieso tun Menschen so etwas?«

»Weil sie ein Stück vom Kuchen abhaben wollen, schätze ich«, erwiderte Jason achselzuckend.

»Ich bin froh, dass du es gemerkt hast.«

»Ja.« Zustimmend nickte ich, während ich in den Speck biss. Mein Bruder war ein Gott, niemand konnte den Speck so kross braten, ohne dass er trocken wurde. »Hätte er weiterhin solche kleinen Beträge genommen … dann vermutlich nicht, da die ja ausgebucht werden, bis zweihundert Dollar … aber das nun …«

»Das ist eine heftige Summe«, stimmte Luisa zu. »Meine Eltern hatten auch mal eine Mitarbeiterin, die aus der Kasse Geld geklaut hat. Klar, da ging es nicht um Millionen, sondern um Hunderter … aber Geld ist Geld, oder?«

»Ja«, Susan schüttelte den Kopf. »Man tut das einfach nicht. Ich weiß das noch von damals … Deine Mom hat ewig mit sich gerungen, sie zu entlassen … das war heftig.«

»Ja«, erwiderte die schwangere Freundin meines Bruders, »sie hat mein Mitgefühl.«

»Sie hat deine Eltern bestohlen und trotzdem hat sie dir leidgetan?«, fragte Eva und schüttelte den Kopf. »Du bist echt zu gut für diese Welt.«

»… und nebenbei bemerkt, zu gut für meinen Bruder!«, warf ich ein. Alle lachten. Auch Jason, er zeigte mir den Mittelfinger.

»Also, was habt ihr Jungs heute vor?«, fragte Eva und sah in die Runde. Das Frühstück hatten wir eben beendet und die Mädels tranken einen Schluck Champagner. Alle, bis auf Luisa.

»Wann ist der Termin im Boatshouse?«, fragte Eric sie, und Eva verdrehte die Augen.

»Kannst du dir auch irgendwas merken, was mit dieser Hochzeit zu tun hat?« Abwartend hob ich eine Braue, denn das würde jetzt gleich lustig werden.

»Ich weiß, wen ich heirate.« Wie ein kleiner Junge schob er die Unterlippe vor.

»Autsch«, flüsterte ich, verschränkte die Arme vor der Brust und schaukelte leicht auf meinem Stuhl. »Pass gut auf, Baby …«, wisperte ich Susan ins Ohr und kassierte dafür einen Blick von Jason, der sich gewaschen hatte.

»Hast du gerade Baby zu ihr gesagt?«, fragte er mich. Abwehrend hob ich die Hände.

»Wollen wir nicht erst mal sehen, wie Eric gleich in der Luft zerrissen wird?«

»Aber denke nicht, dass ich das vergesse.« Augenverdrehend

wandte ich mich wieder dem frisch verliebten Pärchen zu, das bald heiraten würde.

»Dich interessiert diese Hochzeit anscheinend gar nicht, was?« Eva stand auf und stemmte die Hände in die Hüften. Mir entwich ein Kichern, okay, das war wenig männlich, aber es war einfach zu genial mit anzusehen, wie die Restaurantkritikerin meinen Bruder auseinandernahm. Wie diese Ehe überleben sollte, war sowieso fraglich. Ich grinste innerlich.

»Baby …«, erwiderte er und klang jammernd. »Bitte entspann dich doch ein bisschen.«

»Ich kann mich aber nicht entspannen, solange die letzten Details nicht geklärt sind.«

»Eva, komm schon …« Er sah ihr fest in die Augen und nahm ihre Hände in seine. Die Geste wirkte wahnsinnig vertraut für Außenstehende. »Bitte. Wir haben doch unseren Termin. Es werden der Konditor, der Caterer und die Dame von dem Blumenzeug da sein … Du musst nicht alles kontrollieren, Darling …« Eva atmete mehrmals tief durch und legte ein schmales Lächeln auf die Lippen.

»Du kommst doch mit, oder?«

»Natürlich werde ich da sein, Baby … Ich liebe dich. Ich lass dich nicht allein. Auch«, nun lachte er leise und Eva senkte den Blick, »auch wenn ich echt sauer bin, dass ich nicht kochen darf.«

»Du kannst auf deiner Hochzeit genauso wenig kochen, wie ich den Wein aussuchen.«

»Ich weiß.«

»Na also.«

»Siehst du, Baby?«, sagte er wieder und strich ihr eine der langen Haarsträhne hinter ihr Ohr. »Wer muss hier nun wen beruhigen?«

»Vielleicht«, räumte sie ein und trank ihr Glas Champagner in einem Zug aus, »vielleicht muss ich mich doch ein wenig entspannen, was?«

»Wow«, mischte ich mich ein. »Wie wäre es, wenn ihr Ladys euch einen tollen Tag unten im Spa macht und wir Jungs uns kurz zusammensetzen, um ein paar geschäftliche Dinge zu besprechen, damit wir am Nachmittag alle zum Boatshouse gehen können?«

Jason nickte zustimmend. »Es öffnet doch sowieso erst um fünf.«

»Das ist doch eine tolle Idee, oder Eva?«, fragte sie Susan und legte eine Hand auf ihren Arm. Es war fast erschreckend, wie gut sie sich in meine Familie einfügte. Als würde sie meine Brüder und Eva schon ewig kennen. Als hätten sie schon zahlreiche Abende miteinander verbracht und würden einen Haufen Erinnerungen und

Geheimnisse miteinander teilen. Ich wusste ja, dass es anders war, nur es fühlte sich eben nicht so an.

»Dann bringt ihr beide«, sie deutete zuerst auf mich und dann auf Jason, »ihn dazu, dass er sich endlich die E-Mail mit den Vorschlägen für die Blumenarrangements ansieht.«

Ich salutierte und Jason nickte. »Geht klar, Chef!«, fügte ich noch an und grinste, als ich sah, dass Susan ihren Kram in meiner Wohnung zusammenpackte, um mit den Mädels nach unten zu gehen. Ich beobachtete sie, wie sie vom Couchtisch ihr Handy griff, von der Anrichte im Flur ihren Lippenstift und alles in die Handtasche schmiss, welche in der Kommode im Flur untergebracht war. Sie kam zurück in die Küche, um sich eine Flasche Wasser aus dem Kühlschrank zu nehmen.

»Steve?«, fragte sie, bereits auf dem Weg aus dem Raum. »Mein Bikini ist …?«

»Der hängt im Bad über der Heizung«, rief ich ihr hinterher.

Jason riss die Augen auf und sah mich an.

»Was?«, fragte ich abwehrend. Alle anderen waren ruhig. Luisa grinste, wie ich aus dem Augenwinkel sehen konnte. »Wir haben gestern Abend noch ein bisschen gefeiert.«

»Du sollst die Finger von ihr lassen«, knurrte er und warf einen schnellen Blick auf Luisa. Diese verzog ihr breites Grinsen augenblicklich zu einer bösen Grimasse. Jason sah es trotzdem.

»Du wusstest das?«

»Sie sind alt genug, Darling.«

»Ich dachte, er soll Susan in Ruhe lassen!«

»Ja, sollte er auch. Aber wenn sie sich an ihn ranmacht?«

»Susan hat sich an dich rangemacht?«, fragte Eva und lachte. »Die Frau muss echt verrückt sein!«

»Bin ich!«, erwiderte die eben Erwähnte. »Aber da ist sonst nichts. Wir sind Freunde.«

»Richtig. Freunde.«

»Freunde, die miteinander ins Bett gehen«, brummte Jason.

»Ich bin so weit, Ladys!«, rief Susan und zwinkerte den beiden Damen zu. »Können wir?«

Die Angesprochenen nickten, griffen nach ihren Taschen und küssten meine Brüder zum Abschied. Susan winkte mir lediglich zu, und ich sah ihr hinterher, bis die Türen des Aufzuges sich schlossen.

»Du hast also mit Susan Montgomery geschlafen.« Jason klang sauer.

»Nicht nur einmal, befürchte ich.« Eric grinste schelmisch.

»Wer bist du?«, fragte ich ihn. »Mein Dad?«

»Ich bin dein Bruder. Und der Mann der Frau, die gerade eine Emotionsbombe zu Hause sitzen hat. Und ich habe keine Lust, keinen mehr bei *meiner Freundin* wegstecken zu können, weil du einmal zu viel *einen* weggesteckt hast.«

»Ist das bis jetzt schon passiert?«, fragte ich ihn, und er schüttelte den Kopf. »Also entspann dich. Wir sind Freunde. Susan wird am Montag nach Hause fahren, und dann sehe ich sie nicht wieder.«

»Eva will sie zur Hochzeit einladen.«

Kurz schluckte ich. »Okay.«

»Du kannst die Brasilianerin eh vergessen«, erinnerte Eric mich.

»Aber sie kennt euch doch gar nicht«, gab ich zu bedenken. Wieso wollte ich jetzt nicht, dass sie auf die Hochzeit meines Bruders kam? Sie passte doch perfekt in unsere Gruppe … Oder lag es etwa daran, dass sie zu uns passte? In mir wuchs das Gefühl einer Verpflichtung.

»Jungs?«, fragte Jason, schlug sich auf die Oberschenkel und stand anschließend auf. »Ich muss da was erledigen. Begleitet ihr mich?«

»Hat es was mit Alkohol und nackten Frauen zu tun?«, fragte ich und schaffte es nur mühsam, das Gefühl, nicht mehr tun und lassen zu können, was ich wollte, abzuschütteln.

»Fast«, sagte Eric und grinste.

Der kleine Penner wusste offensichtlich mehr als ich.

45

SUSAN

> *»Man hat einfach kein Date mit seinem Fick-Freund … Du kannst doch nicht die einzige Person auf der Welt, die du ausschließlich für Sex hast, ohne lästige Anhängsel, zu einem menschlichen Wesen machen.«*
> – Samantha Jones –

»Miss Montgomery«, sagte eine der Damen, die in eines dieser Outfits gesteckt worden war, das nach Kosmetikerin aussah. »Schön, dass Sie hier sind.«

»Woher …?«, fragte ich und drehte mich zu den beiden anderen Frauen um.

»Mr. Lightman hat uns darüber informiert, dass die Damen heute das Spa nutzen wollen.«

»Das heißt, Sie haben es für die anderen Gäste gesperrt?«

»Ja, Miss.«

»Dann werden Sie das wieder öffnen.« Eva lächelte mich stolz an, als ich das sagte. »Wir sind doch keine Promis, die man nicht beim Baden sehen darf!«

»Sie widersetzt sich ihm«, Erics Verlobte und meine beste Freundin warfen sich einen bedeutungsschwangeren Blick zu. »Das mag ich.«

»So ist sie, unsere Susan.« Luisa grinste von einem Ohr zum anderen.

»Vielleicht hat er sich darum in sie verliebt.«

»Er ist nicht in mich verliebt!«, stellte ich im Gehen klar, als wir der Dame in weiß folgten.

»Hier können Sie sich umziehen, es liegen Bademäntel und Handtücher für Sie bereit.«

»Vielen Dank«, murmelte ich, und die beiden Damen schlossen sich an.

»Wow«, hauchte Luisa. »Der Wellnessbereich ist ja viel schöner als bei Jason im Hotel.«

»Sag ihm das bloß nicht«, lachte Eva. »Das würde sein Ego kränken.«

»Bin ich verrückt?« Wir zogen uns alle lachend aus und schlüpften in die superweichen Bademäntel, auf denen das Logo des Hotels eingestickt war. »Er denkt sowieso schon, ich wäre eine tickende Zeitbombe.«

»Miss Torres?«, sprach sie eine der Angestellten an. »Der Whirlpool wurde gereinigt und frisch eingelassen, damit Sie als Schwangere unbedenklich hineingehen können.«

»Echt?«, fragte ich und lächelte. »Das ist aber freundlich.«

»Mr. Lightman hat es angewiesen.«

Nachdem sie noch drei wunderschön aussehende Cocktails mit dem Hinweis, welcher ohne Alkohol war, abgestellt hatte, entfernte sie sich. Musik drang aus den Lautsprechern, die Luft war warm und das Wasser brodelte verlockend. Es würde mir nach all den Tagen über den Unterlagen und nach dem Sexmarathon mit Steve helfen, meine verspannten Muskeln etwas zu lockern.

»Wisst ihr«, seufzte Luisa, »ich wusste nicht einmal, dass man als Schwangere nicht in den Whirlpool sollte. Darum frag ich mich, wie Steve das wissen kann.« Sie hob eine Braue. Ich riss die Augen auf, als ich den Satz in meinem Kopf zu Ende dachte.

Eva lachte. »Steve tut nur immer so, als wäre er ein Wichser. Dabei ist er keiner. Zumindest nicht so ein Großer, wie er uns glauben machen will.«

»Er hat mit hunderteinundsechzig Frauen geschlafen«, platzte es aus mir heraus.

»Du denkst das immer noch?« In Luisas Gesicht stand ehrlicher Schock.

Eva ließ sich ganz ruhig tiefer in das Wasser gleiten und schien kurz nachzudenken, ehe sie antwortete. »Das kann ich mir nicht vorstellen. Wo hast du denn die Info her?«

»Von seiner Facebookseite.«

»Steve hat auf seiner Facebookseite veröffentlicht, dass er mit hundertsechzig Frauen Sex hatte?« Anerkennend hob Eva ihre Brauen.

»Na ja, so war es nicht ... also nicht so richtig.«

»Wie war es denn dann?«

»Also ...«, begann ich vorsichtig, während Luisa tiefer ins Wasser glitt und ihren Kopf auf dem Rand ablegte. »Ich habe die Fotos mit den verschiedenen Frauen auf seiner Fanseite gesehen.«

»Und dann gezählt?«, fragte Eva.

»Richtig.«

»Und daraus schließt du, er war mit all denen im Bett?«

»Natürlich!«, erklärte ich selbstsicher und trank von meinem pappsüßen Fruchtcocktail. »Ich hab ihn drauf angesprochen.«

»Und mein Schwager hat das bestätigt?« Eva gluckste.

»Nicht so wirklich«, räumte ich ehrlich ein, »aber ich weiß, dass es wahr ist.«

»Das denkst du wirklich?«

»Das denke ich wirklich.«

»Du bist verrückt.« Eva gefror das Lachen im Gesicht und sie sah mich ernst an.

»Ich finde«, sagte Luisa, »dass das vollkommen egal ist, solange er dir guttut. Und wenn wir mal ehrlich sind, meine Süße ... er tut dir gut.«

»Also abgesehen davon, dass Steve, und mag er noch so ein Womanizer sein, es auch nicht auf hunderteinundsechzig Frauen bringt. Auf keinen Fall. Er dreht keine Pornos, sondern besitzt ein Hotel. Ich würde das nicht glauben.« Eva zuckte mit den Schultern, und ich sah sie nachdenklich von der Seite an. »Vor allem, wenn er es nicht bestätigt, und Steve neigt eigentlich dazu, Dinge, die er tut, heraus zu posaunen, dann würde ich mal nicht davon ausgehen, dass es der Wahrheit entspricht.«

»Vielleicht hast du dich verzählt.«

»Leck mich, Torres!«, rief ich und lachte laut auf. Sie hatten recht ... Steve tat mir gut, er verschaffte mir erstens wunderbare Orgasmen und zweitens machte es mir Spaß, Zeit mit ihm zu verbringen. »Mit mir sind es sogar hunderteinundsechzig Frauen gewesen.«

»Du bist wirklich so, so, so, so, so irre, Montgomery.« Luisa schüttelte den Kopf. »Frag ihn doch.«

»Hab ich. Aber er sagte nichts dazu, das war noch schlimmer.«

Nachdenklich legte Eva den Kopf schief. »*Das* ist wirklich ein bisschen drüber, Süße.«

»Wie auch immer.« Ich grinste von einem Ohr zum anderen. »Wir sind eh nur Freunde. Also was solls?«

»Klar. Ihr seid nur Freunde.«

»Redet euch das nur weiter ein.« Eva zwinkerte mir zu. »Aber du kommst doch zur Hochzeit?«

»Na ja«, begann ich vorsichtig und warf Luisa einen schnellen Blick zu. »Wenn ich eingeladen bin?«

»Natürlich. Du kannst doch Steves ... ›Nur-Freunde-Begleitung‹ sein?«

»Ich weiß nicht, ob er das will.«

»Ich sehe, wie er dich ansieht«, sagte Eva. »Da steckt mehr dahinter als nur Freunde.«

»Da täuschst du dich.«

»Wie kommst du jetzt wieder darauf?«

»Na ja, letztens, als ich ein Date hatte, da war er mit seinem Date, und es war ein verdammt hübsches Date, im selben Restaurant.«

»Steve hatte ein Date?« Nun begann Eva, lauthals zu lachen. »Sicher, dass es nicht Mittel zum Zweck war?«

»Wie meinst du das?«, fragte Luisa und verlagerte ihr Gewicht stöhnend. »Das tut so gut, hier zu liegen und zu entspannen. Mich machen diese Babytritte fertig.«

»Ich kenne Steve schon länger ... und Steve datet nicht. Nie. Und wenn du mir dann erzählst, dass er zufällig im selben Restaurant, wie du aufgetaucht ist ... dann macht mich das stutzig.«

»Du denkst, er hatte das geplant?«

»Oh Süße!« Nun lachte Luisa. »Du bist doch eigentlich so klug. Was ist nur los mit dir?«

»Wie?«, fragte ich und sah von links nach rechts. »Ihr denkt, er wollte mein Date sabotieren?«

»Vollkommen richtig«, sagte Eva und nickte. Sie griff nach einem Stück Obst, das auf dem Teller neben ihr lag. Die Erdbeere, welche mit Schokolade überzogen war, wanderte in ihren Mund. »Es ist verboten, um diese Jahreszeit noch so saftige Erdbeeren zu bekommen. Wieso sagte uns der Caterer, dass das nicht mehr geht? Das Hotel schafft es ja auch.«

»Du musst mit Steve sprechen.«

»Wir müssen mit diesem Boatshouse sprechen. Ich habe das Gefühl, es ist noch nichts organisiert.«

»Aber du hast dein Kleid?«

»Natürlich, ich habe es mit meiner besten Freundin zusammen in Chicago gekauft.«

»Verrätst du, wie es aussieht?«

»Auf keinen Fall! Seid ihr verrückt? Wenn ihr euch verquatscht, dann erfährt es am Ende noch Eric.«

»Aber ...«

»Vergesst es, meine Damen. Ihr braucht es nicht weiter versuchen.«

»Danke für die Einladung!«, sagte ich – etwas zeitverzögert, da ich mich bis jetzt ja noch gar nicht bedankt hatte. »Ich komme natürlich gern, auch ohne Steves Plus eins.«

»Ihr seid doch nur Freunde.« Eva grinste wieder. Diese Frau war so hübsch, so nett und so verdammt erfrischend, dass ich verstand, wieso Eric sie ausgesucht hatte.

»Wie seid ihr eigentlich zusammengekommen?«

»Wer? Eric und ich?«

»Na, bei Luisa war ich ja quasi dabei.«

»Wir kannten uns von der Highschool ... und er war der erste und einzige Junge, den ich jemals nach einem Date gefragt habe.«

»So lange seid ihr schon zusammen?«

»Oh nein!« Nun lachte sie ein glockenhelles Lachen. Gleichzeitig stiegen wir alle aus dem Whirlpool und wickelten uns in die großen flauschigen Bademäntel des Hotels. »Er war auch der Einzige, der jemals abgelehnt hatte, mit mir ein Date zu haben!«

»Was?«, ich lachte. »Spinnt der?«

Eva zuckte mit den Schultern, nahm sich noch eine Schokoerdbeere, die neben den gemütlich aussehenden Liegen stand, und grinste. »Er sagte, ich war ihm zu dünn. Zu hübsch. Das wollte er nicht.«

»Das war seine Ausrede?«

»Ich glaub es ihm sogar.«

»Und wie ist es gekommen, dass ihr doch zusammen seid?«, fragte Luisa und drehte ihr langes Haar zu einem Knoten auf ihrem Kopf zusammen. Ihr voller – noch vollerer – Busen platzte fast aus ihrem Bikinioberteil. Anschließend legte sie die Hände über ihren Bauch und streichelte ihn. Es sah süß aus. Diese kleine zierliche Person, die immer nur Arsch und Titten gehabt hatte und jetzt auf einmal einen dicken Bauch mit einem Baby vor sich hertrug.

»Er hat es verkackt und einen Stern verloren.«

»Oh wow! Mir war nicht klar, dass das so leicht ist.«

»Ist es auch nicht ... Aber er hat einiges an negativer Kritik wegstecken müssen und ich hab den Killerartikel geschrieben.«

»Und das weiß er?«, fragte ich und hob die Brauen.

»Natürlich. Das weiß er.«

»Und ihr seid zusammen?«

»Mh ... Es hat eine Weile gedauert und glaube mir, ich habe gelitten ... Aber Eric und ich ... das ist einfach ... ich kann ohne ihn nicht atmen. Er ist mein Leben. Ich will nicht ohne ihn aufwachen, und wenn er mal unterwegs ist, weil er seine Brüder besucht oder einfach nicht in der Stadt ist ... dann vermisse ich ihn, als hätte ich ihn jahrelang nicht gesehen. Eric ist mein Gegenstück. Ohne ihn funktioniere ich nicht. Und ja ... ich habe das auch nicht von heute auf morgen erkannt. Und er auch nicht. Eigentlich ... haben wir uns gehasst, obwohl wir uns so sehr liebten.«

Sprachlos starrten wir sie an. Alle beide. Ich konnte nicht sagen, was genau Luisa durch den Kopf ging, aber ich wusste, was ihre Worte in mir auslösten.

Das, genau so etwas, wollte ich auch haben. Irgendwann. Einen Menschen, ohne den man nicht mehr leben kann und vor allem will. Jemanden, mit dem man alles teilen will, noch bevor man es selbst verinnerlicht hat. Jemanden ... der mich nicht mehr gehen lassen würde. Auch dann nicht, wenn ich wieder in meinen Workaholic-Rhythmus gefallen wäre. Jemanden ... der mich liebte. Und nicht das, was ich war.

Er musste irgendwo sein.

Irgendwo da draußen.

Und ich würde ihn finden.

Eines Tages.

46
STEVE

 »Es ist doch nun mal passiert. Jetzt kann man nur noch trinken, bis der Teil des Gehirns, wo die inneren Bilder auftauchen, tot ist.«
— Charlie Sheen

Dieser Tag in New York war einer der schönsten, die ich jemals erlebt hatte. Die Stadt zeigte sich von ihrer besten Seite. Und das war gut so, denn wir hatten Großes vor. Auch wenn ich der von uns Dreien war, der am wenigsten auf Romantik und all diesen Kitsch gab, dann fühlte es sich gerade verdammt gut an, als wir zu dritt nebeneinander die 5th Avenue entlanggingen.

»Wohin willst du?«, fragte ich Jason, der in der Mitte lief. »Tiffanys?«

»Nein, ich geh zu ›Wempe Juweleers‹. Einer meiner Studienfreunde in Philly hat mir davon erzählt.«

»Tiffanys ist eh Mainstream«, sagte ich und zuckte mit den Schultern. Es fühlte sich gerade an wie früher, als wir endlich alt genug waren, um auf Partys zu gehen. Meine Mom, Mathilda, hatte immer gelacht, wenn ihr jemand gesagt hatte, dass sie verrückt sei, ihre Söhne im Abstand von einem Jahr zur Welt zu bringen. Sie hatte abgewinkt und erklärt, dass sie ja sowieso Windeln wechseln musste und dass wir später sicherlich mehr von uns als Brüder hätten, als wenn der Abstand größer wäre. Sie hatte recht. Wir hatten alle drei in unterschiedlichen Universitäten studiert, und doch waren wir im Sommer immer aufeinandergetroffen und hatten uns im selben Freundeskreis aufgehalten. Diese Art, wie wir gerade nebeneinander die Straße entlang liefen ... das erinnerte mich daran. Ich war immer guter Laune, wenn ich mit den Jungs zusammen war ... und ... na ja, ich liebte sie.

Ich freute mich, dass sie ihr Glück gefunden hatten und Herrgott, wir waren gerade auf dem Weg zu einem Juweliergeschäft, weil Jason Großes plante.

»Mr. Lightman ...« Strahlend kam der Inhaber des Geschäfts auf uns zu. »Wie schön, Sie zu sehen.« Er überschlug sich fast vor Freude. »Mr. Lightman.« Er schüttelte Eric die Hand. »Mr. Lightman.« Nun ergriff er meine Finger. »Es ist eine Ehre, Sie in meinem Geschäft zu wissen.«

Jason zog sein Jackett aus und hängte es über einen Stuhl, er rollte die Arme seines Hemdes bis über die Ellbogen auf und klatschte in die Hände.

»Also, was können Sie uns anbieten?«

»Steve Lightman«, schnurrte es von links, und eine Frau in einem schwarzen Hosenanzug erschien. »Wie schön.«

Mühsam schluckte ich. Das konnte ich jetzt gar nicht brauchen.

»Cindy«, antwortete ich automatisch. »Wie schön.«

»Oh, Sie kennen unsere Cindy?«

Cindy kam freudestrahlend auf mich zu, und ich lächelte gezwungen. Oh ja, und wie ich sie kannte. Nur eben nicht angezogen.

»Ja, das kann man so sagen. Wie geht es dir?«

»Gut, danke. Ich habe dich schon ewig nicht mehr gesehen.«

»Ich habe viel zu tun, ja. Ich ... geh momentan nicht so häufig aus.«

»Da sagt deine Facebookseite aber etwas anderes«, erklärte sie leise mit zischelnder Stimme. Oh. Da war wohl jemand angepisst. »Man sieht dich momentan immer mit derselben Frau an deinem Arm. Wie kannst du das erklären?«

»Mir ist nicht bewusst, dass ich dir irgendwas erklären muss. Wir hatten einmal Sex, Cindy. Einmal.«

»Es waren drei Mal.«

»In einer Nacht!«

»Wie auch immer«, Cindy lächelte gekünstelt und folgte mir zu den Vitrinen mit den Ohrsteckern. An allen Ecken und Enden funkelte es. Die mit beigefarbenem Stoff bezogenen Wände mit den Elementen aus dunklem Braun, die Eleganz, die in jeder polierten Vitrine widerstrahlte ... Es war ein Geschäft, in dem man sich wohlfühlte. Wie zu Hause im Wohnzimmer. Auch wenn es in der meist besuchtesten Straße New Yorks lag.

»Cindy, das mit uns, das ist einmal passiert. Und du weißt so gut wie ich, dass es ein Fehler war. Also was soll das jetzt hier?«

Sie griff nach meiner Hand und bedeutete mir mit dem Kopf, dass ich ihr folgen sollte.

Sobald wir den hinteren Bereich betreten hatten, schob sie mich gegen die Wand.

»Woah!«, rief ich und hob die Hände. »Was soll das?«

»Du willst es!«, antwortete sie und presste ihre Lippen auf meine.

»Cindy!«, sagte ich immer wieder und schob sie von mir. »Cindy. Lass das!« Ich wich ihrem fordernden Mund aus. Natürlich hätte ich das sofort beenden können, indem ich sie ruckartig und heftig von mir stieß, aber das wollte ich nicht. Ich hatte noch nie einer Frau wehgetan oder sie gegen ihren Willen angefasst. Dann würde ich jetzt sicherlich nicht damit anfangen.

»Cindy!« Inzwischen sprach ich lauter. Mächtiger. »Hör auf!«

Sie ließ von mir und stand nun mit gesenktem Blick vor mir. Man hätte meinen können, ihr Herz war gebrochen und das so, dass sie gleich zu heulen anfangen würde. Gott stehe mir bei, ich konnte heulende Tussis nicht ertragen.

»Du hast mich einfach abserviert.« Schmollend schob sie die Unterlippe vor.

»Ich habe dir ehrlich gesagt, dass ich niemand für etwas Festes bin.«

»Das hast du nicht so gemeint.«

»Doch, das habe ich.« Wieder legte sie ihre Hand an mein Gesicht. Ich trat zur Seite. »Lass das!«

»Was hat sie, das ich nicht habe?«

»Stil?«

»Arschloch!«, zischte sie, ihr Gesicht war zu einer Fratze verzogen.

»Na ja, also sind wir mal ehrlich, wer würde in einem Juweliergeschäft einen Kunden nach hinten ziehen und ihm eine Szene machen?« Ich hob eine Braue und verschränkte die Arme vor der Brust. Cindy trat einen Schritt zurück.

»Was hat sie, das ich nicht habe? Das ist doch eine simple Frage, Steve. Beantworte sie!«

»Oh Baby«, grinste ich, »der Stevemaster ist für heute leider schon zu Hause.«

»Siehst du? Weil die Antwort nämlich NICHTS lautet.«

»Über wen reden wir noch mal?« Gespielt nachdenklich legte ich den Kopf zur Seite.

»Die Frau auf den Fotos?« Cindy wurde wütend. Ich hatte meinen Spaß. Was ich noch weniger leiden konnte, als eine Frau, die ihre offensichtliche Eifersucht vor sich auftürmte, war eine Frau, die ein Nein nicht akzeptieren konnte. Herrgott, wie tief würde sie noch sinken wollen? Außerdem war meine Laune so blendend, dass ich nicht einmal meine Kommentare zurückhalten konnte. Aus Anstand oder Respekt.

»Ach so … das ist Miranda. Wir haben ab und an einen Dreier, zusammen mit ihrem Vibrator, Luis.« Cindy fielen fast die Augen aus dem Kopf.

»Dreier? Meinst du das ernst?«

»Aber natürlich!« Aufgeregt nickte ich. »Ich liebe Dreier. Darum hat es mit uns nicht geklappt, Darling«, führte ich das Spiel fort. »Du wolltest einfach keinen Dreier.«

»Du hast nicht gefragt.«

»Hättest du das gemacht?« Nachdenklich legte ich den Kopf schief, und Cindy nickte aufgeregt.

»Für dich hätte ich alles getan.«

»Du kannst nicht akzeptieren, dass das wirklich nur ein einmaliges Ding war, Oder?« *Memo an mich selbst. Memo an mich selbst. Merk dir endlich, du Vollidiot, dass Stripperinnen nichts für dich sind. Viel zu anhänglich und besitzergreifend.* Hörbar schluckte ich, und es fühlte sich an, als würde mir die Luft abgeschnürt werden, obwohl da gar nichts war, was mir irgendwas abschnüren könnte.

Cindy kam nahe an meinen Körper und startete einen neuen Versuch, mich anzubaggern. Ich registrierte es, kurz bevor ich ihre Hand auf meinem Schwanz spürte. Sie strich mir über den Schritt, rieb sich fast ein wenig an mir. Und hey! Wäre ich mir nicht darüber bewusst gewesen, dass eine Frau wie Susan, die Eleganz und Sexyness ihr Eigen nannte, ohne sich verstellen zu müssen, besser zu mir passte … dann hätte ich sie jetzt vermutlich gefickt. Schnell. Hart. Erbarmungslos. Aber nun … kurz, bevor ich sie von mir schieben konnte, weil ich zuvor noch ihren suchenden Lippen ausweichen musste, stieß Jason zu uns. Das war der Augenblick, indem ich wusste, mein Spaß war dahin.

»Was?«, fragte er und sah zwischen uns hin und her. »Was tust du hier?«

»Klar, was *ich* hier tue!«, sagte ich lachend. »Du meinst wohl eher, was tut sie hier?«, zischte ich, als ich bemerkte, dass sie ihre Finger wie Klauen in mein Hemd geschlagen hielt. Unsanft schob ich sie von mir. »Was soll das? Kannst du das bitte lassen?«

»Du willst mich.«

»Äh«, frustriert schüttelte ich den Kopf. »Nein?«

»Nicht?« Ihre Augen weiteten sich.

»Nein. Natürlich will ich dich nicht.«

»Wow!«, sagte sie und stemmte die Hände in die Hüften. »Das war heftig.« Cindy hob die Hand und klatschte sie mit voller Wucht auf meine Wange. Ihr Gesichtsausdruck war bitter. »Ich habe dir meinen von Gott gegebenen Körper geschenkt.«

»Ich bitte dich. Machst du hier jetzt einen auf Heilige?«, fragte ich verächtlich. »Den schenkst du jede Nacht jemand anderem. Das nennt man wohl eher Hure als Heilige.«

»Hast du mich gerade eine Hure genannt?«

Scharfsinnig, die Kleine. Ich war schlau genug, nun die Klappe zu halten.

»Was ist hier los?«, fragte Jason, während er zwischen uns hin und her sah.

»Cindy, Jason. Jason. Cindy.« Man sollte doch die Höflichkeiten nicht vernachlässigen, oder?

»Wer ist sie?«, fragte mein Bruder und verengte die Augen zu Schlitzen.

»Ich bin die Affäre vor der Affäre … vor der aktuellen Affäre.«

»Nee«, erwiderte ich und wanderte leicht durch den Raum. »Keine Affäre. Eine Nacht!« Cindy schnaubte, Jason verdrehte die Augen. »Also genau genommen, die Nacht vor der Nacht, vor der Nacht … vor der Nacht!« Ich legte meinen Zeigefinger an meine Lippe, als würde ich nachdenken. »Ich glaube … Moment mal, ich bin gerade nicht sicher, ob nicht noch eine Nacht dazwischen fehlt«, erklärte ich ihr, als wäre sie behämmert und vollkommen von Sinnen, wenn zugleich ich das größte Arschloch ever war. Vielleicht würde sie dann die Klappe halten und mich in Ruhe lassen.

»*Ich habe dich geliebt.*« Oh bitte! *Du und deine Pussy, ihr liebt jede Nacht einen anderen Kerl, der Geld hat. Fertig!*

»Cindy.« Ich schlug wieder den Ton an, als würde ich einem kleinen Mädchen etwas erklären. »Du liebst jede Nacht einen anderen.« Das war die Arschloch-Version, die Wichser-Version behielt ich in meinen Gedanken.

»Nein …«

Ich unterbrach sie jäh, denn meine Geduld war nun vorüber. Wollte sie es nicht raffen? Oder was war los? Wenn sie tagsüber in einem namhaften Juwelier auf der 5th Avenue arbeitete, dann musste doch irgendwas in ihrem Kopf sein? Jason sah einfach nur hin und her und begann zu grinsen. Sicherlich bestätigte ihn das mal wieder, dass ich einfach ein frauenverschlingender Bastard war. Nun gut, soweit war er da ja nicht weg ...

»Du bist eine Stripperin. In einem der billigen Schuppen am Broadway, in keinem namhaften, sauberen Haus ... also was willst du?« Nun war meine gute Laune flöten. Zumindest für den Moment.

Jason grinste noch etwas breiter. »Ich habe es echt vermisst, dass dir die Scheiße um die Ohren fliegt.« Okay ... das passierte mir nämlich öfter. Also heute nicht mehr. Aber bis vor Susan hatte ich öfter mal eine gescheuert bekommen. Manchmal zu recht ... manchmal auch nicht. So wie jetzt gerade. Diese Frau hier war vollkommen durchgeknallt.

»Ich«, begann sie zischend.

»Cindy?«, rief ihr Chef, der eigentlich dabei war, Jason zu bedienen. »Kommen Sie bitte?«

Cindy warf mir einen Blick zu, bei dem ich hätte tot umfallen müssen. Sie ließ uns allein, und ich strich mir über die Wange, die mit Bartstoppeln überzogen war. »Heilige Scheiße!«

»Dass du ein arroganter Ficker sein kannst, das wusste ich ... Aber das es so krass ist ...« Er pfiff durch die Zähne. »Kein Respekt vor Frauen, oder?«

»Sie hat es anders nicht kapiert.« Ich zuckte mit den Schultern. »Ich habe ja zuvor mehrmals versucht, ihr zu sagen, dass sie mich loslassen sollte. Sie wollte nicht hören. Also konnte ich gar nicht anders, als härtere Geschütze aufzufahren.«

»Trotzdem, harte Worte.«

»Ich weiß ... aber auch die Wahrheit.«

»Dann spricht es nicht für dich, dass du mir ihr ins Bett gehst.«

»Das habe ich leider erst später herausgefunden.«

»Wusstest du, dass sie hier arbeitet?« Jason baute sich vor mir auf und sah auf mich herab. Eric kam zu uns nach hinten.

»Bist du verrückt? Nein, das wusste ich nicht. Sie strippt am Broadway, Ecke 6th. Blues.«

»Ahhhh, ich kenn den Schuppen. Der ist vor ein paar Monaten wegen Drogen hochgegangen, richtig?«

»Weiß ich nicht«, erwiderte ich erschöpft und schob die Hände in die Hosentaschen. »Ich war da schon ewig nicht mehr.«

»Ich wollte in dem Laden einen Ring kaufen. Für meine Freundin. Und kann es nicht, weil du überall jemanden bumst.«

»Wer bist du? Mein Dad?« Spöttisch hob ich meine Brauen. »Als wärst du früher anders gewesen.«

»War er!«, warf Eric dazwischen.

»Als wärst *du* anders gewesen.« Ich deute mit dem Zeigefinger auf ihn.

»Siehst du«, sagte Jason. »Genau darum will ich nicht, dass du mit Susan irgendwie im Bett landest.«

»Dafür ist es wohl zu spät.« Eric lachte und klatschte in die Hände. »Ich gehe davon aus, das wir hier keinen Klunker kaufen werden?«, fügte er an.

»Auf keinen Fall«, riefen mein älterer Bruder und ich gleichzeitig.

»Luisa bringt mich um, wenn sie erfährt, dass ich den Ring in einem Laden gekauft habe, in der eine Frau arbeitet, mit der mein Bruder Sex hatte.«

»Einmal! Herrgott.«

»Einmal ist keinmal.« Ich warf Eric einen dankbaren Blick zu.

»Gehen wir jetzt?«, fragte Jason. »Bevor ich vollkommen durchdrehe?«

Wir nickten, er griff im Laufen sein Jackett, entschuldigte sich bei dem Besitzer und verließ den Luxus-Juwelier.

»Also«, begann mein Bruder seufzend und wir liefen wieder nebeneinander die Straße entlang. »Was läuft da nun?«

»Nichts«, erklärte ich schulterzuckend. Das war nicht so ganz die Wahrheit. Aber was sollte ich ihm sagen? Dass ich es liebte, wenn ich mich in Susan vergraben konnte? Dass ich süchtig nach ihrer Muschi war? Dass ich besessen von ihrem Geruch und ihren Küssen war? Was genau sollte ich meinem Bruder sagen? Immerhin wollte er ja definitiv nicht, dass Susan und ich uns näher kamen. Da hatte der kleine Scheißer endlich einmal eine Beziehung und nun ständig Muffensausen, dass ihm die Alte davon lief. Irgendwie war das süß. »Zwischen uns ist wirklich nichts. Wir sind Freunde.«

»Mit Extras.«

»Mit Extras. Das hatten wir doch schon.« Eric hielt die Klappe und lauschte unserem Gespräch.

»Ich kann mir einfach nicht vorstellen, dass das funktionieren kann.«

»Na ja, hat es doch. Heute ist Samstag, Montag wird Susan abreisen und zu euch zurück nach Philly kommen.«

»Und dann ist eure Freundschaft vorbei?«, fragte er genau in dem Moment, als wir Tiffanys betraten.

Autsch! Das hatte gesessen. Mein Bruder war kein Arschloch und ich wusste, dass er das nicht mit Absicht gesagt hatte … aber dennoch. Autsch! Mein Herz, oder wie auch immer das in mir drin zu benennen war, versetzte mir einen Stich. Himmel! Wie würde denn das weitergehen, wenn Susan weg war? Konnte ich wirklich auf sie verzichten? *Wollte* ich wirklich auf sie verzichten? Und wenn nicht … dann stand es trotzdem nicht weiter zur Debatte, denn Susan würde wieder nach Hause fahren. Nach Philly. Und mein Zuhause war New York.

Es gab wohl nicht für jede Affäre und jede Romanze ein Happy End.

47

STEVE

> *»Das war doch wirklich lustig.«*
> – Steve Stifler –

Ich musste fast kotzen.

Also ging ich davon aus, dass es Frauen schön fanden. Dass es genau das richtige Maß an Romantik hatte.

Aber … ich musste fast kotzen.

»Sorry«, fragte ich den Kerl hinter der Bar, »Kannst du mir einen Scotch bringen?«

»Zusätzlich zu dem, den die junge Frau hier schon bestellt hat?«

Susan schüttelte den Kopf. »Der Scotch ist für ihn hier.«

Ich starrte sie an. Einen Moment starrte ich sie einfach nur an. Nahm jede feine Linie um ihre Augen in mich auf, die zarten Schatten unter ihnen, die vom Schlafmangel kamen, ich bemerkte, die langen, kohlefarbenen Wimpern, wie ordentlich ihr Mund geschminkt war und mich anstrahlte. Er schrie mich förmlich an: »Küss mich! Küss mich!«

»Dass hier ist«, begann Susan lächelnd, »sehr romantisch.« Der Zauber war gebrochen. Aber die Notiz, dass sie sehr wohl wusste, was ich in diesem Augenblick brauchte, war geschrieben.

»Künstlich«, erwiderte ich schulterzuckend, nahm dankbar nickend das Glas in die Hand und nippte daran. Eric und Eva wanderten gerade mit dem zuständigen Mitarbeiter des Hauses durch die Räumlichkeiten, um alles noch einmal zu besprechen. Es war heute bereits für eine Hochzeit dekoriert, die am Abend hier stattfinden würde. Überall schlich Personal herum, deckte die großen runden Tische mit haufenweise Besteck und Gläsern ein, während die Band einen Soundcheck durchführte. »Aber wenn das Brautpaar es so will.«

Susan lächelte mich an und griff nach dem Glas mit irgendeinem Mädchencocktail, um kurz mit mir anzustoßen. »Mir ist es auch ein wenig ... zu viel Pink.«

Ich grinste und stützte meine Arme auf den Tresen. Mit dem Rücken lehnte ich mich dagegen. »Ach?«, erkundigte ich mich. »Meinst du wirklich?« Sie biss sich auf die Lippe, und alles, was aus ihr herauskam, war ein Kichern. Es war so mädchenhaft und so normal, wie es eigentlich bei einer gestandenen Frau wie Susan nicht einfach so herausbrach ... aber nun ... Ich sah sie von der Seite an. Selbst ich, der keinen Spiegel vor dem Gesicht hatte, bemerkte, wie zärtlich mein Blick war. Sie erstaunte mich. Alles an ihr. Jede ihrer Facetten. Alles.

»Na ja«, räumte sie ein. »Da hinten steht, glaub ich, eine Vase, die aus Kristall ist, anstatt aus pinkfarbenem Ton ... oder pinkfarbenem Glas ... oder irgendwas, das mit Pink zu tun hat.«

Jetzt lachte ich laut auf. Susan hatte recht. In diesem Raum war alles pinkfarben. Über die Tischdecken bis zu den Stuhlhussen, die Kerzen, die Blumenarrangements, die hier überall herumstanden. Die Platzkarten, die Menükarten, die Streudeko, die Fotobox und deren Accessoires. Die Tüllbänder, welche die Säulen zierten ... und, weil das ja alles noch nicht genug pink war ... trugen die Kellner nicht ihre obligatorische Schwarz-weiß-Kleidung, sondern weiße Hosen und pinkfarbene Blusen mit weißen Krawatten ... weil man sie eventuell – möglicherweise – nicht als Bedienung erkennen würde, hatte man ihnen noch eine pinkfarbene Schürze um die Hüften gebunden.

Et voilà! Schon hatte man einen Cupcake.

Die gab es übrigens auch. Reichlich. In Pink. Alle in Pink.

»Ich bin nicht sicher, aber ich glaube, die Braut ist wirklich ein Fan der Farbe Pink.«

»Na ja«, begann Susan, wurde aber von Eric unterbrochen.

»Wir werden das auch so haben.« Seine Miene war tot ernst.

»Du machst Witze?«, entfuhr es mir.

Eva gefror das Grinsen im Gesicht. »Nein«, erklärte sie mit Grabesmiene. »Das ist unser Ernst.«

»Ihr«, mühsam räusperte ich mich, um mein Entsetzen zu verbergen. »Ihr wollt das auch alles so ... pink haben?«

»Natürlich!«, erwiderte Eric wieder im Brustton der Überzeugung. »Das sieht doch klasse aus.«

»Absolut fantastisch, um genau zu sein.«

»Tickt ihr noch richtig?«, entfuhr es mir, und nun begannen alle drei herzlich zu lachen.

»Du hättest dich sehen sollen«, lachte Jason mich aus. »Das blanke Entsetzen stand in deinem Gesicht.«

»Hat jemand ein Foto gemacht?«

»Jepp«, erwiderte Susan und klopfte mit dem Smartphone in der Hand auf ihre freie Handfläche. »Selbstverständlich.«

»Sehr gut!« Eric lachte und griff nach seinem Bier, das vor ihm auf dem Tresen stand. »Aber mal ernsthaft.«

»Kein Pink!«, grätschte Eva dazwischen, als der Manager zu uns stieß.

»Nun«, erklärte dieser. »Das hier war ein Kundenwunsch …«

»Mir egal. Ich will definitiv kein Pink. Das ist genug Pink für den Rest meines Lebens.«

»Ich schließe mich an«, warf ich ein und hob die Hand. »Das ist echt krass.«

»Siehst du, Eric«, erklärte ich ihm. »Wie schön, dass du eine normale Frau heiratest.«

»Das ist noch nicht bewiesen«, wisperte er und zwinkerte mir zu.

Wir beide drehten uns zu Eva, die gerade die winzigsten Details mit dem Manager besprach. Wir hörten nur heraus, dass das Schleifenband um die Stehtische denselben Ton wie irgendwelche Blumen haben sollte. Blumen, deren Namen ich noch nie gehört hatte, nicht, dass ich damit vertraut war, sollten offenbar weiß sein. Und irgendwas mit Grün. Wie auch immer.

»Sie dreht durch«, flüsterte Jason und grinste Eric an.

Dieser antwortete: »Ich weiß.«

»Alles ist besser als dieses Pink, Jungs.«

Wir lehnten uns zurück und ließen Eva einfach machen. Zwei Stunden und eine Runde Getränke später klatschte Eva in die Hände, gab dem Manager des Boatshouses zwei Küsschen auf die Wange und ließ sich versichern, wie exzellent ihr Geschmack war.

Ob er das wohl auch Miss Pinky gesagt hatte?

Es war gut, dass die Hochzeitsgesellschaft gerade ankam, als wir das Restaurant verließen … ansonsten hätte Eva wohl noch länger gebraucht.

Sie war wirklich ein Kontrollfreak.

Aber … und das war einfach das Wichtigste: Mein Bruder liebte sie.

Alles andere war egal.

Vollkommen egal.

Auch damals, als ich noch nicht … jemanden kennengelernt hatte wie Susan, hatte ich dennoch gewollt, dass meine Brüder glücklich waren. Und das waren sie.

Eric mit Eva … Jason und Luisa … und ich …? Wollte ich überhaupt irgendjemanden haben?

Die Stimme in meinem Inneren wurde lauter.

Verdammter Scheißdreck!

Verfluchter, verkackter Mist!

Ich wollte jemanden haben.

Nur war das jemand, den ich nicht haben konnte.

Wir verließen das Hotel, gingen die vier Blocks zu Fuß und standen schließlich vor Phong Lous Reishaus. Überschwänglich begrüßte er uns, denn wir waren hier bekannt. Das Restaurant, es war ein etwas kleineres, gab es seit Ewigkeiten, und mein Dad war mit seinem besten Freund schon immer hier gewesen. Immer dann, wenn sie in New York gestrandet waren.

»Hey Jungs«, rief Phong, der so wenig chinesisch war, wie ich britisch. Ja, er sah aus wie einer, aber er sprach stärkeren Slang, als wir alle zusammen.

»Was macht ihr in der Stadt?« Er zog uns alle kurz in eine Umarmung und stellte sich Eva und Luisa vor. Susan kannte er schon, da wir vor Kurzem hier gegessen hatten.

»Ich hab einen schönen Tisch für euch«, erklärte seine Frau Esmeralda. Phong war nicht mit einer Chinesin verheiratet, sondern mit einer Sinti aus Bulgarien. Er grinste sie an. Seine Sinti war sesshaft geworden.

»Danke«, murmelten wir alle und setzten uns.

»Ich habe vor ein paar Jahren mal eine Kritik über diesen Laden geschrieben«, erzählte uns Eva. »Ich müsste jetzt wirklich in meinem Gedächtnis kramen, was ich gegessen habe, aber ich weiß noch, dass es fantastisch war.«

»Denkst du etwa, ich gehe mit meiner Verlobten in ein Restaurant, in dem das Essen nicht schmeckt?« Eric sah bei diesem Satz Jason bedeutsam an. Ich grinste.

Meinen Arm legte ich auf der Stuhllehne von Susan ab, und sie lächelte. Wenn niemand hinsah, also nicht so offensichtlich hinsah, berührten meine Fingerspitzen ihren Nacken, denn ihre langen dunklen Haare hatte sie zu einem unordentlichen Knoten geschlungen, weshalb zarte Haut zu sehen war. Wenn ich ehrlich war, dann machte es mich glücklich, dass wir hier alle zusammensaßen. Klar war es für mich immer in Ordnung gewesen, wenn wir essen waren und ich allein am Tisch gesessen hatte. Darüber hatte ich mir nicht einmal Gedanken gemacht ... aber ... und das war das Groteske, jetzt fühlte es sich gut an. Also wirklich gut. Ich mochte es.

Esmeralda stellte vor uns die bestellten Getränke ab. Wir Männer tranken Bier, Eva und Susan Wein und Luisa Wasser. Da sie schwanger und übrigens schon ordentlich rund war, nahm sie keinen Alkohol zu sich. Vernünftig so, ansonsten wäre Jason nämlich ausgeflippt. Er war – und irgendwie musste ich sagen, das sah wirklich süß aus – ein kleiner Verrückter, was Luisa betraf. Er rückte ihr den Stuhl zurecht, erkundigte sich alle paar Minuten, ob ihr kalt oder zu warm war, ob sie etwas brauchte oder ob sie noch Nachschlag wollte. Luisa himmelte meinen Bruder an, ihre Augen strahlten, ihr Gesicht leuchtete. Und wenn ich, als unromantischster Mann der Welt, das schon sah ... dann mussten ja Frauenaugen leuchten. Die beiden waren ein schönes Paar, und ich freute mich, das Jason Luisa heiraten wollte. Aufmunternd nickte ich ihm zu. Eric ebenso. Grinsend lehnten wir uns zurück. Die Mädels sprachen gerade über den Lippenstift, der ihnen anscheinend empfohlen worden war. Vielleicht heute bei diesem Kosmetik-Wellness-Ladys-Ding. Ich hatte keine Ahnung, aber wie Susan mir vorhin bei einer gemeinsamen Dusche aufgeregt erzählt hatte, hatten sie einen wunderschönen Tag verbracht.

»Also«, begann Jason, räusperte sich und stand auf. »Luisa.«

»Ja?«, fragte diese und sah zu ihm auf. »Wieso stehst du denn?«

»Also«, versuchte er es erneut, und Eric rückte seinen Stuhl zurecht. Jason hatte uns ja heute gesagt, er wollte es richtig machen. So mit Kniefall und solchem romantischen Scheiß. »Ich ... Luisa.« Seine Stimme, die bisher ein wenig gezittert hatte – und dafür würde ich ihn definitiv verarschen – war jetzt fest. »Ich liebe dich.«

»Ich liebe dich auch, Baby ...«, wisperte sie und riss die Augen auf. Langsam klappte Jason die dunkelblaue, mit samt bezogene Schachtel auf, während Eric und ich uns zurücklehnten, mein Bruder die Arme um Evas Schultern legte und ich um meine beste Freundin mit Extras, aber ohne Verpflichtungen.

»Wir bekommen ein Baby. Ein wunderschönes Mädchen, das

hoffentlich genauso aussieht wie du. Ich ... und ich will nicht nur diese kleine Prinzessin für immer in meinem Leben haben, sondern auch ihre Mutter. Ich ... liebe dich so sehr, und ich schätze dich so sehr, Luisa ... Willst du meine Frau werden?«

Sprachlos starrte sie ihn an, große Tränen liefen ihr über die Wangen. Eva und Susan gaben verzückte Laune von sich.

»Bitte sag was«, murmelte Jason, der immer noch auf einem Knie war. Das komplette Restaurant war ruhig geworden und starrte zu unserem runden Tisch herüber. »Baby ...«

»Ja!«, rief Luisa und beugte sich nach vorn, soweit es ihr dicker, dicker, diiickeeer Bauch zuließ, und fiel meinem Bruder um den Hals. »Ja! JA! JA! JA!«

»Sie hat Ja gesagt!«, rief ich und klatschte in die Hände. Das komplette Restaurant stieg mit ein; und Phong kam zusammen mit Esmeralda sofort zu uns rüber und brachte jedem einen Champagner.

Nachdem wir alle gratuliert hatten, setzte sich Jason seufzend an den Tisch. Sein Kopf war hochrot, so kannte ich ihn gar nicht. War er doch eigentlich ein kühler, beherrschter Mann.

»Du kitzelst ihn aus der Reserve, Luisa. Das mag ich!«, sagte ich lachend und deutete auf Jason.

»Ja, er ist süß, wenn er rot wird, oder?« Sie zwinkerte mir zu, legte ihre Hand auf die meines Bruders, der gerade sein Glas hob und uns zuprostete.

»Sie hat Ja gesagt.« Er lachte nun befreit. »Ich bin ja echt kein Romantiker ... aber in den Filmen ist das immer anders.«

»Woher weißt du das denn?«, fragte Eric.

»Na ja, ich hab mir ein paar der Filme angeguckt, um Inspiration zu kriegen und mir zu überlegen, was ich sagen will.«

»Du hast gestalkt?«, fragte ich und lachte.

»Natürlich, könntest du das etwa aus dem Stegreif?« Jason zog die Brauen zusammen. »Das glaube ich nicht. Das ist echt Adrenalin.«

»Aber ich hab doch Ja gesagt.«

»Ja«, erwiderte Jason, »trotzdem ist ein Mann da aufgeregt.«

»Ich war nicht aufgeregt«, warf Eric ein.

»Du warst kurz davor, dich zu übergeben, Baby«, wies ihn Eva sanft zurecht, strich mit der Hand, an der ihr Verlobungsring prangte, über seine Krawatte, und küsste ihn kurz.

»Ich glaube nicht, dass das so schwer ist«, sagte ich nachdenklich.

»Beweise es.« Eric grinste mich an.

»Werde ich, wenn ich mich mal festlege.«

»Da ist er«, lachte Susan, »der Playboy.«

Augenverdrehend trank ich von meinem Bier. »Was kann da schon so schwer sein?«

»Na ja, dass es eine Wahrscheinlichkeit gibt, dass sie Nein sagt und das es der peinlichste Moment deines Lebens wird?«

»Dann muss man es eben zu Hause hinter verschlossenen Türen machen, wenn man so ein Weichei ist.« Schulterzuckend sah ich in die Runde.

»Wenn das so easy ist, keiner Vorbereitung bedarf … dann würde ich vorschlagen, versuch es doch mal.«

»Was?«, fragte ich etwas lauter als nötig, und sah meinen großen Bruder an, als wäre er geistesgestört.

»Ja, Susan ist ja Single, da könntet ihr das mal durchspielen.« Er wedelte mit der Hand hin und her.

»Ihr seid doch verrückt.« Susans Mund stand offen.

»Wir sind Freunde!«, stellte ich klar, und Luisa grinste breit.

»Los! Los! Nicht so lange überlegen, denn dann kannst du dir ja Worte zurechtbasteln.«

»Und auf gehts!«, sagte Jason und nun war er es, der sich grinsend zurücklehnte und die Hand besitzergreifend im Nacken seiner Frau hielt.

Heilige Scheiße, in was für eine Situation hatte ich mich nun gebracht?

48

SUSAN

»Es gibt nur eine Art von Worten und die sind schmutzig!«
– Samantha Jones –

Die anderen an unserem Tisch applaudierten. Und genau das zog wieder die komplette Aufmerksamkeit des Restaurants auf uns. Die Röte stieg über mein Dekoletté, wanderte meinen Hals entlang und kroch in meine Wangen, bis unter die Haarwurzeln nach oben.

»Hör auf, Steve«, zischte ich peinlich berührt und starrte ihn an. Steve Lightman war jetzt wirklich die Ruhe selbst. Keine Spur von Nervosität, Angst oder Beklommenheit.

»Susan?«, sagte er und sein Blick hakte sich fest in meinen.

»Lass das …«, murmelte ich wieder. Steve kniete sich vor mich, aber nicht der Klassiker mit einem Knie auf dem Boden, sondern er kniete. Mit beiden. Er ergriff meine Hände, die gefaltet in meinem Schoß lagen, und legte seine großen, braun gebrannten Finger um meine.

»Sieh mich an, Susan.« Seine Stimme klang sanft mit einem Hauch Befehlston. »Sieh nur mich an.« Stumm nickte ich. All die Geräusche, das Tellergeklapper aus der Küche, die abwartenden Blicke aller anderen Gäste um mich herum, die Gerüchte … all das, blendete ich aus und konzentrierte mich auf Steve Lightman.

»Wir kennen uns schon einige Zeit … wir haben die letzten Wochen miteinander verbracht, und du bist die beste Freundin, die ich haben kann. Du bringst mich zum Lachen, und manchmal machst du mich echt wütend, sodass ich mich frage, wieso ich dich eigentlich nicht erschlage.« Ein Laut, der nach Glucksen klang, kroch aus meiner Kehle. Luisa neben mir schniefte laut und Eva kicherte leise. »Aber ... du machst mich glücklich. Jeden verdammten Tag. Du zeigst mir Dinge, von denen ich niemals gedacht hätte, dass ich sie überhaupt will, und du forderst mich heraus. Jeden Tag. Du machst mich manchmal fertig ... aber die meiste Zeit ... machst du mich ziemlich glücklich. Und genau darum, weil ich einfach zu sehr Egoist bin, um es jemand anderem zu gönnen ... weil ich mir nicht vorstellen kann, auch nur einen verdammten Tag ohne dich zu sein, weil du mich nervst, wenn du deine Schuhe überall herumliegen lässt und ich mir an diesen spitzen Dingern fast die Schienbeine aufschlitze.« Gelächter ertönte um uns herum, und auch ich senkte kurz verlegen den Blick. Er hatte sich letztens wirklich an meinem Pfennigabsatz verletzt. »Aber«, fuhr er fort, legte mir seinen Zeigefinger unter mein Kinn und hob es wieder an. »Aber all das, die Tatsache, dass du mich verrückt machst und dass du ... anders bist als alle anderen ... diese Fakten bringen mich dazu, dass ich einfach nicht mehr ohne dich sein will. Keinen einzigen verdammten Tag. Keine Nacht. Keinen Morgen. Und bei keiner Dusche!« Wieder kamen kleine Lacher von den Männern und geseufzte Laute von den Damen um uns herum. Steve besaß die komplette Aufmerksamkeit aller Gäste des Restaurants. »Ich liebe dich, Susan. Ich hätte es niemals gedacht, dass ich mich überhaupt verlieben würde, aber ich tue es. Ich ... ich liebe dich.« Ich starrte ihm in die dunklen Augen. Seine Worte waren gut. Sehr gut, und ich, die ja am allerbesten wusste, wie gefaked das hier alles war ... ich glaubte ihm. Seine Mimik war ernst, kein schiefes, spöttisches Grinsen war auf seinem Gesicht zu sehen. In den dunklen Iriden sah ich nichts, außer die Wahrheit.

Steve griff neben sich und zog die Serviette vom Tisch. Langsam riss er ein Stück davon ab, legte sich meine Hand auf den Stoff meines Rockes und knotete mir um den Ringfinger den schmalen Streifen des grauen Materials. »Heirate mich, Susan«, sagte er, die Augen wieder auf mich gerichtet. »Bitte. Ich bin ein Idiot. Ein einhundertsechzigfacher Idiot ... Aber bei einem Mal, bei einem weiteren Mal, da habe ich etwas richtig gemacht. Und deshalb ... Heirate mich.«

Ich starrte ihn an. Er starrte mich an.

Alle starrten uns an.

Schließlich fühlte ich, wie sich eine Träne aus meinem Auge löste und langsam über meine Wange kullerte. Ich nickte. Zuerst zögerlich, dann hektisch und schließlich sprangen wir beide auf.

Steve legte seine beiden Hände an meine Wangen, zog mich an sich. Kurz bevor er mich küsste, flüsterte er noch einmal: »Ich liebe dich.«

49

SUSAN

> »*Ich habe genug von großer Liebe. Ich will wieder große Liebhaber!*«
> – Samantha Jones –

Langsam blinzelte ich und öffnete meine Augen. Jeder Knochen tat mir weh, jeder Muskel war verspannt. Ich lag nackt auf Steves Boden in seinem Wohnzimmer. Nachdem wir gestern Abend nach dem Essen in einem Club gewesen waren, um eine echte und eine Fake-Verlobung zu feiern, hatten Steve und ich den Abend vor dem Kamin ausklingen lassen.

Okay.

Das war Klischee. Aber das machte nichts, denn nach diesem Tag … diesem Abend, diesem ganzen großartigen Wochenende, war es genau das gewesen, was ich wollte. Ich wollte ihn in mir spüren. Ich wollte ihm ein Teil dessen, was er mir hier in New York gegeben hatte, zurückgeben.

In der letzten Nacht war mir klar geworden, dass ich ihn liebte.

Natürlich hatte ich es ihm nicht gesagt, aber ich tat es. Aus vollstem Herzen. Ich … ich liebte ihn.

Und als er mich dann gefragt hatte, ob ich noch ein Glas Wein vor dem Kamin mit ihm trinken wollte, hatte ich nicht Nein gesagt.

Wir hatten uns geliebt.

Ja, richtig. Wir hatten nicht wie ansonsten gefickt, oder vor lauter Wut irgendwelche Gegenstände zertrümmert, bevor er mich nahm … oh nein, er hatte mich geliebt. Es hatte sich danach angefühlt.

Erkundet hatte er meinen Körper schon öfter, aber noch nie mit solch einer Ruhe, mit solcher Zeit ... mit solcher Geduld. Er hatte mich erst zweimal kommen lassen, ehe er in mich eingedrungen war und mich ausgefüllt hatte. Es war nicht wie all die anderen Male gewesen, er hatte nicht in mich gestoßen und mich gefickt ... oh nein ... es war ... es hatte sich vollkommen anders angefühlt. Es hatte sich ... liebevoll angefühlt.

Ich drehte mich zur Seite, zog die Wolldecke über meinen Körper und betrachtete Steve, der neben mir schlief. Wenn ich ehrlich war, dann würde ich ihn vermissen. Und das wie verrückt. Ich würde mich nach seiner Gesellschaft sehnen, wenn ich wieder in der Einsamkeit meiner Wohnung in Philly wäre. Auch wenn ich bis dato geglaubt hatte, immer glücklich gewesen zu sein, wenn ich spät abends mit irgendeiner Schachtel vom Pizzaservice oder Chinesen auf meiner Couch saß und mir noch die Nachrichten ansah. Ich hatte gedacht, gelegentliche Orgasmen durch meinen Vibrator würden mir genügen. Und ich war mir sicher gewesen, dass es für mich besser war, mich voll und ganz auf meine Karriere zu konzentrieren ... Aber gerade fragte ich mich ... könnte ich nicht beides haben? Könnte ich nicht eine ... Beziehung haben und gleichzeitig den Stein meiner Karriere am Rollen halten? Wäre es nicht möglich, könnte ich von meinem Fünf-Jahres-Plan abweichen? In mir stieg ein warmes Gefühl auf ... kein Grund, warum das nicht gehen sollte, fiel mir ein. Außer dem, dass Steve darauf beharrte, dass wir Freunde waren. Na gut, das war meine Regel gewesen. Freunde mit Extras. Aber dass sich das mittlerweile zu etwas Exklusivem und Einzigartigem entwickelt hatte ... das war selbst mir als nüchterner Zahlenmensch bewusst.

Herrgott, der Antrag gestern war so ... echt und so wirklich gewesen, ich musste mich ständig daran erinnern, dass es Fake war. Der Ring, den er mir aus einer der Servierten gebastelt hatte, war natürlich bereits kaputt, aber ich hatte ihn abgenommen und in meine Handtasche geschmissen. Er war ... er war ein Stück Erinnerung an New York, an Steve Lightman ... an ein Leben außerhalb der Arbeit.

... ich dachte so lange an meine rosa Wolke und malte mir aus, dass Steve ähnlich Gedanken hatte, bis mein Handy in Dauerschleife vibrierte.

Mist! Das versprach nichts Gutes.

»Susan!«, rief die aufgeregte Stimme meiner Mutter. »Schätzchen!«, Schätzchen hatte sie mich schon fast ein Jahrzehnt nicht mehr genannt. »Du hast mir nie gesagt, dass du einen Freund hast!« Was? »Dein Vater und ich sind entzückt!«

»Ähm«, seufzte ich und setzte mich auf. Dass ich nackt war, war mir vollkommen gleichgültig. »Ich habe keinen ...«

»Ich bin so stolz auf dich. Ich habe dir ja gleich gesagt, dass es nichts bringt, wenn du eine Karrierefrau sein willst.«

»Mom!«, rief ich dazwischen und anscheinend so laut, dass ich den schlafenden Mann neben mir weckte. Verwirrt sah er mich an.

»Du hättest uns zwar sagen können, dass es dieser Playboy der Lightmans ist ... aber Schätzchen ...« Nun sprach sie leise und vertraulich. Als würde sie mir ein Geheimnis anvertrauen. »Ein Lightman!« Es fehlte nur noch das aufgeregte Klatschen dazu.

»Mutter!«, donnerte ich dazwischen. »Was redest du?«

»Ich spreche von deiner Verlobung, Schätzchen!«

»Von meiner was?«

»Lest ihr in New York etwa nicht die Times?«

»Bitte?«

»Die Zeitung?« Nun klang ihre Stimme genervt. »Du bist auf der Titelseite! Mit dem Antrag!«

»WAS?«, brüllte ich und riss Steve, der neben mir lag und auf seinem Handy tippte, das Telefon aus der Hand.

Als ich einen Blick darauf warf, blieb meine Welt stehen. Er hatte Facebook geöffnet und ich sah, dass er über neunhundert Benachrichtigungen hatte ... Es war nicht nötig, die Times aufzuschlagen und zu lesen. Oh nein. Mir strahlte der Artikel von sämtlichen Fotos entgegen, die auf dem Profil, mit dem er online war, hochgeladen worden waren. Verdammte Kacke!

Als ich den Headliner las, fiel mir das Smartphone aus der Hand. Irgendwo weit aus der Ferne hörte ich meine Mutter meinen Namen rufen und entzückt lachen. Anscheinend war sie stolz auf mich, dass ich mir einen Lightman geangelt habe. Wie auch immer. Das war alles riesige Kacke.

Steve starrte mich an, so, wie ich ihn anstarrte. Der Header des Artikels lautete:

Amerikas größter Playboy mit Wirtschaftsprüferin Susan M. aus Philadelphia verlobt!

Wer hätte das gedacht? Steve Lightman wird heiraten.
So berichteten Augenzeugen, welche gestern Abend die Ehre hatten, das glückliche Paar in Phong Lous Reishaus live zu beobachten.

»Er hat ihr gesagt, dass er sie liebt!«, so eine Augenzeugin, »Die zukünftige Mrs. Lightman hatte Tränen in den Augen!«

Auch die New York Times scheint einen perfekten Riecher zu haben, denn von uns war ebenfalls eine Reporterin, M. Jeanty, vor Ort, um Zeugin des einmaligen Spektakels zu werden.

Niemand, einschließlich Dichter der großen Liebe, wären jemals davon ausgegangen, dass sich ein Mann, der jede Woche eine andere Frau an seinem Arm hält, wirklich verlieben könnte.

Fraglich war auch, so eine Ex-Freundin des Womanizers, ob er »... überhaupt ein Herz besitzt.« (Wir berichteten.)

Aber nun sieht es so aus, als hätte sich die Karrierelady Susan Montgomery, die bereits in ihren jungen Jahren Partnerin einer renommierten Wirtschaftsprüfungskanzlei ist, den »Sexiest single man Alive« geangelt. Ob das gut gehen wird? Wird es überhaupt zu einer Hochzeit kommen? Oder wird sie feststellen, dass der regelmäßige Wechsel der Betten, wie es der Hotelmagnat seit Jahren praktiziert, fortgeführt wird?

Die New York Times wird Sie selbstverständlich auf dem Laufenden halten. Aber zunächst einmal lehnen wir uns zurück und beobachten, wie eine vermeintlich starke Frau, ihre Karriere den Bach heruntergehen lässt.

»Bist du sicher, dass du ›Ja, ich will!‹, sagen solltest, Susan Montgomery?«

Fuck! Das war nun gar nicht gut.

50

STEVE

> *»Man macht sich seine Träume selbst.«*
> – John Lennon –

Schadensbegrenzung. Ansonsten nichts weiter. Absolute, beschissene Schadensbegrenzung. Und selbst das war mehr als nur schwierig. Die Frau, die bis vor wenigen Minuten noch entspannt und befriedigt von den Orgasmen, die ich ihr heute Nacht geschenkt hatte, neben mir gelegen hatte, war auf einmal ein aufgeregtes Huhn.

Susans Handy klingelte in einer Tour, seit sie den Anruf ihrer Mutter angenommen hatte. Als hätte das die Büchse der Pandora geöffnet. Vermutlich hat sie das auch. In einem der Gespräche, die wir irgendwann in dieser Zeit geführt hatten, hatte sie mir nämlich anvertraut, dass ihre Mutter nicht gewollt hatte, dass sie Karriere machte. Oh nein, ihre eigene Mutter hatte gewollt, dass sie sich früh schwängern ließ, am besten von einem Mann, der finanziell abgesichert war und ein schönes Haus besaß. Vielleicht noch einen Hund. Ach so, und das Haus brauchte Fensterläden – laut ihrer Mom war kein Haus ein wirkliches Haus, wenn es keine Fensterläden besaß und in einer Vorstadt platziert war. Nun … dass Mrs. Montgomery also mit ihren Lobhymnen, wie stolz sie war, dass Susan nun endlich ihre Verlobung bekanntgegeben hatte, das Gegenteil erreicht hatte … mir leuchtete das sofort ein.

Wie auch immer. Mein Smartphone stand ebenso nicht mehr still. Nur dass mich niemand aus meiner Familie anmachte, denn die wussten ja, dass der Antrag nur gefaked war … nein, mir schrieben sämtliche Frauen, die irgendwann einmal meine Nummer herausbekommen hatten. Und mein Facebook Account explodierte. Mit Hassnachrichten. Hassnachrichten für Susan. Oder gegen Susan. Beziehungsweise Hassparolen für die Schlampe, die mich so belogen und manipuliert hatte, dass ich ihr einen Antrag gemacht hatte. Witzig, dass niemand, wirklich gar niemand, davon ausging, dass es sich um echte Gefühle handeln könnte. Ja, es stimmte. Da waren einige Frauen gewesen, und ich war sicherlich niemand, der das Flirten plötzlich sein ließ ... Aber seit Susan in New York war, und das waren nun schon einige Wochen, hatte ich keine andere mehr gesehen. Und komischerweise wollte ich das auch nicht. Ich erklärte es mir damit, dass sie mich mit ihren ekelhaften Launen, ihrer zickigen Art und dem anschließenden Anschmiegsamsein, vollkommen ausfüllte. Der Artikel war keiner, der in die Glanzstunden der Times einging. Auf keinen Fall, da stimmte ich ja völlig mit ihr überein, aber ich konnte das alles besser abstellen, meine Gedanken waren nicht davon besessen, dass mein Ruf zerstört war. Wie sie es in ihrem Film erlebte.

Sie hatte genau fünf Minuten in ihrer Verzweiflung innegehalten, und das war gewesen, als meine Geschwister mit ihren Mädels hier gewesen waren, um sich zu verabschieden, weil jeder nach Hause musste. Eric und Eva würden einen Umweg über Philly machen, da Eva dort noch eine Kritik für ein Restaurant zu schreiben hatte. Aber Fakt war, Susan und ich würden hierbleiben, zumindest, bis sie heute Abend mit dem Zug zurück in ihr wahres Zuhause fuhr ... Ob das in der momentanen Situation von Vorteil sein würde, konnte ich nicht genau sagen.

»Meine Karriere ist zerstört!«, rief sie immer wieder, raufte sich die Haare und wartete auf einen Rückruf von ihrem Anwalt aus Philadelphia.

»Wow«, erklärte ich. »Das ist hart.«

»Nein, Steve«, stellte sie klar. »Für dich ist das nicht hart. Von dir weiß man, wie du bist, aber schau dir doch an, wie sie mich hinstellen. Wie eine hirnlose Schlampe, wie die Tussis, mit denen du irgendwann mal im Bett warst. Sie stellen mich auf die Stufe der Dummen. Und nicht nur das. Oh nein. Sie unterstellen mir zusätzlich auch noch, dass es sowieso nicht zustande kommen würde.«

Mühsam schluckte ich, das Herz pochte in meiner Brust wie wild, und ich spürte, wie eine langsame Aggression durch mich floss. »Das ist doch super, oder? Vor allem dann, wenn rauskommt, dass es wirklich keine Hochzeit gibt.«

Susan sah auf ihr Handy, das genau in diesem Moment zu klingeln begann.

»Mr. White«, setzte sie an, und hörte dann erst einmal zu. Ich verstand leider kein Wort, von dem, was ihr Partner sagte, aber ihre Augen weiteten sich, ehe all ihre Mimik plötzlich in sich zusammenfiel. Wenn ich ehrlich war, hatte sich mein Kommentar, dass es hart war, nicht darauf bezogen, weil ihre Karriere zerstört sei, oh nein, denn ich war mir sicher, das war sie nicht. Mein Kommentar war so gemeint gewesen, dass es … tief in mir echt wehtat, wenn sie von einer Verlobung, egal, ob echt oder nicht, davon überzeugt war, dies würde ihrer Karriere schaden. Aber gut, vielleicht ging es ihr auch nur in Verbindung mit mir so. Nachdem sie ihr Handy auf das Sofa geworfen hatte, anscheinend war ihr Telefonat beendet, sah ich sie aufmerksam an. Ich trug eine meiner schwarzen lockeren Trainingshosen und war oberkörperfrei. Etwas, das Susan ansonsten immer mochte. Nun, heute anscheinend nicht.

»So siehst du das also?«, griff ich unser Gespräch auf.

»Was?«, zischte sie und fuhr sich über das Gesicht.

»Du siehst es so, dass eine Verlobung mit mir deine Karriere zerstört?«

»Sie ist doch nicht einmal echt.«

»Das war nicht die Frage, Susan.« In mir brodelte es mit einem Mal. Seit mir dieser Gedanke gekommen war, egal, wie cool und lässig ich normalerweise war, traf es mich. Ja, verdammte scheiße noch mal. Es traf mich, dass sie so ein Theater veranstaltete. Okay, der Artikel war nicht sonderlich positiv, aber scheiße, das war nun mal die Presse. So lief es ab.

»Ja!«, rief sie. »Eine Verlobung mit dir würde meine Karriere zerstören.«

»Autsch«, erwiderte ich und drehte mich zum Fenster. Mein Blick legte sich in die Ferne. Ich nahm nichts von der atemraubenden Schönheit New Yorks wahr. Auch wenn ich diesen Ausblick normalerweise liebte. »Ich weiß, dass der Artikel nicht sonderlich positiv ist, aber dass du gleich so reagierst … das ist … autsch.«

»*Du* wirst ja nicht als Nutte dargestellt. Als eine von vielen.« Sie schrie nun und ließ ihre Wut an mir aus. »Du hast es so ziemlich mit jeder Frau in New York getrieben. Und jetzt … jetzt denken die anderen aus der Kanzlei, dass ich mich auf jemanden wie dich eingelassen hab. Auf einen Playboy.«

»Auf jemanden wie *mich*?« Wow, das war ein Tiefschlag. »Das bin ich für dich?«, fragte ich matt. »Ein Playboy?«

»Ja, Herrgott! Wie lange willst du denn noch versuchen, das zu verbergen?«

»Nun«, erwiderte ich hart. »Dann würde ich vorschlagen, dass du jetzt gehst.«

»Oh ja, Lightman, mach es dir nur leicht, so, wie du es immer mit deinen Tussis machst, oder?« Sie kam nun nahe an mich heran, und ich fühlte, wie sie mich von der Seite betrachtete. »Du nimmst sie mit, du fickst sie und dann schmeißt du sie raus. Weil du nichts anderes kannst. Zugegeben, ich habe dir das gestern Abend geglaubt, ich habe es dir abgenommen. Diese Show. Diesen perfekten Antrag. Ich habe dir, verdammt noch mal geglaubt.« Ihre Stimme zitterte. Meine Kiefer mahlten aufeinander. Wut schoss in meine Hände, und ich ballte sie zu Fäusten. »Aber hey, das kannst du ja ganz fabelhaft, nicht wahr, Steve?« Ihre Stimme und ihre Worte schnitten in mein Herz. Es tat weh, was sie sagte, denn ich hatte ihr nie den Grund zur Annahme gegeben, dass sie wie all die anderen war. »Im Lügen und Manipulieren bist du ein Meister. Davon sollte ich mir eine Scheibe abschneiden.«

»So denkst du von mir?«, fragte ich. »Das ist es, was du glaubst?«

Wütend drehte ich mich ab, stapfte durch das Wohnzimmer, klaubte ihren Scheiß zusammen und hielt ihr schließlich die vollgestopfte Tasche entgegen. »Dann gehst du jetzt besser.«

»Du machst es dir leicht.«

»Nein, das kriegst du ganz fantastisch allein hin.«

»Du schmeißt mich raus?«

»Na, das ist es doch, was ich immer tue«, erwiderte ich verächtlich und mit Abscheu in der Stimme. »Dann sollte ich deinem Bild langsam mal gerecht werden, nicht wahr?«

»Steve«, begann sie erneut, als sie vor dem Fahrstuhl stand. Jeder ihrer Schritte, den sie darauf zugemacht hatte, hatte sich in mein Herz geschnitten. Sie sollte doch nicht gehen. Sie sollte bleiben. Ich … wie sollte ich ohne sie …? »Versteh mich doch. So ein Artikel, der zerstört meine Karriere. Wenn ich mit einem Mann wie dir in Verbindung gebracht werde … also dass mehr als nur Freundschaft dahinter steckt. Denen ist egal, ob der Antrag echt oder nur eine Wette war … Tatsache ist, dass sie mehr hineininterpretieren. Das hat uns bereits einen Klienten gekostet. Und es ist zehn Uhr morgens.«

Mit zusammengebissenen Zähnen starrte ich sie an. Susan meinte jedes Wort verdammt ernst, das erkannte ich daran, dass sie ihren

Blick nicht abwandte. Oh nein, sie sah mir direkt und klar in meine Augen.

»Dann ist es wirklich besser, wenn du deinen Scheißkram nimmst und verschwindest, Montgomery.«

Genau in diesem Moment öffneten sich die Türen des Fahrstuhls und Susan stieg ein. Ich wartete, bis sie lautlos wieder zuglitten und Susan nach unten fuhr.

Weg von mir.

Weg aus meinem Leben.

Zurück nach Hause.

Zurück zu ihrer Karriere.

51

STEVE

> *»Ja, kack doch die Wand an, was habt ihr Ficker denn hier verloren?«*
>
> – Steve Stifler –

Was sollte ich nun tun? Waren wir einmal ehrlich, sie hatte mich berührt.

Sie hatte mich verfluchter Dreck noch mal berührt. Als ich sie damals in dieser scheiß Bar in dieser scheiß Stadt gesehen hatte … da war es vorbei gewesen. Klar, der erste Kontakt war über Luisa zustande gekommen … Aber sie hatte mich berührt. Getroffen. Zack. Boom. Bäng. In mein Innerstes. Und das, ohne dass ich es bemerkt hatte. Ja, Susan war eine Zicke. Eine richtig üble, fiese, gemeine Zicke, die mit dem Kopf durch die Wand wollte. Ja, sie nervte mich, wenn sie ständig vom Hundertsten ins Tausendste kam, wenn sie sich so auf die Arbeit konzentrierte, dass ansonsten nichts Platz fand. Nicht einmal ein scheiß Abendessen. Sie war eifersüchtig. Sie war nervtötend. Sie war in Bezug auf andere Frauen vollkommen irrational, und sie trieb mich in den beschissenen Wahnsinn! Das alles sagte ich mir immer wieder vor, während ich in meiner Wohnung auf und ab lief. Haareraufend.

Schnaubend.

Und irgendwie einen Hauch verzweifelt.

Hätte mich hier irgendjemand gesehen, hätte er sich gefragt, ob ich vollkommen irre geworden war.

Aber ja, das war ich. Aus all den oben genannten Gründen. Und am allermeisten aus den Gründen, weil ich diesen beschissenen

Antrag verflucht noch mal verfickt ernst gemeint hatte. Weil es die scheiß Wahrheit gewesen war. Ich liebte diese Oberzicke. Diese verfluchte, störrische, mich in den Wahnsinn treibende Hexe. Ich wollte sie mehr als alles andere. Und genau deshalb war es eine abgefuckte Tatsache, dass ich sie liebte.

Und vermisste.

Und dass ich über alle Maße angepisst war, weil sie sich tatsächlich für mich schämte. Weil sie wieder einmal gesagt hatte, dass wir nur Freunde waren. Aber wem wollte sie denn etwas vormachen? Wem wollte sie weismachen, dass wir scheiß Freunde waren? Es war einfach lächerlich! Es war ein absoluter Witz! All das, was sie mir an den Kopf geworfen hatte.

Ohne überhaupt über Skype nachzudenken, rief ich meinen Bruder Jason an. Er kannte sie ja irgendwie am besten.

»Vermisst du uns schon?«

»Halt die Klappe, Jason. Wo bist du?«

»Auf der Fähre.«

»Und die anderen?«

»Kaffee holen.«

»Das ist gut, ich brauch dich allein.«

»Was ist passiert?«

»Nun. Hast du die Times schon gelesen?«

»Nein, habe ich nicht. Hätte ich sollen?«

»Nun, sagen wir so, Susan ist heute Morgen vollkommen ausgeflippt. Sie ist wirklich ausgerastet und hat mir Zeug an den Kopf geworfen, das glaubst du nicht.«

»Was denn?« Ich hörte den Wind auf dem offenen Wasser in sein Handy pfeifen.

»Na ja«, erklärte ich und legte den Kopf in den Nacken. Ich fuhr mir mit der Hand über mein Gesicht. »Die Kurzversion ist, dass sie mich angemacht hat, weil jetzt ihre Kanzlei und die Mandanten schlecht über sie denken könnten. Die Betonung liegt auf K-Ö-N-N-T-E-N. Ich meine ... was kann ich jetzt da dafür?«

»Hat sie dazu nichts gesagt?«

»Nur, dass sie zurück nach Philly fährt. Aber ich glaube, sie meint, die Tatsache, dass ich schon öfter in der Presse war, könnte ihr irgendwie beruflich schaden.«

»Du meinst die Frauengeschichten?«

»Keine Ahnung, aber das hat sie irgendwie gesagt.«

»Hat sie?«

»Nein. Eigentlich nicht. Aber ich glaube, das war es, was sie sich nicht auszusprechen getraut hat.«

»Verstehe.« Ich konnte ihn vor mir sehen, wie er nachdenklich nickte, auch wenn wir eigentlich nur telefonierten. »Was willst du jetzt machen?«

»Gar nichts.«

»Wieso nicht?«

»Na ja, wir sind ja nur Freunde.«

»Wen willst du hier verarschen, Steve?«, fragte er mich ernst, und ich raufte mir die Haare. Wanderte hinüber zu der Fensterfront in meinem Wohnzimmer. Wie auch vorhin schon konnte ich die Aussicht nicht genießen. Ich nahm sie nicht einmal wirklich wahr.

»Wir sind nur Freunde. Mehr nicht. Das ist doch offensichtlich.«

»So?« Wieder musste ich ihn nicht sehen, um zu wissen, dass er eine Braue hob. »Wenn du das glaubst.«

Nachdenklich legte ich den Kopf schief. Ich wusste, dass ich es nicht so sah, aber irgendwie … konnte ich mich nicht überwinden, es auszusprechen. Nicht, weil es nicht wahr war, sondern einfach, weil ich es am Vorabend, als ich ihr diesen Fake-Antrag gemacht hatte, selbst erst erkannt hatte. Es war nicht so, dass ich mich schämte … nein, eher war ich überrascht. Absolut und vollkommen davon überrumpelt, wie sich dieses Freundschaft-Plus-Thema entwickelt hatte. Ich fragte mich sogar, weshalb ich so blind an die Sache herangegangen war und sie nicht irgendwie zu halten versucht hatte. Das hatte ich mich zwar nur circa zwei Sekunden lang gefragt, weil sie anschließend ausgeflippt war und einen auf Dramaqueen der Extraklasse gemacht hatte, aber was genau wurde jetzt von mir erwartet? Anscheinend nichts. Denn auch Jason, mein Bruder, der mich am besten kannte … schien mir nicht sagen zu können, wie man jetzt mit der Situation umgehen sollte. Tatsache war, die Vorwürfe, die sie mir an den Kopf geworfen hatte, waren unberechtigt. Sie waren einfach nicht wahr. Wenn sie das allerdings in diesem Film, in dem sie sich gerade befand, so sah … dann wollte ich gar nicht mit ihr reden. Denn alles, was ich sagen könnte, würde entweder dazu führen, dass ich mich in die Rolle eines Opfers zwang und verweichlichte, oder es würde mich in die Verteidigungsposition bringen … Und bei Gott, das würde ich nicht tun. Ich schämte mich meiner Vergangenheit nicht. Ja, da waren einige Frauen gewesen, ja, da war viel, auf das ich nicht sonderlich stolz war, und ja, es hatte extrem viele Dramen um mich herum gegeben, gerade wenn mehr als eine Frau involviert gewesen war. Aber ich war immer ehrlich gewesen, also würde ich mich sicherlich für nichts entschuldigen, das mir in dem Moment, in welchem ich es getan hatte, richtig vorgekommen war.

Und heilige Scheiße, der Antrag ... auch wenn er Fake gewesen war ... er hatte sich so verflucht richtig angefühlt, wie schon lange Zeit nichts mehr. Und Susan hatte mit ihrer Szene das alles heute Morgen ... Sie hatte es kaputtgemacht. Etwas, das ich mochte, das ich sogar liebte ... hatte sie mir kaputtgemacht, und zwar dahingehend, dass sie ihre Karriere über das stellte, was wir hatten. Es traf mich, und tief in mir wuchs ein Schmerz, den ich bis dato noch nie gefühlt hatte. Ich war nicht so weit, diesen Schmerz mit irgendjemandem teilen zu wollen ... deshalb gab es nur eine richtige Antwort für meinen Bruder: »Wir sind nur Freunde.«

Das Wellenrauschen, welches die Fähre verursachte, das Schreien der Möwen auf dem Weg hinüber, das alles ließ mich nicht diesen kleinen zynischen Laut überhören, den er von sich gab. »Du bist so ein Vollidiot«, sagte er schließlich. »Hast nicht mal die Eier, zuzugeben, dass du in sie verliebt bist.« Ich schnaubte, aber mein Bruder war noch nicht fertig. »Ich meine, wenn du vor uns so ein Feigling und Weichei sein willst ... hey! Das ist okay, ... aber dann sei doch wenigstens ehrlich zu dir selbst. Gestehe dir doch ein, dass du sie scheiße noch mal liebst, wo ist das Problem? Sich zu verlieben, ist nichts Schlimmes, Steve. Oder hast du Angst, du könntest weniger männlich sein oder dass dir die Weiber nicht mehr hinterherrennen?«

Mühsam beherrscht presste ich meine Kiefer aufeinander. Er sollte die Klappe halten. »Wieso hatte ich dich noch mal angerufen?«, fragte ich laut und verdrehte die Augen.

»Ich verrate dir was, Steve, und das wird dir Eric genauso sagen, wie Dad ... rumzuhuren, das mag eine Zeit lang ja ganz nett sein, das mag dich erfüllen, das mag dir den Schwanz und das Bett wärmen ... Aber das wird nicht zu Hause auf dich warten, wenn du alt bist. Wenn du einen Scheißtag hattest und eben keinen Bock mehr hast, um die Häuser zu ziehen. Das wird dir auch nicht helfen, wenn du irgendwann vielleicht nicht mehr weißt, welcher Tag es ist. Und das Wichtigste ... Es wird dir Weihnachten und an all den anderen Feiertagen kein Lächeln in dein Gesicht zaubern, wenn du deine Frau und vielleicht auch dein Kind dabei beobachtest, wie es die Geschenke öffnet. Glaube mir eines, Steve, und ich bin vielleicht wirklich der Spießer von uns Dreien, aber wenn du das Ruder nicht herumreißt, dann wirst du einsam sterben, und du bist kein Mann, der für die Einsamkeit geschaffen ist.« Er ließ mehrere Herzschläge lang verstreichen. »Also sage mir noch mal, dass ihr nur verdammte Freunde seid, und da nicht mehr ist.«

»Da ist mehr«, beantwortete ich ihm die Frage.

»Ich weiß, du Arschloch. Es ist offensichtlich.«

»Sie hat mir damit scheißweh getan.« Es auszusprechen fühlte sich nicht so schlecht an, wie ich gedacht hatte. »Du hättest sie mal hören sollen. Ich meine, *fuck!*«, rief ich und fuhr mir mit meiner freien Hand durch die Haare. »Ich hab ihr einen Antrag gemacht. Und sie hat ›Ja!‹ gesagt, und jetzt rennt sie weg, weil ihr Chef anruft? Da scheint sie ja wirklich nichts für mich zu fühlen.«

»Denkst du?«, fragte er skeptisch. »Jetzt wartest du mal ab. Wenn Susan wirklich auf dem Trichter ist, dass du und dein Playboystatus ihr die Karriere kaputtmachen … dann lass sie. Sie muss es selbst raffen, dass da ein Scheißdreck passieren wird.«

»Du bist ein Penner, das weißt du, oder?«, fragte ich ihn und lehnte meine Stirn gegen das kühle Glas.

»Ich weiß. Aber ich bin dein Bruder. Das ist dein Glück.«

»Ich leg jetzt auf, langsam wird es schwul.«

»Du kannst mich mal. Luisa kommt eben wieder. Also lass mich in Ruhe.«

»Wir sprechen die Tage noch mal, okay?«

Damit war unser Gespräch beendet. Wenn Jason recht hatte, dann würde sich Susan doch wieder melden, oder?

Sie musste einfach.

52

SUSAN

> »*Karriere ist etwas Herrliches, aber man kann sich nicht in einer kalten Nacht an ihr wärmen.*«
> – Marilyn Monroe –

Eine Woche später

»Wir sind nur Freunde!«, hallte seine Stimme in meinem Kopf nach, wie sie es seit einhundertvierundsechzig Stunden immer wieder tat.

»Wir sind nur Freunde!«, tönte es, und ich fragte mich, wie ich so dumm gewesen sein konnte, noch einmal zu ihm zurückzugehen.

Ja, all das, was ich ihm an den Kopf geschmissen hatte, hätte ich so oder in ähnlicher Form nicht gesagt, nachdem ich mich ein paar Stunden hätte abkühlen können. Das war auch der Grund, warum ich wieder zu ihm in seine Wohnung zurück war. Natürlich. Ich war manchmal eine Zicke, aber ich wusste, wenn ich über das Ziel hinausgeschossen war. Und bei Gott, in dem Gespräch mit ihm war ich das. Ich hatte ihn verletzt, das sah ich deutlich in seiner Mimik. Ich wusste, dass er den Artikel nicht so schlimm sah wie ich … aber Herrgott, von ihm war man das gewöhnt. Er fickte sich durch sämtliche Betten der New Yorker High Society und all solche Dinge … Darum erwartete man von ihm, dass er sich mit schönen Frauen umgab. Er hatte beruflich alle Ziele erreicht, die es zu erreichen gab, und er schien nicht zu verstehen, dass mir dasselbe zustand. Das kapierte er einfach nicht.

Zum Glück blieb es bei dem einen Klienten, der die Zusammenarbeit mit der Kanzlei aufgekündigt hatte. Dafür war ich dankbar, denn ich wollte nicht für noch größere Verluste der Agentur verantwortlich sein. *Whits, Whites & Montgomery* stand für Exklusivität, Eleganz und verantwortungsbewusste Mitarbeiter. Dass ich diese Verantwortung missbraucht hatte, daran ließen Mr. Whits und auch Mr. Whites keinen Zweifel.

Dass ich dafür einen persönlichen Verlust hinnehmen musste, schien ihrer Meinung nach tragbar zu sein.

Und zwar so tragbar, dass ich heute diesen Kerl, den ich irgendwie dafür verantwortlich machte, mein Glück zerstört zu haben, bei einem Meeting treffen sollte. Es war wichtig, das verstand ich ja, und auch, dass der Vorstandsvorsitzende der größten Kaffeekette in den USA für uns ein bedeutungsvoller Kunde war. Ich war auch dazu bereit, ihm ein wenig in den Arsch zu kriechen, damit er zu uns zurückkam … aber.

»Nein«, wies ich mich laut zurecht, als ich auf den Weg nach oben war und durch die Drehtür ging. »Nein, du hast dich für eine Karriere entschieden. Fertig!«

Das Smartphone in meiner Hand piepte, und ich spürte den vertrauten Schmerz, der mich Steve wieder vermissen ließ. Unsere Tage waren so leicht, so fröhlich, so voller Spaß gewesen, und trotzdem hatten wir gearbeitet … darum verstand ich nicht, weshalb ich diejenige sein musste, die etwas mehr auf die Arbeit achtete.

Wie geht es Classof80ies heute Morgen?

… stand in dem Mailaccount meiner Dating-APP, und ich lächelte. Ich mochte das, dieses Hin- und Herschreiben. Etwas Normalität. Letzte Nacht hatte ich ihm mein Herz ausgeschüttet, deshalb nun vermutlich seine Frage, und ihm erzählt, dass meine letzten Wochen einfach beschissen gewesen waren. Na ja, nicht die letzten Wochen, die letzten Tage.

Ich antwortete ihm schnell und stieg schließlich selbstsicher lächelnd aus dem Fahrstuhl aus. Ich würde mir hier nicht anmerken lassen, wie schwer das alles für mich war. Wie sehr es mich sogar traf. Wie ich mich manchmal zusammenreißen musste. Oh nein, das würde ich niemandem zeigen.

»Susan«, sprach mich Mr. Whites an, sobald ich mein Büro betrat. Ich hasste es, wenn er in meinem Büro auf mich wartete, aber das nur mal nebenbei erwähnt. »Sind Sie vorbereitet?« Heilige Scheiße, ich war doch nicht Partnerin einer solchen Agentur, um mich weiterhin bevormunden zu lassen, oder? Was sollte das denn?

»Ihnen auch einen schönen guten Morgen.« Der Blick des älteren

Mannes wanderte an mir auf und ab. Ich hatte mich für ein Kostüm mit Rock in schlichtem Schwarz entschieden. Dazu trug ich eine weiße Bluse, deren Kragen, Knopfleiste und Aufschläge mit einem schwarzen Satinband bezogen waren. Hatte er mich schon immer so angesehen? Oder fiel es mir nur jetzt erst richtig auf?

»Er wartet schon im Meetingraum.« Eine seiner Brauen wanderte in die Höhe. »Mr. Flakes hasst es zu warten.« Mr. Whites stand auf und nickte mir aufmunternd zu.

Super. Der Termin war eigentlich um neun Uhr und nicht um sieben Uhr morgens anberaumt gewesen. »Er ist zwei Stunden zu früh, also bin ich mir ziemlich sicher, dass er nicht sauer ist, wenn er jetzt einen Augenblick länger warten muss.«

»Nein, Susan, der Termin war um sieben.«

»Das können Sie mit meiner Assistentin klären.« Ich hielt ihm demonstrativ die Tür auf. Heilige Scheiße, ich musste mir auch nicht alles gefallen lassen. Das hatte ich einfach nicht nötig.

Nachdem ich fünf Minuten damit verbracht hatte, mich von ThreeofThree motivieren und aufbauen zu lassen, danke Gott, dass er auch ständig online war, öffnete ich die Glastür zu unserem Konferenzraum. Er war in der Mitte der Kanzlei gebaut worden und rundum verglast. Es war irgendwie lächerlich, dass mich das an den Raum im *Lightmans Futur* erinnerte, oder? Dass ich mich kurz dorthin zurück beamte und fast seinen Geruch riechen konnte … fast bemerkte, wie er neben mir stand … beinahe die Wärme, die von seinem Körper ausging, spüren konnte.

»Da sind Sie ja endlich!«, brummte der Kerl unhöflich, und ich musste mich wirklich überwinden, ihm die Hand zu reichen. Sie war heiß und irgendwie leicht feucht. Der Kerl, und ja, ich hatte etwas ganz anderes erwartet, war sehr groß gewachsen, hatte eine Glatze, wobei ich mir sicher war, dass er sich den Kopf rasierte, und trug einen Anzug. Wohlgemerkt einen Anzug, der maßgeschneidert war. Woran ich das sah? Nun, es gab einige wesentliche Merkmale. Das eine war, er hatte an seinem Revers ein Loch, durch das ein Knopf gezogen werden konnte, was nicht der Fall war. Dann hatte er an den Aufschlägen seiner Ärmel ebenso drei Knopflöcher, das Erste war offen und nicht geknöpft. Und als er die eine Seite seines Jacketts leicht öffnete, um einen *Mont Blanc* Kugelschreiber vor sich abzulegen, sah ich, dass dort nicht der Name eines Labels eingestickt war, sondern *sein* Name und darüber ein *Handmade for* prangte.

»Mr. Flakes«, begann ich und setzte mein professionelles Lächeln auf, auch wenn mir nach vielem war, aber nicht nach lachen. »Wie schön, dass Sie hier sind.« Er nickte knapp und maß mich mit einem Blick von oben bis unten. »Zwei Stunden zu früh.« Seine Augen verließen nicht einmal meinen Körper, als ich mich setzte. *Schleimiger Oberaffenarsch*, dachte ich für mich.

»Ich bin gern pünktlich.« Sein Blick hatte nichts Freundliches, Ehrliches. Oh nein. Sein Blick war gierig.

»Miss Montogmery«, begann er, rückte seinen Stuhl nach hinten und überschlug die Beine. »Ich möchte gleich zum Punkt kommen. Denn es gibt einige … nennen wir es Voraussetzungen, damit Sie mich als Kunden zurückgewinnen können.«

Ich starrte ihn an, ohne zu blinzeln. Wirklich! Ich starrte. Was würde jetzt kommen? Mein Puls beschleunigte sich, obwohl er noch nicht mal weiter gesprochen hatte. »Ich will ganz ehrlich sein, denn das ist mir in einer *Partnerschaft* sehr wichtig.« So, wie er das Wort Partnerschaft betonte, stieg bittere Galle in mir auf.

»Ich bin ganz Ohr, Mr. Flakes«, presste ich zwischen zusammengebissenen Zähnen hervor.

»Ich erwarte, und das muss ich leider betonen, denn ansonsten könnte ein falscher Eindruck entstehen, dass Sie mit mir ausgehen.«

»Was?«

Seine erhobene Hand ließ mich automatisch stoppen. »Langsam, Darling, langsam.« Er warf mir ein Grinsen zu, das echt übel aussah. »Ich meine damit, Sie daten mich. Also, *intensives* Daten. Wenn Sie verstehen. So, wie Sie das auch mit Lightman, dem Frauenverschlinger, getan haben.«

»Was?«, wiederholte ich und sah ihn fassungslos an. Die Ader an meinem Hals sah sicherlich so aus, als würde sie gleich platzen.

»Nun, Sie wissen ja sicher, dass *wir*, die wirklich erfolgreichen Geschäftsmänner, miteinander reden, und auch wenn Lightman diesem elitären Kreis nicht angehört, dafür ist er einfach zu jung …« In Gedanken unterbrach ich ihn. *Nicht so schleimig wie du, meinst du wohl!*

»… dann ist uns durchaus bekannt, dass Sie den Lightman-Konzern nicht aufgrund Ihrer Fähigkeiten als Wirtschaftsprüferin bekommen haben, sondern weil Sie die entsprechenden Dates mit einem der Söhne gehabt haben!«

»Bitte?«, fragte ich leise. Fast knurrend. Wut kroch durch meine Adern, fraß sich in jede Zelle meines Körpers.

»Es war ein wirklich kluger Schachzug, den Playboy zu zähmen. *Vermeintlich* zu zähmen.« Er lächelte wieder und entblößte dabei zwei strahlende weiße Reihen ebenmäßiger Zähne. »Apropos, wie geht es

Ihrem Liebsten in New York? Ich hoffe, er wird es verkraften, wenn Sie plötzlich mit mir ausgehen.«

»Raus!«, zischte ich ungehalten. Der Zorn bündelte sich in meinen Händen.

»Bitte, was sagen Sie da?«

»Ich sagte: Raus!«

Nun lachte er. »Sie wissen nicht, was Sie tun.«

Ich stand auf, musste mich auf jeden Schritt konzentrieren, als wäre ich ein kleines Kind, und öffnete die Tür des Konferenzraumes. »Raus!«

»Darling ...« Sein Tonfall machte mich so sehr wütend, dass ich kaum an mich halten konnte. »Raus aus diesem Konferenzraum. Raus aus dieser Kanzlei! Hauen Sie ab!«

Langsam stand Mr. Flakes auf, schlenderte mit einem irren Grinsen auf mich zu und flüsterte im Vorbeigehen: »Das werden Sie bereuen.«

Nein. Nein. Nein. Nein! Das würde ich nicht bereuen, kam es mir schon wenige Minuten nach diesem frechen Meeting in den Kopf. Das würde ich auf keinen Fall bereuen. Denn wenn das der Kreis an Klienten war, mit denen ich zu tun haben würde, wenn ich hier Partnerin war, dann wollte ich das nicht. Seine dreiste Anspielung, wenn ich mit ihm ins Bett gehen würde, dann würde ich ihn als Klienten zurückgewinnen, schockierte mich nicht. Absolut nicht. Ich war mir durchaus darüber im Klaren, dass viele meiner Kolleginnen diese Dinge so handhaben, das konnte ich nicht einmal auf den Artikel mit Lightman schieben. Und dass dieser anscheinend etwas anderes vermittelt hatte, als er sollte. Nein, das war einfach nur dieser schleimige, dreiste, absolut narzisstische Typ, der dachte, ihm gehörte die Welt.

Aber auch wenn es mich nicht schockierte, so machte es mich dennoch wütend. Und zwar so sehr, dass ich noch am selben Tag mein Kündigungsschreiben aufsetzte.

53

SUSAN

> *»Das Leben ist, was du daraus machst. Ganz egal, was, du wirst es manchmal vermasseln, das ist eine universelle Wahrheit. Aber das Gute daran ist, du kannst dir selbst aussuchen, wie du es vermasseln willst.«*
> – Marilyn Monroe –

»Miss Montgomery?«, brüllte Mr. Whites in das Telefon, »Sofort in mein Büro.«

Heilige Scheiße! Ich hatte ja schon darauf gewartet, dass es jetzt dann mal losging, aber ganz ehrlich, ich war hier keine Angestellte – nicht, dass es in Ordnung war, wenn man so mit ihnen umging –, sondern ich war Teilhaberin.

»Wie wäre es mit ein wenig Höflichkeit?«, fragte ich ihn durch zusammengebissene Zähne. Ich war immer noch wütend auf dieses dreiste Arschloch und wollte mir jetzt eigentlich nicht irgendeinen Mist von diesem Kerl anhören. Ja, er war mein ehemaliger Chef und ich schätzte ihn wahnsinnig, denn er war ein wirklich großartiger Wirtschaftsprüfer und Rechtsanwalt, aber ich war nicht seine Tochter. Und dann stand ihm nicht zu, mich anzubrüllen.

Nachdem ich einfach aufgelegt hatte, ging ich in sein Büro, öffnete ohne anzuklopfen die Tür.

»Mr. Whites, Sie wollten mich sprechen?«

»Warum haben Sie Mr. Flakes verweigert, was er wollte? Sie hätten das alles wiedergutmachen können.« Der Mann auf der anderen Seite des Schreibtisches hatte einen hochroten Kopf.

»Oh«, sagte ich scheinbar gelassen, fühlte aber in mir einen

Ruhepuls von siebenhundert, »Sie meinen, warum ich nicht die Beine für ihn breitmache?«

»Ja!«, schrie er und schlug auf den Tisch. »Ich finde, Sie könnten durchaus Wiedergutmachung leisten.«

»Sie wussten, dass er mir das sagen würde?«

»Natürlich!«, keifte er weiter. »So funktioniert das Geschäft. Was denken Sie, weshalb Sie Teilhaberin geworden sind?«

»Ich verstehe nicht«, presste ich hervor und legte die Stirn in Falten. »Sie wollen mir sagen, ich bin Teilhaberin geworden, weil ich eine Frau bin?«

»Gott, Sie sind wirklich nicht so hell, oder?« Mühsam beherrschte ich mich. Ich wollte es aus seinem Mund hören. Erst dann würde ich wissen, ob meine Gedanken, und in welche Richtung sie gingen, gerechtfertigt waren. »Wir haben Sie eingestellt in der Hoffnung, wir könnten mehr namhafte Geschäftspartner vorweisen, wenn Sie mit einigen der Klienten aus- und anschließend ins Bett gingen. Aber das haben Sie ja …«

Jäh, zornig und vor allem maßlos enttäuscht unterbrach ich ihn.

»Das Gespräch ist an dieser Stelle beendet. Sie sind einfach nur widerlich!« Ich stand auf, und ging zur Tür seines Büros, riss sie auf und drehte mich noch einmal zu ihm um. »Ich habe Sie geschätzt, verehrt … ja, sogar bewundert, und dabei sind Sie nichts weiter, als ein armer Mann, der versucht, mit den Jungen mitzuhalten. Was für eine Witzfigur Sie nur sind!«

Mit diesen Worten drehte ich mich um und verließ sein Büro.

Wenig später, nachdem ich meinen nötigsten Kram zusammengepackt hatte, verließ ich den ganzen Gebäudekomplex.

Was ich nun tun und wie es weiter gehen würde, das würde sich zeigen, aber erst einmal brauchte ich definitiv meine Ruhe.

Ein dickes, fettes Stück Sahnetorte und einen Milchkaffee später, war ich immer noch vollkommen entsetzt. Wieso war mir nie aufgefallen, dass diese Kanzlei, auf die ich so verdammt stolz gewesen war, als ich Teilhaberin wurde, eine sexistische Schlangengrube war? Dass man Frauen einstellte, um sie irgendwie zu nutzen? Nicht, weil sie gut waren, weil sie etwas auf dem Kasten hatten, weil sie vielleicht sogar wesentlich besser als jeder männliche Mitarbeiter waren … Nein, man hatte sie eingestellt, weil man von ihrem Charme, ihrem Geschick, Männer um den Finger zu wickeln, und einem hoffentlich tollen und gut gefüllten Ausschnitt, profitieren wollte.

Das war widerlich!

Absolut widerlich. Ich würde mir die Sache auch nicht länger anschauen, denn wie sollte ich in einer Agentur arbeiten, in welcher von mir erwartet wurde, dass ich den Rock nach oben schob und die Beine breitmachte, damit wir Klienten fanden? Nein, das würde ich auf keinen Fall tun.

Der Artikel von Lightman und mir sowie unserer Fakehochzeit hatte damit nichts zu tun, das wusste ich. Auch wenn dieser kleine Gedanke zu Beginn durch meinen Kopf gehuscht war. Im Grunde wusste ich, dass es rein gar nichts damit gemein hatte und ebenso passiert wäre, wenn halt ein anderer Kunde auf den Trichter gekommen wäre, er könnte da eine Gegenleistung verlangen. Aber was sollte das? Das war mit das abscheulichste Geschäft, das ich jemals mitbekommen hatte. Ich war eine gestandene, erwachsene Frau, und ja, ich hatte Sex. Natürlich hatte ich den, ich war ja keine Nonne, aber Herrgott, dass man deshalb wirklich voraussetzte, ich würde … Das schockierte mich und machte mich unfassbar wütend.

Die Frage war nur, wie sollte ich weiter vorgehen? Ich wusste, denn das hatte mir mein Anwalt schon vor dem Zusammenschluss der Kanzlei gesagt, dass man innerhalb kürzester Zeit als Partner solch eines Berufszweiges wieder ausgeschieden war. Das war reine Formsache und hatte etwas mit den Eintragungen bei diversen Behörden zu tun. Da ich ja keine Gründerin der Agentur war, sondern lediglich Teilhaberin, steckte dort auch nichts von meinem Privatvermögen mit drin. Das war auch gut so, denn wenn es darin gesteckt hätte, hätte ich jetzt vor dem Nichts gestanden. Aber … und dieser Gedanke bewirkte, dass ich mich aufsetzte. Wenn ich also jetzt quasi ohne Job und ohne feste Wirtschaftsprüferagentur war, dann konnte ich mich auch selbstständig machen. Ich könnte mir ein Büro anmieten, vielleicht wäre auch Geld für eine Halbtagskraft als Sekretärin oder Mädchen für alles möglich, und ich würde es einfach allein machen. Wieso nicht? Jede große, renommierte Kanzlei, egal, ob Rechtsanwälte, Wirtschaftsprüfer oder Steuerberater, hatte nicht sofort mit einem riesigen Unternehmen begonnen. Ganz im Gegenteil, jeder hatte mal allein gestartet und war eben gewachsen. Vielleicht, und dazu müsste ich mich erst einmal informieren, ob es von Rechtswegen her erlaubt war, könnte ich es sogar so aufziehen, dass ich als Klienten nur Frauen nahm, die versuchten, in dieser verdammten Männerwelt der Führungspositionen und Unternehmer

Fuß zu fassen. Herrgott, ich hatte meinen Abschluss mit einem Einser-Schnitt gemacht, ich war in meinem Abschlussjahr für meine herausragenden Leistungen ausgezeichnet worden ... ich konnte wirklich etwas. Und davon war ich überzeugt. Nicht nur, dass ich zwei Titten hatte, die gut aussahen, wenn man sie in den entsprechenden BH packte. Oh nein. Nein! Auf keinen Fall. Ich könnte das. Ja, ich müsste vielleicht zur Bank gehen und einen Kredit aufnehmen, um die ersten Ausgaben zu finanzieren, denn eine Unternehmensgründung in den USA war nicht gerade günstig ... Aber das machte doch nichts. Wenn nicht ich gut darin war, ein ausgeklügeltes Konzept meinem Banker vorzulegen, wer denn dann? Oh nein, ich würde das, was ich liebte, sprich meinen Job, sicher nicht aufgeben, nur weil es heute einen Rückschlag gegeben hatte. Ich war verdammt noch mal extrem gut darin, anderen zu helfen, Fehler zu finden, Tatsachen aufzuspüren und dann auch irgendwie für Gerechtigkeit zu sorgen. Ich würde mich nicht aufhalten lassen.

Auf keinen verdammten Fall.

Nachdem die Hitze meiner Gedanken verglommen war, registrierte ich, dass ich aufgesprungen war und alles laut ausgesprochen hatte. Das kleine Café, in dem ich saß und das mich ein wenig an die Eisdiele in New York erinnerte, in welcher ich mit Steve gewesen war, war zum Glück nur von mir besucht. Lediglich der junge Student hinter dem Tresen, der seit gefühlten Stunden mit seinem gelben Lappen über die Theke wischte und mich dabei anstarrte, befand sich im Raum. Heilige Scheiße!

Was war nur mit mir los?

Verlor ich allmählich den Verstand?

54

SUSAN

> *»Das Wichtigste ist, dein Leben zu genießen – glücklich zu sein –, das ist alles, was zählt.*
> —Audrey Hepburn –

»Ich habe gekündigt!«, rief ich, bevor ich meine beiden Freundinnen begrüßen konnte, und schmiss meine Tasche auf den freien Stuhl neben mich. »Und ich steige komplett aus und mach etwas Eigenes.«

»Ähm«, erwiderte Luisa und sah mich verdattert an. »Okay?«

»Das ist … großartig?«, formulierte es unsere Freundin Jenny vorsichtig.

»Das ist sogar absolut fabelhaft.«

»Und was genau ist passiert? Geht es um …?« Luisa brach den Satz ab, und ich schüttelte den Kopf. Zum Glück waren meine Gedanken so damit beschäftigt, mir zu überlegen, wie es weitergehen sollte, dass ich kaum Zeit hatte, an Steve zu denken. Jede Nacht, wenn ich mich in mein Bett legte, das kalt und viel zu groß war, und an jedem Morgen, wenn ich erwachte, fehlte er mir. So sehr. Ihn nicht anzurufen und ihm zu sagen, was gerade alles bei mir vor sich ging, kostete mich eine unglaubliche Willenskraft. Es raubte mir sogar manchmal den Atem. Er fehlte mir nicht nur als Liebhaber so sehr, dass mir bei dem Gedanken an ihn die Tränen kamen, nein, er fehlte mir als bester Freund. Als Mensch, dem ich alles erzählen konnte, noch vor Luisa. Es fehlte mir so sehr, nach der Arbeit in seine Wohnung zu fahren und mich dort geborgen und zu Hause zu fühlen. Ja, ich wollte das nicht zugeben. Nein, er würde es auch niemals erfahren, denn diese Erkenntnis hütete ich wie einen Schatz unter all meinen Ängsten, die so auf mich einprügelten. Aber ich heulte viel. Nachts zumindest. Tagsüber funktionierte ich nicht schlecht, riss mich zusammen, beschäftigte mich und meinen Anwalt damit, dass ich aus dem Firmenregister von *Whits, Whites und Montgomery* ausgetragen wurde, und tat einige Behördengänge, um herauszufinden, was genau ich brauchte, um meine eigene Firma zu gründen.

Der Entschluss, dass ich das tun würde, lag nun fünf Tage hinter mir. Fünf Tage, in welchen ich mich immer wieder davon abgehalten hatte, Steve Lightman anzurufen. Das, was mich über Wasser hielt, war THREEOFTHREE. Ja, ich nutzte die Dating-APP immer noch. Aber nur, um mich mit ihm zu unterhalten. Wir telefonierten nicht, wir trafen uns nicht, wir unterhielten uns einfach über alltägliche Dinge. Oder Dinge, die wir lustig fanden. Manchmal, wenn ich ihm aus Verzweiflung und eigentlich entgegen meiner Natur offenbarte, dass es da jemanden gab, an dem ich ganz schön hing und der mir fehlte, dass ich kaum atmen konnte, dann heiterte er mich auf, erzählte – oder vielmehr schrieb – mir Witze oder lenkte mich damit ab, dass er meinen Rat brauchte. Ich wusste nach wie vor nicht, wie er hieß, oder was genau er tat, aber aus seinen manchmal ein wenig kryptischen Andeutungen meinte ich herauszulesen, dass er im Bereich Management oder Abteilungsleitung angesiedelt war. Er hatte anscheinend mit Personal zu tun, ansonsten hätte er mich nicht mit deren Geschichten so gut unterhalten können. Selbstverständlich fielen nie Namen … und wenn ich es irgendwie einen erneuten Tag ohne Steve überstanden hatte, dann war er der einzige Freund, zu dem ich ehrlich sein konnte. Ich wollte nämlich weder Jenny noch Luisa damit belasten. Luisa nicht, da sie bereits hochschwanger war und sich mit den ersten Details ihrer Hochzeit beschäftigte. Und mit Jenny nicht, weil sie vor wenigen Wochen einen neuen Kollegen – eben für Luisa – bekommen hatte, mit dem sie ausging. Also ernsthaft ausging. Sie war so verliebt, so widerlich rosarot, dass ich es nicht ertragen hätte, ihre Stimmung irgendwie zu drücken, indem ich ihr erzählte, wie wahnsinnig mir Steve fehlte. Wie dumm ich war und dass ich wusste, meine Chance, mit ihm irgendwie das alles fortzuführen, war vertan. Wie hätte es auch funktionieren sollen? Wie hätte das laufen sollen? Das hatte ich gestern Abend auch THREEOF-THREE gefragt, und dieser hatte mich eigentlich dahingehend bekräftigt, dass die Liebe immer einen Weg fand. Es mochte romantisch sein, ja, das war es durchaus, aber er war sicher, wenn sich zwei

Menschen liebten, wenn sie zusammengehörten, dann würden sie einen Weg finden.

Nachdem ich und eine Flasche Merlot eine Stunde darüber nachgedacht hatten, was an seinen Worten dran war, bekam ich wieder Panik, mich zu weit geöffnet und angreifbar gemacht zu haben, und ruderte zurück. Ich ruderte so weit zurück, dass ich ihm erklärte, es wäre zwischen uns nicht ganz so ernst gewesen. Auch wenn mein Herz mich dafür verurteilte.

Wie auch immer, ich war jetzt seit fast drei Wochen wieder zuhause in Philly, und Steve hatte sich nicht einmal gemeldet. Nicht einmal auch nur eine kleine Nachricht oder Email geschickt. Es war so, als hätte ich ihn nie gekannt. Selbstverständlich, denn scheiße, ich war auch nur eine verliebte Frau, stalkte ich ihn auf jedem der mir bekannten Wege. Facebook, Twitter, Instagram. All diese Social Media-Seiten, die mich ansonsten eher nervten, waren nun ein fester Bestandteil meiner Morgen- und Abendroutine. Es tauchten neue Bilder auf, sogar einmal mit einer Frau, und der Stich, den ich, während ich es ansah, in meinem Herzen fühlte, würde noch ewig in mir nachhallen. Steve Lightman fehlte mir. Er fehlte mir so sehr, dass ich manchmal kaum atmen konnte. Wenn ich an diesem Punkt war, dann rief ich mir in Erinnerung, dass wir ja »nur Freunde« waren. Er hatte es ja immer und immer wieder bestätigt, und als ich damals noch einmal zu ihm in die Wohnung zurück ging, um mit all den Missverständnissen aufzuräumen, da hatte ich gehört, wie er es irgendjemand am Telefon erzählte.

Zurückversetzt an jenen Abend, an dem ich ihn beim Pornogucken erwischt hatte, hatte ich mich, anders als damals, davongeschlichen. Seine Worte bohrten sich wie die Spitzen scharfer Dolche in meine Eingeweide.

Nur Freunde.

Nur Freunde.

Nur Freunde.

Na gut, wenn ich ehrlich war, dann war es doch genau das, was ich ihm diktiert hatte. Was ich ihm vorgegeben hatte. Das war genau das, was ich ihm unter anderem an den Kopf geknallt hatte … Und nun wollte ich mich beschweren, wenn er mir von meiner eigenen Medizin gab? Wenn er endlich verinnerlicht hatte, dass wir einfach »nur Freunde« waren? Oh nein, diese Blöße und die Genugtuung der Schlampe am Telefon, der er scheinbar *gern* Rechenschaft ablegte, würde ich den Gefallen nicht tun und mich mit einer Szene blamieren, da wir … vielleicht *doch nicht* »nur Freunde« gewesen waren.

Wie auch immer. Er war weitergezogen. Das flüsterte mir der Stich in meinem Herzen jedes Mal aufs Neue zu, wenn ich das Foto von ihm und der Rothaarigen sah.

»Erde an Susan. Erde an Susan.«

»Was?«, fragte ich und schüttelte den Kopf, um die Gedanken an Steve Lightman zu verdrängen. »Sorry, ich war kurz irgendwie nicht da.«

»Ist es wegen Steve?«, spezifizierte Luisa ihre Frage noch einmal, und ich schüttelte schnell den Kopf. Vielleicht einen Hauch zu schnell.

»Nein, auf keinen Fall!«

»Warum kündigst du dann einfach so deine Partnerschaft? Ich meine, haben wir diesen Spaß nicht erst vor einiger Zeit mit ziemlich viel, ziemlich teurem Champagner gefeiert?«

»Ja, das ist richtig«, stimmte ich zu und war froh, dass niemand mehr auf Lightman einging. »Ich habe mich auch gefreut, solange, bis einer der Mandanten, der aufgrund des Zeitungsartikels mit Lightman, die Partnerschaft aufgekündigt hat, Anfang letzte Woche doch vor der Bürotür stand, um mir ein Angebot zu machen.«

»Moment«, sagte Luisa und hob die Hand. Sie nippte an ihrem Wasser. Ich hatte zwischenzeitlich ein Bier bestellt. »Einer der Mandanten aus eurer Kanzlei hat den Vertrag gekündigt, weil ein Zeitungsbericht über dich und Lightman in der Times war?«

»Jepp.«

»Ein großer Mandant?«

»Der drittgrößte der Kanzlei, ja.«

»Oh« Jenny sah traurig aus der Wäsche. »Das tut mir leid.«

»Mir nicht. Der Kerl ist ein Wichser.«

»Aber du hast ihn zurückgeholt?«, fragte Luisa weiter nach, und ich schüttelte wieder den Kopf.

»Hätte ich können, ja, er hatte nicht viele Bedingungen … eigentlich nur eine.«

»Und die war?« Sie klang vorsichtig, war sich anscheinend auch nicht sicher, ob sie die Antwort hören wollte.

»Ach«, wiegelte ich gespielt ab, »ich hätte nur mit ihm ins Bett gehen müssen.«

Jenny, die gerade einen Schluck ihres pinken Drinks nahm, prustete alles über den Tisch. Gut, dass sie neben Luisa und ich ihr nicht gegenüber saß. »Oh, sorry«, erwiderte sie kleinlaut und wischte mit ihrer Serviette das ab, was sie erreichen konnte. »Hab ich dich erwischt?«

»Nein, alles gut.«

»Der Kerl wollte was?«, fragte Luisa noch einmal nach, ohne dass man sie auch nur ein bisschen aus dem Konzept hätte bringen können.

»Er hat angeboten, als Kunde zurückzukommen, wenn ich mit ihm ins Bett gehe.« Nun musste ich das Thema doch auf meine Herzensangelegenheit bringen. »Weil ich das ja auch mit Steve getan hätte, damit ich den Lightman-Konzern als Fisch an Land ziehen kann.«

»Aber das war doch gar nicht so.«

»Ich weiß.«

»Das ist eine absolute Frechheit. Hast du den Kerl angezeigt?«

»Nein, darüber denke ich noch nach, aber er hat mich ja nicht angefasst, sondern mir … ein Angebot unterbreitet.«

»Ein Angebot, das eindeutig ist.«

»Sexuelle Belästigung muss nicht immer mit Taten stattfinden, Susan … das geht auch mit Worten.«

»Na ja … bin eigentlich eher sauer, als dass ich mich sexuell belästigt fühle.«

»Was hast du deinem Chef gesagt?«

»Dass er mich mal kann, denn er hat dieses Verhalten unterstützt. Das musst du dir mal geben. Er versteht absolut nicht, warum ich meinen Körper dafür nicht hergebe.« Ich schüttelte angewidert den Kopf, als ich daran zurückdachte. »Außerdem hat er mir zu verstehen gegeben, dass ich nur eingestellt und auch nur als Partnerin genommen wurde, weil sie sich durch meine – ich formuliere es mal höflich – zwei Reize und diverse andere Dienstleistungen, die ich meinen Kunden bieten könnte, mehr versprachen.«

»Süße«, begann Jenny, »Du weißt hoffentlich, dass das nicht so ist?« Sie legte ihre Hand auf meine und ich nickte. Bei jeder Bewegung fühlte ich, wie mein Pferdeschwanz über meine Schultern streichelte. »Du hast nicht ohne Grund eine Auszeichnung an der Wand in deinem Büro hängen.«

»Weiß ich.«

»Sehr gut«, sagte Luisa. »Also wie geht es weiter, wenn du da jetzt raus bist?«

»Ich überlege, etwas Eigenes aufzumachen. Etwas Kleines, klar, aber es wäre meine eigene Firma.«

»Süße!«, riefen beide synchron. »Das wäre doch großartig!«

»Mal sehen«, dämpfte ich die Euphorie der beiden. Ich wusste ja noch gar nicht, ob das alles so klappen würde, wie ich mir das vorstellte.

»Ich«, begann Luisa und spielte mit ihrem Glas, »ich soll dich von Eva fragen, ob du zur Hochzeit kommen wirst?«

Die Hochzeit!

Diese verdammte Hochzeit, auf der ich ihn wiedersehen würde.

Sie lag mir im Magen, eine ganze Weile schon, eigentlich, seitdem mir klar geworden war, dass Steve sich nicht bei mir melden würde. Dass wir nur Freunde waren und ansonsten gar nichts.

»Ich ... ich werde kommen, ja«, erklärte ich schließlich und versuchte mich innerlich zusammenzuhalten. Mein Herz brach jedes Mal, wenn ich daran dachte, dass Steve und ich Fremde sein würden.

Fremde Menschen, die eben zufällig auf derselben Hochzeit waren.

55

STEVE

> »*Sterben ist für Narren, sterben ist für Amateure.*«
> – Charlie Sheen –

Es machte mich fertig.
Wenn ich ehrlich war, konnte ich mit Ablehnung und Verlassenwerden noch nie so wirklich umgehen. Aber betrachteten wir die Geschichte doch einmal nüchtern: Wer mochte es schon, verlassen zu werden? Wer konnte das Gefühl gut leiden, wenn er wieder allein war? Wer begrüßte diese Einsamkeit, die erneut von einem Besitz ergriff, wenn man doch zuvor den süßen Nektar der Zweisamkeit erlebt hatte?

Irgendwer hatte mir einmal gesagt, wenn man verletzt wird, dann schaltet das Bewusstsein in ein Notprogramm. In einen Modus, der den absoluten Urinstinkt in einem hervorruft. Ein Programm, das einen dazu bringt, zu überleben.

In diesem Notfallprogramm war ich. Es klang bescheuert, das war mir klar, aber da ich in den letzten Nächten nicht hatte schlafen können, weil es mich verrückt machte, dass sie nicht bei mir war, drehte ich fast komplett durch. Es riss diese kaum verheilte Wunde in mir immer wieder auf. Meistens schaffte ich es tagsüber, mich so sehr in die Arbeit im Hotel zu stürzen, dass ich gut abgelenkt war … Aber abends, wenn ich in meiner Wohnung war oder irgendwo etwas essen ging … dann hielten all die Erinnerungen über unsere gemeinsame Zeit Einzug und die zarte Kruste der Wunde riss erbarmungslos auf. Ich war sogar bereit, zu behaupten, mein Notfallprogramm würde nur immer ein paar Stunden funktionieren. Ich hatte das gegoogelt, man nannte es das Stockholm Syndrom. Und bei den meisten Menschen, die durch dieses Phänomen versuchten, ihr Innerstes Ich zu schützen, schaltete das Bewusstsein irgendwann wieder um, und man konnte normal weitermachen. Aber Menschen, die in den Krieg hatten ziehen müssen, oder bei stark traumatisierten Personen, die zum Beispiel – wie damals in Schweden – bei einem Banküberfall dabei waren ... diese Menschen schafften es nicht mehr zurück in die Wirklichkeit. In das reale Leben. Ich fragte mich, ob ich es jemals zurückschaffen würde. Ob ich es hinkriegen würde, wieder ich selbst zu sein. Zu meinem alten Ich zurückzukommen und ausgehen zu können, ohne bei jedem Schritt einen Stich fühlen zu müssen oder den Atem anzuhalten, wenn jemand das gleiche Parfum benutzte wie sie. Eigentlich wollte ich nicht, dass meine Seele dieses Notfallprogramm irgendwann beendete. Denn solange es lief und das auf einhundert Prozent, ging es mir erträglich.

So war es auch heute. Was genau daran schuld war, dass sich das Notfallprogramm beendete und der Schmerz von mir Besitz ergriff, wusste ich nicht. Vielleicht, weil ich wieder einmal so ein Schwächling gewesen war und ihr geschrieben hatte. Natürlich nicht als Steve Lightman, dem hätte sie nicht geantwortet, das wusste ich, denn ich war ja schuld an ihrem Karriere-Aus, wie sie mir deutlich gesagt hatte. Nein. Ich schrieb ihr als THREEOFTHREE. Dem antwortete sie zumindest, er durfte ein Stückchen weit an ihrem Leben teilhaben. Sie ließ ihn wissen, wie sie sich fühlte, was es Neues gab, ob sie ausging oder was sie zu Abend aß. THREEOFTHREE konnte und vor allem durfte ganz normal mit ihr kommunizieren. Etwas, das mir als Steve Lightman verboten war. Warum? Nun, sie hatte ihren Standpunkt ja mehr als deutlich gemacht, oder? Was sie von mir hielt, von unserer *Freundschaft* und allem, was damit zu tun hatte.

Bitter schluckte ich den Scotch, der mir seit Tagen schon nicht mehr schmeckte. Meine Mom hatte mich angerufen und mich zusammengeschissen, warum ich ein Mädchen hatte und sie ihnen nicht vorstellte. Nun, seitdem ich sie dann aufgeklärt hatte, war auch dieses Thema wieder vom Tisch. Ich hatte sie am Telefon lachen und sagen gehört: »Es hätte mich auch gewundert, wenn du sesshaft wirst. Eigentlich hätte ich es wissen müssen, dass das ein Witz war.«

Na ja, was sollte ich dazu noch sagen? Wenn meine eigene Mutter nicht einmal mehr daran glaubte, dass ich mich verlieben konnte? Was hatte ich nur getan? Eric und Jason versuchten seit Tagen, mich zu erreichen, aber ich hatte einfach keine Lust, mit ihnen zu sprechen. Ich wollte nichts über ihre glücklichen, romantischen, rosaroten Beziehungen hören. Wollte nicht über ihre alltäglichen Probleme sprechen, die sie mit ihren Frauen hatten. Nein, ich wagte es nicht, ein Telefongespräch anzunehmen, weil ich mir selbst nicht traute.

Herrgott, ich wollte nicht einmal in mein Büro gehen. Und mein Büro war das Einzige, das mir – neben Frauen zu vögeln – Freude bereitete. Bereitet hatte, war wohl eher an der Tagesordnung.

Es war alles wunderbar gelaufen. So lange, bis sich Susan in mein Leben geschlichen und mich anschließend wie einen alten Kaugummi ausgespuckt hatte. Ja, ja so fühlte es sich an. Und auch der Scotch ließ heute nicht zu, dass diese matte Taubheit des Vergessens einsetzte. Aber hey, es war ja erst elf Uhr vormittags. Vielleicht sah nachmittags die Welt schon anders aus.

Zu meiner Philosophie über Notfallprogramme des Menschen und dem unerträglichen Schmerz, den einem Frauen zufügen konnten, kam noch, dass die Hochzeit an diesem Wochenende stattfinden würde. Ich hoffte, nein ich betete, dass sie dort nicht auftauchen würde. Klar, sie war eingeladen, aber die Einladung war ausgesprochen worden, bevor sie mich abserviert hatte wie eine tote Taube. Das war alles vorher gewesen. Und es nervte mich ehrlich gesagt. Es wäre so viel leichter, wenn sie einfach vollkommen aus meinem Leben verschwunden wäre. Wenn ich sie nie wieder sehen müsste. Dann könnte ich endlich mit ihr abschließen. Sie vergessen.

Sie und ihren Duft, ihren Körper, ihre Stimme und … »FUCK!«, rief ich, fuhr mir durch meine Haare, die ungewaschen waren, seit … wann war ich das letzte Mal unter einer Dusche gestanden? Ich hatte keine Erinnerung daran. Und es war mir auch vollkommen gleichgültig. So wie sie. Mein Handy piepte, und ich schmiss fast die Flasche Scotch um, als ich versuchte, es in Lichtgeschwindigkeit zu erreichen.

Es war eine Nachricht von ihr an mich. Okay, an THREEOFTHREE, aber das wollten wir nicht überbewerten. Nachdem ich die wenigen Zeilen gelesen hatte, warf ich mein Handy neben mich. Ach so, ihr ging es jetzt also gut, nachdem sie eine Entscheidung getroffen hatte. *Wunderbar*, dachte ich für mich. *Dann geht es ja wenigstens einem von uns beiden gut.*

Herrgott! Sie machte mich so wütend. SO unfassbar wütend. Und so sauer … und so.

»Du siehst scheiße aus, Steve«, sagte es plötzlich von der Tür her, und ich zuckte zusammen. Nach einem schnellen Seitenblick stellte ich fest, dass es einer der Menschen war, den ich am wenigsten sehen wollte. Nicht, weil ich ihn nicht mochte, oh nein, ich wollte ihn nicht sehen, weil er gerade alles hatte, was ich niemals bekommen würde. Und ... bevor ich gemein zu einem meiner Brüder war, würde ich mir lieber die Zunge abschneiden. Oder eben schweigen, wie in den letzten Tagen.

»Was willst du hier, Jason?«, fragte ich und goss mir Scotch nach.

»Oh, vielleicht will ich einfach nur mal gucken, ob du Vollidiot noch lebst?«

»Tu ich. Danke der Nachfrage. Auf Wiedersehen.«

»Riecht aber nicht so!«

»Lass mich in Ruhe.«

»Oh, jetzt weiß ich, dass du eigentlich nicht mehr lebst. Normalerweise antwortest du dann ›Fick dich!‹«

»Nun denn«, erklärte ich lahm. »Fick dich.«

»Ich bin nicht der Feind!«, zischte er, räumte sich einen der Sessel frei und ließ sich nieder. »Hier sieht es aus wie Sau, was treibst du hier?«

»Scheinbar nicht viel, oder?«

»Scheinbar machst du einen auf Roy Black und versuchst dich in deinem Selbstmitleid zu ertränken.«

»Hatte der nicht ein Tabletten-Problem?«

Mein Bruder verdrehte die Augen. »Du bist wirklich ein Arschloch.«

»Darum liebst du mich doch.«

»Glaube mir, manchmal frag ich mich echt, warum ich dich liebe.«

»Deine Genetik, Arschloch. Darum liebst du mich, es ist einfach ein Genproblem.«

»Du hast scheiß Laune.«

»Du bist so klug, Jason, dafür hab ich dich schon immer bewundert.«

»Leck mich, Steve.«

»Danke, nein. Die letzte Person, die ich geleckt habe, ist nun wütend auf mich.«

»Anscheinend machst du es nicht sonderlich gut«, scherzte er, aber mir war wirklich nicht zum Lachen zumute.

»Du kannst jetzt gehen. Du bist es nicht würdig, mit dem Stevemaster zu sprechen.«

»Mir scheint, als würde der ›Stevemaster‹«, er setzte diesen albernen Spitznamen in imaginäre Anführungszeichen, »gerade zum Steveloser werden.«

»Halt einfach deine Schnauze, Jason!«, raunzte ich ihn an und sah demonstrativ an die Decke. »Geh einfach wieder.«

»Wieso bist du auf mich angepisst?«

»Bin ich doch gar nicht!«, setzte ich entgegen, wusste aber, dass es stimmte.

»Dass du ein Lügner bist, ist auch neu.« Er entschied sich anders, stand noch einmal auf und holte sich eines der auf der Bar bereitstehenden Gläser, um sich an meinem Scotch zu bedienen. »Schmeckt zwar nicht, aber sollte es tun.«

»Ich lüge nicht.«

»Du gehst Eric und mir aus dem Weg, also doch, du lügst.«

Plötzlich geschah etwas, das ich nicht kontrollieren konnte. Und ganz ehrlich, ich war so überrascht, dass ich es gar nicht abstellen wollte. Mein Hintern rutschte tiefer auf dem Sofa, ich lehnte meinen Kopf an die Lehne und fühlte, wie eine einzelne Träne aus meinem Augenwinkel brach. Sie rollte über meine Wange, an der Linie meines Gesichts entlang und verlor sich schließlich in meinem mittlerweile viel zu langen Bart. Ich kniff meine Augen fest zusammen und unterdrückte die aufkeimende Verzweiflung.

»Wieso sagst du ihr nicht einfach, dass du sie vermisst?« Die ruhige Stimme meines Bruders rief mir in Erinnerung, dass ich nicht allein auf meinem Sofa saß. Leer starrte ich vor mich hin und zuckte mit den Schultern.

»Und dann? Im schlimmsten Fall sagt sie mir noch mal, dass ein ›Playboy‹ wie ich, ihre Karriere zerstört hat.«

Jason sah mich an. Er sprach nicht, ich fühlte einfach nur seinen Blick auf mir, als ich einen Schluck Scotch nach dem anderen in mich hineinlaufen ließ, als wäre es Wasser.

»Lies das!«, knurrte er und warf mir eine Zeitung zu. »Seite drei.« Ich hob den Kopf und sah zuerst ihn, dann die Times an. »Ohne dich hat sie es nicht aufs Titelblatt geschafft.«

»Fick dich, Arschloch!«, murmelte ich und war bereits dabei, die Zeitung aufzuschlagen.

»Das klang wie der alte Steve«, erwiderte er und applaudierte mit einem gelangweilten Gesichtsausdruck. »Es wird Eric freuen, zu hören, dass du dich nicht ersoffen hast. Oder aufgeschlitzt. Oder am Papier geschnitten. Sondern einfach nur eine kleine Pussy bist, die sich selbst leidtut.«

»Halt die Klappe!«, flüsterte ich. Meine Finger verbargen das Zittern meiner Hände nicht, als ich die Zeitung umklappte, um den Artikel lesen zu können.

Susan Montgomery plant die Eröffnung einer Kanzlei nur für Frauen

Susan Montgormery (30) Teilhaberin der renommierten Kanzlei für Wirtschaftsprüfer Whits, Whites & Montgomery steigt aus dem Unternehmen aus. Es lagen Gerüchte in der Luft, ihre Verbindung zu Steve Lightman (31), dem jüngsten der Lightman-Sprösslinge sei daran schuld, dass die große Agentur aus Philadelphia Kunden verloren hat. »Es liegt an der Sprunghaftigkeit des Mannes. Der Lightman-Konzern ist ein großartiges Aushängeschild für unsere Firma, aber eine persönliche Verbindung zu diesem Mann lässt an der Professionalität der Prüferin zweifeln!«, offenbarte Whites in einem Interview. (Wie wir letzte Woche berichteten.) Nun verlangt Montgomery eine Gegendarstellung. Und wie wir herausgefunden haben, absolut zu Recht.

»Man kann nun einmal nicht festlegen, in wen man sich verliebt!«, sagt sie im Interview auf die Frage, ob sie eine persönliche Beziehung zu Steve Lightman unterhalten habe. »Liebe ist nicht wie Zahlen, die einem den Weg weisen, sie ist unberechenbar. Abgesehen davon, dass wir uns schon lange vor unserer geschäftlichen Beziehung kannten.« Ob an den Gerüchten der Verlobung etwas Wahres dran, oder ob dies ein Scherz war, verriet die Dreißigjährige uns nicht.

Aber sie vertraute uns dennoch den wahren Grund an, weshalb sie die Partnerschaft kündigte. »Es ist egal, ob die beiden anderen Teilhaber der Kanzlei erzählen, dass es an meiner Verbindung zu Mr. Lightman läge. Das ist nicht die Wahrheit. Die Wahrheit ist, dass mir angeboten wurde, einen großen, mächtigen Kundenexklusivvertrag zu ergattern, indem ich dafür meinen Körper hergäbe.« Montgomery lächelte dennoch in unserem Interview. »Das ist Prostitution. Daraufhin zog ich mit sofortiger Wirkung und nach Rücksprache mit meinem Anwalt meine Konsequenzen und verabschiedete mich aus sämtlichen Firmenangelegenheiten.« Die junge Frau will nun ihre eigene Kanzlei für Wirtschaftsprüfung eröffnen und wird sich ausschließlich auf weibliche Mandanten aus Start-up's konzentrieren. Sie freue sich auf ihre neue Aufgabe und diesen neuen Lebensabschnitt.

Ob Steve Lightman ein Teil davon wäre, ließ sie offen.

»Wieso zeigst du mir das?«, fragte ich mit trostloser Stimme. »Ihr seid meine Brüder, wieso könnt ihr nicht aufhören, immer und immer wieder in dieser Wunde zu bohren?«

Ich hob den Kopf und sah … nichts.

Jason war still und heimlich gegangen.

Er hatte mich mit meinen Gedanken allein gelassen.

Mit meinen Gedanken und dem tiefen Gefühl der Verzweiflung.

56

STEVE

> *»Ewig Mein. Ewig Dein. Ewig Uns.«*
> – Mr. Big –

Ich war duschen gewesen. Das verbuchte ich definitiv als Fortschritt. Es war drei Tage her, seit mein Bruder bei mir in meiner Wohnung gewesen war und mich mit meinen Gedanken und meinem Liebeskummer allein gelassen hatte. Ja, mittlerweile sprach ich das Wort aus, denn es hatte keinen Sinn mehr, es zu leugnen. Ich liebte diese Frau einfach. Und zwar aus vollem Herzen. Ich liebte sie so sehr, dass es mir wehtat, wenn ich einen Atemzug nehmen musste, bei dem sie nicht in meiner Nähe war.

Der Artikel und meine anschließende Internetrecherche hatten mir Aufschluss über das gegeben, was ich wissen wollte. Es stimmte. Dieses Mal hatte die Times die Wahrheit geschrieben, und bei *Whits, Whites & Montgomery* anzurufen, um mir bei der Sekretärin flirtend irgendwelche Infos abzuholen, war auch geglückt. Ich wusste jetzt sogar, um welchen Mandanten es ging, aber das spielte für mich keine Rolle. Für mich war nur wichtig, dass Susan nichts passiert und sie aus der Nummer rausgekommen war. Und dann … war natürlich ihre Aussage, man könnte sich nicht aussuchen, in wen man sich verliebte, der Kern. Für mich der Kern. Das war das Wesentliche, und ich wollte es wissen. Ich wollte wissen, ob das die Wahrheit war, oder ob es sich nur einfach gut verkaufte, wenn die Zeitung es schrieb. Ich wollte wissen, ob sie es verdammt noch mal ernst meinte, und wenn ihre Antwort darauf ein »Ja« wäre, dann wollte ich wissen, wieso sie so verdammt feige war.

THREEOFTHREE hatte ihr in den letzten drei Tagen nicht mehr geschrieben. Es trudelten Nachrichten von ihr ein, und ich wusste, denn das las ich daraus, dass sie sich Sorgen machte, aber ich konnte nicht antworten, die Angst, dass ich mich verraten würde, war einfach viel zu groß. Also ließ ich es sacken, hörte in mich hinein und konnte nicht umhin, auf sie wütend zu sein.

So sehr wütend.

Sie hatte all das, was zwischen uns entstanden war, kaputtgemacht. Und jetzt ging sie zur Times, und erzählte denen was von Verliebtsein? Was bildete sie sich eigentlich ein? Abgesehen davon, dass die Times die Zeitung meiner Stadt war. Und mit Philadelphia gar nichts zu tun hatte.

Ruhig zog ich an meiner Zigarette und versuchte mich innerlich nicht wieder zu sehr hineinzusteigern. Das klappte auch ganz gut. Zumindest war das der Fall, bis ich das Boatshouse betrat und sie zusammen mit Luisa neben meinem Bruder Jason stehen sah.

Sie hielt ein Glas Champagner zwischen ihren schmalen Fingern, war in ein dunkel anthrazitfarbiges Kleid gehüllt, das ihr weich über den Körper floss und bei jeder Bewegung sanft über den Boden streichelte. Wie ein Besessener nahm ich ihren Anblick in mich auf. Es fühlte sich nach dem ersten Schluck Wasser seit Jahren an. Ihr Lächeln sprengte die Ketten um meine Brust.

»Steve«, sagte mein Bruder Eric und legte mir die Hand auf die Schulter. »Ich wusste nicht, dass sie wirklich kommt ... ich ...«

»Schon gut«, unterbrach ich ihn und legte ein strahlendes Lächeln auf. »Das ist kein Problem.« Ich zog ihn in eine kurze Umarmung und Eva auch. »Du siehst wunderschön aus, Schwägerin!«

Erics Frau trug ein Kleid, das sowohl schlicht als auch vollkommen mit Spitze überzogen war. Es hatte lange Ärmel und betonte ihre schmale Figur. Die Haare hatte sie halb offen über eine Seite und in große Locken gelegt. Sie war eine wunderschöne Braut, das musste ich ehrlich zugeben.

»Es tut mir leid, Steve«, sagte Eva nun, und ich hob eine Braue.

»Was genau?«, scherzte ich mit gespielter guter Laune. »Dass du so hübsch aussiehst und mein Bruder dich gar nicht verdient hat, oder dass hier nichts in Pink herum steht?«

»Dass sie hier ist.« Eva lächelte.

»Seh ich so mies aus?« Müde ließ ich meine Schultern hängen. Es war alles so ausweglos. Es war alles so verworren, dass ich mich fragte, wie es so weit hatte kommen können.

»Ehrlich gesagt ... ja.«

»Dann sei nicht ehrlich«, schnauzte ich meinen Bruder an. »Es geht mir blendend.«

»Aber selbstverständlich!«, bestätigte er und deutete mit einem Nicken auf Susan. »Genauso blendend wie Susan.«

Ich zuckte nur mit den Schultern und drehte mich nicht um. Es war mir egal. Okay, es war mir nicht egal, aber es hätte mir egal sein sollen. Es hätte mich nicht interessieren sollen, was sie tat oder mit wem oder ob sie hübsch aussah oder wie sie roch und ... »Fuck!«, flüsterte ich, griff nach einem Glas Champagner und lehnte mich mit der Schulter gegen eine der weißen Säulen in diesem Raum. Das Boatshouse war mit seinen verglasten Wänden, dem See und dem vielen Grün des Central Park um uns herum, wirklich eine der schönsten Locations, die man sich vorstellen konnte. Es stand auf Platz eins der Räumlichkeiten für eine Hochzeit. Alles war darauf ausgelegt, und ich war mir sicher, es wäre eigentlich schön ... wenn nicht Susan mir gegenübergestanden hätte. Sie hatte mich noch nicht gesehen, das wusste ich, weil ich sie anstarrte. Ich wollte nicht gaffen, aber es ließ sich nicht vermeiden. Ich musste es tun.

Susan flüsterte Luisa etwas ins Ohr, griff nach ihrer Handtasche, die sie auf dem Tresen hinter sich gelegt hatte, und verließ den Raum. Das war meine Chance, sie endlich zur Rede zu stellen.

Gerade noch sah ich, wie sie in der Damentoilette verschwand, und ging ihr hinterher. Ehrlich gesagt war es mir nämlich ziemlich egal, ob sie dort allein war oder nicht. Der Drang, Antworten zu bekommen, war inzwischen übermächtig.

»Ist das wahr?«, platzte ich heraus, sobald die Tür hinter mir geschlossen war und ich mich in der pompösen Damentoilette befand. Susan stand leicht nach vorn gebeugt vor dem Spiegel und zog sich ihre Lippen nach. Sie ließ den Blick nicht über mich gleiten, sie drehte sich nicht in meine Richtung oder Ähnliches ... oh nein, sie schminkte sich in aller Ruhe dieses Zeug auf den Mund. Als würde dieses Miststück meine Aufmerksamkeit darauf lenken wollen. Als würde sie mich locken und rufen: *Sieh es dir an ... beobachte mich genau ... diese vollen Lippen, die zu küssen du geliebt hast.*

Letztendlich trat ich näher an sie heran, griff nach dem Artikel, den ich aus der Zeitung ausgeschnitten und in der Innentasche meines Jacketts verstaut hielt, und knallte ihn auf den Marmor.

»Antworte mir, Susan, ist das, was da drin steht, die Wahrheit? Oder schreibt die Times mal wieder Scheiße?«

Langsam schloss sie die Lider, als würde sie es quälen, als würde es sie fertigmachen, mich zu sehen. Und das ergab für mich keinen

Sinn, denn sie war es doch gewesen, die mich verlassen hatte. Sie hatte doch mit mir Schluss gemacht, weil ich nicht gut genug für ihre Karriere war.

Susan drehte sich endlich in meine Richtung. Sie tat es nur sehr langsam, aber ihr Duft, dieser unvergleichliche Duft, den ich all die Monate über erst so lieb gewonnen hatte und dann nicht mehr vergessen konnte, traf mich mit voller Wucht. Absolute Breitseite. Und das so richtig. Mir wurde kurz schwarz vor Augen.

»Wieso interessiert dich das?«, fragte sie mich und öffnete die Lider ... Ich wünschte, sie hätte es nicht getan, ich wünschte, sie hätte einfach ihre gottverdammten, beschissenen hypnotisierenden Augen geschlossen gehalten. Aber nein. Ich stand vor dem Abgrund und ich wusste – ich wusste es einfach – ich würde springen. So tief, bis der Aufprall nicht mehr zu vermeiden wäre. So tief, bis es kein Zurück mehr geben würde.

»Hab ich nicht ein Recht auf die Wahrheit?«

»Wieso solltest du es wissen wollen? Wir sind Freunde. Da ist es doch scheißegal, was die Wahrheit ist, oder?«

Verzweifelt rieb ich mir über das müde Gesicht. Ich schlief ohne sie sowieso abartig schlecht, und seit es in die Woche vor der Hochzeit gegangen war ... seitdem war es noch schlimmer geworden. Ich wachte im Fünfzehn-Minutentakt auf, sah mir verfluchte Bilder von ihr und uns gemeinsam an, weil ich das brauchte wie ein verdammtes Lamm seine Mutter. Susan musterte mich abwartend. Als wäre sie diejenige, die verletzt worden war, als hätte sie alles Recht der Welt, auf mich sauer zu sein, aber FUCK! Sie hatte ihre Karriere MIR vorgezogen. UNS vorgezogen. Also sollte sie sich lieber mal dankbar zeigen, dass ich überhaupt hier war und sie darauf ansprach.

»Ich vergaß, dass ich hundertsechzig Frauen gefickt habe.«

»Endlich gibst du es zu!«, spie sie aus, und in ihren Augen stand Schmerz.

»Ach so? Ich gebe es zu? Heilige Scheiße!« Ich war laut geworden und gestikulierte durch die Luft. »Das ist so irre, ist dir das klar? Du stellst diese Behauptung auf, ohne es wirklich zu wissen. Du glaubst einfach das, was dir entweder jemand erzählt oder irgendwelche Bilder suggerieren, auf denen man mich mit irgendwelchen Frauen sieht.«

»Na und?«

»War ich auf einem der Bilder nackt und habe meinen Schwanz in irgendeiner gottverdammten Pussy gehabt?«

»Nein, aber ich weiß ...«

»Einen Scheiß weißt du«, brüllte ich weiter. Die Verzweiflung kroch aus jeder meiner Poren. »Lieber hältst du daran fest, dass ein Kerl, der mit hundertsechzig Frauen im Bett war, deine Karriere kaputtmacht, was nebenbei bemerkt totaler Schwachsinn ist.«

»Ha!«, rief sie und verschränkte die Arme vor der Brust. Spott stand in ihrem Gesicht. Dass ihre vollen Titten dabei so schön nach oben gepresst wurden, dass mein Schwanz »Hallo« sagte, versuchte ich wirklich auszublenden.

»Du siehst das, was irgendwelche Social Media Accounts dir zeigen, aber dabei solltest du mich einfach besser kennen, Susan. Das ist dir klar, oder? Hab ich dir einmal, auch nur ein einziges Mal, das Gefühl gegeben, ich würde dich beruflich nicht ernst nehmen?«

»Nein«, räumte sie ein.

»Hab ich einmal eine Entscheidung von dir angezweifelt, außer die, dass ich deine Karriere zerstöre?«

»Nein!«, erwiderte sie nochmals kleinlaut.

»Hab ich nur einmal, nur ein einziges beschissenes Mal, dich von etwas abgehalten, das mit deiner Karriere zu tun hatte, weil ich ja mit ach so vielen Frauen im Bett war?«

»Nein!« Jetzt standen ihr Tränen in den Augen. Zum Weinen hatte ich sie nicht bringen wollen, aber sie machte mich so verflucht wütend.

»Und nur damit du es weißt, ich war vielleicht mit einigen Frauen im Bett, und ja, ich weiß vielleicht manche Namen nicht mehr, worauf ich echt nicht stolz bin, aber nein, es waren keine hundertsechzig, und das ist im Grunde auch scheißegal, weil es nur eine Frau gibt, die mir etwas bedeutet hat. Und das schon, bevor ich in ihr war!« Meine Stimme zitterte, so voller Wut und Trauer und absolutem Unglauben, dass sie immer noch an all der Scheiße festhielt, wo sie doch jetzt am eigenen Leib erfahren hatte, wie die Zeitungen sich ihren Scheiß zurechtbogen.

Es löste sich eine Träne und kullerte über ihre Wange. »Wieso sagst du das?«, zischte sie. »Tu mir halt noch mehr weh.«

»*Ich* tu dir weh?« Meine Augen weiteten sich. »Ich versteh dich einfach nicht. Jetzt stellst du dich hier hin und redest, dass *ich* dir wehtue?«

»Natürlich, denkst du, es war leicht für mich, dich zu verlassen.«

»Ja«, rief ich und nickte wie ein Irrer. »Das denke ich, denn du hast dich nicht einmal umgedreht. Nicht ein scheiß Mal. Nach allem, was wir hatten!«

»Wir sind nur Freunde.«

»Oh ja«, krächzte ich verächtlich. »Das hast du mir ja deutlich zu verstehen gegeben.«

»Ich habe es gehört, wie du es deinem Bruder gesagt hast.«

»Wieso hörst du eigentlich nur das, was du hören willst? Ich habe dir vor zwei Minuten gesagt, dass es nur eine Frau gibt, die mir etwas bedeutet, und du wagst es echt, immer noch mit der Freunde-Nummer zu kommen. Du hast ehrlich Eier, Montgomery.«

»Dann geh doch, wenn dir irgendwas nicht passt.«

»Du bist so eine beschissene Zicke, Weib!«

»Na dann hau doch ab … geh doch zu … zu Nummer hundertzweiundsechzig und habe deinen Spaß!«

Aller Atem wich aus meinem Mund. Alles Blut gefror und floss nicht mehr durch meine Adern.

»Du willst es einfach nicht verstehen, oder?«, wisperte ich und sah ihr direkt in die Augen. »Du willst es einfach nicht raffen!«

»Was denn?«, fragte sie angriffslustig.

»Ich liebe dich«, rief ich. »Okay? Weil ich dich beschissen nochmal liebe. Weil ich dich nicht vergessen kann, und weil ich nicht dein beknackter Freund sein will. Ich will *der* Mann für dich sein, okay?« Ich ging nun vor ihr auf und ab und fuhr mir durch mein Haar. All das, was der Friseur des Hotels heute Morgen gestylt hatte, war noch vor dem ersten Gang beim Dinner zerstört. Ich hatte so gehofft, schon vor der Trauung mit ihr sprechen zu können, aber vielleicht hatte ich diese einsamen Momente im Kreise meiner Engsten gebraucht, um klar zu sehen. Noch klarer zu sehen, als sowieso schon. »Ich will, dass du wieder nach Hause kommst, zu mir, und ich will, dass du dich entschuldigst, für das, was du mir unterstellt hast.«

»Das …«, begann Susan, aber ich unterbrach sie.

»Lass mich ausreden, denn ich warte seit Wochen auf diese Gelegenheit und jetzt will ich sie nutzen, bevor ich explodiere. Du hast keine verfluchte Ahnung, wie wütend du mich machst, wie sehr ich dich hassen will und sauer sein und mich Teufel noch mal in einer anderen Frau vergaben will. Aber es geht nicht.« Ich reckte meine Hände gen Himmel in einer verzweifelten Geste. »Nicht, dass ich es versucht hätte … weil, da bist nur du. Überall. Überall beschissener Scheiß bist nur du!«

Susan starrte mich an, ihre Augen wurden wieder feucht und schließlich schniefte sie.

»Und jetzt hör auf zu heulen, sonst will ich dich trösten und ich bin ehrlich …« Ich drehte mich halb ab und sah sie dann wieder an.

Mit einem Finger deutete ich auf sie. »Ich bin echt verflucht sauer, Montgomery.«

»Ich weiß«, flüsterte sie und schniefte. »Und ich will nicht, dass du sauer bist. Ich ... ich will, dass du mich anrufst.«

»Komische Art, das zu zeigen«, erwiderte ich sarkastisch.

»Es tut mir leid, okay?« Nun war es an ihr die Hände in die Luft zu werfen. »Ich hab Panik bekommen. Es passte nicht in meinen Fünf-Jahres-Plan. *Du* passt nicht in meinen Fünf-Jahres-Plan. Aber dann habe ich bemerkt, dass du mir wichtiger bist als irgendeine Wunschvorstellung, auf die ich plötzlich überhaupt keinen Bock mehr hatte. Du würfelst alles durcheinander, verstehst du? Alles! Und ich dachte immer, man kann nur das eine oder das andere haben. Und ich wollte meine Karriere. Ich wollte allen beweisen, dass ich als Frau in dieser Männerwelt Großartiges leisten kann.«

»Ich hab gelesen, was du im Interview gesagt hast.«

»Das meine ich nicht, das Wichtigste weißt du nicht.«

»Wieso sagst du es dann nicht einfach, Susan? Du gibst so viel auf irgendwelche Fotos, Zeitungsberichte und Nachrichten deiner Chefs, dass du vergisst, dass ich ein Mensch aus Fleisch und Blut bin, vor dir stehe und dich frage, was diese ganze Scheiße sollte. Also verrate mir doch bitte, damit wir das endlich abschließen können, was genau ich noch nicht weiß.«

»Dass ich dich liebe, Steve. Du bist manchmal so ... dass ich ausrasten will, du nervst mich manchmal so sehr, dass ich dir den Hals umdrehen will ... Aber die meiste Zeit machst du mich glücklich, und wenn das bedeutet, dass ich nach New York kommen muss, um dir das jeden Tag zu sagen und um dich zu überzeugen, dann mach ich das ... weil, das ist es, was ich will. Also nein«, stotterte sie weiter. »Eigentlich will ich das nicht, weil es nicht das ist, was ich will, aber wenn es das ist, was ich haben kann, als kleinen Teil von dir, dann nehme ich auch das ... bevor ich gar nichts habe.«

»Wovon?«, fragte ich und rieb mir über das Kinn.

»Von dir. Von dir habe. Ich will dich. Nur dich. Ich will nicht in diesen angeblich so elitären Kreisen sein und Mandanten betreuen, die mehr Geld haben, als sie jemals ausgeben können ... Ich will einfach nur das tun, was ich liebe und dabei glücklich sein.«

»Und das passt in deinen Fünf-Jahres-Plan?«, fragte ich trotzig und sah sie aufmerksam an. Susan ließ sich Zeit mit der Antwort. Es vergingen mehrere Herzschläge, bis sie irgendwie auch nur den Hauch einer Regung zeigte.

»Das ist mir egal!«, wisperte sie, aber sah mir dabei fest in die

Augen. »Alles, was ich will, ist, glücklich sein.« Eine einzelne Träne kullerte ihr über die Wange. »Mit dir.«

Ich tat einen Schritt nach vorn, umgriff ihr Gesicht und zog sie an mich. Meine Lippen pressten sich auf ihre, und es war mir scheißegal, ob ihr Make-up anschließend zerstört sein würde oder ob ich ihren roten Lippenstift an mir hätte. Es war mir einfach so was von egal. Meine Zunge tastete sich vor in ihren Mund und ich vertiefte den Kuss. Sie endlich wieder richtig schmecken zu können, fühlte sich so an, als hätte mein Herz einen neuen, starken Rhythmus aufgenommen. Als würde wieder Leben durch mich hindurchfließen und ich endlich wieder atmen können.

Es war doch so, ich würde ihr alles vergeben, was sie je getan hatte oder noch tun würde, denn diese Entscheidung fällte nicht ich.

Sie fällte die Liebe.

EPILOG
STEVE

 »Ich werde lieber gehasst für das, was ich bin, als geliebt für das, was ich nicht bin.«
– Kurt Cobain –

18 Monate später

Meine Finger tänzelten über ihre Schulter. Die Haut dort war so weich und warm … sie war sogar von einem kleinen Schweißfilm überzogen, denn wir hatten gerade Sex gehabt. Wir hatten miteinander gevögelt wie die Verrückten. Nur, um anschließend ruhigen, gemächlichen langsamen Sex wie zwei Liebende zu haben.

Denn das waren wir. Okay, es klang beschissen, und nun, als Susan so vollkommen nackt neben mir lag, wollte ich sie schon wieder … Also würde ich sie mir nehmen. Denn das war der Vorteil, wenn man eine Ehefrau hatte. Noch dazu eine Ehefrau, die schwanger war und sowieso ständig Sex wollte.

Ich drehte sie also von mir herunter, genoss den lustverschleierten, aber überraschten Ausdruck in ihren Augen und nahm ihren Nippel in den Mund. Meine Zunge spielte damit, während meine Finger die großen Kugeln kneteten. Als ich ihrer anderen Brust dieselbe Aufmerksamkeit zuteilwerden lassen wollte, hatte meine Frau die Lider bereits geschlossen und die Lippen einen Spalt geöffnet. Ich wusste, dass sie schon feucht wäre, wenn ich gleich mit meiner Fingerkuppe über die Seite an ihrem Bauch streichen würde, über die

Hüfte, auf der ich noch einen Kuss platzierte, und mir war klar, dass sie auf mich wartete, als ich mich auf meine Hacken zurücksetzte, um sie auf ihre wunderschöne Muschi zu küssen.

Susan stöhnte, schob ihre Hände in mein Haar und zeigte mir so, dass ich sie lecken sollte. Gott bewahre, ich hatte einen Schwur geleistet und deshalb würde ich ihr geben, was sie wollte. Selbstverständlich würde ich das tun, denn ich würde scheiße noch mal alles für diese Frau tun.

»Bitte«, wimmerte sie, und ich lächelte. Meine Zunge streichelte gerade um ihren Kitzler und ich genoss, wie sie ihre Hüften immer wieder anhob. Ich liebte es, sie zu necken, ich liebte es, sie unter mir zu haben. Ihren warmen und weichen Körper. Wie sie sich vollkommen fallen ließ und sich mir hingab, als gäbe es keinen Morgen.

»Was willst du, Baby?«, wisperte ich, sah sie an und strich mit meinem Finger durch ihre Schamlippen. Die Haut an ihrem Dekolleté und ihre Wangen waren gerötet. Selbstverständlich wusste ich, dass diese Frage rhetorisch war, denn Susans Antwort wäre immer dieselbe. Nämlich: »Dich.« Sie wollte mich. Und niemanden sonst, egal, ob ich früher ein richtiges Arschloch Frauen gegenüber gewesen war, Susan hatte mein Herz erobert und hielt es gefangen. Ich war mir sicher, dass ich nie wieder irgendeine andere Frau in meinem Bett haben würde. Außer vielleicht meine Tochter, die sie unter dem Herzen trug.

Langsam ließ ich meinen mittleren Finger in sie hineingleiten. Sie seufzte wohlig und drehte den Kopf von links nach rechts. Ihre Hände krallten sich in mein Haar, und sie zog mich näher an ihre Mitte. Mein gieriges Mädchen.

So wollte ich sie. So und nicht anders.

Ich ließ von ihr ab, als ich registrierte, wie sie die Muskeln an ihren Beinen anspannte und ihre Atmung immer schneller wurde. Susan sollte durch meinen Schwanz kommen, nicht durch meine Hände oder meine Zunge.

»Was?«, rief sie und stützte sich auf ihre Ellbogen. Die dunkle Seidenbettwäsche hob sich deutlich von ihrer milchigen Haut ab. Ich liebte es. Ihre Brustwarzen standen keck in die Höhe, und sie machte sich nicht einmal die Mühe, ihre Beine zu schließen, damit sie irgendwas vor mir verbarg. »Wieso hörst du auf?«

»Weil ich will, dass du durch ihn kommst!« Träge zupfte ein Lächeln an meinem Mundwinkel. Meine Hand hatte sich von ihr entfernt und fuhr jetzt an meinem Harten auf und ab. Ich hatte vom ersten Moment an gewusst, dass sie es liebte, wenn ich es mir vor ihren Augen selbst machte. Das wusste ich, seitdem sie mich damals beim Pornogucken eher unterstützt hatte, anstatt sich umzudrehen und zu gehen.

Susan setzte sich ganz auf, drehte sich auf ihre Knie und war nun in Hündchenstellung auf dem Bett. Ihr Gesicht war meinem Körper zugewandt, und ein schelmisches Grinsen schlich sich auf ihre teuflischen Lippen.

»Ich will dir einen blasen«, sagte sie leise, und ich grinste wie ein Irrer.

»Nur zu, Baby ... nur zu«, kam es abgehackt von mir, da sie mich bereits in ihrem Mund hatte. »Nimm ihn ganz in den Mund, Susan. Ganz bis zum ...«

Sie sah mich aus ihrer durchaus devoten Position heraus an und verdrehte die Augen, bevor sie ihren Mund durch ihre Hände ersetzte und mich unterbrach. »Willst du mir jetzt etwa vorschreiben, wie ich deinen Schwanz zu lutschen habe?« Ihre Stirn legte sich in Falten. »Ich mach das nicht zum ersten Mal, also bleib locker, du wirst kommen.« Sie knurrte die Worte fast, und ich streichelte ihr über die Wange, schob sanft ihren Kopf wieder nach vorn.

Das war wohl ihr Schwangerschaftssymptom. Sie bekam viele Dinge in den falschen Hals. Das hatte in den ersten Wochen zu heftigen Streitereien und noch wilderen Versöhnungen geführt, bei denen einiges zu Bruch gegangen war ... Aber, nachdem Luisa mich darauf hingewiesen hatte – die beiden hatten übrigens vor über einem Jahr ihre Tochter Isabella bekommen –, kamen wir klar. Also wenn sie mich jetzt anschnauzte, dass sie wisse, wie sie meinen Schwanz zu blasen hätte ... dann würde ich mich sicher nicht mit einer hormongesteuerten Frau anlegen, die mein bestes Stück gerade zwischen ihren Zähnen hielt.

»Genau so, Baby ...«, ermutigte ich sie und krallte meine Hände in ihr langes, dunkles Haar. »Schön tief ...« Gott, wenn sie da mit ihrer Zunge diese Sache tat, dann war ich im absoluten beschissenen Himmel und wollte nie wieder aus ihrer warmen, feuchten Höhle auftauchen. Mein Orgasmus rückte näher, und gerade noch rechtzeitig entzog ich mich ihr, wies sie an, sich umzudrehen, und nahm sie von hinten.

Ihre Ärztin hatte uns sowieso zu dieser Stellung geraten, weil der Bauch mit dem Baby irgendwann einfach im Weg wäre. Also trieben wir es immer öfter von hinten. Ja, ich konnte sie dabei nicht küssen

… aber alles andere war wie immer. Meine Finger griffen nach ihren schwingenden Brüsten und ich presste den tief roten Nippel fest zusammen. Susan legte den Kopf in den Nacken und ihre Haare verteilten sich über ihren Rücken. Ich griff mir eine Faust voll und hielt sie so an Ort und Stelle. Ich wusste, dass Susan, wie ich auch, den heftigen Sex liebte … auch wenn wir schon oft genug den ruhigen, gemächlichen Rhythmus gefühlt hatten … so ging es jetzt um unsere Lust aufeinander, die befriedigt werden wollte.

Ich beschleunigte mein Tempo, meine Hüfte klatschte gegen ihren Hintern und ich genoss das Geräusch mit jedem meiner Stöße ein wenig mehr. Sie war so feucht, dass ich mich fragte, ob ich nicht gleich aus ihr herausrutschen würde, aber jedes Mal aufs Neue zog sie mich wieder tief und eng zwischen diese wahnsinnigen Muskeln. Sie massierte meinen Schwanz, obwohl ich derjenige war, der die Kontrolle hatte, aber ich wusste, Susan ging nicht umsonst jeden Tag zu diesem komischen Sport, der auch ihren Beckenboden trainierte. Ich liebte es, wie es sich an meiner seidigen Härte anfühlte, wenn ich an ihren rauen und dennoch so weichen Wänden entlang glitt.

»Ich komme gleich«, stieß ich hervor, und sie nickte aufgeregt. Ihre Lippen waren einen Spalt geöffnet, ihre Augen geschlossen und ihre Wangen so rosig, als läge sie im Fieber. Abgehacktes Stöhnen und Keuchen durchbrach die Stille des Raumes und ich gab noch einmal Gas. Ich sprintete quasi über die Ziellinie und war kurz davor, auf ihr zusammenzubrechen, als der Orgasmus mein Rückgrat hinab raste und sich meine Eier nah an meinen Körper zogen. Ich kam in ihr.

Natürlich tat ich das.

Ich tat seit mehr als einem Jahr nichts anderes mehr.

Susan Montgomery war mein und ich würde sie markieren, besitzen und nie wieder gehen lassen. Da war es das Mindeste, dass ich ihr mein Sperma schenkte.

Ich zog mich aus ihr zurück, plumpste wie ein leerer Sack neben sie und zog sie schwerfällig in meine Arme. Alle Kraft hatte meinen Körper verlassen.

»Ich bin langsam zu alt dafür«, erklärte ich und nahm einen Schluck von dem Bier, welches neben mir auf dem Nachtkästchen stand.

»Du bist dreiunddreißig.« Sie verdrehte die schönen Augen und strich sich das feuchte Haar aus der Stirn. »Und wofür bist du zu alt?«

»Für drei Runden Sex.«

»Lightman«, sagte sie mit tadelndem Unterton. »Das hast du mir in unserer Hochzeitsnacht schon gesagt.«

Das stimmte.

Nachdem Susan und ich nämlich auf der Hochzeitsfeier meines Bruders wieder zusammengefunden hatten, hatte sie mir einige Zeit später gebeichtet, dass sie immer noch auf der Dating-Seite aktiv war. Natürlich hatte ich ihr keine Szene gemacht, denn fuck, ich wusste ja, dass sie dort schrieb. Immerhin hatte sie mit mir geschrieben, und ja, mir war klar gewesen, dass ich es ihr sagen musste ... Aber ich hatte das mit einem besonderen Augenblick verbinden wollen. Und darum hatte ich sie als THREEOFTHREE gefragt, ob sie sich mit mir treffen würde.

Ihre erste Antwort hatte »Nein, auf keinen Fall!« gelautet, und ich war mir nicht sicher, ob ich diese Antwort gut oder schlecht finden sollte ... entschied aber dann, hartnäckig zu bleiben. *Classof80-ties* und Threeofthree waren wirklich nur Freunde, auch wenn sie nie so richtig erzählt hatte, dass sie nun vergeben war. Das war egal, denn die beiden tauschten sich über ganz normale, alltägliche Dinge aus, die sie ja mit mir, als Steve, auch besprach. Es war nichts Vertrauliches oder irgendwie etwas in der Richtung, dass sie diesen Online-Typen über mich stellen würde. Oh nein ... es war eine Freundschaft. Also beharrte er darauf, sie kennenzulernen.

Und nachdem Susan mich verführt hatte – zugeben, das war eine kluge Taktik von ihr gewesen –, hatte sie mir das Treffen herausgeleiert. Als könnte ich ihr irgendwas verbieten oder auch nur einen Wunsch abschlagen. Sie bat mich, der alten Zeiten willen und weil wir einfach darauf standen, uns Szenen in der Öffentlichkeit zu machen, dass ich noch einmal ein letztes Date sabotierte. Falls THREEOFTHREE auch ein Idiot war. Wenn er nett wäre, dann könnte ich ihn kennenlernen.

Also stimmte ich zu. Selbstverständlich stimmte ich zu, denn das war der Tag, an dem sie den Antrag bekam.

Wir trafen uns in der Gelateria, in welcher wir unseren ersten normalen Abend miteinander verbracht hatten, und ich würde niemals, niemals ihren Gesichtsausdruck vergessen, als der Groschen bei ihr fiel.

»Wieso?«, fragte sie und deutete auf das Buch, das vor mir auf dem Tisch lag, »hast du das Buch dabei?« Sie sah sich um. »Er scheint noch nicht hier zu sein.« Außer uns war die Eisdiele leer. Nur ein Kellner stand am Tresen und eine

Dame dahinter. Natürlich war der Laden leer. Ich hatte es so organisiert und es hatte mich eine Stange Geld gekostet … Aber Herrgott, wenn man einen echten Heiratsantrag machte, dann wollte man sicherlich keine Zeugen, wenn sie Nein sagte. Ich verstand jetzt, dass mein Bruder vor vielen Monaten so aufgeregt gewesen war.

»Dann setz dich doch so lange zu mir«, bot ich ihr an, »Ehe er kommt, natürlich.«

»Du scheinst in komischer Stimmung zu sein und nicht so richtig in ›Ich mach Susan das Leben zur Hölle und sabotier ihr Date‹ Stimmung.«

»Das war es, was ich für dich getan habe, bei all den Dates?«, fragte ich sie lachend, und ergeben schüttelte sie den Kopf.

»Nein, eigentlich hab ich es genossen.«

»Das ist schön.« Ich zwinkerte ihr zu. »Ich nämlich auch.«

Sie warf einen Blick auf die Uhr. »Nicht, dass ich ein Date mit meinem neuen, heißen Freund, der mich fast jede Nacht ins Orgasmus-vana schickt, nicht bevorzugen würde … er ist zu spät.« Susan lächelte mich an. Ihr Julia Roberts-Lächeln. Das, mit dem sie mich für sich gewonnen hatte, noch ehe ich überhaupt wusste, dass ich sie wollte.

»Er wird nicht kommen.«

Nun hob sie den Blick und runzelte anschließend die Stirn. »Wieso nicht?«

Ich lehnte mich zurück und verschränkte die Arme vor der Brust. Sie verdrehte die Augen. »Du hast das Date kaputtgemacht, ehe ich ihn kennenlernen konnte? Er will nichts von mir, er ist nur ein Freund.«

»Doch, er will etwas von dir.«

»Ach bitte, Steve« Sie sprach mit ihrer Lehrerinnenstimme, die ich eigentlich ziemlich gern mochte. »Wir haben das doch heute in meiner Mittagspause besprochen.«

»Soweit ich mich erinnere, waren wir in deinem Büro mit anderen Dingen beschäftigt.« Susan hatte sich, ein paar Blocks vom Hotel entfernt zwei Räume gemietet und ihre eigene kleine Kanzlei gegründet. Meine Sekretärin arbeitete momentan halbtags bei ihr. Miss Brown half Susan, alles einzurichten, Fuß zu fassen und die ersten Schritte zu gehen. Danach würde sie wieder bei mir arbeiten. Ich hoffte noch für die nächsten Jahre, bis zu ihrer Rente eben.

»Wie auch immer«, wiegelte sie ab. »Ich muss sagen, das enttäuscht mich.« Susan griff nach ihrem Handy und klickte darauf herum. Sicher wollte sie überprüfen, ob er ihr geschrieben hatte, dass er später käme … aber da war nichts. Nichts, außer einer Nachricht von mir, mit den Zugangsdaten zum Account von THREEOFTHREE.

»Ich«, begann sie und sah von ihrem Handy zu mir und wieder auf ihr Telefon. »Ich verstehe nicht.«

»Na ja, wenn du dich in dem Profil anmeldest, dann wirst du sehen, dass er nie mit jemand anderem geschrieben hat als dir. Es ist ihm wichtig, dass du das weißt.«

»Okay«, räumte sie ein und starrte mich wieder an. »Aber wieso hast du seine Zugangsdaten?«

»Weil ich THREEOFTHREE bin.«

Ihre Augen weiteten sich und ihr Mund öffnete sich geschockt. »Was?«

»Ich bin THREEOFTHREE. Du hast all die Monate mit mir geschrieben!«

»Was?«

»Und ich habe dir die Daten geschickt, damit du sehen kannst, dass ich die APP nicht genutzt habe, um irgendwelche Frauen aufzureißen … na gut, außer dir, aber da du meine feste Freundin bist, ist das wohl nicht verboten.«

»Was? Woher?« Sie war sprachlos. Und ich einfach nur froh, dass ich in ihrem Gesicht keine Enttäuschung lesen konnte, denn ich hätte nicht gewusst, wie ich damit umgehen sollte, wenn sie etwas für diesen Dating Kerl empfunden hätte.

»Ich habe es auf deinem Handy gesehen, in einem unserer ersten Meetings. Und dann … konnte ich eben nicht widerstehen.«

»Du hast mich über Monate angelogen?«, fragte sie, anscheinend zu verblüfft, um sauer zu sein.

»Ja, das habe ich. Und das tut mir wahnsinnig leid … Aber das war am Anfang meine Verbindung zu dir. Ich habe mich so verrückt gemacht, wollte jedes winzige Detail von dir wissen, ich wollte unbedingt erfahren, wie du tickst … Also habe ich das aufgezogen. Auf THREEOFTHREE warst du nie sauer, auf Steve allerdings schon.«

Sie fiel mir ins Wort. »Vermutlich zu Recht!«

»Vermutlich ja«, stimmte ich augenrollend und lachend zu.

»Und warum hast du das dann nicht aufgeklärt nach Erics Hochzeit?«

»Na ja …« Nun fuhr ich mir mit der Hand über den Nacken. Trau dich endlich. Feigling! Sie sagt nicht Nein. Auf keinen Fall wird sie Nein sagen. »Weil ich nicht aus der Nummer herausgekommen bin, er war ja nur ein Freund für dich.«

»Genau genommen war er mein Freund, oder?« Sie lächelte und zwinkerte mir zu »Du hättest es mir sagen können, Baby«, wisperte sie und legte ihre Hand auf meine. Ich liebte es, wenn sie mich berührte, wenn sie Baby sagte, und dass sie nicht sauer auf mich war, weil ich sie belogen hatte.

»Dann hätte ich dich aber nicht auf diese coole Art fragen können, ob du mich heiraten willst.« Das Herz pochte in meiner Brust, und ich war mir sicher, es würde jetzt herauspurzeln und ich wäre tot. Abwartend biss ich mir auf die Lippe, denn dieser zarte Schmerz war besser als das Wummern in meinem Kopf, da sie nicht antwortete.

»Ob«, Susan räusperte sich, *»ich dich heiraten will?«*

»Ja!«, sagte ich noch einmal und öffnete die blaue samtbezogene, viereckige Schachtel. *»Ob du mich heiraten willst.«* Es war ein schmaler Platinring darin, der anstatt eines Steines, eine weiße Schleife hatte. Es war überzogenes Silber mit Elfenbein von der Amalfi Küste. Als ich ihn gesehen hatte, in einem kleinen Juwelier in Brooklyn (das musste man sich eigentlich mal überlegen!), hatte ich zugeschlagen. Denn bei meinem ersten Antrag hatte sie einen Ring mit einer Schleife aus einer Serviette bekommen. Nun war es ein echter und nahe dran an unserem damaligen Erlebnis.

»Bitte sag etwas, Susan!«, flehte ich ruhig und sah ihr in die Augen. Langsam lief ihr eine Träne über ihr Gesicht.

»Der Ring ist wunderschön«, erklärte sie und strich mit ihrem Zeigefinger darüber. *»Er sieht wunderschön aus.«*

»Ich weiß, Baby …«, wisperte ich. *»Aber kannst du jetzt bitte etwas sagen?«*

»Bist du etwa nervös?«, fragte sie mit einem zarten Lächeln, und ich nickte augenverdrehend.

»Ja, bin ich.«

»Hat der große Steven Lennox Ragnar Nicolar Lightman etwa Schiss, dass ich Nein sage?«

»Ja, hat er«, bestätigte ich noch einmal, dann stand sie auf, kam zu mir und setzte sich auf meinen Schoß.

»Das muss er nicht. Denn ich liebe ihn. Und hätte er nicht mich gefragt, hätte ich es vermutlich getan.«

»Ich weiß ja, du bist eine Feministin«, flüsterte ich, ehe ich ihr Gesicht nah an meines zog und sie küsste. *»Ich liebe dich.«*

»Und ich liebe dich.«

Zurück in der Wirklichkeit schmiegte sich meine Frau näher an mich. Hob ihr Bein besitzergreifend über meines und drückte mir ihre schönen, weichen Lippen auf die Brust.

»Alles Liebe zum ersten Hochzeitstag, Baby …«

Träge lächelnd griff ich nach einer Haarsträhne, die ihr ins Gesicht hing und strich sie ihr zurück.

»Ich liebe dich, Susan Lightman. Meine hunderteinundsechzig.«

Meine wunderschöne, schwangere Ehefrau hob den Kopf, verdrehte die Augen und schlug mir mit der Hand sanft auf meine Bauchmuskeln. Ich liebte sie. Ich wollte sie.

Und vor allem würde ich ohne sie sterben.

Das wusste Susan, und sie wusste, dass sie mich mit ihrem Lächeln, ihrer Art und wie sie mich ansah, um den Finger wickeln konnte.

Aber das machte nichts … denn *ich* wusste, dass man bei der richtigen Frau – und nach sechsunddreißig Bettbekanntschaften sollte man das wissen – diesen einen Diamanten gefunden hatte, den man festhielt.

Bis in alle Ewigkeit.

Ende

ÜBER DIE AUTORIN

Emily Key wurde 1984 im schönen Bayern geboren, wo sie bis heute in einer Kleinstadt mit ihrer Familie lebt. Zum Schreiben braucht sie nicht viel. Nur guten, originalen Englischen Tee, Schokolade und Zeit. Denn hat sie einmal begonnen, kann sie nicht stoppen bis alles aus ihr herausgepurzelt ist. Sie liebt es in fremde Welten abzutauchen. Welten die, wenn man nur einen klitzekleinen Teil verändert, die Karten neu mischen. Weil jeder ein Happy End verdient hat und weil jeder  gehört werden sollte. Da Emily Key an die Liebe glaubt, ist es genau das, worum es geht. Liebe, Leidenschaft und Lust.

WEITERE WERKE DER AUTORIN

Vanilla: Ms. Browns Versuchung
Chocolate: Ms. Harpers Verlangen
Room 666 (The Plaza Manhattan 1)
Diamondheart (The Plaza Manhattan 2)
Game of Souls (The Plaza Manhattan 3)
Forbidden Secret
Canadian Winter
Canadian Summer
Canadian Secrets: Sammelband
Hannah (Malibus Gentlemen 1)
Melissa (Malibus Gentlemen 2)
Malibus Gentlemen: Sammelband
Black Tie Affair
Whiskey on the Rocks
Bourbon on Ice
Scotch and Soda
Three Damn Nights: Für drei Nächte mein